锋刃

刘誉/著

ARTTIME
时代出版传媒股份有限公司
北京时代华文书局

图书在版编目（CIP）数据

锋刃 / 刘誉著 . — 北京：北京时代华文书局，2014.9
　　ISBN 978-7-80769-854-8

　　Ⅰ.①锋… Ⅱ.①刘… Ⅲ.①长篇小说—中国—当代 Ⅳ.① I247.5

中国版本图书馆 CIP 数据核字 (2014) 第 208684 号

锋刃
刘誉　著

选题策划	博采雅集				
责任编辑	宋春	策划编辑	寒江	装帧设计	八牛设计

出　　版　时代出版传媒股份有限公司　http://www.press-mart.com
　　　　　　北 京 时 代 华 文 书 局　http://www.bjsdsj.com.cn
　　　　　　北京市东城区安定门外大街 136 号皇城国际大厦 A 座 8 楼　邮编：100011
发　　行　北京博采雅集文化传媒有限公司　（010）52426815　62930660
印　　制　北京天恒嘉业印刷有限公司　（010）52490855
规　　格　710mm×1000mm　1/16
印　　张　17.5
字　　数　316 千字
版　　次　2014 年 12 月第 1 版　2014 年 12 月第 1 次印刷
书　　号　ISBN 978-7-80769-854-8
定　　价　35.00 元

※ 如发现因印装质量影响阅读，请与印刷厂联系调换　※ 版权所有　侵权必究

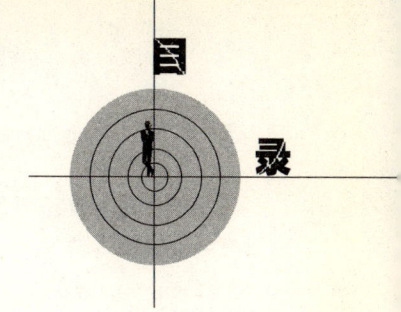

第一章　秘密 / 001

知道沈西林身份的人都死了。所以眼前的这个人必须死，他要取代这个人存在下去。沈西林露出肆意而神秘的笑容来，他得感谢眼前这个人的成全。

第二章　变故 / 014

父亲的死深深刺激了韩子生，而接二连三的事情也让他感受到了生活的变故：莫燕萍被抓走，日本人到来。他仿佛感觉到曾经的岁月正在他面前缓缓地翻篇儿了。

第三章　诡谲 / 023

沈西林当然知道，武田这个中国通是不信任自己的。姜是老的辣，面前的这个日本人是一块陈年老姜，老谋深算，滴水不漏。他知道更难的谋局已经拉开了。

第四章　试探 / 032

那些从邵老栓手中接过又被送出去的信，让子生有了希望。他知道只要这样送下去，他终有一天能搞清楚父亲的真实身份和死因。就在这时，邵老栓终于开口了……

第五章　绝境 / 044

子生没想到危险来得这样快，似乎每一个街角、每一条小巷都对自己封闭了，黑衣人无处不在。千钧一发之际，一辆车停在自己的面前，车门迅速打开，有人喊他，上车！子生得救了。让子生没有想到的，救自己的竟然是他！

第六章　仇怨/054

睡在自己面前的男人均匀地呼吸着，莫燕萍几度举起剪刀，却几度放了下来。她知道自己杀不了他，丈夫的仇没有办法报了。那个神秘的周先生，自己到底要不要跟他合作，莫燕萍一时举棋不定。

第七章　假死/072

随着神针吴刺了下去，从坟墓里重新挖出来的"账房"渐渐恢复了均匀的呼吸。东方发白，沈西林松了一口气。这次太险了，他本没有足够的把握从武田的眼皮子底下瞒天过海，救出"账房"，但他依然这样做了。

第八章　雏菊/080

子生没有想到与自己接头的竟然是莫燕萍，那个曾经优雅而端庄的老师。莫燕萍也为此震惊，没有想到雏菊情报线的另一端竟然是自己曾经的学生。

第九章　情报/089

"咱们干的这事儿就好比下棋，没那么多一步就将死别人的好事儿，自己出手了就得等着对方的回应，你来我往，棋没下完，就没有谁输谁赢。"老谭的话应该是对的，子生知道有些事情，即使自己做出了努力、也做对了，但最终结果却并没有朝自己所设想的走。

第十章　暗杀/105

日本人更加疯狂地打击共产党在天津的地下活动，很多同志被捕，被枪杀，整个城市被笼罩在一片阴霾之中。老谭却在这个时候，安排子生配合兰英执行一场暗杀……

第十一章　真相/120

子生情报工作进步得太快了，太多疑点让邵老栓怀疑，必须要搞清楚子生背后的一切。邵老栓交给子生一封信，让他送往活动信箱。没多久，一个人影走了过去，撬开那块砖取出信来。取信人的脸让他很震惊……

第十二章　暗战/132

黄少峰的身份让沈西林疑惑，他缘何对自己如此了解？他在调查自己，而且已经调查的非常清楚。沈西林第一次感觉到一种恐惧，如同走进一个周遭黑暗，只有自己一处明亮的空间，随时可能彻底暴露自己。

第十三章　命悬/144

突然，一阵纷沓的脚步声，一队日本兵冲了进来，将沈西林和莫燕萍围住。那日本军官上前拉住莫燕萍，就在这个时候，沈西林举枪对准了那个日本军官。日本军官一声令下，众日本兵将枪口对准了沈西林。双方剑拔弩张。就在千钧一发之际，一双军靴踩着地板走了进来。

第十四章　往事/150

那时候韩培均还是另外一个名字，叫韩树森，而老谭的名字还叫范江海。他们在一场偶遇中认识了同在东京大学读书的武田弘一。可惜一场战争将投缘的友谊摧毁了。

第十五章　封锁/162

子生相信自己的记忆不会出错。但是这次，子生的记忆力让他陷入了绝境。就在日本人砸开绸缎庄木门的声音传来的时候，子生四下看了看，一咬牙，向旁边最近的一栋洋楼开着的窗户跳了过去。

第十六章　谋划/180

武田信夫眼光灼热地看着莫燕萍，莫燕萍有所察觉，沈西林更是看在眼里。沈西林明白，这个日本人不但是个情种，更是一个对飞行热衷、技术超群的飞行员。也许从这里出手，能获得自己想要的东西。

第十七章　情欲/190

"那我告诉你，你猜错了，我们什么都干了……"莫燕萍挑衅地看着沈西林，他如果真的爱她，为什么会让自己去接近武田信夫。武田信夫的确是爱她的，她感受到了来自一个男人的情欲的灼热。然而沈西林有吗？似乎也有过，但有时候对她却拒之千里、冷的像冰。她抛下这样的话，等着沈西林的反馈。

第十八章　纠纷/195

沈西林并不在意恒通脚行的巴爷寻衅闹事儿。沈西林清楚，江湖有江湖的规矩，既然做这行生意，他就不打算用仕途上的关系来解决这些纠纷。然而事实并没有那么简单。武田笑而不言，似乎洞悉了什么。

第十九章　内奸 / 205

　　这一次抓捕影子和影子身后的那条"大鱼"，看起来似乎十拿九稳，然而一场谜一样的嫁娶，弥散开来的人群和炮竹烟雾之后，一切线索烟消云散，人去楼空。武田震怒不已，一定有内奸，这个内奸究竟是谁？是沈西林吗？如果真的是沈西林，那么这个人实在是太可怕了。

第二十章　灭门 / 216

　　子生抱着瑟瑟发抖的孙文娟，从绸缎庄阳台上看着不远处孙家大院内发生的一切。孙明远、孙文博、汪大川等人被日本人接二连三地击毙了，鲜血刺目地染红了院子的土地。子生看到站在日本人身边的沈西林。此刻，沈西林眉头微蹙，抽着烟，抬起头，似乎看到了子生和孙文娟，又似乎没有。

第二十一章　尘封 / 228

　　往事仿佛已经尘封多年，但想起来，依然清晰如昨。正是因为方君年，让他认识了王亚民。当他亲眼看到王亚民被抓，亲耳听到他牺牲的消息后，沈西林被这种信仰彻底震撼了。

第二十二章　掘坟 / 240

　　沈西林没有想到，"账房"的事情又会被再一次提起。是张金辉告的密，他似乎胸有成竹要掘开"账房"的坟墓。武田依旧不动声色，他要的是结果，即使张金辉判断失误，对于他而言，并不损失。沈西林面不改色，内心风起云涌。

第二十三章　牺牲 / 248

　　"不管你怎么看我，我不要你再受折磨，赶快离开这儿。如果有下辈子，我希望能做你的丈夫。"这是沈西林留给莫燕萍最后一句话，他究竟是什么身份？莫燕萍的心里很疑惑，但这些已经不重要了。

第二十四章　归宿 / 261

　　"你和你的同志，你们的信仰就是希望，中国的希望，我身后的一切都已经腐朽了，虽然它现在还是个庞然大物，但它和我一样已经病入膏肓……孩子，让我死是我最好的归宿，我可以不用再喝那难喝的草药，不再忍受这抽动的脸和抖动的手，还有这肿胀欲裂的身体……只是我没想到我是死在你手上……"弥留的老谭喃喃地说。

第一章　秘密

1937年，卢沟桥事变后，日军占领了天津。3.5万名日军未发一枪一弹，不费吹灰之力便控制了这个在汉代就形成的中国北方海运重地。

不过，租界里依旧歌舞升平，繁华如昔。作为享誉天津卫的头牌舞厅喜乐门，更是如此。

这一日，喜乐门舞厅张灯结彩，鞭炮齐鸣，门口挂上了横幅，上面写着"庆祝东华洋行开业一周年酒会"。

门口围着一堆看热闹的。

一身西装革履，相貌英俊的东华洋行经理沈西林在门口迎接着不断前来道贺的商界人士。

一群老板一面朝舞厅内走去，一面小声议论着沈西林和东华洋行……

"东华洋行才一年就在租界里面吃得那么开，这沈西林可真有本事。"

"那也得看看后面是什么人给他撑腰。"

"谁呀？"

"你还不知道？这东华洋行后面有日本人。"

"不只是日本人，听说沈老板以前还是南京汪主席身边的红人呢。"

"乖乖，怪不得好多生意都争不过他呢。"

……

沈西林似乎听见了，但只是微微一笑，并没有回应……如此场景，他已看得多了，不足为奇，今天的阵势，让他很是受用。

舞厅内，歌舞升平，觥筹交错，更不见一丝一毫的战争影响。

沈西林优雅地笑着应酬着每一个来宾，一众舞女散开在舞厅角落，莺莺燕燕，场面顿时活泛起来。一个身材微胖却不失婀娜的舞女丝毫未动，只是站在沈西林的身边。

沈西林斜睨了一眼："你怎么不去？"

那舞女笑了："今天你沈先生才是喜乐门最重要的客人，当然要最好的女人来陪。"

沈西林笑了："也对，我身边怎么能少了你这个喜乐门的头牌舞小姐玉茹。"

"沈先生记得我？"玉茹微微诧异，眉宇间依旧甜美微笑。

沈西林挑了挑眉："当然，漂亮的姑娘我一定得记得牢牢的。"

玉茹很自然地挽住沈西林的胳膊娇媚地说："好啊，那沈先生以后可得多来喜乐门捧我的场。"

正说着，门口传来侍者喊声："洪门武爷到！"

只见，门口一个精神矍铄的老人踱着步子走了进来，身后跟着几个腰间扎着铜牌板的随从，其中两人还抬着一个大礼盒，上面盖着红布绸子。那老人不是武爷还能是谁？

这武爷曾是天津卫叱咤风云的人物，天津帮会里面辈分最高的老爷子，以前是脚行最大的把头，虽已金盆洗手多年，但气度犹在。人群安静下来，让开了道。

沈西林赶忙迎了上去，两人自是各说各的谦恭话。

武爷为人耿直，只是笑道："这一年多听说你老弟生意做得越来越好，而且对我洪门子弟多有帮衬，今天略备薄礼，还望沈老弟笑纳。"说着武爷一挥手，一边的随从将那礼盒搬上前，武爷一伸手掀开那红绸布，露出一尊坐地铜佛。

众人目光全部集中到铜佛上。

这样一来，沈西林更觉风光，面子十足，连连称谢……

乐队演奏着爵士乐，舞池里一对对的人在跳着当时流行的爵士舞。

舞池中间是沈西林和玉茹，两人舞姿优美，成为众多目光的焦点。

一曲完毕，舞厅里响起掌声。沈西林带着玉茹刚从舞池里出来，旁边一个洋人拍着巴掌走过来："沈先生的舞跳得真好。"那个洋人的中文并不熟练，但人倒是熟人，英国商会的查理先生，沈西林赶忙寒暄。

查理来自然是为了道贺，不过，这一次，查理还想与沈西林谈一件事儿。

查理正欲开口，一边沈西林目光锐利，却发现武爷正往楼上走去，而角落里几个普通商人打扮的人相互交换了眼色，几人跟着也上了楼，一人向舞厅外面走去……

沈西林目光扫视这一切，眉头微蹙，对查理低声说道："这样，改天去东华洋行找我，我们细聊。"沈西林招呼玉茹陪查理跳个舞，匆匆起身，从另一个楼梯走上楼去。

洗手间在走廊尽头，武爷缓缓走进了洗手间。楼梯口，沈西林悄悄探出头来，冷峻的脸注视着走廊内的一切。两个杀手没有察觉到身后的沈西林，相互交换了下眼神，从怀里掏出匕首跟着武爷进了洗手间。

沈西林眉头微蹙，跟了过去。

第一章 秘密

洗手间内被灯光照得透亮，四下的瓷砖映射出阴冷的光，杀手的背影透着冰冷的杀气，笼住了武爷的背影。武爷感受到了威胁，回头，看着慢慢逼近的杀手，面色沉了下来，眉头微蹙……

门啪的被推开了，沈西林站在门口，大咧咧地喊道："哟，武爷，您在这儿还有朋友啊？"

"给我滚出去，没你事儿。"杀手甲对沈西林喝道。杀手乙则迅速地欺近武爷。

沈西林笑了，言语轻松："哟，这可怪了啊，今儿可是我请客，干吗让我出去？"一面朝前走了一步。

杀手甲用匕首指着沈西林的鼻子："别找死，刀子可没长眼睛。"

"哎哟，别别别，有话好好说……"沈西林玩笑般地说话，话音未落，突然断了话，伸长手臂，一把抓住杀手甲的手腕。杀手吃痛欲喊，沈西林反手打在杀手甲的后颈上，那杀手闷声倒下了。

杀手乙看情形不好，要掏枪，可刚掏出来。沈西林已抢上一步按住杀手乙的肘部，那枪打歪了，呼一声，子弹打中天花板。沈西林手中暗暗使劲，格拉一声，那杀手哎哟一声，手腕脱臼，不能再动。沈西林一拳击中对方的太阳穴，那杀手也软绵绵地躺下了。

沈西林看着地上的杀手冷笑一声，整理下西装，还撸了撸头发……

几分钟后，在灯光阴暗的包间内。

武爷在当中坐着。

沈西林站在一边嘴里叼着烟，手里玩着杀手的手枪，看着已经醒来的杀手，似乎有些漫不经心："说吧，什么人的指使？"

那俩杀手却只是哼哼唧唧的不说话。

武爷叹了口气，挥了挥手："算了，别为难他们，都放了吧。"

众人诧异，只见武爷缓缓说道："我这一辈子也是打打杀杀过来的，虽然我已念佛多年，不想再过问江湖上的恩怨，可想想往日也是寝食难安。"武爷一声长叹，"今儿把他们弄死了，他们也有一家老小，冤冤相报，没完没了，还是放了吧。"

沈西林瞅了瞅那几名杀手，说道："武爷是仁义之人，不过今天是我沈西林的局，这俩家伙对您动手岂不是不给我面子，让我做主如何？"

武爷不明白沈西林的意思。沈西林将嘴里的烟拿下："要我说，这儿是法租界，把他们交给巡捕房，一来不损武爷宅心仁厚，二来对他们也算是惩戒。"

武爷缓缓点了点头……

沈西林和武爷回到了舞厅内，楼下依然灯红酒绿，歌舞升平。

刚刚没安稳几分钟，大门被人推开，一帮穿黑衣的特务冲了进来，为首的大声呼喝着。一时间，音乐声戛然而止，玉茹及众舞女还有客人们都吓了一跳。

一个身着黑色皮风衣的特务头子阴着脸走了出来，扫视了四周，说道："我是特务委员会行动队队长张金辉，我们接到情报，怀疑这里有危险分子扰乱治安，来调查情况，希望你们配合。"

沈西林冷冷一笑："张队长来得真巧，这儿刚抓到两个。"

张金辉目光扫过沈西林，看到他身后的武爷脸色变了变。沈西林似乎有所察觉，微微一笑，不动声色。

武爷的随从已经将那两个杀手推过来。

张金辉阴着脸，想将人带走。沈西林一把拦下："等等，这儿是租界，不归你们管吧？要人也该巡捕房来要。"

张金辉不屑："哪儿来的那么多废话，信不信我把你也抓起来。"

沈西林拿出一根烟，慢条斯理地点着："抓我？凭什么？"

"我抓人不需要理由。"张金辉挥了挥手，"动手。"

一边，特务纷纷把枪掏出来，上来要抓沈西林。

武爷站了起来上前一步："我看谁敢！张队长，有事儿说事儿，有理讲理，想动粗，先问问我武爷答不答应。"

武爷一抬手，旁边几个随从也把枪掏出来对着张金辉。

双方剑拔弩张。

正僵持着，一个特务从外面跑过来，对着张金辉耳语了几句。张金辉脸色难看，强忍着走到沈西林旁边，小声道："沈先生，多有得罪，不过，这两个人我还是要带走。"

"原本人是可以给你的，不过现在我改主意了。"沈西林扭头对武爷，"武爷，让您的人把这两个小子送巡捕房，这张队长咱信不过。"

张金辉气结，但也没有什么话可以应对，只得挥挥手，收了队。

看着张金辉的背影，沈西林不屑地笑了。

舞厅里音乐歌舞再次响了起来。

当晚，沈西林回到家，推开门，却发现屋内灯火通明。

一个人影坐在椅子上，那是个略微发福的中年人，眉宇间透出老谋深算的劲儿，他是特务委员会的潘主任。

沈西林并不在意，只是笑道："我的酒会请你你不来，大晚上跑我家里吓唬人？"

两人早已熟悉。潘主任淡淡一笑："那种场合我去不方便，不过东华洋行一周年庆典，办得很是风光啊。"

沈西林倒了一杯洋酒："风光谈不上，意外不断倒是真的。"

第一章　秘密

　　两人心照不宣地提到了张金辉那一出。原来当天下午，要求张金辉撤离的正是潘主任。

　　"干掉洪门的武爷，应该是您的意思吧？"沈西林品着酒，一面不动声色地从兜里把喜乐门杀手丢下的手枪掏出来扔在桌子上，"这枪我相信你很熟悉。"

　　那是行动队的专用手枪。

　　潘主任神情有点尴尬，叹了口气："还不是武爷老糊涂了，不跟日本人合作，让他当脚行的把头还推三阻四的，日本人明里暗里让我想办法解决了他。"

　　一切与沈西林的推测别无二致，沈西林笑了。

　　"武爷是帮会的人，得罪了他，就凭武爷那帮徒子徒孙，足以让人在天津鸡犬不宁。而日本人用的是借刀杀人，真出了什么事情，会出头吗？到头来吃亏的还是你。"沈西林道出其中缘由，武爷一死，脚行势必会乱，东华洋行的生意则一落千丈。而一直以来暗地里跟沈西林做生意的潘主任，分红自然支不出来。

　　原来两人早已在生意场上勾结已久。

　　还没等潘主任回应，沈西林已从怀里掏出一张支票："这是这期的分红，花旗银行的支票我给你存好了。我就想问您一句，您是想赚钱，还是想得罪人？日本人不过就是想找个听话的人处理天津帮会的事儿，武爷早已金盆洗手，一个退出江湖的老头，有多大用处，找个帮会在位的老大出来不就行了？"

　　沈西林还有另外的身份：特务委员会情报处处长，东华洋行经理只是对外的一个身份。

　　潘主任点了一根烟："我已经举荐你做天津特务委员会的副主任，委任状应该很快就下来了。"

　　沈西林有些不以为然："我对升官没兴趣，能赚钱才是真的。而且你手底下军统、中统过来的人都有，加上南京派来的，天津市署安排的，成分太杂。"

　　如此这般，两人又说到了张金辉。

　　张金辉是军统策反过来的，自然对沈西林有些不服气，不过，只要沈西林当了副主任，对方还不言听计从，还能说什么？

　　潘主任的话并没有开解沈西林多少，沈西林眉头皱得更紧了。

　　潘主任又透露了一个消息，最近日本陆军情报机关要派来个大人物，叫武田弘一，是个中国通，陆军参谋本部的红人，很难对付，所以沈西林必须来帮自己。

　　一面说着，一面一叠资料已递到沈西林的面前。

　　沈西林接了过来。

　　"这是公用局、物资调配处、金管处三个人的资料，你东华洋行跟他们都有交道，帮我查查他们的情况。他们都是市府的人，我查起来太明显，不方便。"潘主任的声音有些阴沉，轻轻地说。

交代了这些，潘主任与沈西林告了别。

朦胧的光线里，沈西林带着一脸耐人寻味的微笑。

经过数日的调查，沈西林发现公用局的冯处长、物资调配处的左科长、金管会程科长还真有点不寻常。重庆那边派来的特工破坏公共设施都是冯处长来处理，左科长安排物资调配，货场前一阵丢过十几万斤的棉花。天津联合准备银行发行的大龙钞最近出现大批伪钞，印版正是金管会的程科长经手的。

这些调查资料交到潘主任手中时，潘主任面色严峻起来。

"有情报表明，重庆军统方面有个很厉害的角色潜伏在天津搞破坏活动，那人代号叫铁匠。"潘主任道出这次调查的目的。

"既然怀疑，为何不抓起来，一一审问呢？"沈西林甚是疑惑。

潘主任摇了摇头："三个跟我都有点交情，跟我打过牌，也都给我送过钱，还是你出面好。"

沈西林心领神会。

"当晚的码头，日本的一批军粮将要发往日本本土。有情报表明那个铁匠很可能在今晚会有活动。"潘主任看了看沈西林，郑重地说，"仓库我安排给张金辉，有行动队。你帮我请客，做个牌局，请这三个家伙。"

沈西林知道潘主任的意思，如果铁匠真有行动，他们必定会露马脚……

当晚城郊的一间饭店的包间内。

沈西林与冯处长、程科长、左科长四人坐在一起，打着麻将。不知从哪儿吹来的风，摇曳了灯光，屋内有一丝不安定的氛围。

隔壁包间内，潘主任正坐在一个监听仪器前，戴着耳机听着隔壁包间里的一切动静。

饭店外的夜色里，几辆车停在路口，散落着黑衣人，注意着饭店楼上的窗户。

左科长笑着出牌，一面逢迎着："没想到今天沈老板能做东。"

程科长打牌："是啊，难得沈老板看得起我们。"

沈西林嘴里叼着烟："哪里话，你们可都是政府要员，今儿我还得谢谢您几位赏脸呢。"

几人一面打着牌，一面寒暄着。

沈西林看了眼左科长，又看了眼手里的牌，故意拆了手里的一对五万打了出去。

这一下点了炮，左科长和了。

沈西林言语漫不经心："最近市面上可真不太平，电车被烧、工厂被毁都是冯处长出面善后吧，也奇怪了，日本人巡逻那么严，居然还能三番五次出这事儿。"

冯处长一听，脸色变了。

"是他命不好，被他赶上了。七万。"左科长打着哈哈。

"左科长，您的物资调配处好像也麻烦不少啊，前一阵丢了十几万斤棉花，好像几个月前还有辆货运火车脱轨，一车皮的油料一滴不剩。"沈西林不看人，只看牌，嘴里仿佛说着一件微不足道的小事儿。

左科长拿牌的手顿时迟疑了。

程科长："哎，沈老板，咱们玩牌就别说那些糟心的事儿了。"

沈西林将手里的香烟丢在地上，踩灭了："也是，还是程科长心宽。联合银行的大龙票出来那么多伪钞，你们金管处到现在也查不出个头绪吧。"

程科长也不说话了。

冯、左、程三人对视一眼。

沈西林锐利地看了几人一眼："听说天津有军统潜伏下来的人，代号叫铁匠，你们知道吗？"

三人并未接话，只是沈西林不依不饶般地神侃起来："据说，码头上那批军粮好像被那个铁匠盯上了，这个铁匠，神出鬼没，防不胜防啊。不过没有内应，他的消息怎么那么准？"

三人脸色陡变。

左科长道："沈老板，你今天是来玩牌的吗？"

"怎么不是？是我没想到你们几位居然有心思陪我玩了那么半天。"说着沈西林摸出一张牌，"九万，我和了。"

沈西林把牌推倒。

三人没有说话，也没有动。沈西林察觉有异，慢慢在下面从兜里掏出枪来。

突然窗外传来轰的一声巨响，

沈西林吃了一惊，向窗外一看，码头方向的爆炸映红一片黑夜。

沈西林收回目光，却发现对面的三个人都毫不惊慌，似乎早已预料到爆炸会发生一样。

"仓库一定会炸，铁匠也一定会出现。"一个阴沉的声音从程科长口中说出，他的速度极快，话音刚落，已从衣兜里掏出一把匕首压在沈西林的脖子上，迅速按下了沈西林的枪。

冯处长也一手扯开沈西林的衣服，露出腋下窃听器，一把揪掉，扔进桌上的杯子里。

另一间房间内，潘主任暗道，不好，几乎在摘掉耳机的同时，门被撞开了，冯、左二人冲进来，一刀切断了潘主任两个下属的喉咙。

潘主任刚掏出枪来，冯处长手中的匕首甩过来击中潘主任的手腕，手枪被打飞了，潘主任手掌鲜血长流。

两人逼近，潘主任慌乱，身体哆嗦跪下："别，别，两位老兄，有话好说……"

这厢，程科长似乎已经控制了沈西林，匕首架在沈西林的脖子上。

"原来铁匠并不是一个人，而是一个小组。"沈西林说话的声音有些颤抖。

程科长狞笑："沈主任，现在知道不觉得太晚了吗？"

沈西林没有说话，似乎不敢去看程科长。

"放心，我们的任务已经完成了，现在还不会杀你，等他们拿到潘主任出城的通行证，再加上有你这个护身符，我们还有什么可怕的。"程科长押着沈西林往屋外走。

两人走到门边，沈西林开门，趁其不备猛地一甩门，门板砸在程科长头上。程科长措手不及，沈西林让开程科长手里的匕首，扭住程科长的手腕，向下一按，猛地一推，刺进了程科长的腹部。

程科长两眼发直，身体慢慢倒下。

沈西林找到自己的枪，淡淡说道："现在知道，其实并不晚。"

另一包间内，冯、左二人慢慢逼近潘主任，让潘主任将通行证交出来。

潘主任一面求饶，因为害怕，身体似乎都软了下去，可另一只手慢慢地摸向自己的袜子，那里藏着一把枪。

突然，潘主任一抬手，砰砰两声击中了冯、左二人，两人应声倒下。

劫后余生让潘主任的表情显得疯狂，他刚向外迈了一步，突然趴在地上的左科长猛地扑倒潘主任，潘主任的小手枪甩到一边。

两人殊死搏斗，纠缠在一起。

左科长把潘主任压在墙边，手里的匕首对着潘主任的心脏。潘主任用手费力地抵挡着，可是刀尖还是一点点地向潘主任的心脏刺去。

沈西林举着枪，循着打斗的声音，走到那个包厢门口。

透过门缝，沈西林看到左科长按住了潘主任。潘主任惊恐万分，突然他看到了门缝外面的沈西林，而左科长背对着沈西林没有看到。

有救了！潘主任的脸上闪出希望。他被左科长胳膊压住了脖子，喊不出声。

可门后的沈西林就是这样看着，没有一点解救的意思。

潘主任眼里的表情由惊恐变为不解愤怒进而更加地害怕。匕首终于扑地闷声插进了潘主任的心脏里。潘主任睁大眼睛，靠在墙上，缓缓滑落下去。

左科长推开潘主任，匆匆朝窗口跳了出去。

沈西林冲了进来，举枪便射，却落了空，砰砰两枪打在窗户框上。

沈西林没有追击，而是慢慢地走到潘主任身边。

潘主任的胸前插着那个匕首，身处弥留之际，血沫不时从他口中涌出。

沈西林俯身蹲下，冷峻地看着潘主任："你想说什么？"

潘主任说话已经非常吃力："……为什么，你……到底……是什么人？"

沈西林冷冷地看着潘主任："知道我身份的人都死了，你也不会例外。当然，我还要谢谢你，是你成全了我……"

潘主任想说什么，但没有说出来，抬手想抓住沈西林，挣扎着抬了一半，终于咽了气，手垂了下去。

沈西林目光有些神秘，仿佛蕴含了太多的意义，难解的意义。

没一会儿，脚步声传来，几个特务冲进屋内，看到这一幕，都呆了……

从这一天起，沈西林正式取代了潘主任而存在，成了特务委员会代理主任。沈西林还记得潘主任曾经说过的日本人武田弘一，那个厉害的中国通即将出现在天津卫，他的世界便会更加复杂……

几天后的塘沽码头，冰雪还未融化，万物萧瑟。

码头上，一个马靴擦得锃亮的日军宪兵少佐加藤似乎正在迎接一个人。

这时，一位中年人从军舰上走下，那人身穿一件非常普通的西装，头戴礼帽，帽檐压得很低，盖住了他有些黝黑的脸膛。这人突然挡在加藤等人的面前。

加藤差点发作。

那人的口中却吐出几个日本字来："我叫武田弘一……"

加藤呆住了……

两辆黑色的轿车行进在街道上，加藤少佐不时地打量身边显得有些木讷的武田弘一。

这个年轻自负的日本宪兵少佐心里有些失望，传闻说武田弘一是日本陆军情报机关的精英，有着可以跟山本勘助（日本战国时期最著名的探子）媲美的威名。而"九·一八"事变——以一个营的兵力奇袭中国东北军基地北大营就是这个武田弘一为首的参谋机关策划的。不过加藤怎么也想不到，这样威名赫赫的一个情报头子居然毫不起眼得像个日本关西的农民。

沿途颠簸，汽车逐渐行驶进了天津市区，一路上武田弘一一句话不说，始终保持沉默，加藤少佐实在忍不住车里的沉闷气氛开口了。

"武田阁下，您是第一次来中国吗？"

武田点点头。

"阁下，天津宪兵司令部对您的到来很重视，原本是要安排宪兵沿途保护的，可是听说被您拒绝了……"

　　武田弘一举手打断了他的话，缓缓说道："我看过陆军本部的战报，天津既然已经被完全控制了，那就不需要为我一个人浪费军力。"

　　加藤少佐很自信地点头："天津在大日本帝国军人的控制下当然是绝对安全的。"

　　武田弘一淡淡一笑，没有回答，继续保持沉默……

　　与此同时，街边茶楼的二楼包厢内，早已有人准备暗算武田弘一。

　　外面隐约有天津大鼓的书乐声传来，包厢内的三人显然没有心思喝茶，似乎是在等着什么人。这三人是中统的特工，为首的代号"影子"，正表情严肃地看着窗外。

　　黑衣人甲看了下表："我们的人该进租界了。"

　　影子回头："都布置好了？"

　　两名黑衣人都点了点头。

　　正在这个时候，门帘被人挑起，一个老巡捕穿着警服走了进来。三个黑衣人一惊，另外两个黑衣人不自觉地站了起来。

　　老巡捕声音沙哑，根本不看三人，直接说道："例行检查，把证件拿出来。"

　　"没看这儿听戏的吗，查什么查？你这巡捕不会闲的吧？"

　　"恐怕听的戏不是在茶馆内吧？"沙哑的声音淡淡地回应。

　　三个黑衣人脸色都变了变。

　　老巡捕自顾自地倒了一杯茶，喝了下去，冷冷说道："你们是重庆方面中统的人，今天是在等人！"说完，头也不抬地向特派员"影子"指了指，"你的代号叫'影子'。"两个黑衣人一惊，从怀里掏出枪来。

　　那人视而不见，缓缓念出两句诗来："大漠孤月，长河落日。你们等的是这句，对吗？把家伙什都收起来，我就是你们要等的人。"

　　众人愣住了，两人缓缓收起了枪支。

　　眼前这个人就是范江海？他们要等的人？中央党务调查科训练班第一期负责人？影子有点不敢相信，眼前这个看似再普通不过的巡捕，怎么可能是自己的老师……

　　他便是中央党务调查科训练班第一期的学员。

　　"老师，你的脸？""影子"有些惊讶，又有些伤感。眼前的这个人脸几乎毁了，面目扭曲，分辨不清往昔的模样，而且声音也变了，这是怎样的毅力！他不敢想象。这就是潜伏下来的代价吗？

　　"我叫谭华，宫北巡捕房的老巡捕，记住，这里没有范江海。"那个叫谭华的老巡捕又开始说话了，声音如同破锣，"外表变不变不重要，重要的是跟你坐在一起说事儿的人对不对。"

第一章 秘密

"你们安排了刺杀武田弘一？"老谭轻声而严厉地说。

影子点了点头："如果一切顺利，武田弘一应该活不过今天。"

"停止这次行动。"老谭不由分说，喝下面前的茶。

"不可能，箭在弦上，如何不发……"影子急躁地反驳。

"日本人如果真的好对付，会有今天的局面吗？"老谭叹了口气，摇摇头缓缓说道，"武田弘一当然是要除掉，但不是现在。"

"可是，一切已布置下去，早已无法更改了。"

房间里，几分钟的静寂，继而那沙哑的声音继续说道："以后不到万不得已，不要用这样的方式和我联系。"老谭戴上帽子走出去，在门口，老谭停了下来，"给你手下的人准备几口棺材吧。"

走出门，老谭遇到了自己的同事，顿时老谭恢复了捕头的贫嘴，和三等巡捕韩培均互相打趣，在街头巡街。

几乎在同一时间，沈西林在东华洋行遇到查理。

查理和沈西林谈及了曾经那笔没有谈完的生意。

原来查理是希望沈西林帮自己，想办法把一个被海关缉私队抓了的西班牙商人华尔顿放出来。

沈西林一挑眉毛："这事儿找我干吗？我不过是个洋行经理，这可不是我的经营范围。"

查理笑了："沈先生的多重身份在我眼里却不是秘密，你不仅是东华洋行的经理，更是天津特务委员会的人，潘主任出了意外，而你刚刚成为代理主任。"

听了这话，沈西林面不改色，依然优雅地看着查理。

"我们英国商会同样有沈老板这样身份的人……"

沈西林抢白："比如你，你就是英国军情五局的。"

查理脸色变了，沈西林依然微笑着，继续说着："既然两人背后的身份都挑明了，那么就可以谈谈生意上的事儿了……"

随着汽车的移动，路边混在人群里的几个人影一直在注视着这两辆汽车。

轿车拐了个弯，即将进入法租界，突然一辆运泔水的板车在武田的车前意外倾覆，汽车被迫停下。开车的司机刚要下车便被加藤少佐制止。

运泔水的两个工人看车里没动静相互对视一下，突然拔出枪来，想要射击，结果接连枪响，暗处的狙击手将送泔水的工人击毙，周围瞬间冒出众多日本军人以及汉奸特务，迅速将四周埋伏想要行刺的同伙抓获。

一时间，街面大乱，混着女人的尖叫声和小孩的哭闹声，人们四散奔逃。

加藤少佐更加得意了："这些是支那人中统方面的特工，希望武田先生没有受惊。"

武田弘一神色依旧淡然。

汽车继续向前行进，加藤少佐信心满满地指着窗外："这里就是法租界，穿过去是日租界。不过，周围几个街区已经被宪兵队和国民政府（汪伪政权）特务委员会的特工层层设防了，连只苍蝇都飞不进来。"

就在枪声大乱的时候，巡捕的警笛声响了。老谭和韩培均吹着警笛挥着警棍跑了过来，看到路中间两个送泔水的躺在血泊之中，老谭和韩培均刚要拔枪，突然几把寒光闪闪的刺刀戳在两人面前，日本宪兵把两人围住。老谭的脸色马上变了，他本来嗓子就哑，这时更支支吾吾的说不出话，身体哆嗦好像腿肚子转筋。

行刺的几个同伙纷纷被抓住押了过来，在路边跪着排成一排。这些行刺的人正是国民党中统的特工，得到情报有日军高级情报官来天津，本想进行暗杀，不料行动早已被日军截获，他们成了日本人砧板上的肉。

被俘的中统特工面如死灰地跪在地上，一个剃着平头的年轻人抬头，透过明晃晃的刺刀看到日本宪兵周围站着的几个汉奸特务，那中统特工苍白的脸进而变得愤怒。

"张金辉、王建中！你们两个叛徒，出卖我们！"

一个枪托砸了下来，那张愤怒的脸顿时血肉模糊，瘪进去一半。

两个被骂叛徒的人正是原本中统在天津潜伏下来的特工，被其他的汉奸诱捕策反现在也成了汉奸。张金辉带着邀功请赏的媚态数着人头跟宪兵队长说："一共七个都在这儿。"他旁边的王建中却面带愧色。

日本宪兵队长对手下一阵叽里咕噜地喊话，日本宪兵们齐刷刷地拉开枪栓把这些刺客就地枪决了。

枪声响过，看着那几个刺客直挺挺地栽倒在地上脑浆崩裂，老谭更是怕得好像身体矮了一截，哆嗦得更厉害了，遭到了日本宪兵队长的讥笑。

"劣等的支那人。"宪兵队长轻蔑地看着两个巡捕。

老谭哈着腰跟日本兵行礼，拉着韩培均跑了。

拐过弯，老谭解开身上背的铝制水壶，打开盖子猛喝了一大口。老谭有点胖，跑了几步额头已经开始出汗，他不但身体胖、嘴还有些歪，似乎是中风的后遗症。定了定神，老谭用沙哑的嗓音说："你还非在那儿看？日本人杀人有啥好看的？"

"回去怎么交代？这儿可是租界，日本人说杀人就杀人？"韩培均有些担心。

"就说是在路口西边，不在租界里，不归咱们管！"老谭喘着粗气，跑的那几步明显让老谭有点受不了了。

旁边的韩培均摇摇头，从怀里摸掏出个小酒壶抿了一口说："行，这年头，人命没有一个铜子儿值钱呐。"

"脑袋在自己脖子上就值钱。"老谭收起水壶，喘着的粗气逐渐平复了，"当班还喝酒，让亨利帮办闻出味儿来找咱们麻烦吗？"

韩培均看了看老谭摆弄的水壶嘟囔着："不喝酒喝啥？喝你那水壶里的中药汤子？"说着韩培均抢过老谭的水壶看了看又闻了闻，"这是啥？一股子鸡屎味儿。"

老谭急了，一把抢回来："甭碰洒了！这是鹤仙草，管咳嗽还压惊，比你那马尿强多了。"

武田弘一的汽车走在法租界的街道中，租界似乎是完全没有受到战火的影响，人来人往，热闹喧哗。几个少年在路边屋顶高低错落的西式洋楼的房檐上跟着汽车移动，为首的一个少年轻声吼道："打！"

几个拉满的弹弓随即发射，拇指大小的石子破空而出，击中了日本人的汽车，其中一个石子还打飞了汽车上悬挂的太阳旗，车玻璃也被击碎了。加藤少佐吓了一跳，两辆汽车瞬间熄火。

其实这样的袭击造成不了什么实际的损失，不过是打破了几块车玻璃，但是后果很严重，因为一个石子划破了武田弘一的脸颊。加藤少佐很没面子，恼羞成怒下车拔枪冲着在屋顶四散逃跑的少年瞄准。

就在加藤要扣动扳机的时候，一只手搭在加藤的肩膀上。

"不要开枪。"武田弘一冷冷地说。

加藤有些意外。

"占领这个城市不是为了杀光他们，特别这些是年轻人，你应该明白我的意思。"

武田弘一看着那几个少年逃跑的方向。就这么一会儿工夫，几个少年消失在层叠屋檐中……

武田弘一轻轻抹去脸上的血迹，转过头看着周围充满了东方殖民色彩的老天津的街道喃喃地说："层层设防还能被人袭击，看来我们对这个城市的了解远不如这几个年轻人。"

武田弘一抽出自己身上随身携带的照片递给了加藤，那是一张他和另外两个中国人的合影。他需要找照片中的两个人，他们是武田的同学，他非常知道他们的能力，他需要找到他们为他所用，如果成为敌对的那一面，那么最好尽快解决了他们。

武田弘一露出踏入中国后的第一次笑容，转身上了车。

第二章　变故

一众少年翻过一片楼房，跳入一所教会学校。几人对袭击得手兴奋不已。十七岁的韩子生就在其中，子生是一个脸色青白消瘦的少年，和这群少年显得有些格格不入。

几个少年为首一人叫汪大川，父亲汪少山是名琴师，曾经在天津卫有名的黄金大戏院给马连良、张君秋拉胡琴，津门帮会老大家里开堂会也点名请过他。汪大川从小就在戏班厮混，是个武生的料，可他父亲看破了戏子一生都会寄人篱下，打死不让汪大川唱戏，借钱让大川上教会学校。不想，汪大川不好读书就喜欢拳脚，还暗中拜了帮会的堂口。刚刚用石子打掉车上太阳旗的就是他。

另一个穿着高档尼料子西装还带着领结的阔少叫孙文博，家里开商行的，父亲孙明远还是天津商会的副会长，孙文博喜欢看武侠小说，向往那些江湖义气，喜欢跟着汪大川厮混。

两人是学校里的哼哈二将，身边总是跟着几个混愣的半大小子，此次上房原本就是想用弹弓打打过街的日本女人，不想遇到了挂着日本旗的小汽车，几个胆大妄为的少年便就此发动袭击。叫上同学韩子生，不为别的，只因为韩子生对租界的道儿最熟悉，从哪个房顶能最快翻回学校，子生闭着眼睛都知道。

一路上，汪大川吵吵着这次可惜了，下回得弄把枪教训教训日本人，几个少年都跟着起哄。而韩子生则显得有点忧心忡忡。孙文博讥笑子生胆小，汪大川也让子生必须去，没他带路，几个人怎么撤退都不知道。

众人走进学校，老师莫燕萍正在教习日文课。这是韩子生最喜欢上的课，因为他可以堂而皇之地盯着这个漂亮的女老师仔细地看。莫燕萍出身于书香门第，白皙的皮肤、玲珑的身材包裹在素色绸缎制作的旗袍里，显出大户人家的高贵气质。她的声音抑扬顿挫，又给人以日本女人的温婉。每次上课韩子生都觉得是莫燕萍在轻柔地对他一个人讲故事。

可今天，兴奋的汪大川破坏了韩子生的遐想。汪大川跳起来嚷嚷说："他妈的，小日本都占了半个中国了，还学什么日语。"一面说着，一面站在桌子上撕碎了课本。

跟着，孙文博等少年起哄，也撕碎课本，引得众多学生效仿，教室里碎纸片漫天飞舞。

课上不下去了，莫燕萍很伤感，蹲在地上慢慢地捡起课本碎片。

韩子生心中不忍过去帮忙。

莫燕萍看了看韩子生轻声地用日语说道："战争很讨厌，但《源氏物语》是美的。"说完，莫燕萍放弃了残破的课本转身离开。看着纸片飞舞中的莫燕萍婀娜的身影，韩子生有些陶醉。

冬日的午后，阳光没有了温度，照在残败的街头，反而折射出清冷的光。

韩培均匆匆走过街头，他非常警觉，目光敏锐地察觉四周的一切。在路口的包子铺，韩培均顿了顿，似乎是鞋带散了，韩培均低头系了系鞋带，继而起身，才走进了包子铺。

一个年轻男子坐在靠窗的拐角，男子书卷气很重，方眼镜后面透出一股真诚的目光，他叫方君年，一支笔杆针砭时事，有一定的影响力，同时又是我党外围情报人员。

两人寒暄着，看着四下无人注意，方君年低声而兴奋地说道："天津文化各界要成立文艺抗敌会，希望能发展天津教育、文艺、新闻各界的地下抗日力量，而且还制作印刷了很多宣传品，还编辑出版了抗日报刊……"

方君年越说越兴奋。

韩培均却打断他："你要离开天津了。"

方君年有些疑惑："为什么？"

"今天租界出事儿了，国民党的人行刺日本高级情报官，全被杀了，那日本人叫武田弘一，是新来的日本驻天津情报机构的头目，他肯定会对天津的地下活动进行严厉的打击，我们必须小心。"韩培均严峻地说。

方君年无奈："好吧，我服从组织安排，不过有些学生想去延安，你是不是跟组织上说一下。"

韩培均摇了摇头："暂时不行，风声太紧，去延安的事儿我会汇报，从现在开始，除非紧急情况，不要跟任何人联系了。"

方君年点头："抗敌会成员名单我手里有一份，还有一份在七月剧社的老何手里，老何你见过，人很可靠，他那儿还有我们的印刷机和宣传材料，以后有什么情况，可以让组织派人跟他联系。"

谁都知道那份名单非常重要，泄露了可是几十个人的命。

韩培均点了点头。

韩培均回到宫北巡捕房，众多巡捕歪戴着帽子正对着报纸研究着马经。英租界的跑马场在当时红极一时，让这些巡捕做着一夜发财的黄粱美梦。

韩培均对这个倒没什么兴趣，一抬头，便看见巡捕房斜对面宫北电话局的门房邵老栓佝偻着背在门口跟自己打招呼："老韩，你老家来信了。"

邵老栓把信交给韩培均。几个巡捕见邵老栓来了，一下子围了上来，请他捎这个捎那个……

邵老栓在法国人开的电话局待的时间最长，因为跟巡捕房近，所以和众多巡捕都混得熟悉。几乎所有巡捕都让邵老栓帮忙弄一些东西，邵老栓自有办法弄到走私货，大到丝绸、布匹、煤油、颜料、车胎，小到白糖、火柴、卷烟，当然其中不乏西药、烟土什么的等违禁品……邵老栓免不了从中刮点油水。

韩培均不理会，退到一旁，从信下面抽出一张纸条，看完纸条顺势从怀里掏出酒瓶子，把那纸条就着酒给吞了，然后才把信撕开。

他身后，老谭还在愁眉苦脸地泡着他的鹤仙草——带有鸡屎味儿的苦茶。

老谭走进自己的办公室，屋外一片喧闹。

老谭合上门，从抽屉里拿出一个笔记本来，从中间抽出一张照片，照片上三个年轻人风华正茂，老谭陷入沉思。

当天下午，武田便找到了张金辉。在茂川别墅的办公室，张金辉脸上还有些擦伤，但显然，受到武田的接见，张金辉还是显得有些兴奋。张金辉的表现有点负荆请罪的味道："没有保护好军粮，甘愿受罚……"

出乎意料，武田摇了摇头，一脸的信任："我已经调查清楚了，你是第一个冲过去试图阻拦引爆车辆的，还因此受了伤。中统对我的行刺，也是你提供的线索，保护了我的安全，所以你的功劳很大，我要对你嘉奖。你们特务委员会有你这样的行动队长我很高兴。日后，天津的治安还要靠你这样的人。"

武田几句话让张金辉甘愿俯首称臣。张金辉连连拍着胸脯："武田长官你放心，只要我张金辉在，那些中统、军统的事儿我都门清，保证让他们一个个有来无回。"

"在天津活动的可不只有国民党，听说你们最近盯上了一些人？"武田试探地问。

张金辉逢迎道："您消息可真够灵通的，行动队现在是盯上了一些亲共分子，不过都是些小鱼小虾，耍笔杆子的白面书生，用不着放在心上。"

武田摇了摇头："话不要说得那么满，不起眼的事情往往可以给我们带来更多的收获，更大的利益。而且这里面有一个叫方君年，是《天津日报》的主编？"

张金辉很意外，他没有想到武田会知道方君年。

"这个方君年我调查过，他在天津新闻界很有名气，如果他真是共产党，相信

第二章　变故

他身后肯定藏匿着更多的人。"武田缓缓地说，"我想你应该知道我来天津的目的。就是要让天津所有的地下组织全部崩溃，不管是国民党的军统、中统，还是共产党！"

张金辉犹豫了："新上任的特务委员会代理主任沈西林可是一个刺头……"

武田笑了："没关系，你尽管行动，一切由我来解释……"

这下，张金辉吃了定心丸。

莫燕萍回到家已是傍晚。

正赶上家里有客人，但很明显丈夫方君年跟客人谈得很不愉快，甚至方君年还扬手将一只茶杯摔得粉碎。

莫燕萍很少见丈夫这样激动，最近的一次还是六年前的"九·一八"事变，那时候他们还没结婚，莫燕萍刚上大学，而方君年已经是毕业的学长了。在一次校友聚会上他们认识了，也是那一次他们同时知道了"九·一八"事变，知道了日本人侵占了东三省。方君年悲愤不已，打碎了茶杯，破碎的瓷片割破了方君年的手掌，而方君年就用流着鲜血的手掌在桌布上写下了"国耻之日我辈勿忘"，那滴滴鲜血让莫燕萍既激动又难忘。

今天，惹得丈夫如此暴怒的客人却面不改色，看到莫燕萍进来还很绅士地向她点头。那客人穿着儒雅、头发梳得精心细致，微笑着对莫燕萍说："是方太太回来了，君年兄有些激动，嫂子帮忙劝劝。"

说完，那人走了。莫燕萍才想起来这人自己见过，是方君年的同学，叫沈西林。六年前的校友聚会上，站在方君年旁边的人就是他。

此刻，方君年似乎遭到了重大的打击，颓然不语，猛地抬头对莫燕萍说："我们得走，得赶快离开这个地方。"说着方君年开始慌张张收拾东西。收拾了一半，他似乎想到什么，说道："不行，我得出去一下。"临走时，方君年告诉莫燕萍："无论遇到什么情况，那本《源氏物语》要保存好。"

莫燕萍虽然不明白是为了什么，但见君年如此慎重，便点点头答应了。

方君年匆匆离开了家，走进了暮色里。

冬日的白天很短，屋外的光线已经模糊，在一家小旅馆的过道里，方君年启用了应急线路，直接打电话给了领导周先生……

这一切都让暗中的沈西林看得一清二楚，他在思考着如何解救方君年，同时保守自己身份的秘密。

宫北巡捕房内。

邵老栓借口给韩培均送洋油，找到他。两人见面，邵老栓说出方君年已经暴露的消息，情况紧急，老周要求通知所有人转移……

这一天一切都始料不及，然而韩培均并没有乱了阵脚。

当儿子韩子生放学后来找自己时，韩培均一如往常，让儿子骑着他那辆旧自行车回家，不过不是韩培均带着儿子，而是韩子生驮着父亲，而且要把韩培均平日巡逻的路走一遍才能回家。有时还要穿过几个租界，绕一个大圈子，可韩培均每次都让子生这样傻骑一气。

韩子生不明白，自己在教会学校混到毕业也许能在洋行谋个差事，穿西装打领带当个洋行的小开，这是子生妈给他设计的人生规划，而这样的规划跟骑车逛租界能有什么半毛钱关系？

不过韩培均总是在后座上一边喝酒一边说："当小开就得对租界地面熟悉，哪有洋行哪有当铺哪有五金店哪有纱厂都得清楚，要不你跑不来生意。"

这天傍晚，方君年遭遇到了前所未有的绝望，站在街头的他发现无法摆脱黑衣人的盯梢。

在巷子里来回转着，方君年期望能将身后的黑衣人甩掉。

然而屡屡发现黑衣人的踪迹，汗珠从方君年的额头沁了出来。转到一个巷子里，方君年被一个身影拉了过去，是沈西林。

方君年吓了一跳，沈西林比了手势让他噤声。

"你怎么还在街上转悠？"沈西林有些不悦，低声问道，"我提醒过你了，起码你该藏起来。"

方君年怀疑地看着他："我凭什么相信你？"

这时，不远处传来警车的声音，似乎越来越近。

方君年慌乱道："你派人来抓我？"

沈西林冷笑："我要派人抓你，去你家就把你抓了，还要等到现在？"

方君年整个人缓了下来。

沈西林为方君年指出了一条逃脱的路线，走出这条巷子，往左拐100米是一家茶楼，上二楼，有一个楼梯，下楼梯进一个巷子，往前走，右拐是一家绸缎庄，绸缎庄有后门，出了后门，有一个厕所，将帽子扔了，衣服反穿，走到路的尽头有一家大排档。

"在那家大排档里，你反穿大衣坐到食客当中去，我帮你将他们引开。"沈西林冷峻地说。

方君年迟疑地看着他，没有说话。

沈西林再次笑了："我不只是汉奸，别忘了，还是你的老同学……"

方君年按照沈西林指引的路逃跑，果然一切如沈西林所说的那样，他很顺利地摆脱了追踪者。

方君年走了过来，冲进绸缎庄。

有伙计说打烊了，方君年没有理会，推开伙计，穿过绸缎庄，在巷内匆匆走过，继而把大衣脱下来反着穿上，坐到了街头一边的大排档里，混在食客当中。

一边，沈西林开着车，行驶到路口，停了下来，他下了车，点了一根烟，靠在汽车旁。远远地可以看到，方君年坐在其中的那个大排档，黑衣人正在对食客和路人进行盘查。

方君年坐在其中，神色有些慌张，低下了头，压低帽檐。

三两个穿黑衣的特务走了过来，与沈西林擦身而过。

沈西林喊住了其中一个："嘿，你们是行动队的吧？"

那特务被叫住一愣神："你是干吗的？"

沈西林掏出证件让那特务看，特务一看马上毕恭毕敬："哟，沈主任，小人有眼不识泰山。"

沈西林斜睨了一眼："你们就这么抓人？"

那特务有点不明白。

沈西林用下巴指了指对面盘查的人群："在这儿查没用，把你的兄弟带到前面那几个路口去，那边儿可是没咱们的人，大鱼要想漏网，会找那样的洞钻。"

那特务一听，仿若恍然大悟，正欲撤离。

这边，黑衣人隔着几张桌子快搜查到方君年。方君年惶恐地从帽檐下看着来人，终于按捺不住，起身，飞速逃开。

黑衣人一见，大喊："站住。"

这边，几个特务刚走了几步，随即止住了步子，也跟了过去。

沈西林眉头紧拧，跟了过去。

就在这时，子生骑着自行车带着韩培均与沈西林的汽车擦身而过，远远地看到了众特务和沈西林等人围住了街角的小楼。

方君年站在了楼上，楼下被特务团团围住。

沈西林看着方君年，意味深长，但又好似面无表情。

方君年决然地看了一眼沈西林，随后在众目睽睽之中，从楼上跳了下来……

血从他的身体下方溢了出来，他睁大眼睛，仿佛对这个世界有着眷恋和不舍。

看到这一幕的还有韩子生，他整个人都震住了……

既然他已经死了，共产党马上就会察觉。武田要求张金辉立刻行动，今晚，所有和方君年有联系的人都要抓回来。

韩培均随后让子生先回了家，独自一个人来到了七月剧社，见到剧社的我党负责人老何。韩培均只是简单说了一句："老方牺牲了。"

老何吃了一惊。

顾不得迟疑，韩培均赶忙命令老何和自己一起动手，从地板下面找出印刷机，捣毁，老何拿出火盆开始烧宣传材料。

两人一边忙着，韩培均问："方君年给你的名单放哪儿了？"

老何从衣柜里找出一件衣服，用牙咬开，在夹层里拿出名单。韩培均将名单打开看了看，扔到了火盆里，名单烧毁。

"可是，烧了以后，组织怎么跟这些人联系？"老何问。

韩培均摇摇头："顾不了那么多，先保住命要紧。老何你先走，赶快离开天津。"

老何拗不过被韩培均推走了。韩培均有条不紊地烧着剩下的材料，那火光把韩培均的脸照亮了。

一切正如韩培均所料，就在同一天晚上，几个小时后，我党学校、报社等几个据点被破获。

次日，教会学校的小礼堂，参加唱诗班的学生在排练颂歌，子生捧着曲谱站在台上跟着学生们一起唱着，他的眼神却一直在台下弹着管风琴伴奏的老师莫燕萍身上。

虽然他知道要在租界当洋行经理的跟班首先得有一口流利的英语，但他更喜欢日语，其实在心里他是喜欢听老师莫燕萍讲日语的声音，那声音让他觉得有种迷人的女人味道。子生参加唱诗班的原因也很简单，因为这个唱诗班是老师莫燕萍一手操办的，她会为学生亲手制作礼服，在给学生量体裁衣的时候，子生迷恋莫燕萍那柔软的双手对自己身体的触碰。

而今天，莫燕萍明显有些心神不宁，昨晚方君年一夜未归，不知下落，这让她有些心焦。平时熟悉的旋律今天却弹错了好几个音符。莫燕萍的错误让子生走神了，在该他领唱的时候没有跟上节奏，莫燕萍喊了停，从眼神里子生看出莫燕萍的不满。

排演重新开始，就在这时，礼堂的门突然被撞开，几个穿黑衣戴礼帽的人闯了进来，并亮出证件，他们是伪政权特务委员会的特务。

礼堂里一阵混乱，子生和汪大川等人都有些担心，以为他们袭击日本汽车的事败露了。

第二章 变故

莫燕萍拦住特务们："这里是学校，没有你们要找的人。"

这时，暗处走出一个人来，摘下礼帽，依旧是儒雅的表情，头发梳得精心细致，他冲莫燕萍微笑着说："我们不是来找你的学生的，是来找你的。"

莫燕萍看着那人呆住了，此人正是沈西林。

在众人的惶恐中，莫燕萍被带走了。

站在舞台上的子生没有看清沈西林的脸，但他记住了这个男人软绵绵的声音。

唱诗班的排演进行不下去了，汪大川等少年愤怒得想去抢人，被闻讯而来的教导主任制止了。

教导主任让孩子们别犯傻，那些人都是特务！继而带着众人做祷告，为莫老师祈祷。

汪大川愤恨喃喃地说："如果我有枪我非……"

就在众人默默祷告时，礼堂再次有人闯入，是巡捕房的一众巡捕。老谭走在前面，还是一副惊慌失措的样子。巡捕们不说话，都看着老谭，老谭清了半天嗓子也没说出什么来……

看着老谭那张又胖又歪斜显得有些丑陋的大脸，韩子生的脑子里突然浮现出父亲的形象，可父亲的脸庞不再因为劣质白酒的刺激而红润，却变得苍白、很苍白……

赶到家，韩子生明白为什么脑子里的父亲是那样的面孔了，他看到了父亲韩培均冰冷的尸体。

韩子生不是韩培均亲生的，子生妈早年死了丈夫，在韩子生十岁的时候改嫁过来，体弱多病的子生妈没几年就去世了，临死前子生妈死死地拉着韩培均的手，瞪着灰蒙蒙的眼睛看着韩培均想说什么却说不出来。

韩培均明白，这女人怕自己会对孩子不好。

"你放心，子生就是我亲生儿子，我一定让他在天津卫当上小开。"韩培均的声音有些沙哑，但听了这话，子生妈似乎放心了，灰蒙蒙的眼睛暗淡了下来，身体里悬着的那口气随着窗口飘进的那股风如烟一般地散去了。

从那以后，韩培均没再讨老婆，因为讨老婆要花钱，而且他答应了子生妈不想亏待了子生，巡捕房发的那一个月几块大洋的薪水大半都花在了韩子生身上，供着孩子上教会学校，剩下的除了酒都用在了租界里那些做皮肉生意的女人身上。

留着八字胡的法国法医把尸检的情况向亨利帮办做了汇报，亨利是带着一脸赘肉、有着大下巴、挺着巨大啤酒肚的法国人，法医啰唆了半天亨利完全没听进去，满脑子在想着日租界居酒屋里面那几个穿着和服细皮嫩肉的日本娘们儿。辖区出了这样的命案，死的还是自己的下属，明显耽误了亨利寻欢作乐的时间，亨利胡乱地应付着让老谭等几个巡捕接着调查。

幸好死的不是外国人，中国人就无所谓了，这种事儿巡捕房是管不过来的。亨利满不在乎地说着，戴上帽子夹着手杖走了。

法国帮办的样子让韩子生愤怒，他一直在巡捕房的角落里安静地等着，等着这些租界里的警察为他的父亲讨个公道，他也听到了法医说的一切……

父亲的死深深地刺激了韩子生，一连几天子生都坐在巡捕房的走廊里等着那些警探，他想知道父亲为什么这样突然死了。可巡捕房还是按照抢劫来草草结了案，毕竟关外来的难民越来越多，租界的治安问题日益严重，这是个很冠冕堂皇的说法，当然或许是帮会塞给大胖亨利的那几十块大洋起了作用，亨利对自己的这种说法深信不疑。

但韩子生不相信，在繁华的天津租界谁会去抢劫一个巡捕。子生的吵闹引起了亨利帮办的不满。亨利挺着大肚子警告韩子生，在巡捕房闹事他可以随时把他关起来。子生被老谭拉走了，他劝子生，跟法国人掰扯没用，他和巡捕房里的兄弟都会留心的，毕竟同事一场，他也不想看着韩培均枉死非命。

次日的《天津邮报》刊登了凶杀案结案的消息，冠冕堂皇地引用了亨利的说法，在亨利那大胖脸的头像边还刊登了一张照片——一条石板街的小巷，那正是泰隆胡同，后面影影绰绰是个尖顶教堂的建筑。子生认出来那是老西开教堂的后身。

那张报纸被子生剪下来，他要留着，父亲的死成了子生心中挥之不去的阴影。

第三章 诡谲

几天后，莫燕萍被放了出来，她带着一脸的青肿，嘴角挂着血渍，身上的旗袍被撕得七零八落，只能勉强遮住她曲线玲珑的身体。

莫燕萍就这样失魂落魄地回到了梅园公寓。这座公寓在租界地区也算是有点钱的人才能租住的地方，旁边的邻居一看就知道在莫燕萍身上发生了什么。能从伪政权的特工总部天津办事处所在地——青木公馆里活着出来的人没几个。

莫燕萍步履蹒跚，这几天发生的一切犹如噩梦一般在她脑子里闪现出来。

在青木公馆的审讯室里，汉奸特务说方君年是共党分子，逼问莫燕萍，期望能从她口中得到一些有用的信息，然而莫燕萍真的什么都不知道。但他们并没有放过她，用皮鞭抽她，用辣椒水灌她，用厚毛巾盖在她脸上在上面浇水呛她……湿透的毛巾糊在脸上让莫燕萍无法呼吸，只要她憋不住了，冰冷的水就会从嘴巴、鼻孔、眼睛、耳朵里灌进来，好像她的胃、气管和肺都浸泡在水里……

残酷的刑罚让她昏过去再醒来，好几次莫燕萍都觉得自己快死了。

莫燕萍哀求那些人能放过她，她什么也不知道，可没人理会，特别是丈夫同学的那个沈先生，自己受刑的时候他就坐在一边看着，依旧穿着笔挺的西装、头发梳得精心而细致，脸上带着永不消退的优雅的表情。

莫燕萍用哀伤绝望的眼神望着沈西林，她想让他帮帮她，似乎自己的眼神起了作用，沈西林站起身制止了那几个汉奸特务行刑。

沈西林走到莫燕萍身边，莫燕萍以为他会放开自己，是的，她是被放开了，从刑椅上放开再被绑到桌子上。然而沈西林却让人脱掉了莫燕萍的外衣，莫燕萍惊诧，觉得自己的尊严彻底被抹杀掉。

沈西林究竟要干什么？莫燕萍浑身颤抖，一半是恐惧，一半是激愤。

还好，沈西林只是给她安装了一个测谎仪，开始对她进行审问。

"姓名，年龄，职业，老公的身份……"

一边，机器上的曲线开始了波动变化，显示出莫燕萍心跳脉搏加速。

这证明了莫燕萍没有说谎，她真的一无所知，终究是逃脱了最后的审讯。当她得知可以离开青木公馆时，几乎整个人都散了架。而一边，沈西林却露出清冷的笑意，那笑容，让莫燕萍觉得阵阵寒意。

她不知道自己究竟是怎么走出来的，怎么走过那些街道的，怎么走到梅园公寓门口的。轻飘飘的，没有意识，也没有了感觉，行尸走肉一般。同住梅园公寓的玉茹与莫燕萍擦身而过，正要打招呼，莫燕萍却两眼茫然地走进了公寓。

玉茹有些不悦。

不远处，一辆车内探出一张男子的面孔，向玉茹打着招呼，是沈西林。

玉茹甚是惊喜，这样一个有头有脸的人物真的记得自己。

玉茹上了车。

沈西林问玉茹跟莫燕萍熟不熟。

玉茹笑了："怎能不熟，不过，倒是真没说过几句话，那个少奶奶眼睛长脑门儿上，看得上谁？不过看来她是得罪不该得罪的人了。"

沈西林带着微笑掏出一叠钞票塞给玉茹说："看着点她，我不想让她死了。"玉茹有些意外，沈西林说，"别多问，这年头知道多了不好。"

沈西林的钞票起了作用，他的车刚走，玉茹就救下了已经把脑袋挂在房梁绳套上的莫燕萍。

沈西林当晚又一次出现在了喜乐门，这次是查理邀请沈西林，致谢为其救出了华尔顿。

令沈西林没有想到的是，竟然在这里遇到了一个日本商人，叫荒木达熊，和华尔顿倒是很熟悉。经华尔顿介绍，沈西林知道了荒木的背景，他是先月株式会社的社长，日领事馆荒木先生是他的哥哥。

音乐声响起，沈西林怀里抱着玉茹跟着音乐摇摆，一边查理则在舞女月凤的陪同下跳着舞。

说到莫燕萍，玉茹笑道："想不到沈先生真是情种，这就恋恋不忘上了。"沈西林潇洒地将几张钞票掖在玉茹的衣服领口边："看好她，其他的不用你操心。"玉茹风情地拍了拍沈西林："明白，我想操心也操心不来啊。"

沈西林的目光绕过玉茹，突然，他似乎发现了什么，是荒木达熊正往一边的走廊走去，而一个侍应生端着托盘跟了过去。

沈西林眼尖，托盘下面不是枪还能是什么？

沈西林放开玉茹，跟了过去。

走廊里，那侍应生突然举枪对向荒木。沈西林抄起一边的茶杯砸了过去，不偏不倚，正中侍应生的手腕。砰，这一枪打歪了。

沈西林飞奔了过去，飞快地一把握住侍应生的手腕，只一捏，侍应生便"啊"的一声，手枪落地。

沈西林救了这个日本商人一命。

这一晚，老谭与"影子"再度见面。

街头的馄饨摊散发着温柔的雾气，消散在夜色里。黑暗里，"影子"的面孔变得模糊，只是冷冷地表示，要再进行一次暗杀。

老谭摇了摇头："武田弘一来了，这是一个不好对付的角色，共产党以及中统都受到了威胁，损失严重。"

"影子"想说话，老谭举手示意他不要说下去："不要不相信我的话，躲起来，一周后，你就知道我说的话意义之所在。"

与此同时，武田弘一将那张合影递给了沈西林。这张照片曾给加藤看过，是他和两个大学同学的合影。

沈西林看着照片，若有所思。

武田解释："这上面的两个人一个叫范江海，一个叫韩树森，都是不简单的人物，我需要尽快找到他们。特别是范江海，他是中统的前身国民党党务调查科第一期训练班的负责人。"

沈西林点了点头："我会尽快找到他们。"

老西开教堂约翰神父主持了韩培均的葬礼。空旷肃穆的教堂加重了韩子生的悲哀，他努力地忍住不让自己哭出来。

约翰神父念完祷告词，合上圣经走到跪在棺材前的子生旁边，在胸口画了个十字，把手放在子生头上，缓缓地向上地念道："他会上天国，他的主在等他。"似乎在叹息过了半天之后，约翰神父才说出来，"阿门。"随着这声阿门，韩子生终于忍不住流出眼泪。

巡捕房的同事只有老谭参加了葬礼。老谭带来一个包袱，用沙哑的嗓音说："这是韩培均留在巡捕房里的东西，包袱里不过是些老家来的信和一本圣经。"老谭看着默然流泪的韩子生想说什么又止住了，最后留下一句话，"有什么需要可以来巡捕房找我。"

老谭表情很平静，但内心并没有那么安稳……

那天晚上，老韩从七月剧社出门，似乎察觉到异样，身后有人跟着自己。老谭绕了几个胡同，走进了泰隆胡同的妓院里，良久才从妓院里走出来。

一双手拍在他的肩膀上，倒是把他吓得一个激灵，回头，却是一张丑陋的脸，是老谭。

老谭表情平静："相处这么久，都没有好好聊聊，今天我要请你喝碗羊杂汤。"韩培均笑了，那我恭敬不如从命。

在那家有些肮脏的羊杂店，老谭道出自己的身份，原来老谭和老韩就是武田要找的两个同学范江海、韩树森。老谭为了潜伏下来，用药物将自己的声音和外形都变化了。老谭知道老韩是共产党地下人员，而自己是中统特工，他期望一起合作，对抗日本人。

韩培均吓了一跳，他没有想到老谭为了潜伏下来，竟然用药物完全改变自己的外貌和声音，连他都认不出来，他为之敬佩，然而合作，韩培均并没有答应。

"我需要向组织汇报这件事情。"韩培均抛下话，起身往外走去。

老谭看着昔日的同学缓缓走出了胡同，并没有阻拦，信仰的力量，让他知道要说的一切都是徒劳，他不必再多说一句话。

可是，随后他发现韩培均已经被日伪特务盯上了。老谭一惊，跟了过去，期望能救下老韩。

然而……

在一个偏僻的巷子里，老韩倒在血泊里，奄奄一息，痛苦不堪。

老韩请求老谭结果自己的性命，不要让自己再痛苦下去。这是多么痛苦的事情，老谭嘴角微微一丝牵动，这个老同学说的是真的，他活不了了，多活一秒钟只是增加他一秒钟的痛苦。

老谭的手腕微微翻动，只是一晃，似乎是一件薄薄的器具在空中划了一下，又好像什么都没有做。

老韩已经气绝身亡，了却了痛苦。

老韩临死之前，请求老谭以后照顾自己的儿子韩子生。

自己是有责任的，老谭想。

父亲死了，家里一下空了下来，连空气都是清冷的。

子生看了看父亲的遗像，一缕阳光从窗棂的缝隙照了进来，落在遗像上，迷蒙了父亲的五官。子生抽出三只香来，低头专注地点燃了，正欲插上去，却听见啪的一声，香炉无端地落在了地上，摔得粉碎。

第三章　诡谲

子生呆呆地看着粉碎的香炉，再看看父亲那张似笑非笑的脸，继而将手里的香按灭了，起身走出了屋子。

在街角的衣店里，子生重新买了香炉，出来店门，子生捧着香炉往回走。

巷口，一个卖报的孩子窜了过来，吓了子生一跳。孩子手里攥着一摞报纸问："你是叫韩子生吗？"

子生点了点头："是，怎么了？"

"对面茶楼二楼七号桌，你父亲的朋友找你。"

子生正要再问点什么，孩子已经离开了……

在茶楼的二层，子生看见七号桌并没有人就座，子生坐下了。七号桌在拐角，靠窗，窗外是条小巷。

子生抬眼看了看四周，想寻找到那个想和他见面的人。

"别乱看，是我找你！"一个声音从他身后轻声喊了出来。子生正欲回头，那个声音又喊道："别回头。"

是邻座的八号座的人，子生略偏了偏头，用眼睛的余光去看那个人。只看见灰色的衣衫和一条散落地搭在椅背上的白色围巾。

"你是子生吧？"那人问。

"你是谁？"

"我是老韩的朋友，我姓周。"那人说，"你父亲出事了，我想来看看你……"那人说完这句话之后，是轻微的叹息。

那声叹息让子生动容，子生有种想哭的冲动。

那人再一次叹了口气，在板凳上放了一个纸包。

良久，子生再回头，那人已经走了，子生却没有察觉。一个纸包放在椅子上，那个人不知道什么时候离开了。子生拿起纸包，里面是一摞数目不小的钞票。

韩培均的死对天津这个城市来说是件太微不足道的事情，他蝼蚁一般的生命消亡在这战乱纷飞的城市中没有引起哪怕一丝一毫的波澜。但天津这个承载着几方政治势力博弈的隐形战场上却有着很大变化。

查询"影子"下落毫无进展。

为了获得更多的信息，武田对张金辉等人用上了奖励政策。如果能策反一个中统军统的情报人员，奖励1000个大洋。一时间，天津，众多中统和军统的特工以及混迹在各行各业中潜伏下来的国民党特务被暗杀抓捕。每天的天津报纸上都会刊登，某某人于何地被击毙，或者某某中统或军统据点被破获，其特务人员被诱捕……

老谭的意料没有错，一夜之间，国民党在天津精心布置的庞大的间谍体系瞬间瓦解了。

张金辉自然不肯放过这么好的机会，从抓捕到行刑逼供都非常卖力。

倒是王建中看不过去，劝解道："这些人可都是以前的同事，你没必要这么赶尽杀绝吧？"

"甭把自己说得跟观音娘娘似的，你不杀他们，日本人就来找我们的麻烦，他们可是我们升官发财的保障，明白吗？"张金辉不以为然，一头扎进了行刑室，随后听到了屋内传来的惨叫声。

王建中摇了摇头，走开了，落下一声无奈的叹息。

走廊的尽头，沈西林的身影探了出来。

沈西林是来找武田弘一谈洋行的生意。

说完洋行的生意之后，沈西林本想离开，不想武田弘一问道："这几天青木公馆的行动，你怎么看？"

沈西林笑了："我只能说，武田君是一个精明的商人。"

"精明的商人？"武田疑惑地看着他，"怎么说？"

"用1000大洋策反一个情报人员，这笔生意难道做的还不精打细算？"沈西林明知故问地看着武田弘一。

"对于大东亚共荣有利的事情，我自然要做，这是我的使命。"武田弘一并不理会沈西林的嘲弄，"你们青木公馆前阵子是不是抓了一个叫莫燕萍的教会学校老师？"

沈西林没想到武田对这样的小事儿居然也了如指掌，但依旧不露声色，只是说道："那是件小事儿。"

"我以前在大学是学习图书馆管理专业的，我觉得做情报和在图书馆工作有个共通的地方，那就是任何一个细节决定整体的流程。"武田弘一顾左右而言他，"莫燕萍的丈夫方君年是《天津日报》的主笔，是个激进分子，但没有证据表明他就是共产党，而且莫燕萍对这些也毫不知情，你们大动干戈地抓这样一个女人，这是为什么？"武田不紧不慢地沏着茶，末了奉了一杯给沈西林。

沈西林接过："亲共也是很危险的，不是吗？"

"我知道你跟方君年是大学同学，而且情谊很深，莫燕萍是你最好朋友的女人。你的做法我不是很理解，希望沈先生有个合理的解释。"武田的语气说得不重，可这些话句句像刀。说完，武田抬头看了一眼沈西林，那眼神也凌厉起来。

"人总得有点私心，否则什么也干不好，对吗？"沈西林说。

武田顿了顿，似乎在琢磨着什么。

第三章　诡谲

"我觉得武田先生也有自己迷恋的女人。"沈西林补充了一句。

武田盯着沈西林看了半天，两人相视而笑："你的解释很合理，只是希望沈先生的私心不会影响到帝国的利益。"

沈西林觉得武田弘一那张老农民一般温和的外表下面感觉不到一丝热情，相反直视武田弘一的眼睛只会感受到异常的冰冷。

从竹机关出来，沈西林紧绷的神经才松弛下来，自从见过武田弘一之后，每次见到这个日本特务头子沈西林就不自觉地会紧张，似乎他身体里每一个细胞都必须被调动起来才能应付那个日本关西农民。

走在两边都是竹林的碎石路上，沈西林自我告诫着，跟那个日本人说话一定要小心再小心，否则就会出错。他不能出错，因为他还有太多重要的事情没有做，沈西林带着特有的优雅微笑走出了竹机关所在的公馆。

几日后，沈西林与武田再一次见面，在茂川别墅。

在日租界里，茂川别墅并不是最宏大豪华的建筑，却是最精致的。茂川别墅曾经是京城某王爷在天津的外宅，里面亭台水榭、假山竹林布置得精巧别致，颇有些苏州拙政园的味道。沈西林原本很喜欢到这个园子来，作为江南大户人家出身的子弟，到这儿来能感受到家乡的气氛，虽然随处可见的日本兵和日本国旗军旗的标志破坏了园林的淡雅，但是沈西林尽量可以做到对那些视而不见。

但最近出入这里都让沈西林觉得紧张，不是地方不一样了，是这里多了一个人——武田弘一。而执行武田交代的寻找老同学的任务，是拉近俩人关系的最佳方式，对于浸染官场部门多年的沈西林来说，他是不会放过这个机会的。

走进情报处的走廊深处，沈西林正好看见西班牙商人华尔顿被拖着从他面前走过，满身的鲜血，卷曲的头发被鲜血浸染粘在了脸上，高耸的鼻梁被砸塌了，好像是挂在脸上。

沈西林有些震惊和意外，当然不是因为这样的惨状，比这更惨不忍睹的样子沈西林见多了，他是吃惊华尔顿会出现在这儿。他本以为华尔顿早已离开天津，不想这个笨蛋还是落到了日本人手里。

就在这时，沈西林看到了站在走廊对面的武田弘一。沈西林正琢磨怎么跟武田解释，而武田只是淡然地看了他一眼，仿佛拉家常一般说："这个华尔顿的真实身份是苏联红军总参情报部的间谍，为共产国际工作。"

"你们特务委员会看来是太清闲了，如果你们只擅长跟自己人斗是做不好情报工作的。"武田的话不轻不重地落了出来。

沈西林当然知道武田弘一这句话的用意，但依旧不改优雅的风度："那我也提醒武田先生，这个华尔顿在天津卫可不止跟中国人联系，和他接头的人也有日本人。"

武田皱了皱眉，顿了顿："你查到了什么？"

"我本想放了华尔顿，让他做诱饵钓条大鱼，没想到跟他接触的居然是日本人，我犹豫了，本是想跟你商量一下，更没想到武田先生的动作这么快。"

武田叹了口气："帝国内部也有共产主义分子，这我知道，看来以后我们的配合应该更密切一些。"

这个日本人倒也实事求是，不过这样的"上级"比浮夸的领导更难对付。沈西林心知肚明，却把话越发说得轻描淡写起来。

"配合好办，主要是信任。"不等武田回话，沈西林已经掏出一份材料，将话题转开了。"你让我办的事儿有眉目了。"沈西林指着档案材料里的一张照片说，"这是你要找的同学之一韩树森。1921年韩树森前往日本留学，学习建筑，三年后回国，曾经在国民政府建筑部门工作了五年多，不过他在1929年前后递交了辞呈，以后就没有了音讯。我是找了重庆那边的关系，才知道这个人很早就来了天津，但奇怪的是，我在天津没有发现任何关于韩树森落籍的记录。沈西林顿了顿，继而又说道，另外一位中国人名字叫范江海，与韩树森同一年去日本留学，学的是无线电技术，归国后次年在南京任职于南京电信局，于1925年加入了国民党中统训练科，1931年因为身体原因，辞职回了老家徐州，之后就再也没有这个人的任何消息了。"

室内俩人都静默下来。武田翻了翻材料，继而放了下来，仿佛陷入沉思，没有再接着问沈西林任何问题。倒是沈西林哧的一声笑了出来，打破沉寂，开玩笑般地说道："你这两个同学还挺有意思的，你是搞间谍工作的，你的同学也是神龙见首不见尾，很难找啊！"

武田看了看那张材料上的照片，眉头微蹙，问道："你在天津找的是什么户籍记录？"沈西林不以为然："当然是地方户籍记录。"武田说道："为什么不找找租界的？天津并不只是被国民政府控制。"

这一次沈西林没有说话，姜是老的辣，面前的这个日本人是一块陈年老姜，老谋深算，滴水不漏。他知道，这个武田的话是对的。

武田看了看沈西林："你的工作并不轻松，不但东华洋行要忙，还有特务委员会的事情要操心，你需要一个秘书。"

"武田君真是细心，谢谢您的关心，我会去物色一个。"

武田摇了摇头："不，我已经有了一个人选，特务委员会行动队的王建中……"

沈西林已然知晓对方的目的，嘴上只是说道："真是不好意思，武田君还为我的这件事操心。"

武田拍了拍沈西林的肩膀："我一直希望能在中国找到自己的朋友，我想你应该是我最期望交到的朋友,如果不介意,我们可以兄弟相称。"

沈西林点了点头,那将是我的荣幸……

这一天,天津遭遇了入冬以来第一场雪,雪下得很细,迷迷蒙蒙的,似乎将整个城市笼罩在了一层白纱之中,更增添了这个被异族侵略的北方重镇的哀愁韵味儿。

韩子生骑着父亲的自行车,穿街走巷。一周前,做巡捕的父亲还最后一次让自己送出了一封封奇怪的信,那种神秘感曾经让韩子生着迷,如今却只剩下黯然的回忆。

子生将父亲带着自己走过的每条街道都踏遍之后,来到了巡捕房,在昏暗的巡捕房内找到了班头老谭。

老谭见到子生,似乎并没有很意外:"要喝水吗?我给你倒。"

"你说过,有事可以来找你。"子生站在那儿没动,低着头看着自己的脚尖。

老谭也没去看他,打开一边中药的纸袋从里面捏出一把中药来,自顾自地冲泡起来,依旧用沙哑的嗓音说:"干吗留在天津,仗越打越厉害,洋鬼子们都缩在租界里不敢出去,以后会越来越不太平。"

"我只想找个事儿做。你会有办法,不是吗?"子生的声音有些颤抖,他害怕从老谭的嘴里听到拒绝。

老谭喝了口药茶,不紧不慢地说道:"你是块读书的料,不上学浪费了。"子生不说话,还是低着脑袋,固执地站在他跟前。僵持了片刻后,老谭叹了口气:"愿意做一个电话维修员吗?"

子生愣了愣,看着老谭,没有回应。老谭正欲说话,子生突然喊道:"可以!只要能让我工作,让我留在城里。"

"你会后悔的。"老谭好像是自言自语,"回去再想想……"

"不用了,没什么好后悔的。"这一次,子生果断打断了老谭的话。

"那就去马路对面的宫北电话局,我和他们局长熟,说句话,还能有点面子。再说,离我这儿近,日后也有个照应……"

第四章　试探

从巡捕房出来，雪还在下，欲语还休地氤氲在空气里。韩子生就在这样的下午走进了宫北电话局。

门房邵老栓看到了子生，走了过来。子生和邵老栓以前打过照面。子生说："我准备来电话局工作。"邵老栓意外地看着子生，并没有说话，只是点了点头，帮子生指着去了电话局局长的办公室。邵老栓浑浊的眼睛闪出一丝不忍，想说什么又忍住了……

局长给子生安排了一个老维修工人，姓冯，带着子生去检修线路。他为人热情，对子生也够关心。他发现了子生头脑灵活，手指灵巧，活儿干得漂亮。冯工笑了："过不了多久，你就能独立干活了。"子生没有应声，似乎这事儿跟自己没有关系一般。

王建中正式走马上任，成为了沈西林的秘书。他似乎有一些尴尬，倒是沈西林不以为然："既然做了我的秘书，以后认真做事就好。"王建中点了点头："沈先生说得是，工作的事儿，我自当尽心尽力。"

沈西林笑了："那就好，既然你已经是我的秘书了，现在我就给你交代一个任务。"

"请沈先生吩咐。"王建中诚恳地说。

"东华洋行要宴请天津所有有头有脸的人物，宴请地点就在喜乐门夜总会。需要你去安排，至于名单，稍后我会拟好交给你。"

这一份工作和特务委员会并没有关系，王建中有些迟疑。

沈西林看出缘由，一笑置之："你以为特务委员会的代理主任只会抓人吗？不，其实我更喜欢做生意。"

王建中点了点头："好，我马上去办……"

傍晚，雪停了，子生拿了一点钱请了汪大川和孙文博一众同学吃饭，虽然只是路边的馄饨摊。

子生想告个别，特别是他想知道莫燕萍的消息，当然没人会知道，漂亮温婉的

第四章 试探

莫老师已经成了这些少年永远的回忆。有人替子生可惜,他的英语日语德语都是很不错的,如果拿到毕业证书可以在天津的租界里找份更好的工作。

子生摇了摇头:"日本人来了,天津不一样了,我们早晚都会不一样。"

这句话,让场面瞬间冷了下来。这个平时不起眼只是用功读书而且有些胆小的少年给人完全不同的感觉,虽然这种不同是什么大家都说不清,但所有人心里都觉得似乎真的起了什么变化,他们的周围,笼罩在阴霾里的天津卫早已不是他们熟悉的那个城市了。

大家散伙时已是深夜,子生走在清冷的街道上,他知道不管别人怎么样,他真的和曾经的一切握手告别了。

这天晚上,在周先生居住的旅馆客房内,邵老栓直接问他:"是你让子生去电话局的?"周先生有些意外,听完邵老栓的叙述,他抽了一根烟,轻轻吐出一股烟雾来,说道:"也好,子生干电话维修员我也没想到,不过这孩子机灵,也许他可以,我们的信息要有人去送。"

邵老栓皱着眉,佝偻的身体似乎又缩小了一些:"干这个太危险,老韩已经牺牲了,如果再搭上他的孩子,那就……"邵老栓话没说完,周先生叹了口气:"我明白,可这条情报线不能断。你只是一个门房,没有老韩这个在街上巡逻的巡捕,难道让你天天递送情报吗?"

"不能让老家再派一个人过来吗?"

周先生无可奈何地摇了摇头,"眼下日本人查得非常严,很难从外地让人进来。"

邵老栓听了,黯然下来,不再说话了。

子生工作得非常顺利,工作麻利,引以为豪的记忆力此刻也派上了用场,那些街道,子生记得一清二楚,从未错过一根电话杆。

老谭得知这个情况,对子生报以赞许的一笑。老谭那张扭曲的老脸露出了笑容,并不好看,却让子生的胸口一热。至少有人在关心自己,他想。

韩子生每天忙碌着,似乎和其他的维修员没有任何区别,风里来雨里去。他似乎将所有的精力都放到了这份工作上,每当有维修员要顶班,子生也有求必应。这是一个勤快而实心眼的孩子,然而他们看出了韩子生和他们的不同,子生的眼里始终带着些挥之不去的沉郁,他不爱跟同事们说话、嬉闹。

下班或者闲下来的时候,子生总是去对面的巡捕房找老谭,带些花生米蚕豆什么的孝敬老谭,毕竟自己的差事是老谭给找的。

时间长了,子生成了巡捕房的常客,有时巡捕们抓些暗娼、没有执照的大烟馆搞不清位置和路线了还要问问子生。而巡捕们在一起免不了要开一些泰隆胡同那些女人的玩笑,有人打趣子生是个雏,要带着他去尝尝女人的滋味。子生也不答话,也不生气,只是一笑置之。

老谭知道子生是想等着他们这些巡捕能给他带来些父亲死因的消息。在几个热心的巡捕提供了些毫不着边际的线索之后,韩培均的死便不再有人提及了,毕竟没人会把这一直放在心上。老谭不忍心戳破这一点,任由子生来巡捕房等着,晚上值班的时候甚至还喊子生来陪自己下下棋。

但在韩子生心里,父亲的死没有让他遗忘,冥冥中他总觉得自己留下来就会跟父亲有所联系。

经过扫荡之后的天津暂时稳定下来,不再有日本人被刺杀,在伪政权供职的汉奸也堂而皇之地出现在各种场合。

王建中筹备的 Party 按时在喜乐门举行。

沈西林看到喜乐门被点缀得喜气而高档,微微点了点头,脸上露出满意的微笑。这里与屋外清冷的夜色完全不同,这里是温暖的,尽管温暖得有些虚无。

武田弘一的突然出现,让沈西林非常高兴,连忙安排舞女陪武田跳舞。当看到武田舞姿娴熟优雅,尽显绅士风度的时候,沈西林眼里闪出异样的神采。

这个武田真像个变色龙。

沈西林想着,手中的烟不再抽下去,摁灭在了烟灰缸里。不过,这一切稍纵即逝,抬起头来,眼里早已没有了那抹痕迹。

武田一曲舞毕,全场掌声雷动。

沈西林邀武田举杯共饮,不免也客套几句,一面感谢武田的光临,这是今晚自己意外的惊喜,而另一层意外则是武田先生舞姿的优秀。

武田微微一笑自谦了一阵,便回头看着舞厅里纵情声色的人接着说:"这里面百分之七十都是中国人,看来中国人对战争的痛苦遗忘得很快。"沈西林点了点头:"那当然,在战争面前人能活着才是最重要的,特别是还能很享受地生活。"

武田似乎赞同沈西林的说法,投以赞许的目光:"沈先生,我来天津时间不长,与你接触得也并不多,但是你很是让我钦佩。"

得到夸赞,沈西林既没有惶恐也没有惊喜,只是微微颔首,等待武田后面的话。

"沈先生在政商两界游刃有余的手段非常人所能及,怪不得我听人说连你们的汪主席都对你赞不绝口。"

"那是他们太抬举我了,我不过一介小吏不足挂齿。"

"不。以前我一直认为,人都应该专心致志地做一件事,是你改变了我的看法。"

第四章 试探

面对武田弘一一脸的诚恳，沈西林笑了。

"人不可能总做一件事，太枯燥了，比如武田先生舞就跳得那么好，应该常来。"沈西林恭维地说。

"我不是喜欢跳舞，我是喜欢和我跳舞的女人。"说这话的时候，武田的表情有些严肃。

"是吗？武田先生有眼光，那可是喜乐门的头牌。"沈西林一听就要为武田安排。武田举手打断了他："不必了，我跳舞是为了纪念教我跳舞的女人，她是我的妻子，不过她已经去世了……"

这是一个对亡妻念念不舍的男人，武田的话不免让筹光交错间略带了一缕伤感。沈西林笑道："武田先生对妻子的怀念让人感动，不过，既然离开了故土，大可以重新开始生活。"武田先生举手晃了晃："帝国的利益比个人的幸福更重要，虽然现在天津的局势已经平稳，但不意味着可以放松。"

"不用那么紧张吧？国民党的间谍跟他们的军队在战场上表现一样，甚至更差……"

武田摇头打断沈西林的话："不，这个地方不只是有中国人、日本人，还有其他人。"沈西林看了看四周："你说的是洋人？英国人、法国人一天到晚对德国人提心吊胆，美国人坐山观虎，都自顾不暇，谁还想自找麻烦？"武田自饮了一口酒："别忘了还有一种红色的西洋人，而且离我们并不远。"沈西林不解："你是说日本会跟苏联开战？"武田笑而不答……

这一天，邵老栓交给了子生一封信，让他顺路捎出去。这是他观察子生好多天之后做出的决定。子生接过信，信封上没有收信人的姓名，只写着一行地址：石教士路138号。

回想到父亲曾经送过的那些信，子生算明白了，但他没有多问，只是意味深长地看了一眼邵老栓，四目相对，仿佛什么都说尽了。

子生准备离开。

"等等。"邵老栓叫住了子生，"顺便帮我带一张赛马的彩票，就在石教士路路口那家彩票店买，那家上次开过头马。"

子生点了点头，应了。

子生到了石教士路，可是往日熟悉的道路让他迷惑了。石教士路是条很狭窄的巷子，没有多长，尽头是137号，找了半天，也没有发现138号，而137号是个澡堂子，叫西泉浴池。

子生问浴池门口喊位的伙计："石教士路有138号吗？"

伙计说:"这儿就是138号,澡堂子扩建把旁边的小楼连在一块了。"子生想找楼号牌。那伙计带着嘲弄的口吻说道:"大家都知道这儿是138号。"

子生本想把邵老栓那封没有收件人的信给那伙计,可手在包里拿出信的一刹那,子生改主意了,又将手抽了出来。

伙计没有理会子生,继续喊位了。

子生走了,澡堂子阁楼上的窗户里一个人始终注视着子生,那个人就是周先生。

子生骑着车走出石教士路,在路口的彩票店买了一张马会的彩票。暗处,一双眼睛也盯着子生,那张脸扭曲歪斜,让人看了有些发毛,是老谭。

当天傍晚,子生骑车回到了宫北电话局,走进门房找到邵老栓,子生将信和彩票都交给了邵老栓。子生说:"信我没送出去。"邵老栓问:"为什么?"子生说:"我没有找到铭牌,没有铭牌的信,我是不会送的。"邵老栓看了看他,没说什么。

子生走出门房又折了回来,看着邵老栓,说道:"你的信封里只有一张白纸,没有写字。"邵老栓有些意外:"你是怎么知道的?"

子生笑了:"对着灯底下照照,你也能知道。"

子生得意地笑着离开了。

连续几天,子生都试图从邵老栓的口中获得些什么,但邵老栓总是将话题绕开,或干脆断然拒绝了他。邵老栓不紧不慢地说:"什么都不要问,等到有一天,需要的时候,我一定会告诉你。"

问话总是这样被硬生生地堵回去,这让子生心生不爽,有种被人摆布的感觉,但他又不得不按照邵老栓的要求去"执行"任务,不时地从邵老栓那里接过一些没有信纸的信、一包烟,或者几包茶叶、几盒散碎的稻香村的点心,去送到指定的地点,回来时,时常会给邵老栓带一张赛马彩票。

这是在考验自己吗?那么这样的考验到什么时候才能结束?子生想。

天越来越冷,雪花落了下来,污浊在城市的街道上,并不整洁。天空灰蒙蒙的,刚过5点,光线已经黯淡了下来,仿佛在沉淀,堆积成即将到来的夜。

这一天下班,子生走过门房,正准备离开时,身后一个声音叫住了他,是邵老栓。

"今晚,你把这封信送到老西开教堂去,交给约翰神父。"邵老栓的语气与以往有所不同,眼神里透露出一股不同于以往的慎重。韩子生捏了捏信封,可以感觉到里面是一张很薄的纸片。

子生点了点头,接了过来,将信贴身放好,他没多问,反正问也问不出什么。

在走廊的拐角处,子生看了看四下,继而将信从怀里拿了出来,对着灯光照了过去。里面的信纸并不是白纸,上面画着尽是一些符号状的东西。

第四章 试探

　　这是一封有内容的信，比之以往任何一次任务都要有内容，子生算是知道父亲为什么那么爱去教堂了，以前看起来平淡无奇的事情都似乎有着千丝万缕的联系。这么一想，子生便很有些成就感，胸口也因此怦怦跳了起来。他将信端详了一下，想拆开，但最终还是放弃了。

　　天空的暮色沉淀下来，安静席卷了整个城市。
　　等天完全黑下来，子生才骑着自行车上了路。街上真冷，少有人来往，仿佛呵气成冰。子生一面用嘴里的哈气暖着手，一面踩着自行车往老西开教堂方向赶着。
　　再拐过一个路口，就到老西开教堂的门口。
　　在一家饺子摊前，子生停了下来，将车支好，坐下来要了碗水饺。饺子上来，热气腾腾，子生贪婪地将冻僵的双手贴在了碗壁上，吃着水饺的时候子生看起来随意地四下看了看，确定安全了，才放下半碗水饺走进了老西开教堂。
　　上一次来老西开教堂，还是父亲带着他一起来的，这次就已经天人永隔了，想想人生真是有些聚散如烟，荒诞无稽。
　　子生在胸口按了按，感受着内衣口袋里的那封信，实实的，还在。这封信不但对"他们"非常重要，对自己来说也是非常重要的，只要送出去，自己就有机会弄清楚父亲真正的死因。子生在心里给出了这样的答案，思索中他推开了教堂的院门，院门缓缓开了，发出吱呀一声响，在安静的夜色里显得有些突兀。
　　这不是礼拜日，教堂里空荡荡的。子生站在烛光中阴暗的教堂里，心跳突然剧烈起来，前所未有的紧张。
　　子生拍了拍手掌，前两次短促，后一次绵长，这是他们事先约好的暗号。
　　阴暗的角落里，一个身影走了出来，高大瘦削，子生对他不陌生，那是约翰神父……
　　继而子生将那封信递了过去……

　　走出教堂，子生才发现这么大冷的天，自己竟然出了一身的汗。末班的电车正丁零零地驶过，子生觉得自己前所未有的轻松，似乎空气也没有那么寒冷，脚下的自行车也骑得飞快，跟在电车后面奋力地踩着，不时有口哨声从他的嘴里吹出。
　　任务顺利地完成了。次日，邵老栓喊住子生的时候脸上多了几分欣喜的笑容，全是皱纹的笑容并不好看。
　　邵老栓说："第一次送信就是对你的考验，没有十足的把握，那封信就不应该送出去。至于那张赛马彩票，也是我们事先安排好的，送完信，如果有人在后面跟踪你，赛马彩票店里的自己人马上就会知道，这样做，就是看你的反应，以后再送信要注意有没有尾巴,如果有我们的人会马上处理。"

"怎么处理?杀了我吗?"子生淡漠地问,抬起头冷冷地看着邵老栓。

邵老栓没说话。

"你们有那么多人,为什么就让他死了?"

邵老栓眉头微蹙:"谁?"子生说:"我父亲!"邵老栓傻了,过了好一会儿才说:"敌人下手太快,组织上还在了解情况。"子生叹息:"你们连谁杀了我父亲都不知道?我还以为你们什么都知道。"

邵老栓顿了顿,最终说道:"像我们这样的人,随时会跟你父亲一样。"说完,邵老栓从枕头下面拿出一盒仁丹递给了子生:"去杜总领事路的济世药店换一瓶六味地黄丸,就说这仁丹过期了。"

子生垂下眼睛,接过仁丹转身走出门房。

走出了宫北电话局,他有些惆怅,身影落寞,他期望从邵老栓那里获得一些父亲死亡的消息,然而事情和他设想的并不一样,但不可否认,做这些也是对父亲的缅怀。只要继续干下去,那么父亲离自己就没有太远,这也许是子生心甘情愿成为"他们"其中一员的原因。

就在这时候,一个身影透过马路斜对面捕房的窗户在看着子生,从那张扭曲的脸上根本看不出任何表情来,老谭一面喝着手里的中药茶水,一面目送着子生的身影渐行渐远。

在济世药店,子生按照邵老栓说的换了盒六味地黄丸,他敏感地觉得抓药的伙计宝哥儿跟别人不一样,六味地黄丸他身后的药架子上就有,可宝哥儿非要从库房里拿,说库房里的药更好更新鲜。

六味地黄丸要什么更新鲜的呢?虽然有疑惑,但子生已经习惯了不再提问。

这晚的天津卫纷纷扬扬地下起了大雪。

街上冷清了许多,连夜宵的摊点都绝少出现。

一个清瘦而高大的身影,警觉地走过街头,速度极快。灯光下,一张阴沉的脸,露出一双锐利的眼睛,是"影子"。

在街头的拐角处,三名日伪特务相互对视一下,跟了过去。

"影子"并没有察觉,拐弯走进另一条街道。

突然一个戴着帽子的身影从后方闪了出来,与几个特务擦身而过。那身影垂下的衣袖翻出一个薄薄的竹片,手迅速地在特务的胸前挥了一下,竹片就消失在衣袖中,然后头也不回地接着走。

三名特务只觉得胸口微微一麻,似乎还有一些痒,但并没有意识到什么,只是继续朝"影子"跟去,但就在这个时候,三个特务先后动作迟钝下来,腿一软,倒了下去。

那戴帽子的神秘人的脚步停下了,扭头看着巷内的一切。

三个特务倒在地上,身体扭曲挣扎着逐渐不动了。

那人再次回过身,用着不紧不慢的步子向远处走去。似乎身后发生的一切都在他掌握之中,又好像后面发生的一切都跟他没有关系。

那个帽檐下面是一双冷漠而深邃的眼睛,那个人正是老谭!

当"影子"走进巡捕房的废旧仓库里,老谭早已坐在那里,在他的面前摆着一盘未下完的棋。

"影子"刚要开口,老谭阻止了他的话:"现在知道我让你藏起来的意义了?"

"他们都死了,只有我们几个隐藏起来的活下来了。""影子"有些悲痛和失落,"我决定离开天津回重庆,老师,你跟我一起走吧。"

"你是应该走,刚刚你来的时候,就有三个尾巴跟着你,这说明已经有人注意到了你的存在。"老谭说到这里,停了下来,继而说道,"至于我,暂时还不想离开天津,你到了重庆,告诉徐局长,他会很快看到我的成果。"

雪刚停,阳光朗照,别墅内的亭台水榭、假山竹林覆上厚厚一层晶莹的雪,在阳光的照映下,如玉砌一般。

屋内的空气温暖而闲适,武田着日本和服安坐一旁品茗,一边一炷香已燃去一半,满屋的暖香。

"武田先生,好雅兴!"沈西林被武田弘一的副官领进来看到这一幕,半由衷半奉承地说道,"你快成神仙了。"

武田点了点头:"既然来了,不妨品上几杯。"

沈西林坐下,将这几天寻到的关于韩树森的资料交给了武田。

"我在法租界户籍处找到了一个叫韩培均的人,从北平过来的,来天津卫的时间和韩树森辞职离开北平的时间吻合,他的档案被人为改动过。"

武田弘一看着档案,上面的照片韩培均显得有些落魄而且不修边幅。

"我可以肯定,韩培均就是你要找的韩树森,不过……"沈西林顿了顿,与武田四目相对,最终还是说了出来:他已经死了,就在你来天津卫后的第二天被人杀了,有一个儿子,据说不是他亲生的,今年十七岁,前几天刚进宫北电话局所当了一名维修员。"

武田将目光再次移到资料上,上面有一张中年男子的证件照,他将自己与同学的合影拿来比较,这个中年男人看上去要苍老许多,但眉宇之间还是能看得出,这两个人的确是一个人。

"韩树森来到天津之后就一直在法租界的巡捕房任职，是三等巡捕，职位很低，不过，有一点我觉得奇怪……"

沈西林再一次止住了话，别有用意地看着武田。

武田反问："有什么奇怪？"

"这还用我说吗？一个在日本留学学建筑的人，到天津只为了当个巡捕，这说得过去吗？以他的资质，不管是在国民政府里的哪个部门工作，一个月混个几十块钱的薪水不难，当巡捕一个月不过四五块，何苦呢？"

"他是怎么死的？"武田问。

沈西林皱了皱眉头："他死的方法很奇怪，看着很像帮会的人干的，但是我觉得是你们的人干的。"武田不解："你什么意思？"沈西林呵呵一笑："其实你根本不需要我为你查清这件事，只要找找你们系统里的人，一切应该很容易就明白了。这是他的尸检报告。"

说着，沈西林把另一份文件递了过去。

看着尸检报告里的照片，武田弘一很肯定地说："他的死和我们无关，这几个月的行动我都清楚。"

"也许是没有汇报。"

"不可能，我的人不敢。"

沈西林不说话了，他知道武田弘一说的是对的，日本情报系统的严密超乎一般人的想象。

武田弘一合上尸检报告思考了片刻，继而看着沈西林："沈先生，我的老同学是被谋杀的，从伤口的痕迹看用的是日本的军用制式手枪，天津帮会的人不会用这样的武器。"

沈西林很佩服武田弘一细致的观察力，自己对比分析了半天才得出的结论这个日本人几分钟就说出了答案。

"你觉得他是军统的？还是中统的？"沈西林问。

"恰恰相反，他哪儿也不是。"武田没有将这个话题继续下去，而是转到另外一个人范江海的下落上。

沈西林的回答，让武田有些失望："虽然我们已经用尽了所有的办法，但是这个人在1931年以后就再也没有任何消息，仿佛凭空消失了一般。"沈西林说到这儿，不由苦笑了一声，显得有些无奈，"不过，这年头一个人凭空消失也属于正常，不足为怪。"

"可他是中统训练科的科长，这就不太正常了。"武田没再问下去，只是给沈西林斟茶,"来,这是上好的普洱,越陈越香,这样的雪天,喝这种茶就好像把时间和岁月都喝进肚子里,中国的文化和中国人的思想都很玄妙,也许我得一点一点地体会。"

武田似乎话里有话,沈西林则保持着一贯优雅的微笑,接过茶来,就着窗外的雪景,品起茶来……

梅园公寓内,莫燕萍连续几天一直高烧不退,幸好有玉茹照应才慢慢好转了起来。而玉茹几乎成了莫燕萍的老妈子,为她端屎端尿洗衣送饭。看到莫燕萍的样儿,玉茹心里不免有气,病已经好得差不多了,可这大少奶奶却依旧是不下床,更别说出门了,脸也不洗,牙也不刷,饭端过来是什么样儿,回去还是什么样儿。玉茹压着一肚子的气,翻来覆去地说着那几句话劝慰莫燕萍:"嗨,没什么大不了的,女人还不都是那么回事儿,不缺胳膊少腿儿,只是弄花了脸蛋你就该谢天谢地了……"

这一天,玉茹走进莫燕萍的房间,看到自己早上端来的面条早已坨成了一块饼,排队买来的狗不理包子也早已坚硬冰冷。玉茹没有说话,又到厨房里下了一碗面,还煎了一个荷包蛋放在上面,端到莫燕萍的面前,说道:"你好歹吃几口,不怕你自己饿,也要顾及我的辛苦吧,这都三天了,你出去打听打听,姑奶奶我啥时候这么伺候过人的?"

面条送到嘴边,莫燕萍干脆将双目闭上,听之任之。

玉茹那点耐心早已被消磨得一干二净,将碗啪地放到一边,怒骂道:"你以为你是谁?千金小姐,大家闺秀?你现在啥也不是了,你的男人死了,再也回不来了,至于那么想不开吗?以前你是什么我不知道,现在你就是孙猴子棍子下面的小妖精,露了原型了,装什么贞洁烈女。"

床上的女人依然无动于衷。

玉茹也觉得自己骂得有点过,又端起面条耐着性子劝。

"吃点吧,饿死了不成,阎王爷不收饿死鬼,装病西施干吗,也不好看啊。"

玉茹挑着面条想往莫燕萍嘴里送,碰及嘴唇,莫燕萍厌恶地推了玉茹一把,只听到哐当一声,碗摔在地上,汤汤水水洒了一地。

玉茹真的急了,瞪着眼看着莫燕萍,一把上前,一只手封住莫燕萍的衣领,一只手甩给了莫燕萍两个清脆的耳光,厉声骂道:"你给我起来,要死你就早点抹脖子,省得老娘我牵肠挂肚地为你操心。"

莫燕萍的粉脸上有红红的五个手指印,可她并没有愤怒,嘴里则喃喃地说道:"你为什么不打死我?"

玉茹二话不说,扔过来一条绳子:"不想活是吧,现在就死给我看看!"

绳子拴在房梁上,当抓着绳套就差把自己脖子吊在上面的时候,莫燕萍犹豫了。

玉茹在一边抽着烟冷笑一声:"真想死在那帮人糟蹋你的时候你干吗不死了!"

莫燕萍呆呆地站在椅子上,手里握着绳套,眼泪簌簌落下。

玉茹把烟头一丢,一把将莫燕萍从凳子上拽下来,拉到镜子前面对着莫燕萍吼道:"看看你现在人不人鬼不鬼的什么样子,你他妈没死就给我好好活着!"

说完,玉茹摔门而去。

看着镜子里自己蓬头垢面的脸,莫燕萍终于哭出声来。

次日,玉茹再次来到莫燕萍的房门口,正要开门,门却已经开了,里面的莫燕萍完全变样了,头发不再凌乱,脸上和指甲里也不再全是污垢,那个皮肤白皙、身材婀娜、气质优雅的美丽女子又回来了,只是身上旗袍的颜色不再是以前那样清新靓丽,而是换成了粗布的素色,只是秀美的脸孔还是一片漠然。

玉茹吃惊地看着莫燕萍,倒是莫燕萍的反应平平淡淡:"我想好了,是该好好地活下去……"

青木公馆内这一天也颇不宁静,沈西林找到了张金辉,张金辉足足晚了十多分钟。沈西林冷笑道:"看来张队长很忙啊。"

张金辉傲慢地看了一眼沈西林:"可不是,天天有任务。"

沈西林又笑:"有任务?好,那我就让你看看你的任务。跟我走。"

张金辉不明就里,丈二和尚摸不着头脑,但也只得跟了过去。

在停尸房内,张金辉看到了跟踪"影子"的三具尸体。沈西林掀开尸体上的白布,一张张青白色的脸露了出来,遗容显得死亡的时候很是痛苦。

张金辉有点急了问沈西林:"这是怎么回事儿?"

沈西林冷笑:"怎么回事儿,我还想问你呢,是早上英租界的巡捕把人送过来的。他是你手下的人吧?"

张金辉点点头。

"我查了一下,这两天,秦大勇这三个人都没出现在执勤名册里,却突然莫名其妙地死在英租界的街道上。张队长,你是不是该给我个解释?"沈西林的语气平静如昔。

倒是张金辉神情闪烁,欲言又止。

"怎么?人都死了,你还不说?"沈西林眉头微蹙,看着张金辉,"你觉得我该怎么跟上面交代呢?"

张金辉这才兜了底:"前几天我们抓的中统的人提供了"影子"的线索,我派

第四章 试探

他们跟着这条线想把"影子"抓住。"

沈西林点点头："哦，想抓中统的高级特务。看来人没抓住，你的人倒全没了。"

"他妈的，这帮中统的混蛋，老子跟他们势不两立。"张金辉咬牙切齿地骂道。

沈西林挥挥手："张队长，你先别激动，我只想问你，抓捕"影子"这么重要的行动你为什么又不汇报？"沈西林目光锐利地看着张金辉。

张金辉有些胆怯，不敢去接触沈西林的目光，看着尸体，说道："沈主任，这话可不能这么说，我们这也是确保任务的严密性，万一走漏了风声那可就……"

沈西林打断张金辉。"走漏风声？你是不信我，还是不信天津特务委员会其他的同僚？"沈西林叹了口气，"张队长，三个兄弟见阎王了，是你送去的。我希望以后你行事慎重，再出问题别指望我给你兜着！明白吗？"

说完，沈西林不再理张金辉，扭头对一边站立的王建中命令道："通知法医，进行尸检。"

接连几天，邵老栓都没让子生再送那些特殊的"信"。

子生有些沉不住气了，自己不是合格了吗，为什么没动静了呢？趁着快下班没人的时候，子生找到邵老栓问他："你还用不用我？"

邵老栓低头喝了口茶："闲不住吗？"

"你不是说我合格了吗？"

邵老栓抬头郑重地对子生说："真想干下去就学学你父亲。"

"学什么？"

"沉住气。"邵老栓淡淡地说。

子生扭头要走，被邵老栓喊住。邵老栓从口袋里拿出一封信来交到子生手上："这个你送一下，不急，等下了班，脱了工作服再去。"

这一次，子生不再慌张，一切仿佛已经驾轻就熟了，他轻松地将信送到了指定的地点。

第五章　绝境

送完信，子生往回走。刚转过一个弯，在香椿街的拐角，子生发现了一个黑衣人跟在自己后面，也许是个路人，可子生总觉得不对，他连忙转身拐到旁边的鱼儿胡同里，没走两步另一个黑衣人出现了。

子生害怕了，脚步越来越快，可后面的黑衣人也跟得越来越紧。

子生在租界的小巷里奔跑，试图利用自己对地形熟悉来摆脱这些黑衣人，然而几次左冲右闯，不管在哪个小巷，总能看到让他恐惧的黑衣人的身影。

子生慌了，仿佛是一张网刹那间网住了一直畅游的鱼……

腿开始不听使唤，忍不住地发抖，软绵绵的，仿佛不着力。这一切来得太突然，他应付不了，他没有想到危险来得这样快，只有近在咫尺才深切感受到那种窒息般的威胁。

子生奋力奔跑着……

突然，前面的巷口几个黑衣人闪身出来，去路被截，子生转身欲逃，巷尾，另几个黑衣人早已隔断了退路。这些黑衣人好像黑色幽灵在慢慢地向子生靠近……

死亡的气息扩散开来，子生无处可逃。

他绝望了，脑海里突然闪现出父亲韩培均那张苍白而冰凉的脸……

就在这时，一辆汽车飞快地开了过来，停在了子生面前。

车门打开，车内有人对子生喊，快上车。

子生飞身冲进了汽车。

马达轰鸣，汽车飞速穿过小巷。几个黑衣人慌忙躲闪，紧接着砰砰几声，子生隔着车窗听到了枪响，他吓得捂住耳朵，倒在了车座上。

汽车开过几条街，子生狂跳的心渐渐平复下来，汽车的颠簸和刚刚遭到的惊吓让子生有些反胃，意欲作呕。他强忍着抬起头，进而呆住了，坐在驾驶座上的竟是老谭。

第五章 绝境

"怎么是你?"

老谭没理会,沉稳地驾着车。

"是邵老栓派你来的?"子生的语气中流露出了不解和意外。

"邵老栓指挥不了我。"老谭冷冷地回答,进而叹了口气,语气稍有些不满,"他们太不小心了,让你一个孩子来干这些事情。"

子生被这么一激,有些不服:"我怎么不行?我能比我爸干得好。"

老谭哼了一声:"你差得远呢!刚才你差点就没命了。"

子生问:"你们到底是什么人?"

老谭又不说话,自顾自地开车。

"你也瞒着我?邵老栓瞒着我,周先生瞒着我,你们所有人都瞒着我,你们到底要干什么?"子生急了。

吱的一声,老谭将车拐进一个僻静的小巷停在一边。

"嚷嚷什么!"老谭的声音不大,很平静,但是充满对子生鲁莽的责怪。他缓缓拿过车上茶缸里的中药茶水,喝了一口,扭头看了子生一眼,问:"你怕了?"

车熄了火,四周安静得好像可以听到自己的心跳,夜色中的城市显得神秘。

"你留下来就是想知道你父亲是怎么死的对吗?"老谭的话打破了沉默,他的一双眸子在夜里显得异常地光亮有神,让子生无法直视,他轻轻地嗯了一声,在黑暗中点了点头。

"那以后得听我的。"老谭说。

"那你先告诉我,你们到底是什么人?你不说,我就不干了,而且我还要告发你们。"

子生执拗地反抗,虽然他还不清楚自己反抗的是什么。

老谭又是哼了一声,仿佛子生说了一句非常可笑的话:"你爸和邵老栓是什么人,我就是什么人。"

"那周先生呢?"子生疑惑地问。

"行了,没人会把'共产党'这三个字写在脸上。"老谭沙哑的声音透露出一股不容置辩的威严,虽然平和,却让人听出一种坚定,仿佛是上级对下级的命令。那沙哑的声音继续说道:"组织上有任务,从今天开始,你和我只能单线联系,我们的关系不能让任何人知道,你要完全听从我的安排。"

子生有半晌的迟疑,继而问:"那邵老栓呢?也不能说吗?"老谭说:"是的,这是纪律,任何人都不能说,包括那个周先生。从今天起,我要重新训练你,你不再是一个简单的送信人。这么干太危险了,你暴露了收信人就跟着暴露,以后要做一些活的信箱。"

"活的信箱？我不明白。"

"对，这些邵老栓他们也不明白……"老谭的脸上似乎流露出一丝嘲讽意味。

这一晚惊魂不定的还有邵老栓和周先生，在睦南道的一间毫不起眼的小旅馆里，邵老栓走来走去坐立不安，周先生则显得沉稳许多，眉头紧紧拧在一起，吸着烟卷，沉默不语。

"老周，你先撤离吧！这孩子工作没几天，如果被抓住了，肯定扛不住，到时候咱们会被一锅端掉。"邵老栓的语气有些颤抖不定。

周先生吸了口烟，等了许久才吐出一股烟雾来："再等等，等到明天……"

这一夜对于子生来说，是非同一般的夜。第一次领略到这份神秘工作的危险，也是第一次离死亡那样地接近……也是从这一夜之后，子生似乎接触到了一片新的天地，和以往那种简单的、机械的送信完全不同……

活动信箱在老谭的解释中变得具体了。比如宫南大街菜市场第二十三个摊位后墙上从上到下数第四排第六块砖是活动的，可以抽出来把要送的"信"放进去……石教士路西泉浴池的那个门房石狮子后面有个活动的砖块……还有大沽路新发人力车行的木门上有个信箱，箱子左侧的木板是可以推开的，那里面有隔层……

老谭还教会了子生几种标记的画法，这些标记看上去像小孩的涂鸦，但有自己的含义，可以表示这些活动的"信箱"里是有或者没有"信"，也可以表示在送信的过程中这封信是不是安全，甚至可以表示出这些"信"是不是非常地紧急，要马上处理……下线的联络员完全可以根据这些标记来决定要不要靠近"信箱"或者继续传递这些非同一般的"信"……

"这样做最大程度地保护了送信人和接信人的安全。"

子生想拿出随身带着的笔记本把这些记下来，被老谭阻止了。

"从现在开始，你听到看到的一切都不能留下任何痕迹，记住这些不是用笔，用心……"

老谭像个导师一样教导着子生。从那一晚，子生觉得老谭会真正地带着自己走向另一种生活，虽然他不可能知道这样的生活真正意味着什么……

东方已经渐渐发亮了，远远的，天边一缕墨红正渐渐地变浅。

老谭发动了汽车，刚入城不久，在一个偏僻的路口，将子生放下，自己独自开车离去。

第五章 绝境

早班的电车已经开车,子生上了车,一车睡眼惺忪的人。

子生没有回家,直接回到电话局上班。路过门房,邵老栓一把拉住了他,将他拖到了门房内。

"昨晚究竟发生什么?"邵老栓着急地问。

"我被人跟踪了,但是我把他们甩了,我怕还有尾巴就没敢回来。"子生平淡地说。

邵老栓追问,可子生对答没有任何破绽。子生还在门房里打了点水,洗了把脸,似乎比平常要开朗了一些。邵老栓看着子生离去的背影,若有所思。虽然对子生昨晚的行踪还存有怀疑,但有一点是肯定的,子生没有出事,那么组织就是安全的,没有消息就是好消息,他一颗忐忑的心终于是放下了。

傍晚,子生送信回来,顺便带回来了两盒明顺斋什锦烧饼,那烧饼有十多种口味,用小烤炉烤至焦黄。皮酥馅鲜,味美适口,但价格也不便宜。

子生告诉邵老栓,自己发薪水了,买一些来尝尝。

两人一面吃着,一面聊着。子生将老谭告诉自己的那套"活信箱"的方法说给邵老栓听。

邵老栓很是意外:"这是谁告诉你的。"子生说:"是我爸跟说我的。"邵老栓狐疑地看着子生:"你爸?老韩从来没跟我说过这些。"

子生不以为然:"你又不是他的儿子。"

子生将另外一盒烧饼递给邵老栓,让他带给周先生尝尝。

听着子生一套完整体系的讲述,邵老栓心里的疑点更深了……

当晚,周先生吃上了子生让邵老栓带过来的明顺斋烧饼,吃在嘴里倒是欣喜:"这孩子还真有心,买东西都不忘记给我捎一份。"

邵老栓看着烧饼,若有所思,这一切总有些不太对劲,但究竟哪里不对劲了,他又说不上来。

这一天晚上,老谭写了一封家书,家书的内容是:

四叔:

吾近来工作不顺,有意离职,新工作尚在物色,计量科李某乃吾忘年之交且欲聘吾,划月俸三百大洋,要职若干,执意吾任职其一,行政职务优先。

谭华

在别人看来,这是再寻常不过的一封家书,其实这是在向上级汇报,老谭已经有了新的计划……

几个活动信箱正式启动了，这些信箱离起初他们指定的送信地点并不远，有些甚至靠得很近，所以操作起来并没有多大的困难。

邵老栓对这些信箱进行了一轮试探，拿一些无关紧要的情报让子生送去，结果全部都是安全的。

子生比以前更加忙碌了，每天从清晨到日暮，陆续将一些物品和信件从邵老栓这里送出去，又带回一些情报，活动信箱让联络更加地隐蔽便捷，但是邵老栓喜忧参半，子生在情报工作方面的迅速成熟总让邵老栓心里有些不安，他暗中跟踪子生好几次，但子生一如往常，没有任何可以被怀疑的迹象。

一个人是否真的可以和曾经的岁月完全隔离开来，这是个很奇妙的问题，毕竟有些事就像刻在了一个人的内心深处，会不时地蹦出来扰乱人的心绪，或是伤感、或是温馨，也或许是让人意乱情迷甚至怅然若失……

子生也是如此，虽然已经与过往的学生岁月决裂了，然而在街头偶然听见过路的日本女人说话，他的脑子便会猛然间被那几个日本音阶带回到过去的岁月，他会马上回忆起那个让他充满了冲动和憧憬，带着无可挑剔的圣洁高贵，美丽而温柔的女人，他的外语老师莫燕萍。

如今她在哪儿？生活得怎么样……子生无从知晓，他知道过去所有的一切都过去了，可能自己这一生都不会再与莫燕萍有什么交集。

莫燕萍的新生活开始得并不顺利，学校她是回不去了，她想去报馆或者什么公司上班，但当对方听到她曾经被青木公馆抓过，便吓得退避三舍，哪里还敢雇佣她？

接连几天，莫燕萍都是在被人拒绝中度过的，以前的朋友或者同事对她唯恐避之不及哪里还能伸出援手？莫燕萍怅然地走在街头，走进胡同口，被人叫住，是王妈，她曾经在莫燕萍和方君年家中做过一段时间帮佣，为人敦厚，做事麻利，深得方君年的赞许。

莫燕萍的事情王妈都听说了，两人站在一起说起过往，不免多落了几行泪。王妈怜惜地看着莫燕萍："太太，你现在靠什么活啊！"这一句深深击溃了莫燕萍的最后防线，泪哗的一下落了下来，只是苦苦压抑着，没有发出声。

王妈叹了口气，不知道从何安慰。

最后还是王妈给莫燕萍介绍了活儿，在胡同里收一些衣服来，帮人浆洗，换些零钱。真是患难见真知，这个曾经只是自己的一个粗使下人，现在竟成了自己的亲人一般，这让她感动不已。

可这终究不是莫燕萍能干的活计,几日不到,纤细修长的手已经蜕了一层皮,拿什么东西都如针扎一般的疼,苦不堪言。晚上睡下,整个腰身仿佛要断开一般。

这还不是更糟的,出众的容颜再加上特别的遭遇,莫燕萍的事早就在胡同里传开了。一些市井无赖自然不会放过这个细皮嫩肉的漂亮小寡妇,不断地上门来揩油找麻烦。莫燕萍强忍着尽力躲避那些脏脏粗陋的手对自己的调戏……

直到一天被附近的小混混葛三儿摸了屁股,莫燕萍急了,抄起来把小剪刀,划了葛三儿的手……

幸亏玉茹及时赶到,扇了葛三儿几个巴掌,说出一长串道上的这个爷、那个爹的,总算是把葛三儿吓得胆怯地离开了。看着葛三儿的背影,莫燕萍终于懈了下来,哇的一声大哭出来。

玉茹斜倚在一边的桌子上,点上一根烟来,随意地抽着,也不去劝,只等到莫燕萍哭完了,才说:"葛三儿就是个地痞无赖,他是不会善罢甘休的,你这样,落到他手里还不是迟早的事儿?"

莫燕萍呆呆地看着玉茹,一时没了主张,半晌,才环顾四周,万般留念地颓丧地说道:"那我搬走。"

玉茹按灭了烟蒂,冷笑一声:"搬到哪儿都一样,哪儿没这样的臭虫?"玉茹凑到莫燕萍的身边,看着她梨花带雨的一张脸说,"你得换个活法儿。"

莫燕萍听得一脸茫然。

看莫燕萍还是不得要领,玉茹一拍大腿:"怎么还不明白,跟我去喜乐门,做舞女。"莫燕萍慌忙摇摇头:"我做不了那样的事儿。"

"哪样儿的事儿啊?"玉茹不屑地看了莫燕萍一眼,"嫌我是婊子是吗?还把自己当什么名门闺秀呢?醒醒吧!咱们都被男人玩儿,我还能挣钱,你呢!"

莫燕萍不说话了。

玉茹叹了口气,说:"这世道就他妈的是这样,想活好了就得豁出去,女人就这点本钱了,以你的身材、相貌、谈吐和学识,去喜乐门你会做得比谁都好。要不然,就在这儿任由葛三儿这样的垃圾摆布,你自己选吧。"

玉茹点醒了莫燕萍,她的确是无路可走了……

那一晚,莫燕萍未能入眠,坐在镜子前,看着自己浮肿的眼和苍白的面颊以及蓬乱的发,有些顾影自怜地叹息了一声,那声叹息久远而悠长,像是一个非常艰难的决断……

跟踪"影子"的尸检报告终于下来了,三个人都是被人用极薄的利器快速刺破心脏致命的。

可巧，武田弘一也来到了青木公馆。沈西林看了一眼王建中，王建中有些不自然，将眼光别向一边。

沈西林笑了，他当然知道武田弘一不会这么巧，赶着趟儿来。

武田弘一仔细看了一遍尸检报告，断然道："凶手肯定是我的同学范江海。"

"何以这么断定？"沈西林有些不解。

武田弘一道："杀人的方法是日本忍术，在中国只有他一个人会，他用极薄的竹签代替了日本忍术当中的刀片。因此，范江海肯定潜伏在天津的某个地方。"

沈西林沉思片刻，继而说道："如果是这样，范江海必定会浮出水面。"

武田弘一笑："这个还需要你们青木公馆多下力气。"

"自当全力。"沈西林应承着。

这天晚上，子生送完信，经过喜乐门。他在门口买了一包烟，试着吸了两口，却被烟呛得咳嗽不停。这是老谭告诉他的：是个在天津卫打滚的男人就得会抽烟，就得会玩女人。

子生没有勇气去那些风月场所，只是靠在一边的柱子上，看着喜乐门陆陆续续走进去花枝招展的女人，那些女人漂亮却不真实，他迷迷糊糊的脑子里浮现出另外一个女人的影像来，穿着淡雅的旗袍走在教室里轻轻地念着日文的诗歌……

莫燕萍像个女神，是藏在子生心底里的。

一辆人力车停到喜乐门的大门口，从车上下来一个明艳照人的女人，在下车的那一刹那，黑亮的发如云般散开，裘皮大衣的下摆露出了一个缝隙来，一条白生生的腿从里面的旗袍开衩伸了出来。恍若梦境，那条腿便又隐没在了裘皮大衣里。虽然只是一刹那，但在天寒地冻的街头，这样的画面还是让子生的心怦然跳了起来，只觉得脸上一阵发烫，他正欲将目光移开，却无意中看到了那女人的脸……

是她！子生一下子呆住了，几秒钟的窒息，仿佛整个世界都停滞住了。子生有些不相信自己的眼睛，赶忙走了过去，想看个真切，正在这时，一辆电车开了过来，阻挡了子生的视线。等电车开过之后，子生发现那个女人不见了。

真的是莫燕萍吗？抑或是自己看花了眼？

子生想也没想，买了张舞票走进了喜乐门。

舞厅内灯红酒绿的光线让子生一时难以适应，站在一边，他仔细搜寻着舞池里各个人影，终于他再一次看到了莫燕萍。她已经脱掉了裘皮大衣，现在这样浓妆艳抹的脸庞让莫燕萍显得性感而妩媚，一身紧身的旗袍勾勒出细致的腰肢，下摆开着高高的衩，露出白花花的大腿。

第五章 绝境

子生一时茫然无措,一边有侍应过来询问需要什么服务。子生醒悟过来,摇了摇头,浑身乏力。

他不知道自己究竟是如何走出喜乐门的,又是如何走回到自己家中,没有开灯,他整个人躺在黑暗里,仿佛生了一场大病,瘫软地躺在那里。一个美好的梦终于醒来,仿佛玉山倒下,发出轰然的声响,碎成了一片。

如果可以选择,他宁愿没有经历刚才的一切,他宁愿永远也不知道她的下落。他想。

喜乐门的生活显然不是莫燕萍能应付的。虽是每天上班,涂抹的胭脂水粉让她显得异常地妖艳,唇红的娇媚,脸粉若桃花,玲珑曲线的身段让男人神往,让女人嫉妒,莫燕萍这个标准的美人儿却和喜乐门这个花花世界格格不入,这个舞女当的完全不是那么回事。

每每遇到有人买她的舞券,莫燕萍都感觉如临大敌,期期艾艾,跌跌撞撞,哪里是跳舞,分明是一场搏战,纤纤玉臂抵挡得密不透风。这样一来,请莫燕萍跳舞的人越来越少。莫燕萍也不着急,身体僵硬,正襟危坐,硬是在喜乐门这风月场里坐成了一座贞节牌坊……

如果生活如同演戏,那她就是最糟糕的演员。

玉茹盯着莫燕萍看,这晚上,莫燕萍几乎没有离开过座位,冷冰冰,像一个花瓶,漂亮却没有生气。玉茹走了过去,拍了一脸苦楚的莫燕萍一把,凑到她耳边说道:"来这儿的,都是寻开心的,谁愿意花钱看一张臭脸,来都来了,笑一下都不会?"

"我不会。"莫燕萍抗拒着。

"不会也得会!男人要什么,你要是不清楚,就白做了二十多年的女人。"玉茹有点不耐烦了。

我真的不会。

"那你就学,是我带你来的,这可不是你一个人的事儿,我是好心,你也别砸了我的饭碗。再没人请你跳舞,不但是你,连我都快滚蛋了!"

看到不远处梳着分头留着八字胡,眉毛拧成麻花儿状的舞厅经理正一脸的怒容向这边儿看着,莫燕萍明白玉茹的意思了。

她不想给玉茹找麻烦,按照玉茹的要求,摆出笑容,可怎么也无法变得妩媚妖娆,她的笑里含着太多的苦,无法释怀。她越努力,脸上的笑就越僵硬越尴尬……

就在这时,一个神态优雅的男人走了过来,嘴角带着一丝坏坏的笑意,这是个很容易让女人沉醉的男人,论相貌风流倜傥,论神采温柔多情,论权势足以在天津卫翻云覆雨,他是沈西林。

看到沈西林，莫燕萍刚刚伪装起来的笑容顿时隐去，整个人僵住了。

沈西林拿起酒杯对着莫燕萍做敬酒状，自己喝了一小口，微笑地看着她，像是在欣赏一个精致的玩物。

莫燕萍紧咬嘴唇，瞪着他看。如果眼神可以杀死人的话，沈西林早已被她的眼神杀死过千万回。可沈西林毫不在意，居然俯身邀她跳舞。莫燕萍想拒绝，沈西林一把拉过她的手臂，弯腰低身在她耳边说道："我买了你舞券，舞女是不能拒绝客人的邀约的，如果这样的话，你不但拿不到工资而且会被惩罚，甚至也许你会丢掉这份工作，你是别人介绍来的吧？想连累帮你的人吗？"

他说的倒是真话，真是谙熟此道。

莫燕萍压抑住了愤怒，不得不同沈西林跳舞。一方面是跳舞真的不熟练，一方面也是因为紧张与厌恶，刚转了几圈莫燕萍就已经踩了沈西林好几次，好在沈西林无所谓，依然不失仪态微笑着搂住莫燕萍的细腰，一跳就是四支曲子。

沈西林温柔地看着莫燕萍："为什么那么恨我？有必要吗？"莫燕萍则怒目瞪着沈西林，在纸醉金迷的音乐声中问他："那么多舞女你不选，想要继续羞辱我没必要那么费劲儿！"

沈西林摇了摇头，依旧微笑着说："我可没羞辱你，我是在享受你。"

沈西林的话让莫燕萍恨不得想向那张英俊又恶心的脸上狠狠地扇上一个耳光。

"生气了？"沈西林察觉到莫燕萍腰肢在微微颤抖，"放松点，我们在跳舞。"沈西林的目光从莫燕萍的胸脯回到她的脸上，"知道吗？生活就是这样，不管如不如意，人都要活下去，而且我希望你能好好地活下去……"

沈西林突然住了口，他的目光移开莫燕萍的脸，在舞厅一角，有人在监视自己。那人一直跟踪着自己，从未离开过。沈西林眉头微蹙，仔细回想着，那人他认识，是张金辉的手下，叫陈三。

沈西林依旧不动声色，仿佛没有看到一般。

当晚，当莫燕萍走出喜乐门的时候，沈西林的车已经停了过来，沈西林打开车门，请莫燕萍上车。

"你的舞票已经用完了。"莫燕萍冷冷地说。那话里依然充满了愤怒，她转身叫了黄包车。沈西林也不生气，开着车跟在莫燕萍的黄包车后面，一直护送她回到了梅园公寓。

在公寓门口，莫燕萍头也不回地径直上楼，她很紧张，生怕那个男人会追上来。心跳不已，不过，还好，莫燕萍所设想的情景并没出现。

回到家，莫燕萍惊魂未定，掀开窗帘，从窗口向下看，沈西林站在楼下吸着烟，

第五章 绝境

他的身影修长,在灯光下显得有点孤寂,竟然有种诗意的味儿。直到许久之后,沈西林才上了车,发动车子,绝尘而去。

这个沈西林要干什么?要占有她这样的女人,对沈西林来说实在是太容易了,可似乎并没有这样,他究竟有什么目的?一时间,莫燕萍陷入了茫然……

次日,王建中拿着整理好的商业往来资料走进沈西林的办公室。

沈西林正在修剪盆景,见王建中送来资料,也不接,只是让他放到一边。王建中应了,将资料放下,正要出去。

"等等。"沈西林喊。

王建中回头:"沈先生还有什么吩咐?"

"把这些资料整理了,发一份给武田大佐。"沈西林面露微笑看着诧异的王建中,继续说道,"你不必这么意外,与其让人偷着送,不如直接送过去,这样武田才觉得安排你在我身边是值得的。"

"沈先生……"王建中想说话,却被沈西林抢白道:"在天津很多人都有几个身份,我希望你能记住自己是中国人,而不是日本人。"

王建中点了点头。

沈西林将盆景放下:"这就够了,你去忙你的吧。"

王建中嗯了一声,说道:"沈先生,您放心,我不但知道自己是中国人而且知道是你沈先生的秘书……"

沈西林看着王建中的背影,露出笑容。

第六章　仇怨

老谭开始对子生进行系统的谍报训练，教他如何默写，如何速记，如何拆卸和组装枪支，如何识别人群中一张张普通的脸孔下面哪一个是危险的，如何在最短的时间内通过人细微的肢体和表情的变化判断出对方透露的是真实的信息还是虚假的谎言，应该怎样识破跟踪，怎么去反跟踪……

特别是最重要的三个信条：第一，不要相信任何人包括自己的同志，真相永远不是只用自己的眼睛就可以看穿的。第二，预感到危险首先选择逃跑，活着人才能传递情报。第三，永远不要忘记前两条。

接连一个多星期，只要一从电话局下班，子生就将自己的时间和精力全都用在跟随老谭的学习上，他需要用这些来填满自己的思想。

做到老谭说的这一切很难，做好更难，而老谭都有些惊讶子生的卖力和专心，子生自己明白这是求生欲望的驱使，他不想让自己的生命过早地消亡。

谍报系统的训练越多，子生就越发了解这个职业的神秘与危险，生死的问题困扰在子生的心头，使他又开始有些沉闷，眉头总是微微锁在一起。

"你有心事？"老谭察觉到子生的内心起着变化。

子生摇了摇头。老谭正要问，子生已经抢先说话了："你不希望我专心吗？还是我不够专心？你说过，只有学会这些，我才最有可能在行动中保住自己的命。"子生一面淡然地说，一面用一块布蒙住眼睛，然后迅速地将一个枪支拆卸开来，四分五裂地摊在桌子上。

这一套拆卸功夫，子生完成得很麻利，子生摘下蒙眼的布看着老谭。老谭点了点头，算是赞许吧。

回过头，老谭喝了两口药茶，慢吞吞地说："你学得很快，可我知道你心里在怕。"

子生被老谭说透了心事，少年通常有的自尊让他有些受不了，他带着些不服气的神态看着老谭。

"别否认，是人就会怕，我也一样。"

第六章 仇怨

老谭没看子生,还在慢吞吞地喝茶,似乎那茶水很烫:"怕没关系,只要不慌就行,否则这些东西学得再好,也会在关键时候出问题。"

老谭的目光好像投向虚无的一个地方,沙哑的嗓音更让他整个人显得神秘。

老谭似乎为子生打开了一扇门,在那门里,同样的世界是另外一种视角,另外一种秩序,另外一种思维方式,充满了刺激也充满了挑战。因为子生接受老谭的训练,所以子生去巡捕房下棋的次数也就越来越多了。

邵老栓在门房里,透过窗,看着子生将自行车停靠在巡捕房门口,走了进去。邵老栓的脸色沉了下去,眉头紧锁在了一起。

通过训练,子生显示出自己适应谍报工作的独特天分,他的记忆力很强,几乎可以过目不忘;笔迹的模仿能力也非常惊人,不同笔迹的信件他可以复制得以假乱真;观察力和分析判断能力也远远超过同龄的孩子,甚至超过了巡捕房里的巡捕,一些琐碎的毫无头绪的案子,子生只要在旁边看一会儿当事人相互对质,就能大致说出到底是谁撒了谎……

更让老谭始料不及的是,子生好像是个天生送情报的,他对租界的路况非常熟悉,哪家的后院连着哪家的侧门,谁家的阁楼连着谁家的露台,全在子生的脑子里装着,每一次做跟踪反跟踪训练时,子生总是能在最短的时间内,消失在开着警车跟在后面的老谭的视线里……

这一天,老谭开着车载着子生来到街头,子生一脸无所谓地准备下车。老谭突然叫住了他:"别不耐烦,想成像你父亲那样的人,必须这样训练下去,只有让这些变成你的习惯,你才有可能在危急的时候不假思索地应变。"

"这你说了一百遍了。"子生逆反地冷不丁地说了一句,"真能救命,我爸就不会死了!"

老谭看着子生,用沙哑的嗓音平静地说:"知道危险就更要让自己活得时间长点,否则高兴的只有敌人。"

子生下了车,走到了街头,和其他行人无异。

老谭面无表情地坐在车内,端起茶杯喝了口中药茶水,丑陋的脸上一双眼睛尤为明亮,他看着子生拐过一条街道,消失在了人群中……

老谭开着车,缓缓行驶在街道上,四下张望。

一个熟悉的身影在车窗外出现,老谭定神看了过去,才发现是武田弘一。这个人他有印象,第一天来天津,老谭就看到了他。和他在一起的是一个年轻人,这个人,他也知道，是沈西林，东华洋行的经理。

沈西林与武田弘一在万国饭店门口相谈甚欢。老谭的目光警觉地看着沈西林，仿佛想从这个人身上探究到什么。

时间总是在不经意之中将一个人的过去抛得很远。

一转眼，莫燕萍在喜乐门待了半个多月，原来那个端庄典雅的教会学堂的洋文老师不见了，拜沈西林所赐，舞步熟练的莫燕萍成了喜乐门夜总会的职业舞女。可她总还是阴着一张脸，似乎莫燕萍从不去考虑到喜乐门这种地方拿钱买笑的男人谁会愿意抱着一个贞节牌坊跳舞这个问题。

唯独沈西林，无论莫燕萍是多么的冷若冰霜，每次他来都会买莫燕萍的舞票，潇洒而风度翩翩地揽着莫燕萍的腰肢，随着音乐跳舞。

灯光下，沈西林的目光温柔而多情，炙热地在莫燕萍身上燃烧，不可否认，这个人是很绅士的，除了目光之外，他并没有对莫燕萍做过什么出格的事儿，连跳舞的时候对怀里的女人吃点"豆腐"的行为都没有，只是抱着莫燕萍，一支曲子一支曲子地跳……

他们在灯光下旋转，仿佛不是舞女在陪客人，而是客人在教授喜欢的女孩该怎么跳舞……

舞厅散场，沈西林会开着他的车，跟在莫燕萍的黄包车后面，一路送她到梅园公寓，如同一个多情的少年。

有谁会拒绝这样一个男人呢？但只要一想起自己遭到凌辱的往事，莫燕萍就免不了心里涌出一股恶心，这是个表里不一的男人，内心是恶魔，外表却伪装得像一个绅士。莫燕萍在心里恨恨地想着。

莫燕萍的舞步是越来越好了，可她依旧孤傲、冷艳，与周遭的莺莺燕燕格格不入，对那些动手动脚的满脸色鬼之相的男人一点也不迎合，为此莫燕萍没少遭到客人的投诉，可莫燕萍仍然我行我素。

这一夜，莫燕萍又是独坐一边，端着一杯红酒，没有喝下去的意思，只是在手上摇晃着，看那杯血一般颜色的液体在杯子里荡漾。玉茹走了过来，一巴掌拍在她屁股上。莫燕萍有些厌烦地皱了皱眉，将杯子放在一边的桌子上，仔细地瞧着。

"甭他娘的一个晚上就捧着一杯酒。"玉茹瞅着莫燕萍，"人家来这儿是赚钱的，你来这里是花钱吗？这一杯酒至少要了你两张舞票的价码。"

莫燕萍不在意地问一边服务生又要了一杯，品了一口，继续摇晃起来。

看此情景，玉茹不耐烦地瞪了她一眼："想怎么糟蹋钱随你，我可告诉你，自打来了喜乐门,你就没断了被人告状,连姑奶奶我都跟着你挨经理的骂,再这么下去……"

玉茹突然停住了训话,带着职业的笑容看着前方同时捏了捏莫燕萍的腰际,轻声说道:"找你的客人来了,你得把人招待好,这么好的腰,别再浪费了!"

这是个五短身材、肥头大耳还谢了顶的中年男人。

跳舞的时候,男人使劲儿地搂着莫燕萍,恨不得把自己脑袋搁在她的胸脯上。酒是好东西,可以帮助莫燕萍幻想,让她的神经没那么敏感,让眼前的一切不再那么真切……

可那浑身发出汗骚味,呼吸中透出口臭的男人好像还嫌不过瘾,他的手缓缓下移,撩开莫燕萍的旗袍分衩,当那肉手突然接触到莫燕萍雪白的大腿时,莫燕萍头脑里轰的一下,完全清醒了,几乎是条件反射一样,啪的一声给了那个男人一耳光。

哎呦,猪头男子一声叫唤,被打得眼冒金星。

乐队声戛然而止,周遭跳舞的人听到动静也让开了地儿,止住了跳,站在那里等着一场好戏的开演。

那胖脸上是清清楚楚的五个手指头印子。男人只觉得面子没处搁,四下看了看,脸涨红如猪血一般,大骂:"你个臭婊子,敢跟我动手?在这儿装什么装!老子今天就给你扒光衣服,让大伙儿看看你他娘的是啥玩意儿。"

男人一把揪住了莫燕萍的头发,伸手便去撕莫燕萍的衣服。莫燕萍挣扎着应对,一边玉茹连忙上前劝架,舞厅的刘经理也奔了过来劝解。好不容易把两人分开,刘经理找来另外几个舞女陪着那矮胖男人,可那人余怒未消,唾了莫燕萍一口,骂道:"臭婊子……"

等一切安顿完毕,刘经理按捺不住,走过来大骂莫燕萍,一面对玉茹说:"你给我找的什么人,甭给老子添乱了,咱们喜乐门可不养什么贞洁烈女,趁早给我滚蛋……"

"刘老板,这在怄气呢?"一个声音在经理的身后轻柔地说了出来,打断了刘经理的话。

众人抬头,是沈西林。莫燕萍的脸早已被眼泪哭花,这是一个水一般的女人,总是有那么多的泪水,即使在这样灯红人醉的世界里,依然无法掩饰内心真实的感受。

刘经理挥挥手,让玉茹扶着莫燕萍下去了。他当然知道沈西林的来头,让他不开心那可是非常严重的。见莫燕萍和玉茹走了,经理赶忙调转过头,涎着脸对沈西林笑道:"哟,沈先生,别在意,小事儿,小事儿。我这就给您安排,让月凤和喜宝陪您玩会儿。"

"不急，看来莫小姐让你不太满意？"沈西林晃着手里的酒杯慢条斯理地说。

"您看，还是那个没调教的东西伤了您眼了，千万别往心里去，我这儿刚进了一批窖藏了十几年的波尔多，今天我请客。"刘经理依然赔笑着说。

沈西林摆摆手："这个莫燕萍，我喜欢，从今天开始我包她三个月的舞票。"

"您，这是……"。

"看在我的面子上，这事儿就算翻篇了，您看成吗？"沈西林打断他，话语温柔但眼神没有讨价还价的意思。

刘经理意外，虽然他不明白这个莫燕萍有什么好能让沈先生这么看重，但沈先生的面子总是要给的，何况谁又愿意跟财神爷置气，他赶忙让身边的服务生去唤莫燕萍赶紧补妆回来陪沈先生跳舞。

那个服务生忙不迭地去了。不一会儿，莫燕萍没见着，倒是玉茹来了，一路走得风情万种，婀娜多姿，那身段眼神虽不惊艳但也是女人中的女人。

"沈先生，燕萍还得待会儿才能出来，能否给个面子，让我陪您跳一曲？"玉茹烟视媚行，整个人仿佛可以融成牛奶，轻巧地泻到男人的心里。

沈西林上前，一把按住玉茹的腰际，顺势一带，玉茹整个人便软软地落在了他的怀里。沈西林掏出一叠钞票来，轻佻地插在玉茹的衣襟上，笑着说道："这是你的酬劳，希望你以后还能这样照看她。玉茹将钞票拿在手里，捏了捏，厚厚一沓，甚是踏实，继而揣在怀里。"

"其实那样的女人不好用，不会伺候人。"玉茹像情人一样抚摸着沈西林的胸口，艳红的唇凑到沈西林的肌肤旁，呵气如兰。

"没办法，看上就是看上了。"

"这么喜欢，为什么不直接接回去做小，就是做个使唤丫头也行啊！干吗这样麻烦？"玉茹对沈西林的一根筋似乎有些醋意。

沈西林笑了："那样没意思。我想让她红，成为喜乐门最红的舞女……"

正说着，沈西林再度在舞厅一角看到一个熟悉的身影，是陈三。沈西林的嘴角上扬，带着一丝耐人寻味的笑容。

陈三看了看沈西林，将手里的烟狠狠吸了一口，扔在地上，用脚踩灭了，走出了舞厅。

舞厅外街角，一辆汽车停在那里，张金辉的脸从车窗探出来。陈三走了过来。

张金辉斜睨着陈三："怎么着？有什么新的发现？"

陈三有些焦虑："实在是没有啊，沈主任一直就是跳舞、喝酒、泡女人，实在没干什么正经事儿，您看，咱们是不是把跟踪他这事儿给取消了？"

张金辉有些不爽："甭跟我废话，干吗？想偷懒？给老子好好看着，有事儿尽快给我汇报。"

陈三点头哈腰，不敢多话："哎，哎，是我的错。"

陈三往喜乐门走去。

张金辉咬牙切齿地喊道："妈的，没一个真正干活的。"

夜深了，曲终人散。

在喜乐门门口，一群舞女嘻嘻哈哈走了出来，相互谈论着各自晚上的客人与收入。

莫燕萍走在最后，脸上现出一丝郁郁寡欢的神态，跳了一晚上，装开心也装了一晚，似乎有些力不从心。脸上的妆容有些花了，头发也不算是太整齐，疲惫让她多了一份倦怠，举手投足显得有些慵懒，可这并不让人觉得生厌，反而让她多了一份娇弱的妩媚。

寒气袭来，莫燕萍不自禁地将大衣裹了裹，抬眼看去，路灯下，沈西林已经斜倚在汽车旁，抽着烟，微笑地等候着她。

他为她打开了车门，莫燕萍很自然地坐进了车内……

车子开到梅园公寓下面。

这一次，莫燕萍下车后没有再头也不回地上楼，而是轻声地说了一句："如果你想可以上来坐坐。"

这话让沈西林多少有些意外，虽然他早就知道这样的邀请迟早会来，可莫燕萍轻描淡写而又突如其来的话语还是让沈西林有点恍惚，甚至以为是自己听错了。

直到莫燕萍又说了一句："难道你不想再陪陪我吗？"沈西林那独特而迷人的笑容才又回到他脸上。

梅园公寓走廊的灯光黯淡，莫燕萍走在前面，在到楼梯的拐角处，突然停住，扭头看着沈西林，叮嘱他小心脚下，还说自己有一次就是没注意而崴了脚。这样一个漫不经心的叮嘱，一下子将两人从平时舞女与客人的关系幻化成了拉家常一般的亲密。

看着昏黄灯光下莫燕萍那张略带幽怨、妩媚动情的脸，沈西林的内心一阵激荡，仿佛自己就是这里的男主人，前段日子只是两人吵了架，如今和好如初把老婆接了回来，小别胜新婚，带着一份美满与冲动揽着莫燕萍的腰走进了屋子。

莫燕萍开门，将小包扔在了床上，同时一屁股坐了下去，没有开灯，四下黑漆漆的。在微弱的光线里，莫燕萍幽幽地看着面前这个高大挺拔的剪影，她以为他会扑过来，像只饿狼看到羊羔一样在粗暴的蹂躏中将她撕得粉碎。

她认了，反正迟早要过这么一关。

如果是这样，莫燕萍对自己说一定不能闭上眼睛，她要看清楚他，这样自己才能更加地恨他，虽然她已经恨得咬牙切齿。

然而那个身影只是叹了口气，说："你不该住在这样的地方。"

"那该是什么地方？我该住哪儿？住你的怀里吗？"莫燕萍喃喃地问，声音越来越微弱，到最后两个字时，如同梁间燕子的呢喃，一面说，一面站了起来，伸出手臂揽住了沈西林的脖子，像一条蛇缠住了他，只轻轻一带，沈西林便倒了下来，压在了她的身上。

那张年久失修的床不堪重负，发出吱呀的响声。这让莫燕萍想到了方君年，想到了他们彼此拥有的第一次，两个人都没有任何经验，在黑暗中胡乱摸索着。她用颤抖而炙热的手去试探方君年的身体，从他消瘦的胸前滑过，她触摸到一个不算健壮而略带清凉的身体，与此同时，那具身体也带着一份焦灼去摸索着、去挖掘着她，同时也引领着她。

终于找到了突破口去发泄，他进入了她的身体，她迎合着他的撞击，将自己的身体完完全全交给了他，彼此互为一个整体。

如今这个男人重重压在她的身上，带着一种征服的力量与动作，控制着她，他的唇压在了她的唇上，在她的耳畔划过，他的嘴里似乎带着一种薄荷的甜香，这个香味有点像方君年喜欢用的一款牙膏。

莫燕萍睁大眼睛，看着模糊的天花板，木然地抱着面前这个男人，不知道什么时候，脸上湿湿的，她才知道自己流泪了。

他用手触摸到她的泪，只是温柔地亲吻着她的面颊和耳垂，那个吻炙热地随着她的身体滑落下去……

那一夜，当一切平静下来，莫燕萍瞪大了眼睛看着天花板，头脑里空白了良久，直到似乎听到远处有轮船汽笛声，她觉得很奇怪，这里离海那么远，如何能听见？她想那是幻觉，或者这个声音在暗示方君年与自己越走越远了。

她轻微地叹息了一声，扭头看了看身边的沈西林。他早已入睡，呼吸均匀。他的一只手依旧放在她的胸口上，压得她有些痛楚。

如果现在杀死他，一切都将结束……

哪怕自己明天就死去也值得了。

她轻轻将他压在自己胸口的手拿开，继而侧身移到床沿边，伸手去够床头柜，终于她触碰到了一个冰凉的东西，是那把剪刀，曾经用来对付过流氓葛三的。

莫燕萍把剪刀拿在手里，扭头看着沈西林，朦胧的光线下，这个男人的轮廓变得模糊、儒雅，似乎还是带着一丝优雅的笑意……

现在完全有机会用剪刀划破他的脖子，挑断动脉，这个可恨而恶心的男人就再也不会醒过来了。

莫燕萍将剪刀靠近了沈西林的脖子，她咬了咬嘴唇，虽然光线朦胧，她依然可以看到他脖子上的微微凸起的血管。

睡梦中的沈西林似乎卸下了所有的防备，满足得像处于酣梦中的婴儿。

许久之后，莫燕萍还是身体僵直地那样看着熟睡中的沈西林，手里紧握着剪刀，还有一手的汗。

最终，她的手臂还是松了下来，剪刀放在一边的床上。莫燕萍觉得自己快要虚脱了，仿佛做了一件非常非常大的事情，她已经没有力量再举起那把剪刀，几乎是拖着将剪刀藏到了枕头下面。

究竟是什么原因，连莫燕萍自己都说不清……

她缓缓睡下。

而旁边的沈西林迅速将手臂放在了她的身上，让她以为他刚才是醒的，仔细看了良久，才相信他一直处于深深的睡眠里，处在他自己那个非常美好的梦中……

第二天莫燕萍醒来，突然发现身边空了。

莫燕萍一惊，抬头看去，只见沈西林已经起床，穿好了西装。

见她醒了，沈西林微笑地说："你醒了？"

莫燕萍没有回答，一眼瞥见床头柜上放着那把剪刀，她下意识地将手伸到枕头下面，发现已经空空如也，莫燕萍心里一惊……

莫燕萍看着沈西林，等待着与他摊牌。

沈西林还是微微一笑："怕硌着你，就拿出来了。"他凑近了，在她的耳畔吹了口气，带着半分挑逗地细细说道："看来昨天晚上我差点儿就会没命，不过，现在让我死不好，对你，对我，都不好。"

沈西林亲了一下她的耳垂，继而站起身来，说道："我得先走了，你最好收拾一下，我觉得你该换个地方住，晚上我来接你。"

沈西林的话不像是商量，似乎已经为她安排好了，并嘱咐她："再多睡一会儿，昨晚折腾一夜，应该是没睡好。"

说完话，沈西林优雅地走出了房间，轻轻地将房门带上，如同一个体贴的丈夫。

莫燕萍突然发现自己完全看不透这个男人……

老谭对子生的训练进展顺利，当然表面上看老谭只不过没事就拉着子生下棋罢了。老谭身边的茶缸总是不离身，下棋的时候，时不时地喝上一口，茶色黯淡。子生好奇地揭开看了看，闻了闻，气味并不好，子生皱了皱眉头。

老谭看见呵斥："你别碰。"

"这里面泡的是什么？"

"中药，治嗓子的，我喉咙里痰多。"

老谭下棋的时候思考的时间很长，举棋却非常果断，子生则思考得短，不时要悔上几步棋。

老谭冷不丁地问子生："如果你被人盯上了怎么办？"

子生说："我跑。"

"如果跑不了呢？"

"不可能，这地方没人比我更熟悉。"

"没什么不可能，你的腿再快也有跑不了的时候。"

看着棋盘，子生发觉自己的将已无路可走，即使悔棋，终究还是个死，不说话了。

"这时候只有两条路，要么杀人要么自杀……"老谭说这话的时候，声音更加沙哑，带着一种镇定的可怕。子生不由得起了一阵鸡皮疙瘩。

老谭由此开始训练子生一些简单而有效的搏击技巧。没有想到，这一次子生让老谭失望了。

子生完全不是好勇斗狠的人，他心软、紧张，关键时刻总是下不了手。这成了子生的致命弱点。老谭无奈，为了培养他的胆量，他买回来一只鸡，让子生杀了炖汤。

那只鸡被子生抓在手里，扑腾了半天，子生也没敢下刀。

鸡也累了，不再扑腾，看着子生，眼神里满是疑惑。

子生咬了咬牙，拿着刀哆哆嗦嗦地比画着鸡脖子，一闭眼，一刀划下去，鸡毛满天飞，那只鸡咯咯直叫，奋力从子生手里挣扎逃走，扑棱棱地飞得老远。

气恼中，子生只觉得手掌疼痛，低头一看愣住了，手掌上有个口子，鲜血从伤口处溢了出来，滴在地上，看着自己满手的鲜血子生整个人好像都在颤抖，继而天旋地转，砰地倒下了。

他晕血！

看到这一幕，老谭失望透顶。

醒过来的子生觉得脑袋生疼，他摸了摸额头上撞击留下的肿块，有些沮丧，说："我可能真不是干这块的料。"

老谭抬头想了半天，说："我教你一个法子，能不能学会就看你自己了。"说着，

第六章 仇怨

老谭从口袋里掏出一根薄薄的竹签，递给了子生。

子生不解地看着那薄薄的竹签，竹签极为细长，轻轻一用力就会折断，因长时间地摩挲竹签的表面形成了光泽，像一件精巧的艺术品。

老谭没有解释更多，而是将竹签从子生的手里拿了过来，藏在手里，手掌对着桌上的蜡烛迅速一挥，继而将手掌收回。老谭的动作极其迅速，子生甚至有些恍惚自己是不是真的看到了老谭的动作，桌上的烛火连晃都不曾晃动一下……

就在子生诧异之间，眼前那粗大的蜡烛悄无声息地断裂了，上半截缓缓地落在桌上，溅起一片蜡油。

看着那齐齐的断口子生惊呆了，那是有名的宝昌蜡烛，是最大号的，专门为巡捕房配发的，石蜡压合得密实，就是想用菜刀一下切开都不是容易的事情，可就是被老谭手里那细细的竹签削断了。

"这是我在日本留学的时候从日本忍术的剑法中学的，只不过日本人用的是钢片，我用的竹片。"

"为什么用竹子？"

"钢刀会被人查出来，竹子柔软，缠在腰上手腕上，没人会知道。"

老谭沙哑的声音在微微摇曳的烛光里，显得有些阴森，那张看不出表情的脸上，似乎悠然地想起了往事。

"你去过日本？"

"那是很久以前的事儿了。"

"日本什么样？"

那个国家很美，但是再美丽的地方都会有魔鬼的存在。

老谭把竹签放在桌上，那幽暗陈旧的色泽不知道沾染过多少人的血。想到这儿，子生不由得打了一个哆嗦。但还是忍不住拿起竹签，仔细看了看，再看看桌上其他的蜡烛，子生有点跃跃欲试。

"别用这个，你会弄断它。"老谭的声音有些急促，似乎很珍视这根竹签。

阻止了子生，老谭的声音恢复了平静，咳嗽了几声，吐了口浓痰，继而说道，"照着样子削出来，再去买个西瓜，用最快的速度插进去再拔出来，如果有一天能练到拔出竹签，没有西瓜汁流出来，竹签又不断，那么你就可以用它来杀人了。不过，杀人总不是那么容易的。"老谭一字一顿地说。

从那以后，子生在外送信休息之余，总是会用小刀削着竹签，一边从口袋里拿出老谭给自己留下的竹签对比着，期望自己也能削出同样完美而纤细并不失锋刃的阴柔利器。下班的时候，子生会顺带捎回一个西瓜回家，晚上在灯光下对着西瓜练习。

然而子生总是不得要领，用竹签插西瓜的时候，不是弄断了竹签就是西瓜汁流得满手满地。

子生现在明白老谭的话了，杀人真的不是那么容易的。

而这天晚上，老谭再度投递出一封家书，老谭知道，作为自己另外的一颗棋子该出现了……

四叔：

吾近日略感身体不适，北方风霜难挨，天津尤甚。以吾体弱之躯恐独身难支，但家中诸事吾总是放心不下，侄女兰英已年过二十然尚未娶亲，若不安排妥当，你我长辈恐都无颜面对宗亲。此次望四叔遣侄女英儿寻一体面之亲事，以尽长辈之责。此事吾已思量许久，定可令四叔满意。

谭华

莫燕萍的日子似乎好过了一些，依然如故地坐在喜乐门里，她并不在乎别人对她的看法，更不顾及刘经理，她仍然我行我素，没人来请她跳舞，倒是落得清闲，倒是刘经理将她供了起来。这一点让莫燕萍觉得有些奇怪，她并不知道其间的缘故，不过，她懒得问，整日缩在一边看灯光潋滟下的酒杯里摇曳的红酒。

旁边的舞女看不过去，觉得莫燕萍摆臭架子，讽刺莫燕萍当婊子还立牌坊，起先莫燕萍倒是不在意，也不回应，冷冷地看了对方一眼，继续品味她手里的红酒。

时间长了，其他舞女对莫燕萍更是心中不忿。一次在换场间歇化妆间外的走廊里，莫燕萍不小心踩了月凤的脚。

月凤不干了，上前骂道："你没长眼？走路都横着是吗？不就是被那沈老板给包了吗？还真以为自己做了姨太太，不用再卖了吗？告诉你，还早着呢！姑奶奶我上过的床比你走过的路还多，就你那副木板样儿的，我就不信那个男人看着你不腻歪，早晚还不是给人玩完了，扔到一边去。"

莫燕萍一听，瞅着月凤问："哪个沈老板？"

月凤哧一声冷笑："别跟老娘揣着明白当糊涂！陪人睡了，还装什么装？没那个沈西林沈老板包了你，你能在这儿这么横？"

其他舞女开始在一边帮腔："都他妈一样是睡，有人觉得自己被睡过了还能冰清玉洁呢……"

沈西林！莫燕萍一听急了，奔了过去，让她们别再胡说八道。对方也不是个善茬，两人你一言我一句，好一场唇枪舌剑。莫燕萍不是吵架好手，不一会儿便没了招架之力，一急起来，手脚并用地扑了过去，与对方厮打起来。

等众人拉开，两人的脸上早已划上了道道血痕。

第六章 仇怨

玉茹陪着莫燕萍走进了化妆间。

"别老摆出这副样子，再这样下去没人会看得起你！"看着在一边痛哭的莫燕萍，玉茹冷冷地说，"就知道哭，没那个沈先生你早他妈什么都不是了！"

莫燕萍看着玉茹："和他有什么关系？"

玉茹冷笑："你真以为刘经理这么纵着你，是发善心吗？那都是人家沈先生花钱买的，他包了你三个月的舞票，还让刘经理瞒着这事儿，要不你能在喜乐门留下来？别人给你这么大面子，你还不领情，你以为你是谁？"

莫燕萍愤恨地骂道："他是汉奸，卖国贼，他糟蹋了我，还害我丈夫！"

"那又怎么样？现在能有个男人对你好，就是你上辈子积德了。我在喜乐门混了这么多年，还没有遇到过哪个爷们儿对我能这么死心塌地的。想当年，我玉茹也是喜乐门的头牌，如今又怎样？"

玉茹叼起一支烟，眼神里透出对莫燕萍的蔑视和可怜。

"咱们走进这个舞池子，就别把自己当人，也别挑人，外面在打仗，能活着就不错了，你还想要什么？我们是舞女，是接客的，别管对方是什么人，只要给钱，我们这白花花的身子就给他玩。这就是现实，你早就不是过去的那个莫燕萍了，想办法让自己现在的日子过舒服点行吗？有老板宠着你，你就好好伺候人家，别给脸不要脸，否则在喜乐门你混不下去。当然你可以回去让葛三儿那样的烂人糟蹋，你也能接着上吊，我不拦你！"

玉茹的话把莫燕萍说傻了。

那一夜，莫燕萍推说头痛，早早便离开了喜乐门，回到了梅园公寓，灯光下，莫燕萍翻出了曾经与方君年的相册，方君年在每张照片上温柔地对着她笑。莫燕萍默然地看着他，良久良久……

下半夜，莫燕萍生了一个炉子，将那些照片和信件翻了出来，通通倒在了炉火里，火光冲得老高，映着莫燕萍苍白的脸，一丝表情也没有。当她的手触到一本《源氏物语》，正欲放进火炉里时，方君年的声音在耳边响起："无论什么时候，都不要扔掉这本《源氏物语》。"

莫燕萍的手收了回来，将《源氏物语》放回到书架上。

这天晚上，周先生再次与邵老栓见面。

周先生告诉邵老栓："老家传来消息，尽快找到当年方君年留下的名单，老家会派代号'账房'的同志来接头。"

"当年的名单好像都已经销毁了。"邵老栓叹息了一声。

"如果我记得没错，方君年曾经留下一份名单，现在方君年已经牺牲了，名单可能在他的遗孀莫燕萍的手里。周先生推测道,不管怎样,我们得试试,和莫燕萍取得联系。"周先生停顿片刻,说道,"老家还需要筹备一部分资金,资金的事儿你去想办法,至于名单,我来。"

邵老栓点了点头:"那我们分头去行动……"

次日的喜乐门,一个新的莫燕萍出现了。她不再冷冰冰的,而变得语气温婉,舞步曼妙,甚至连走路的姿势都妖娆起来。

莫燕萍本身条件就好,身材容貌一流,又会唱洋文歌,特别是日本歌,女人的那点功夫在她的身上几乎一点就透,她不再是石膏雕像,而变得活泼风骚起来,在男人的身旁伴着音乐扭动得像一条发光的蛇,缠绕着男人的身体和心。在众人的追捧下,莫燕萍成了舞台的中心,在喜乐门迅速蹿红。

沈西林看到莫燕萍的变化似乎很开心,好像莫燕萍是他的作品一样。

不过,没人注意到在舞厅的角落里,一个大男孩总是静静坐在那儿,既不喝酒也不找女人跳舞,安安静静地看着莫燕萍,带着一份忧伤和失落,有时候会坐很久,甚至一个晚上,有时候则很快,十多分钟或者半个小时。他是韩子生,他从没有去打扰莫燕萍,也没让莫燕萍看到过他,他只是静静坐在一边看着莫燕萍美丽的身影周旋在不同的男人身边……

这天,武田弘一再度询问沈西林范江海的下落。沈西林想到了宫北巡捕房已故巡捕韩培均,这个人也是武田当日要找的同学之一,从他身上可以找到范江海的下落吗?也许他们之间有关系?不管如何,试试也无妨。

这样想了,沈西林找到王建中,让他去调查与韩培均父子关系密切的人。

几天后,王建中告诉沈西林,他发现韩培均生前关系最密切的便是宫北巡捕房的巡捕老谭,就连韩培均去世之后,儿子韩子生的工作都是他帮着找的,就在宫北电话局做维修员。现在有人说他想收韩子生做干儿子,他没有子女。

沈西林翻了翻资料:"哦?这个老谭有点意思。"

王建中笑了:"这么大年纪,没有个孩子,对自己朋友的儿子好,也很正常。"

沈西林点了点头,目光落在了档案上老谭的照片上。老谭丑陋的面孔让沈西林的目光里产生了疑虑。

窗外的夕阳为这个城市镶上了一道绚烂的橘红色,夜色浸染在里面,将光线模糊,街道变得有些不真实。

莫燕萍装扮精致,走出了梅园公寓。

第六章　仇怨

　　一辆人力黄包车早早在一边等待着。那是她包下的车，拉车的是个河南人，姓邓，一口河南话让人仿佛在听豫剧。莫燕萍的母亲是河南人，早年也曾跟在母亲的后面到开封有名的北门大街上的天兴戏班看戏。戏台上的铜锤花脸、青衣小旦让莫燕萍甚是喜欢，那铿锵有力抑扬顿挫唱出的悲欢离合比天津的快板和鼓书复杂纠结得多。

　　时间长了，拉车的小邓也知道了莫燕萍的爱好，到人少一点的路，便扯着嗓子哼唱几段不在调儿上的豫剧，让平日里被冷漠包裹的莫燕萍会偶尔地露出一点笑意。因为这可以勾起她童年的回忆，现实生活没什么可想的了，莫燕萍也不愿意想，只有童年的记忆才是残存的美好。

　　天气真的冷，太阳落下去后，简直是把人冻透了。莫燕萍裹了裹身上的夹袄，不住呵气。路上有些冷清，只有黄包车把上铜铃随着车身的晃动叮当地响着。

　　"喂，今天怎么不唱上一段了？"

　　莫燕萍搓了搓手问小邓，小邓没有回答。看着小邓的背影，莫燕萍的笑容在脸上僵住了，虽然是同样的毡帽灰袄褐色的裆裢，可眼前这个背影比小邓显得要高大一些，身形和步幅也沉稳了许多，都是拉车，这个背影却没有平日里那些车夫的懒散和松垮，拉车也拉出了一股劲道来。

　　这不是小邓，他被人换了。

　　"你是谁？小邓呢？"

　　车夫没回答，继续往前赶。

　　"停车！"莫燕萍警觉起来。

　　那车并没有停下，车夫还是不紧不慢地跑着，速度也没有快，跟刚才是一个样儿。

　　"难道遇上打劫的了！"莫燕萍有点着急了，"你再不停车，我可要喊了啊！"

　　虽然路上冷清，但过两个街口就是喜乐门，那可是法租界最繁华的地方，真的喊叫起来那车夫胆子再大也不敢对她怎么样。

　　"坐着别动！我是你丈夫的朋友。"

　　那车夫也没回头，一面拉车一面说，声音不大，却清清楚楚地传到莫燕萍的耳边。

　　莫燕萍一下怔住了，呆呆地看着车夫的背影。她捏紧了拳头，该信眼前这个陌生人还是该喊出来？莫燕萍在心里掂量了几秒钟，她咬了咬嘴唇，忍住了不再喊叫，想看看这个车夫到底要干什么。

　　黄包车过了两个路口，照旧将莫燕萍拉到了喜乐门夜总会的大门口，一切如常并没有什么不同。莫燕萍下车，从包里掏出几个铜板递了过去，她想看清楚车夫的脸。可是，对方的毡帽拉得太低，光线也早已暗了下去，终究是没有看清楚，只是毡帽下那一双眼睛尤为明亮与警觉，像一只鹰。

收下钱,那车夫若无其事地俯身抬起车把转身要走。莫燕萍忍不住问:"你到底是谁?我丈夫到底是什么人?"

"想知道,就明天中午十二点到时光咖啡馆来,三号桌,我在那里等你。"

车夫的话说得很轻也很快,不过就这寥寥几句已经让莫燕萍的心狂跳不已,一股血嗡的一下往头上涌。眩晕中,她刚想多问些什么,那黄包车早已拉走了。

在喜乐门夜总会门口站了良久,莫燕萍才抑制住自己的眩晕,耳边反复地重复着那车夫说的话:"明天中午……十二点……时光咖啡馆……三号桌……"

这一晚,莫燕萍神不守舍,跳舞的时候连踩了沈西林十几脚,沈西林倒是不在乎,只是问:"你有心事儿?"莫燕萍眉头皱了皱:"心都死了,还能有什么心事儿。"沈西林微笑着看她,按在她腰际的手稍用了用力:"在我的怀里,你会慢慢活过来的。"

第二天中午,莫燕萍准时来到时光咖啡馆,咖啡馆里有些客人,可唯独三号桌是空的。莫燕萍看了看墙上的钟,还不到十一点,看来真的是自己太心急了,昨晚一夜都没有睡,到现在她还是很亢奋。

咖啡馆里的留声机放着黑胶唱片,是舒曼的钢琴曲,唱针划过音轨发出的嗞嗞声并没有掩盖住轻柔悦耳的乐曲。旁边的餐桌上,法国人的一家三口给孩子点了一块蛋糕。那孩子很是高兴地亲了妇人一下,留着法式胡须的男人装着不高兴地向孩子"索吻"。另外一桌好像是个带着高帽子的犹太人在一边喝着咖啡,一边看着当天的报纸。在靠近吧台边的桌上,一个男人侧脸对着门,穿着普通的西装,头压得很低似乎是在看书。除此之外,只有吧台后面的侍者用雪白的毛巾在擦着餐具。

莫燕萍走到三号桌边坐下,仔细地在脑海里搜寻着昨天那个拉黄包车人的轮廓,但真的是一点印象也没有,很明显从一开始那个人就没打算让她看清楚他的模样。

"上车的时候怎么就不多注意一下呢?"莫燕萍不禁有些责怪自己。

要了一杯咖啡,时间漫长得像永远停滞下来,莫燕萍不时地看着墙上的钟,心里着急起来。

墙上的钟当的一声响了,正好十二点,莫燕萍警觉扭头向咖啡馆门口望去,并没人进来。莫燕萍有点失望地回过头,却发现那个靠近吧台低头看书的男人已经坐到了自己的身边。

莫燕萍的眉头攒在一起,刚想赶走这个不速之客,没想到那个人男人开口了。

"莫小姐,你很准时。"

莫燕萍看到了那双鹰一样明亮的眼睛,正是昨天那个车夫!

第六章 仇怨

惊讶中，莫燕萍正要说话，对方却止住她。

"别急，先听我说。"

那人一一道出莫燕萍过去的经历，在什么地方出生，在什么地方长大，哪年在北平上的大学，什么时候跟方君年结婚……似乎自己的过去对方全都经历过，有些事情竟然比莫燕萍自己的记忆还清晰。特别是方君年被捕、被杀那三天里发生的事情是莫燕萍不想再提及的，如今却一股脑儿被人翻了个底朝天。

莫燕萍有点蒙，呆呆地看着对面的陌生人："你是谁？"

"我姓周！"鹰眼男人嘴角带着神秘的微笑，"是你丈夫的朋友，我这次来是想求你帮我一个忙。"

莫燕萍看着周先生："你凭什么认为我会帮助你们？"

周先生微微一笑："因为我们需要拿到一件东西，这件东西是方先生曾经冒死保存下来的，是一份名单。"

莫燕萍冷冷地蹙眉，起身："抱歉，周先生，我不想凑合到你们的世界里，正是因为你们，才让我过上今天的生活……"

莫燕萍不想再说下去，如果再说下去，也许她会控制不了自己而流泪。莫燕萍想离开咖啡馆。

哪知，那个周先生喊住了她："不用着急，莫小姐，我们不会逼你，如果你想通了，明天来这里找我，我会在这里等你的。"

当晚，莫燕萍失落地在喜乐门上了班，和沈西林跳舞的时候，也心神不宁。沈西林猜想莫燕萍是有心事的，但是他并没有心思去管莫燕萍的心思，因为他发现今天盯住自己的不止有陈三，还有一个怪人，想到白天看到的资料，沈西林知道这个人就是巡捕房的老谭。

深夜，莫燕萍万分疲惫地回到家，打开门，刚要开灯。

一个声影喊了起来，不要开灯。

莫燕萍吓了一跳："你是谁？"

"你不用管我是谁，今天你去见了一个姓周的男人，对不对？"那声音很难听，沙哑着低声说道。

莫燕萍疑惑地看着那个剪影，坐在一边的沙发上："你到底是什么人？"

那人说道："你一直想给方君年报仇，所以你包里一直藏着一把刀，期望杀了他，但是你做不到。如果你真的想为方君年报仇，那就和周先生合作，只有他们才能最彻底地帮你完成这个心愿。"

当莫燕萍想拉开灯看看这个人的相貌时，那人已经消失了。

巷内的灯光下，黑影迅速地离开了，面无表情，这个人是老谭。

那一晚，莫燕萍一直回味着那个陌生黑影的话，突然他想到什么。
她翻到书架上那本《源氏物语》，她摸到了封面夹层里的异物，轻轻划开，她看到了那份名单。

第二天，莫燕萍如约而至，再次走进时光咖啡馆，那张三号桌依旧没有人，莫燕萍等了两个小时，还是没人来。莫燕萍失望了，也许这不过是一些好事之徒跟自己开的玩笑。

这些亡命徒，难道他们不怕死吗？莫燕萍嘲笑着自己的荒谬走出了咖啡馆，没走几步，一个声音在她的身后喊："莫小姐！"莫燕萍回头，是个伙计打扮的人。
"你是喊我？"莫燕萍有点意外。
"是啊，莫小姐，你要的首饰盒我们做好了，就在店里呢，正好请您去看看。"
"我？订了首饰盒？你搞错了吧？"
"没错，您不是昨天跟周先生约好了吗？"伙计还是一脸的赔笑，像是在推销什么东西。
莫燕萍听到周先生这三个字，马上明白了。

在马路斜对面首饰作坊铺子的楼上，莫燕萍见到了周先生，刚才那些嘲讽和失望的想法瞬间消失了，似乎这个周先生的身上有一种能让人坚定下来的力量。
而周先生此刻又成了首饰铺的掌柜的，他就像个变色龙一样随时改变着身上的伪装，而这种伪装的身份又是那么自然、和谐，似乎任何情况周先生都能很好地和周围的环境融为一体。
"我知道你会来，抱歉让你等了那么久。"周先生微笑着看着她，似乎早就洞悉了莫燕萍的内心。
"我想和你们合作。"莫燕萍坚定地说。
"合作？"周先生有些疑惑。
莫燕萍点了点头："你们应该已经知道了，我和大汉奸沈西林在一起，我可以帮你们弄到情报。"
"这样做你会很危险，你可以再考虑一下。"
"危险？你都找到我了，我已经开始危险了，不是吗？"
周先生点点头，没再多说别的，而开始对莫燕萍讲了种种搜集情报的方法，如何使用隐形墨水，如何写密码信，等等。他让莫燕萍把所有跟沈西林在一起看到的听到的都记录下来，有机会还要接触沈西林所持有的重要文件……

"这些我怎么交给你们？"莫燕萍一直听着，默默记下这所有的一切，直到最后才问出这样一句话来。

"会有一个年轻人和你接头，他会送一封空信给你表明身份，以后就由他和你联系……"

莫燕萍点点头，转身想走，周先生叫住她："记住，所有行动都要小心，别暴露自己，只有好好活着才能报仇。"

从那个毫不起眼首饰铺子出来，莫燕萍的间谍生涯正式开始了……

莫燕萍走在大街上时，一边擦鞋摊上坐着一个青年看报男子，莫燕萍的一举一动都在他的监控当中，这个人就是沈西林。

沈西林回到青木公馆时，在走廊里听到了审讯室的惨叫。

正好王建中走了过来。沈西林问："张金辉又在审问犯人了？"

王建中点了点头："这次好像是抓到了一个共产党外围。这次张金辉可获得了一个重要消息，看来得立大功了。"

沈西林好奇地问："什么大消息？"

王建中低声说道："好像是说从外围口中得到了共产党即将要派人来天津接头，还说这次派来的人来头可不小。"

沈西林道："那张队长这次可得扬眉吐气了。"

两人相视而笑，沈西林走进了自己的办公室。

第七章　假死

这一次张金辉是在码头边的鱼市场破获了一个共党外围据点，抓了个鱼贩子。

连续几天的审问，张金辉终于从那个鱼贩子口中审出了情报，这几天会有共产党的重要人物来天津接头。这一消息正是"账房"即将要来天津的信息。

张金辉将这一消息汇报给了武田，武田赶忙询问这次接头的具体内容。

张金辉将得到的消息一股脑儿全部说了出来，来接头的会化装成关外买卖人，这次接头的地点便是顺兴街的瑞升茶庄。

武田露出满意的微笑："很好，接下来的行动，你应该知道怎么做了。"

张金辉点头："大佐放心，我已经在旁边布好了暗哨，绝对把这些共产党一网打尽。"

张金辉说完这些，还不忘记道出对沈西林吃喝玩乐的不满，如果特务委员会天津站是他负责，一定比现在情况要好得多。

眼前这个男人对特务委员会天津站主任的宝座觊觎已久，武田很清楚但不动声色："张队长心有大志，我了解。我也相信只要张队长肯努力，前程仕途不会止步于此。"

张金辉点头，一脸的坚定："您放心，这次一定把共产党的大鱼给钓上来。"

几乎同时，邵老栓和周先生也获得了"账房"的接头地点。

当邵老栓说出接头时间安排在了次日上午 10 点，地点是顺兴街的瑞升茶庄时。周先生面露担忧之色，那里是一个新晋的接头地点，周遭的一切并不熟悉。

"能不能换一个地方？"周先生沉思过后，缓缓地问。

邵老栓摇了摇头："现在已经不可能了，'账房'已经在路上了。"

又是几秒钟的静默，周先生做出了决定："我去。"周先生的语气里带点毋庸置疑的味道。

"不行，怎么着也不能让你去。"邵老栓有些着急，不假思索地抢白，"要去，我去。"

第七章 假死

"怎么不行,你需要联络各个情报点,缺你不行,眼下只有我最适合……"

"可是……"邵老栓着急了。

"这是命令。"

当晚,沈西林再度在喜乐门看到了跟踪自己的陈三。虽然在监视,但陈三已经极度疲倦了。

沈西林走了过去,拍了拍陈三的肩膀。陈三正在打瞌睡,被沈西林这么一拍,吓了一跳,瞌睡也被吓跑了三分之二。

"哟,兄弟,这是困了?这么困,还来喜乐门,这是有情况啊?"沈西林笑着打趣。

陈三有些紧张:"沈……沈先生。"

"甭紧张,我认得你,行动队的,大伙儿都是在混饭吃的,甭把自己搞得太累,都不容易。"

陈三听得出沈西林语气轻松,戒备的心不由得松懈了不少:"可不是,唉……"

"我认识几个舞女,那腰功可是一流,让她们陪陪,保准老弟精神百倍。"沈西林说到做到,当场给他介绍了月凤,两人热络地聊天。

这一聊天,让沈西林从陈三口里获悉,第二天将抓捕瑞升茶庄接头的共产党。

次日10点,周先生来到了瑞升茶庄的附近,他来到一家茶楼的二楼,找了一间临近街头的包间,对附近的情况勘测良久,一切如常,阳光很好,四下里熙熙攘攘,人流攒动,这里是一条闹市区,又是上午10点,行人不少。

如果事情不妙,逃离,应该不算是太难的事情。

只是,他没想到,在瑞升茶庄对面的楼内,张金辉等一批特务已经静候多时。

周先生拿起礼帽,下了楼走到街头。

他正欲朝茶庄走过去,迎面一个男子,低头,戴礼帽,着西装,看不清对方的脸,与他相撞。周先生有些讶异,回头,那人已经消失在了人群里,自己手上已经多了一张字条。

周先生打开一看,上面写着"有埋伏"。周先生一惊。

就在这个时候,"账房"从街道的另一头走进了瑞升茶庄,周先生想喊,但最终还是忍住了。

一群黑衣人冲了进去,里面劈里啪啦一阵乱响。突然有枪声,行人们赶忙匆匆让开,有喜欢瞧热闹的,想凑过去看看,但终于没敢过去。

周先生站在人群里,看着"账房"被黑衣人从茶庄内押了出来……

当天下午,周先生与邵老栓取得联络,"账房"被抓。周先生让子生立刻将情报传出去，请求老家进行解救。

随后，子生通过活动信箱将请求支援传递了过去……

这天下午，一辆黑色高级轿车开到了宫北巡捕房门口。

老谭听到窗外的动静，透过窗户，只见一个身着便装的人从车上下来，那人举手投足都显示出军人的真正身份，毕恭毕敬开车门的姿势又表明了只有日本军人才会这样做。

"日本人来干吗？"老谭一边喝着茶一边嘀咕。

这时，车里又下来一个人，衣着有些陈旧，表情严肃，正是武田弘一。看到这儿，老谭脸色略微变了变，随即恢复常态。老谭放下茶缸，拿起警棍，带上帽子想出去巡逻。

在楼道口，法国帮办亨利挺着大肚子带着武田弘一走过来。老谭对亨利敬了个礼想低头离开，却被亨利叫住。

"老谭，你等一下。"亨利扭头对武田说，"他是巡捕房的班头，经常和韩培均一起巡逻，武田先生想了解什么就找他吧。"

武田弘一表示尊重地点了一下头。

老谭只能哑着嗓子毕恭毕敬地与武田打招呼，显示出十足的敬畏。武田弘一面无表情地上下打量老谭，他的眼睛眼白多眼黑少，像是两个小黑点而且还略微凸出眼眶。老谭被武田看得有些浑身不自在，还好武田的视线随即从老谭身上转开向着四周打量着。

"韩培均是我的故友，听说他在这儿工作过，我想来看看。"武田说这句话的时候，似乎有些伤感。

"哦，那好，我们当值的屋子在这里面，我带您去。"老谭带着武田进了巡捕们的休息室，给武田指了哪个是韩培均的桌子和更衣箱，还找出韩培均经常用的警棍和腰带……老谭一边说话一边咳嗽，似乎忍不住卡在嗓子里的浓痰，让人无法跟他靠得很近。

武田皱眉看了看老谭，老谭察觉到自己失态忙说："对不住，对不住，嗓子不好，老毛病了。"说着，老谭又端起茶缸喝起了茶。

武田随意看着四周，但脑子里一直在琢磨着身边的这个老巡警，这个人的脸是歪的应该得过中风，五官有点扭曲了，可面孔有点曾相识，特别是老谭笑起来的神态，但武田怎么也想不出来为什么会对这样一张歪斜的脸有这种感受。

巡捕的休息室没什么可看的，武田转了一圈，一眼瞥见老谭茶缸子里泡着的草药。

武田随手拿起来闻了闻说："你用鹤仙草泡茶？"

没想到武田还知道鹤仙草，老谭有些意外，但表面上他还是点头哈腰地解释说：

第七章 假死

"我嗓子不好，喝这个能治咳嗽，您还知道鹤仙草呢？"

武田似乎看出老谭的疑惑，不经意地解释着："我以前在图书馆工作，在书上看到的。"武田瞥了一眼老谭的脸，继而又说，"你中过风，不该喝这个，鹤仙草会让血稠度增加，小心你的中风又犯了。"

老谭千恩万谢，佩服武田的见识广博。

武田并没有在巡捕房多待，大概地问了一下韩培均曾经的一些往事，引来老谭的一阵咳嗽加上一阵叹息之后，武田走出巡捕房。

站在路口，武田弘一并没有立马上车离开，他打量了一下对面的电话局，最终走进了电话局的院子里。

宫北电话局里，邵老栓此刻正抱着茶缸喝茶。

武田弘一冷峻的脸上依然没有一丝表情，像是对他说，又好似自己在自言自语："谁是韩子生，我想见见他。韩子生是我故友的儿子，我能见他吗？"

邵老栓领着武田去见韩子生。

在电话局内，刚刚送完情报回来的韩子生，一手端着茶缸，一面低头研究着电话系统的机器。邵老栓本想叫子生，被武田制止，他只是在旁边端详着那个看起来有些抑郁的少年。

电话局局长闻讯来了，当他看到武田弘一的名片上写着大日本皇军天津驻屯军情报处的字样的时候，局长吓了一哆嗦，手里的名片差点掉在地上，嘴巴张着，不知道该说什么好。

武田弘一连正眼都没看局长，只是说："韩子生是我故人的儿子，希望你们能好好照顾他。"说完便转身离开了。

武田走后，邵老栓找机会凑到韩子生身边小声说："刚才来看你的是日本人，还是个大大的特务头子。"

韩子生很意外："日本特务，为什么来看我？"

"不知道，他说认识你爸，还是你爸的老朋友。你爸跟你说过什么？"

韩子生摇头，邵老栓也跟着摇头说："他让局长好好照看你，嘿嘿，日本人什么时候好好地照看过中国人……"

下班后，老谭在路口叫住了子生，带他去了石板路上的一间茶馆。这家茶馆在天津卫有些名气，里面有个唱天津大鼓的女艺人，一口绝活，吸引了不少茶客流连。

舞台上唱着的是《秦楼悲秋》，悲悲戚戚的唱词倒是唱出了几分壮烈的味儿。子生与老谭在一个偏僻的靠窗位置坐下。

"白天来的日本人跟你说什么了？"老谭问。

"你说那个日本特务头子？他没跟我说话，在电话局转了一圈就走了。那日本人也去巡捕房了。他去找你了？这到底是怎么回事儿？"

老谭嚼着桌上放的蚕豆，好像自言自语地说："看来杀你父亲的人出现了。"

听了这话，子生一阵激动，一把抓住老谭的胳膊，着急地问道："谁？是那个日本人吗？你们弄清楚了？"

老谭瞅了子生一眼，继而喝了口茶，责骂道："跟我那么久了，还沉不住气吗？坐好了！"

子生松开了手。

组织上调查过，你父亲的死应该就是日本特务所为，应该就是今天来的日本人指使的，不过你父亲很勇敢，没让一个同志暴露。

老谭说到这里停顿了下来，看着子生。

子生整个人仿佛被使了定身法，整个人定在那里，眼泪无声无息地从眼眶里溢了出来："你为什么不替我父亲报仇？你一定有机会靠近那个日本人，只要你出手，一定能杀掉他。"子生的声音很低，而且变得沙哑颤抖。

老谭意味深长地看了一眼子生，继而喝了口茶，淡淡地低声说道："愤怒不能解决任何问题，杀了一个武田不但会招来千百个武田，还会给自己和身边的人带来无尽的麻烦，而且你不想亲手为父亲报仇吗？"

听了这话，子生愣住了，过来半响才犹豫着说："我不会杀人。"

"记住，日本人天天在残害奴役着中国人，如果我们个个都这样胆怯就不可能赶走他们！"老谭停住了话，看了看子生，继而问，"竹签练习得怎么样了？"

子生摇摇头说："只要一想到这竹签是插进别人的胸膛里，我就觉得不舒服。"

老谭用低沉的声音说道："你要想着杀死一个人也许能救一群人，能救整个中国，你就不会有这样的感觉了。"

"杀人就是杀人，没有什么不一样。"子生显得很执着。

老谭看着子生有些无奈，叹了口气说道："好，我不劝你了。"

"账房"被抓了回来。张金辉再度用上了他审问人的那一套，毒打、灌水、上老虎凳，不到几个时辰，"账房"便没有了人形。然而，"账房"的嘴巴着实太紧，无论张金辉怎么拷问毒打，硬是不说一个字。

"你到底是干什么的？给我说！"连续几个时辰的拷问，让张金辉有些着急，却想不出什么好法儿。

"我是个做买卖的。""账房"忍住全身的痛楚，吃力地说。

第七章 假死

"那带着枪怎么解释？"张金辉问。

"防身用的。"

张金辉冷笑："防身用的还敢对我们开枪？"

"账房"语气温和，轻声说道："我以为是遇上抢劫的了。"

"奶奶的，我看你是不到黄河心不死，不见棺材不落泪了。"张金辉气急，招呼一边的手下，"给我狠狠地打。"

惨叫声透过刑房，不绝于耳。走过走廊的沈西林听见了，他眉头微蹙，不动声色地走进了自己的办公室。

当天下午，武田来到了刑房。看着血肉模糊的"账房"，站在武田身后的沈西林有些不忍卒睹，低声说道："武田兄，如果再这样下去，恐怕……"

"怎么？"武田看了一眼沈西林，"有话不妨直说。"

"我担心多一具不会说话的尸体。"沈西林面露担忧之色。

"把犯人带到宪兵队去。"武田下命令。然而"账房"此刻奄奄一息，一边法医说道："如果强行抬走，也许不到宪兵队就已经丧命了。"

"武田兄，"沈西林喊了一声，打断武田的思考，"我倒是认识一个通过扎针让人说实话的江湖神人神针吴。这个人曾经在天津，用扎针的方式让多个黑帮的卧底说了实话。"

"哦？"武田点了点头，可以试试。

神针吴随后赶到了刑房内，见对方已经成了"血人"，伤势太重，神针吴吓了一跳："沈先生，你别害我，这人就剩一口气了，我这针毒，别下去一针，人就彻底没命了。"

沈西林冷峻地看着武田先生："武田兄，人我给你找来了，用和不用，您说了算，眼下，吴先生也不能担保病人能不能抗得过去。"

武田看着又一次昏迷过去的"账房"，想了想："动手吧，如果出问题，不追究你的责任。"

神针吴这才打开自己的医药箱，战战兢兢地拿出细长的针来，开始对躺在刑床上的"账房"扎针。

几针下去，昏迷的"账房"轻叹了一声，悠悠醒来。

沈西林走了过去："你叫什么？"

"账房"缓缓说道："卢连海。"

沈西林又问："你从哪儿来？"

停顿几秒钟，"账房"再度缓缓说道："我从老家过来。"

沈西林："来这里做什么？"

就在这个时候，神针吴再扎了一根针，突然"账房"大喊一声"啊"，继而痉挛不定，一边法医吓了一跳，赶忙上去抢救，然而"账房"终究还是没有抢救过来。

法医平静地对武田汇报："犯人停止了心跳。"

张金辉大惊失色，一把揪住神针吴："你他娘的，想死了是吗……"

神针吴祈求地看着沈西林："沈先生，您看，我不想做，可你偏……"

"好了，张队长，犯人究竟是为什么撑不过去，我想你比我们都清楚。"沈西林冷冷地说。

张金辉放下神针吴："你什么意思？我清楚个屁。"

"好了，好了。"武田挥挥手，面色严峻地看着张金辉，"张队长，如果不是你下手太狠，就不会有这样的事情。"

张金辉想说什么但终究没有开口。武田已经怒气冲冲地离去了……

郊区乱葬岗，已是黎明。天边有一丝曙光，勾勒出两个人的身影，一个是沈西林，另外一个是神针吴。

一边有人喊："挖出来了，挖出来了。"

从坟堆里挖出了一个人的尸体，是"账房"。

神针吴走了过去，拿出银针来，几针下去，"账房"恢复了气息。

神针吴："这次可真悬，他受伤太重了。"

沈西林点了点头："这次多亏了你，不过，眼下你不能继续留在天津，车上有一个皮箱，那里面的钱足够你下半辈子的生活，你带着它隐姓埋名，不要再回天津了。"

神针吴："可是……"

沈西林看了看神针吴，一双眼睛在暗色空气里闪出幽冷的光："不要跟我谈条件，你知道我的性格。"

神针吴点了点头："唉，我知道，我知道，我只是有一个疑问。"

沈西林："讲。"

神针吴看着众人将"账房"抬上了车："你为什么会救共产党？"

沈西林冷冷一笑："这个不该你问的。"

神针吴点了点头："唉，唉，我知道，是我多嘴。"

"不过，既然你问了，我不妨说一说。"沈西林缓缓地说，"这个人在你们眼里是共产党，但在我眼里是金条，救下他，我会有几十根金条的进账，你说该不该做……"

神针吴没有多说什么，上了车。车子开离郊外旷野。

沈西林点了一根烟，在乱葬岗自顾自地抽了起来，那烟一明一灭的，远远看去，

第七章 假死

像极了星星。

当晚的喜乐门夜总会里，沈西林分外高兴，与莫燕萍轻松嬉笑着，寻欢作乐，分外开心。

这一夜，莫燕萍夺得了"舞国皇后"的美誉。坐在一边的子生尤其失落。

当晚，子生失落地回到家，正准备裹着被子睡觉，却听到楼下有人敲门。

子生没料到这么晚会有人来找自己，开了门。门外是老谭，他身后是一个穿着蓝色粗袄的女人。

老谭把那个女人拽到身前。

"她叫兰英，以后她就住你这儿了，跟你一块儿过。"

子生完全没明白，老谭的做法让他糊涂了。

你给安排安排，让她歇息。说完，老谭再推了女孩一把，女孩顺势进了屋子。老谭转身欲走。

"喂！"子生上前一把拉住了老谭，"好端端的，怎么就送一个人来了，你话还没说清楚，怎么就要走？"

"还有什么好说的，她是从东北逃难过来的，家里人都死光了，以后她就留在你这儿，相互也有个照应。"

"可她是个女人，我……"

"女人怎么了，给你洗洗衣服做做饭不好吗？你这屋里缺个女人。"老谭抛下话便离开了。

子生无奈，转身回到屋内，那个女孩孤零零地站在屋子中央，低着头，不敢看子生，那身衣服让她显得既臃肿又僵直，更显出她的瘦弱。

她应该是穷人家的孩子，蓝色的夹袄上已经有好几个补丁，有一个地方还露出了里面的棉花。

"你叫什么？"

"兰英！"她说。那声音也不好听，虽是女人的声音却好似缺了水，干巴巴的，没有一丝生气……

第八章　雏菊

次日，子生来到电话局门口，却并未走进电话局，而是匆匆走进了巡捕房。

老谭一看到子生走进来，便知道他要说什么。

他看了看窗户外的街道，继而低声骂道："你慌慌张张地干什么？想让所有人知道你心里有事儿吗？"

子生想辩解，却被老谭打断了。

"别忘了你父亲是怎么死的，他用自己的性命换取了大家的性命……"

子生的话被硬生生地堵了回去。

老谭不紧不慢地喝了口中药茶水，缓缓说道："你就是想知道为什么我带个女人给你是吗？"

子生点了点头。

老谭不慌不忙地摆开棋盘："来，陪我下盘棋，我慢慢跟你说。"

老谭一面摆弄棋盘，一面缓缓地用沙哑的声音说道："兰英的父母也是自己人，在东北被日本人杀了，兰英也差点死在了日本人的手里……在人前，你们就是夫妻，她是你老家亲戚给你找的媳妇，在人后，你可以把她看成姐姐，你得好好照顾她。"

"可是……"子生明显觉得这样的安排让自己不舒服。

"没有可是！组织怎么安排我们就怎么做。"老谭毋庸置辩地对子生说，"别忘了，她也是孤儿，跟你一样。"老谭不再像一个上级对下级那样说话，而是恢复了一个长者的语气。

几日后，周先生得到了消息："账房"终于脱险，方君年留下的名单已经交到了老家人的手里，进步学生也已经送到了延安。

在西泉浴室包间内，周先生与邵老栓均感欣慰。

周先生想到当日有人撞了自己一下，留下了一张字条。这个人是在救自己，如果不是那张字条，自己或许也被特务抓住了。如果是这样，那么对方阵营里有潜伏着的自己人。如果能跟这个同志联系上，对今后的情报工作会提供极大帮助。但这个人究竟是谁呢？周先生陷入了迷茫。

第八章 雏菊

不过，莫燕萍的情况，组织上已经知道了，并决定吸收莫燕萍。当周先生将这一消息告诉邵老栓时，邵老栓有些疑虑："这个女人身边就是汉奸特务头子，太危险。"

"做情报工作就是要担受风险，如果没有风险，那情报也就没有价值。"周先生说，"开展情报工作，这个风险是值得的。不过，为了莫燕萍的安全，还要靠子生。"周先生嘱咐邵老栓，新的情报联络点"雏菊"开始动用，子生将作为纽带传递莫燕萍与他们之间的情报。

这一天下午，莫燕萍再一次"邂逅"周先生。

在一间裁缝店的阁楼上，周先生告诉他，会有一个年轻人送去一封空信件，以后情报就由这个年轻人进行传递，并嘱咐莫燕萍要小心保护好自己。

莫燕萍再一次与韩子生照面，是她搬到花尊公寓的一周以后。这是一幢高档公寓，是沈西林特意为她准备的，里面装潢一新，虽不奢侈，但已经很是舒适。不得不承认他用了心，一切仿佛都安排到了莫燕萍的心里。

那天，子生从邵老栓手里接过一封空信。邵老栓让他送到花尊公寓403号房间："去之前看看房间的阳台上有没有放着一盆黄色的雏菊，如果有，就可以上楼去接头。"

子生按照邵老栓的要求，首先看了看阳台上，果然有盆黄色的菊花，花朵很小但是很显眼。

子生上了楼，敲门半天，才有一个女人开门走了出来。

莫燕萍和韩子生就这样再一次见面了。

两人都呆住了。

莫燕萍头发蓬松，那身无袖睡裙半拉开着低胸的领口，露出大半截丰满的胸脯。子生看到了她隆起的双峰边缘有粒朱砂痣，像一滴血珠子落在洁白的皮肤上。子生感觉有些口干舌燥，不自觉地吞了一口口水，很不雅观地咕咚一声。

莫燕萍这才发现自己的失态，将领口拢了拢，那粒朱砂痣消失在了子生的眼前。

子生吞吞吐吐地说出那句接头暗号："太太，听说你们家客房里的电话线坏了？"

莫燕萍回了一句暗号："不是客房，是卧房。"

子生递上那封信，她接过去看了一眼，不敢去看子生，就轻轻地把门掩上。

子生整个人呆呆地站在门外，半晌没有反应过来，这对于一个谍报人员是非常失职的，虽然他早知道莫燕萍已经成为舞女，已经不再是曾经那个高贵的外语老师了。

就在这个时候，门又一次开了。

子生依旧呆呆地看着莫燕萍。

莫燕萍眉头紧紧拧在一起，有些失望地说："你不该干这个，该把书读完。"

子生像逃一样地离开了，满脸的伤心、愤怒和失望。

门重新合上了，莫燕萍并没有离开。她整个人贴在了门上，韩子生的出现一下子将她带回到教会学校的那段日子，用抑扬顿挫的声调念着《源氏物语》，她记得她给他们讲述过樱花的魅力，讲述过富士山的纯洁，更谈论过北海道的浪漫，然而如今这一切都已经离她远去了。

直到子生慌乱的脚步声消失了，莫燕萍才慢慢走到阳台上。

夏天的阳光刺眼地照着阳台，也照在楼下马路两侧的法国梧桐上。她看到那个孱弱偏瘦的身影骑着自行车从光秃秃的树丫中间穿过。他没有抬头去看她，速度非常快地离开了……

子生骑车回到家所在的胡同口，原本冷清的家里现在多了一个女人，让子生觉得尴尬。本想硬着头皮回家的子生突然想到了老谭说的最后一句话，"她也是孤儿，和你一样"，再联想到兰英那瘦弱的样子，子生觉得自己应该做点什么。

子生扭头去了隔壁街巷的酒铺买了半只烧鸭。

回到家，子生差点以为自己走错了屋子，屋子不仅被收拾得干干净净，而且许多家具都移了地方，整个空间看上去宽敞了，也亮堂了。

兰英默默地接过他提着的烧鸭，把饭菜一样一样端上桌，竟然是一桌相当丰盛的晚餐。

子生看得目瞪口呆，不知不觉吞了好几口口水。

"你哪儿来的钱去买菜？"子生问。

兰英像个丫头一样站在一边，低着脑袋说她的棉袄里还缝着一块袁大头。

"干吗不把钱留着？"

"我爹说过不能白吃白住人家的。"

听了这话，子生忍不住抬头看了兰英一眼，发现这个女人的眉宇间还是透着几分清秀的，就说了声："吃饭吧。"

两个人这顿饭吃得都很拘谨，整个过程谁也没说一句话，屋子里只有一片碗筷碰撞的声音。

入夜后，子生俯在八仙桌上练字，临了一张又一张，他把屋里能找出来的旧报纸都涂满了，才搁下笔，拉开门走了出去，好像屋里根本不存在兰英这个人。子生倒不是没有礼貌，是他实在不知道该跟这陌生的女人说些什么。

子生听到身后窸窸窣窣地响，回头却看到兰英正在给自己铺床。

子生有些意外，连忙让她放下。兰英听话地退到一边。子生自己把床铺好，也不去理会她，自顾自地去洗脸泡脚。

第八章 雏菊

兰英默然地从一边柜子里又拿出一床被子,在地板上打了个地铺。

兰英看了看泡完脚的子生,低着头说:"不早了,睡吧。"

子生想了想,让兰英等等,他又从柜子里抱出一床棉被,给兰英添上。

"晚上冷,多盖点,别着凉。"说完,子生关了灯,自己上床睡了。

在黑暗中,子生听见兰英窸窸窣窣的声音,是睡下了……

沈西林带给莫燕萍的是一个崭新的生活,她不用再每天都去舞厅上班,当然如果她想沈西林也不会阻拦她。用沈西林的话讲,他毫不介意别人知道自己的女人是天津最漂亮的舞小姐,而一个女人必要的消遣和娱乐是不可或缺的。总之,再去喜乐门,莫燕萍不会再为了钱,她已经拥有了完全优越的生活。

莫燕萍记得以前在某一本鸳鸯蝴蝶派小说里看到有人形容这样的生活是笼子里的金丝雀。自己似乎真的是一只金丝雀,只不过这一只饱经风霜的金丝雀,兜兜转转,又回到原处罢了。

沈西林像一个尽职的丈夫,没有公事时,便回家陪着她,或是听一场京戏,或是看一场电影,要不就开着车,陪着她去街上逛逛,买衣服。不管沈西林有什么应酬,也不管是晚宴还是舞会,他都会带上她,让这个漂亮女人成为他身边不能缺少的点缀。

但终究是无聊,一个女人整天唯一做的事情,就是等着男人回家。这对于莫燕萍而言是煎熬,同时,她知道沈西林喜欢在喜乐门谈生意,如果,陪在他身边,也许会获得有价值的东西。

莫燕萍以独自一人在家无聊为借口,要求去喜乐门继续上班。果然不出莫燕萍所料,沈西林答应了。

在一次招待国民政府采办人员时,莫燕萍在一边听到沈西林与其他几个南京政治要员的交谈,有一批军火即将途经天津口岸,运往南京,看来日本人要支持汪伪政权和老蒋这边打一仗了。

当晚莫燕萍偷偷抄下沈西林手提包里的资料。

次日,莫燕萍在规定时间给指定的号码打了一个电话。此时,子生正在电话杆上维修着电话,截听到了莫燕萍敲打着电话的密码。

子生知道这是有情报传送。

情报便通过这样的方式从莫燕萍那里送给子生,再由子生通过活动信箱传递出去,一个情报体系就这样正式运转起来。

这天,沈西林带着莫燕萍出席武田弘一家的晚宴。在车上,莫燕萍看着他说:"你为什么跟日本人走那么近?"沈西林笑了笑,问她:"你就这么讨厌日本人?"

"不是讨厌，是恨。"莫燕萍看着车窗外的街景，说，"不是他们打进来，我也不会沦落到今天。"

沈西林脸上的笑容消失了，双手把着方向盘再也不说一句话，直到进了武田弘一官邸的门厅，他一把拉起莫燕萍的手，对迎上来的日本情报官介绍说："这是我的未婚妻。"

这几个词让莫燕萍听的有点发呆。

穿着宽大和服的武田弘一还是像个日本的老农民，他朝略显无措的莫燕萍鞠了个躬后，笑着对沈西林说了一串日语。

莫燕萍听懂了，眼神飘忽，没有朝武田看。

在回来的车上，沈西林笑着说："武田说我的未婚妻真漂亮，他说他很羡慕我。"

莫燕萍冷笑着反问："我是你的未婚妻？什么时候的事情？"

沈西林突然把车停了下来，看着莫燕萍。

"一直都是，不过在不久的将来就不是了，因为……"他顿了顿，诚恳地说道，"因为我要娶你，你将是我的太太。"

莫燕萍低下头，没有去看他。

子生与周先生在大西门外的早点摊边见面，这次周先生装扮成了一个跑外的掌柜，肩头的褡裢就算是吃油条的时候也不敢放下，好像里面装的是办货的钱。

子生坐在周先生对面，喝着豆腐脑小声地问周先生："为什么跟我接头的是莫燕萍？她是我以前的老师，你们不知道吗？"子生的语气并不好，好像这已经触犯了他的底线。

周先生吃了一口油饼，坦然说道："什么人不重要，现在你只要知道，她是我们的人！"

"是一开始就是，还是最近才是？"子生问，语气有些咄咄逼人。

周先生如实地将一切告诉了子生。

子生的心如同被刺了一样："我没办法继续和她交接下去。"

"你会有办法的，而且如果你真想给父亲报仇的话，就更要听我们的安排。"

周先生胡乱吃完了油饼，掏出几个铜子扔在桌上，捂着肩头的褡裢走了。子生知道自己的抗议起不了任何作用。

虽然是不乐意，子生却依然接受着与莫燕萍见面，拿走她那里的情报再交给邵老栓。每一次他既期盼着与莫燕萍的见面，又害怕和莫燕萍见面，他很害怕有一天看到有什么男人从她的屋子里走出来。

然而那一天，终究是来了。

几个月后的一天，又到了初冬，虽然刚刚入冬，但天似乎冷得很快。

子生去莫燕萍那里取情报，来到楼下，却看到一件黑色的睡衣在阳台上挂着，随风飘荡着，像一个孤寂的灵魂。

子生知道莫燕萍此刻不方便，自己不能贸然去取信。

407号房间的窗帘紧闭，子生却不忍离去，独坐在街边的椅子上，盯着407窗户看。

夜色渐渐来了，子生觉得自己整个身体几乎冻成了冰雕，就在这个时候，407的灯光点亮了。

子生看到莫燕萍和沈西林的身影在窗户前晃动着，两人纠缠在一起，缠绵而纠结，隔着窗帘，他似乎看到了两个人沉醉的表情与双眸。

那一刻，子生的胸口像被重重地击了一拳，他的脸色一下子变得惨白。

子生伤心欲绝，像疯子一样将自行车骑到护城河边。

天气寒冷，四周一个人都没有，子生对着护城河大声喊着，发泄内心的沉郁。

很长时间以后，子生转身，突然看到老谭就站在他的身后。

子生诧异地问："你一直在跟着我？"

"我知道你失去了很多东西，你喜欢那个老师，不愿意看到眼前的这一切。"老谭沙哑着嗓音说着。

子生流泪了。

"不能这样，你必须学会忍耐，学会将痛苦埋藏在心里，如果因为你的失误而让别人丢了性命，你只会比现在更痛苦。"

子生没有说话，任凭冷风将自己脸上的泪水吹干，风仿佛也带走了内心的一些东西，那珍藏了很久很久的美好在那一刹那完全被风带走了……

寒暑易节，光阴如流水一般地走过。

转眼到了1939年的初春时节，在日本人的奴役下整个中国的春天都来得非常缓慢。天津更是如此，已经是三月了，风依旧是冷飕飕的，像小刀子一样吹着，没有一丝暖意。

韩子生好像并没有心思在乎这个冬天到底会不会过去，只是日复一日地重复着自己双重身份下的工作，传递着那些普通和不普通的"信"。不过时间真的是不知不觉地改变了他，等到春天姗姗来迟的时候，年轻的韩子生不但是个宫北电话局老维修员，同时也是熟练老道的掌握了很多特工必备技能的地下联络员。

他依然喜欢去隔壁的巡捕房找老谭下棋，这成了子生的一个习惯，只要不去送信，子生都会带上一杯自泡茶与老谭摆开阵局，两人对弈。

这天傍晚，棋局已经早早地摆上了，子生下棋的功力似乎长进了很多，让老谭应对得很吃力，不过子生依旧下得很快，而老谭落子依然很慢，还时不时地要喝口茶，那样子很像是不知道该怎么接招在拖延时间。

子生见老谭一直喝着大茶缸泡着的鹤仙草茶水，不免皱了皱眉，那味道闻着就不好受。子生将自己的茶杯递到老谭面前："这是邵老栓给我的江南茶叶，碧螺春，要不要尝尝，比你那个好喝多了。"

老谭斜眼看了看，微微一笑，摇摇头：

"我就喝这个，我喉咙痛，靠它开嗓儿呢，那玩意儿，你还是留着给自己吧。"

棋局陷入胶着状态，红黑双方在方寸间着力拼杀，尽是诡计、圈套，虽然危机四伏但一时间看不透胜负，子生的脸渐渐沉下来，这盘棋就像自己的身份一样让人看不到未来，看不到方向。

恍惚中子生突然想到了莫燕萍，自己和莫燕萍就像两个棋子被人左右，被人利用着，再想到莫燕萍现在的处境和她身边随时会出现的近乎邪恶的男人更让子生心里生出一丝慌乱与迷惘。

"你心里又乱了，说了很多次了，下棋的时候别乱想。"老谭的声音沙哑而淡定，却让子生的心一下子就平静了下来。

子生甚至觉得老谭的声音有一股魔力，不管自己的内心有多么纠结，在老谭的话语中都能归为平静。

老谭知道子生情感上的痛苦，他举着手里的一只"卒"没有放下，只是盯着子生看。子生察觉到了，不自觉地躲闪着老谭的目光，尴尬地说道："你干吗看着我，快走子，这一局，说不定我能赢你。"

老谭笑了，摇了摇头。

"你笑什么？"子生看着对面那个在笑意中扭曲的脸，问道。

"你要过女人关，这样你才能真正成为一个男人，要不你永远会乱。"

老谭话里有话地看着子生，那笑容里闪出一丝狡黠。

那一晚，老谭带着子生来到了泰隆胡同。

红色的灯光映照得整个胡同影影绰绰，在灯光下，妓女们嬉笑浪骂着，看不清眉眼，灯光是鲜红色的，每个人的脸上都喜气洋洋的，红扑扑的，开心万分，胡同外的风雨仿佛永远都射不进来。

第八章 雏菊

子生低着头，不敢去看，只是跟着老谭走进了一间屋子，都没敢去看屋子上的招牌。一个妓女走了过来。子生听见老谭说："春梅，照顾我这个小兄弟，他可是个雏儿，今晚就看你的了。"

那个妓女一把揽住子生，就往房里走去。子生畏畏缩缩，全身的肌肉都绷紧了，壮着胆子抬头，只看到女人那双狭长的眼睛，故意眯成了缝，眼角眉梢尽是妩媚多情。脸上花花绿绿的，看不清五官，只是汗毛似乎有些重，黑黑的一圈绕在嘴唇边，像男人的胡须……

那妓女又将子生揽得更紧，走进房间的时候，差点让子生绊了一下。子生再也不敢去看她，低着头，只盯着女人的脚看。

她拉着子生坐在了床边，帮子生褪去了衣物。这一次子生近距离凑着灯光看清了女人的脸，吓了一跳，那张脸虽然涂了不少粉，但还是没有掩盖掉脸上的皱纹，大大的黑眼圈愣是从粉底下显山露水出来，那张脸像是被人揉搓了无数遍，显得干瘪，苍老而憔悴。

子生不自然地推开她，女人啊的一声叫唤。

子生站在屋子的中央，迅速将衣服重新穿上，不敢去看那个女人，从兜里抖抖索索地拿出几块钱来，往后面使劲一扔，估计是扔到了床上，忙轻声喊道："对不起。"便一头钻出了房门。

直到走到泰隆胡同口，子生才回转过身来，耳边还回响着那个妓女对他的嘲笑。

"嗟，你他妈还真不是一般的雏，连老娘我的奶子都不敢碰一下……"

那些话让子生的脸一阵发烧。他靠在墙壁上，往回看，不见有人追来，整个人才松了一口气。

不多时，老谭从妓院里走了出来，在胡同口见到了子生。老谭似乎并没有太多意外，只是淡然地说："走吧！"

那天晚上，他们在巡捕房的破警车里谈论着子生这次不成熟的嫖妓。

"做什么，你就应该像什么，你见过不去嫖妓的电话维修员吗？"老谭不屑地问，"今天的训练你完全不合格。"

子生赌气地看着老谭："这跟做情报没什么关系。"

"想做好这一行，就得什么都学，只有做什么像什么，你才能不被敌人发现，才能继续做你想做的事情。"

老谭抽了一根烟，在暗夜里，那个红点忽明忽暗。

子生坚定地看着那个红点，他觉得那个有点像老谭的眼睛，明的时候咄咄逼人，暗的时候阴沉不定。

"我不干，嫖妓的事儿，我做不来，我也不会去做。"子生第一次违抗了老谭。

老谭叹了口气，那妓院有个"信箱"……

一听这话，子生有点犯傻。老谭看了眼子生发动了汽车。汽车在天津卫的街道上缓缓移动，将泰隆胡同抛在了后面。

这一夜，子生回家，却没有看到兰英。

良久，兰英才回来，一脸的疲惫。

"你去哪儿了？"子生问。

"去见了一个亲戚。"兰英回答。

她在说谎，子生知道，兰英根本没有什么亲戚，更不用说在天津了。

次日清晨，兰英一如既往地为子生做早饭。子生发现了她拆掉了棉袄，而棉袄上的斑斑血迹，可以证明，昨晚兰英出去行动了。

在去电话局的路上，子生听到报童吆喝的声音："天津又发凶杀案，外地客商惨死……"

子生觉得这件事与兰英外出有关，子生将报纸保存下来。

与此同时，日方的情报一直被泄露出去，引起了日本人的警觉，在天津进行了大范围的抓捕。

一批军统、中统以及共产党的情报人员落网。同时日本人对国外的间谍搜捕也更加严密了，天津的大街小巷笼罩在血色恐怖之中。

武田弘一期望沈西林加强特务委员会的行动，自己也亲自带队进行抓捕，有涉及的人员几乎都不放过，一些商人也陷入其中。

沈西林见到一些法租界的商人也被抓捕入狱，很是担心，这样下去，势必会引起全城的骚动。武田弘一则认为宁可错杀一千也不可放走一个……

沈西林看着武田弘一的背影，眉头再度微蹙起来。

第九章　情报

这一天，沈西林在东华洋行接到王建中汇报来的消息，因为日本人的抓捕，法租界对此颇有非议，东华洋行的一批货被宫北巡捕房扣了下来。

沈西林叹了口气："看来我得去宫北巡捕房一趟了。"

"日本人这次简直是发了疯，满大街的乱抓乱扣，也不怪法国人生气。"王建中叹了口气。

沈西林的脸上露出招牌式的神秘笑容："一箭双雕，怕就是这个意思吧。备车，我们现在就去宫北巡捕房，去找那个大肚子的亨利谈判。"

王建中点了点头。

在宫北巡捕房，沈西林见着了亨利。

沈西林说明来意，刚说了一半，亨利便拦下了他的话："沈先生，这一次只能跟你说抱歉了，我没法行这个方便，你的人在法租界查抄商铺抓人，搞得生意没法做，人心惶惶，整日里都是来报案的，你什么时候给我行过方便呢？"

沈西林微微一笑："我想，亨利先生是误会了……"

亨利摇了摇头："我没有误会，我原本以为沈先生跟我是朋友，可眼下的事情并非如此……"

沈西林打断亨利的话："有句话我想提醒亨利先生，你说的这些可都是日本人的事儿，你我可都是生意人，生意人以和为贵，不需要因为其他问题而牵扯到生意上来吧，如果非搅合在一起，恕沈某直言，这可不明智。"沈西林从随身的皮包里拿出一个信封，亮了亮，"中国有句话，买卖不在情义在，这是上一次和这一次的分红，虽然生意做不成了，但你该得的，我照单全部给你。"沈西林将信封扔在了桌子上，"把其他事情和生意混为一谈，对你的收入和你的官位都没有什么好处。这批货我可以不要，但是你以前从我这里拿了多少好处我可都是有记录的，如果这些账目被我一不留神交上去……你的屁股还能在探长的位子上坐得稳？"

亨利的脸色变了。

"我想回到法国土伦那个地方可没天津这么好玩,亨利先生,你有大把时间考虑我的话,我就不耽搁了。"沈西林抛下话,便要往外走。

亨利脸色尴尬。当沈西林快走出办公室的时候,亨利终于忍不住地喊住了他。

沈西林回过身,微笑地看着亨利。

亨利眉头微蹙:"那批货我想会有办法的。"

"痛快,亨利先生不愧是生意场上的老手。三天后,我想让它回到东华洋行的仓库里。沈某告辞了,改日,我沈某请您去喜乐门好好再聚。"抛下这些话,沈西林转身离去。

在老谭办公室门口,沈西林瞅见坐在办公桌前看着文件的老谭。沈西林止住了步子,敲了敲门框。

老谭抬头。见是沈西林,老谭有些犹疑。

沈西林倒不在意这些,走了进来,自顾自地说道:"东华洋行沈西林,您不认识我?可我看你眼熟啊,好像在哪儿见过。"

老谭赶忙赔笑:"哟,您是亨利探长的朋友吧?我只是巡捕房的一个班头,哪能有机会见过您这样的贵人。"

沈西林却并没有答话,似乎在回忆,嘴角留些许的笑意,片刻之后,缓过神来,问道:"你是不是也喜欢去喜乐门?"

"喜乐门?舞厅?"老谭尴尬一笑,"这些跟我根本打不到一块儿去的事儿,我老了,怎么会有那样的心思。"

沈西林摇了摇头:"什么年纪的男人那也是男人,是男人对女人就有兴趣。这一点我从来没有怀疑过,如果我的记忆没错,你到过喜乐门,不过要照你这样说,你就不仅仅是找个女人跳舞那么简单了,对吧?"沈西林不等老谭回话,继续说道,"我总觉得你不像个巡捕,希望以后别让我知道你像谁,或者是谁。没准以后我们还会在什么地方再见面。"

老谭没有说话。

"今天我的话有点多,希望别介意。"沈西林说。

"哪里,哪里。"老谭赶忙说道。

"那,告辞了。"沈西林转身离去。

看着沈西林离去的背影,老谭心里知道,这是一个极其聪明的人,到底是劲敌还有朋友,现在还说不清楚。

夜色里的天津卫显得神秘而动荡,刚下过小雨的街道,湿滑的地面反照着霓虹,折射出阴冷的光线来,有些光怪陆离、飘忽不定的味道。

第九章 情报

邵老栓着便衣走了过来，身后透迤着长长的影子。这家旅馆是周先生在天津卫一个落脚点，在旅馆的203室，两人见了面。

对日形势日趋严峻，天津是华北地区日军物资的转运基地，组织上要求尽可能掌握日军的动向。周先生让邵老栓尽快通过子生安排莫燕萍搜集这一情报，力求早日汇报给组织。

邵老栓点了点头。

春天到了，绿树开始发芽，虽然万物开始复苏，但寒意丝毫未减。

茂川别墅内，更是春寒料峭。

武田倒丝毫不介意这样的天气。在靠水的亭子间内，摆了一个古筝，缓缓拨弄，一边燃着一炷檀香，香味悠然蕴开。

武田弘一微闭双目，嘴角微笑，他弹的是《高山流水》，琴曲之间，似乎在寻觅知音。

显然，这个武田丝毫没有被这寒冷扫了兴致。

沈西林没有上前打扰，站在一边仔细聆听，直到最后一个音符弹毕，才鼓掌赞许。

见是沈西林，武田微微一笑："不知沈先生已经来了，真是献丑了。"

"武田先生太过谦了，没想到武田先生的琴艺如此出神入化，琴韵优雅，在天津卫再难找到另一个了。"沈西林这句倒不是恭维话，武田的琴声的确让人敬佩。

武田弘一叹息："这首曲子是伯牙弹奏给他的知音子期的，两人在琴曲之间便惺惺相惜，以前在日本我的中国朋友是我的知音，现在……"武田叹了口气顿了顿，看了一眼沈西林，眉头一扬笑了起来。

"我希望，我现在的知音就是你沈先生。"

沈西林笑着颔首："荣幸之至。"

武田弘一恭敬地请沈西林进了屋，摆上茶，并召唤艺妓来演绎日本曲目。

"艺术是相通的，我想沈先生也会喜欢我们日本音乐的精髓。"武田弘一微笑着介绍日本曲目的含义。

沈西林只是静静聆听着，这个日本人找他来，不可能只是谈谈音乐，更不可能单纯地将他当成子期那样的听琴人，他必然有他的目的。

"武田先生有什么需要我效力的不妨直说，你把我当知己我自当尽全力。"沈西林期望尽快能知道他的底牌。

武田弘一笑了："沈先生真是一个性急的人，这可不是听琴人的风格，不过，快人快语，我很是欣赏，眼下我希望沈先生做笔生意。"

"生意？"沈西林有点意外。

武田一边斟茶一边说出了他的真实意图，原来，他期望利用沈西林所在的东华洋行进行掩护，调集大批日本所需的军需物资。

听了这些，沈西林更疑惑了，他拿起茶杯的手微微顿了顿，继而说道："这么多的物资日本陆军军需部可以直接调配，让我一个东华洋行的买办出面似乎有点……"

武田摇了摇头："这是帝国的需要，我们只需要服从就够了，一切军部自有安排。"

这个老谋深算的日本人似乎不愿意透露一点点消息，只不过是把他当成棋子，这一点沈西林自然心知肚明。

武田起身将一边的幕布拉开，墙壁上显露出一张大大的世界地图，上面标注了日军在东南亚侵占的区域。

"沈先生，您对欧洲的局势怎么看？"武田问。

"德英法在欧洲角力，而苏联似乎隔岸观火，这些反共产国际的家伙们相互之间剑拔弩张，暗中却都在跟苏联人谈判，按中国的话这叫两面三刀。"沈西林依旧如沐春风，轻巧地说道。

武田赞许地看着沈西林，情不自禁地鼓起掌来："沈先生，真是看得透彻。"

"这不用分析，如今的天津卫什么人没有？只要稍稍打听一下，什么消息都有了。"

听了这话，武田试探地问道："那你认为大日本帝国应该怎么办？"

"政治我不懂，但是我估计跟生意场差不多，没有永远的敌人只有永恒的利益，我做的只是为帝国服务。"沈西林四两拨千斤，目光柔和地看着面前这个日本的中国通。

"帝国需要你这样的人，你应该起个日本名字。"武田弘一似乎很喜欢沈西林的答案，他为沈西林沏了杯茶。

"这是日本著名的樱花煎茶，我喝着有一种家乡的味道，你尝一尝。"

沈西林品了一口，点头赞许。

武田谨慎地说道："这一次，军需部参谋山田会负责这次物资调配的生意，不过你要对此绝对保密，不能走漏了风声。"

沈西林看着武田又看看地图，略有所思。

几天后，在喜乐门夜总会，沈西林招待几个日本人喝酒跳舞，莫燕萍在旁边作陪。

莫燕萍看着沈西林的目光，柔和了许多。这一晚，发生了一件事情，让莫燕萍对沈西林的看法有所改观。

当晚，莫燕萍在化妆间化妆，突然听到外面走廊里有人吵闹。莫燕萍正想去看看，被玉茹拦下了。玉茹让她别去凑这个热闹。

"怎么了？"莫燕萍不解。

"还不是月凤又在问老板借钱。"玉茹有些不屑地说。

原来，月凤曾和一个男人生过一个孩子，然而遇人不淑，那男人是个烟鬼，要求月凤不停地给钱，否则就不让她看孩子，这一次月凤没钱给了，为了见孩子而手足无措。

莫燕萍起身："不行，我得去帮帮她。"

走到门口，莫燕萍看到了沈西林正在和月凤说话，扶起了月凤，不但给月凤钱解燃眉之急，而且答应月凤，把孩子夺过来，让那个烟鬼永远离开天津，保证了月凤的平安。

莫燕萍第一次发现沈西林并不是自己想象的那样。

此刻，沈西林正在接待的军需部参谋山田是个矮个子日本人，留着两撇小胡子，小眼睛顶在那个白花花的脑瓜上像两个黑点。

山田向沈西林敬酒恭喜他有大生意可做。

沈西林表面上似乎有些糊涂，装着没听明白究竟是发生了什么！

山田笑着拍了拍沈西林的肩膀："那么一大批军需物资的调配给了你们东华洋行，这不是大生意是什么？"

一席话，满桌惊喜，一时间，均开怀大笑起来。

"天津比东京强多了，酒好，跳舞的地方也好，花姑娘也好，强太多了。"山田有些薄醉，看着周围奢华的喜乐门花花世界，嘴里唠里唠叨地说着。

他来自日本北海道的一个叫小樽的地方，那是个北部的港口城市，被西方殖民多年，山田提起自己在小樽的生活是多么艰苦，冬天非常冷，当兵就是为了能离开小樽，而来了中国才知道真正的享受是什么。

沈西林明白山田对他的暗示，当即为山田端来一杯酒，递到山田的手中，身子微侧，凑近耳边小声用日语说道："等物资备好，会为山田先生准备好一笔钱。"

山田摇头推辞。

沈西林用一只手按住山田胡乱摆动的手，继续说道："以后跟军需部打交道的地方还很多，我还需要山田先生的帮忙。"

山田不再推了，脸上露出满意的笑容。

两人碰杯，几杯酒下肚，山田的舌头有些捋不直了，眼神漂浮，脸上也红得如同猪血。

沈西林见时机成熟，笑着问道："这批物资是不是运往内地前线的？"

山田摇头："这次是绝密行动，所以让物资采购和货运调动分开负责，因为物资调动的方向才是战争的真正方向。"

"怎么，帝国内部还要分你我吗？"沈西林摇曳着高脚杯里的红酒，漫不经心地问。

"内阁的策略不过是跟着军部走，军部的方向可并不一致，在台面上的内阁不过是军界某个派别的代表，战争的胜负也决定着哪一派的得失，所以不管是对日本人还是对外国人来说，这都是秘密。"山田艰难地解释着，显然酒精已经让他有些控制不住神经。

沈西林马上说："那山田兄一定要保护好这个秘密，千万别告诉别人。"

沈西林偷偷用眼角的余光看了看一边的莫燕萍。她似乎在看众人的舞蹈，看得那么入神，刚刚的对话，她似乎都没有注意到。

沈西林回头问山田："山田兄有喜欢的女人么？要不要我帮你安排一个？"

山田双眼迷离，似乎有些犹豫。沈西林看着山田笑了："我明白了，不是一个是两个。"

山田那小眼珠一下子瞪大了……

第二天下午，子生在送信的时候，经过花尊公寓，看到了203公寓窗户上那盆还没凋谢的菊花，子生明白了，他上楼敲开了莫燕萍的门……

下楼的时候，子生已经获得相关的情报信息了。

通过子生，情报很快传递到了周先生的手中。莫燕萍传来情报，沈西林用东华洋行在帮助日本人调动大批军用物资，但方向还不明确。

当天下午，韩子生接到邵老栓的命令，继续联系莫燕萍，让其想办法找到这些物资的目的地。

子生有些烦闷，回到家，发现兰英不在。

一直等到子夜，兰英也没有回来，平时她并不经常出门，每天在家不过是洗衣做饭、缝缝补补，而且天津的路兰英应该很不熟悉。子生有些担心了，一晚上没睡好觉。

直到第二天天快亮的时候，兰英突然出现了，一身破旧的棉袄，蓬头垢面像个逃荒的难民。

子生想问什么，一时间不知道怎么开口，他知道怎么问，对方也不会给任何实话回应，不如不问。正踌躇间，兰英已经传来轻微的鼾声，看来她真的是很累了。

第二天，子生醒来的时候兰英已经坐在一边的小桌上做着针线活儿，很显然兰英起得更早。

第九章 情报

桌上堆着拆开的旧棉被,兰英低着额头,仔细地在缺少棉絮的地方续补上些旧棉絮,再用针线将这些棉絮固定好。她手上的活儿做得很慢,但是很细致,穿针走线的动作有种宁静而舒缓的美感,鬓角垂下了些散乱的头发将兰英的脸庞和雪白的颈项半遮半掩起来,身上的粗布旗袍衬托出年轻女人的曼妙身段,窗外透进的晨光洒在她身上勾勒出了一道让人感觉暖暖的光晕……

这一幕让刚睁开睡眼的子生看得有些痴了,在他印象中小时候母亲也是这样坐在桌边为父亲和自己缝补衣服的,窗外的阳光也是这样洒在母亲身上的,去过教堂以后子生甚至觉得那情景好像是在教堂里看到的圣母画像……

今天这样的情景再次出现,子生心里又生出一丝陶醉……

做着活计的兰英抬眼看到子生正躺在床上瞪大这眼睛呆呆地望着她,她不觉有些脸红了,又低下头轻声地说:"你醒了?"

兰英把手中的旧棉被抱到一边把桌子腾出来:"洗把脸吃早饭吧,我给你做了粥。"兰英转身进了厨房。子生爬起来也跟着进了厨房,简单洗漱了一下,问兰英:"干吗拆那个旧被子?"

"我担心你晚上受凉,你把被子都给我铺了地铺了。"兰英一边帮子生盛着热腾腾的稀粥,一边轻声地说。

"没事,我不冷。"

"不,你每天都骑车跑那么远的路,手脚要暖些才好。"

粥很香,里面还放了些玉米渣。子生呼噜噜地吃着,兰英就坐在旁边的小马扎上继续缝补着被子,看到子生狼吞虎咽的样儿,兰英忍不住说:"慢点喝,别烫着。"话语虽然还是很轻,但兰英说话的样子就像她就是这个家里的女主人一样。

"哦,对了,还有点腌咸菜,我去给你拿。"

兰英起身又去了厨房。子生在后面喊着:"不用了,我快吃完了。"一低头,子生看到桌脚边有几团被剪碎的布条和棉絮,上面沾染了暗暗的黑色,子生好奇地拿起来看了看,似乎那团破棉絮隐隐有些腥味,似乎是沾染了血迹。子生不由得一惊,又猛然想起这似乎就是昨天晚上兰英回来时身上穿的破棉袄……

到了电话局,子生看到了当天的报纸,报纸上写得很简单,只是说昨夜天津出了人命案,对方被人用匕首杀死,而死者身份不明,似乎是外地来天津卫贩海鲜干货的,目前正在调查……看着看着,子生脑子里突然出现那团沾染着血迹的棉絮……

回家后,子生打开抽屉将自己的笔记本拿了出来,在笔记本的其中一页,夹着父亲被杀的剪报,子生把新的报纸上凶杀案的文章剪下来夹了进去。

似乎人类社会无论处在什么样的战争状态，最无法改变的就是风月场所，天津卫法租界最出名的夜总会喜乐门里永远都是歌舞升平。

舞台上，一位歌女正唱着"香槟酒气满场飞，钗光鬓影晃来回……"声音酥脆得如同刚出油锅的十八街麻花。这首夜上海的靡靡之音，刚问世不久便已经传到了天津卫，带着一种不合时宜的迷醉应和着满场的灯光伴着舞客们的扭动软软地进到每个人的耳朵里。

沈西林陪同山田等人坐在一边喝着酒，一边用日语交谈着。

"沈先生真是厉害，这么多军需物资你们东华洋行还不到两周就都筹备完了，司令部本来对这安排还很不满，大家都说支那人全是蠢货。"

听了这话，沈西林眉头挑了挑，似乎脸色略微变了一下随即又恢复正常。

"为帝国服务我自当尽力。"

"茂川公馆的武田大佐说了，你和其他的支那人不一样，能得到吹毛求疵的武田那个家伙的赞赏可不容易啊。"山田有些喝多了，话说得有些大舌头，胖胖的脑袋瓜子已经沁出汗珠。

"是武田阁下过奖了，不过不管是哪儿的人都有精明的也都有蠢蛋。"

谈笑间，两人似乎极其融洽，看来这是一场非常成功的合作。

一边莫燕萍盛装作陪，只是脸上泛着职业舞女的笑容，她摆出这样的神态已经很自如了，不会让人觉得她和周遭格格不入，只是身边男人的谈话明显让她不感兴趣，莫燕萍眼神飘忽地看着整个舞池里旋转的男女。

沈西林从一边口袋里拿出一个纸条递给了山田。山田接了过去，凑上去一看，才发现是美国花旗银行的存单，仔细看过之后，一脸的惊喜，看来上面的数额已大大超过了他的预期。

"既然山田君让我东华洋行的回佣提高了两个点，我也不能让山田君吃亏，不是吗？"此刻的沈西林就是活脱脱的一个生意场上的老手，看着山田有些意外的小眼睛说，"不过你放心，这个数字只有你和我知道。"

"沈先生，一诺千金，我很佩服，很佩服！"山田向沈西林竖起了大拇指。

沈西林笑道："生意场上，只有朋友满意，自己也满意，才是一笔成功的生意，跟山田先生合作，我觉得无可挑剔。"

山田晃动着小眼珠眉开眼笑也连声说着："对，对，无可挑剔。"

沈西林又敬了山田一杯酒说："以后，天津驻屯军军需部还要多给东华洋行帮忙。"

山田连连点头："那是自然，沈先生够朋友，朋友之间，相互照顾，那是应该的。

第九章　情报

我必然不会忘记沈先生的好处。"

不知道是酒精的作用还是大额存单的力量，山田的话显得无比的诚恳，刚说完，山田似乎想到了什么，从衣兜里掏出一张运货文件递给了沈西林。

沈西林接过看了，是一张军需部的海运货单。

"怎么介绍海运的生意给我？"沈西林笑道，"什么时候军需部也搞上民用货运了？想要船直接派宪兵队征集就行了，何必还要找外人帮忙。"

山田打了个酒嗝："这次是军部要求所有运输全部利用民用公司来伪装，运送的就是你帮着筹备的物资，而且必须找可靠的海运公司。把天津搜寻个遍，我是想不出还有谁比沈先生可靠的！"

山田这么一说，沈西林有些疑惑不解，略思考了几秒钟，缓缓说道："物资如果运往内地是走不了海运的。"

"对付国民党军队用得着这么庞大的物资吗？"山田说得既得意又神秘，"帝国的方向不止是南下，还可以北上。"

原来如此，看来小日本有新的军事计划，而且要准备一场规模巨大的会战。沈西林洞悉了一切，但没挑明，只是把海运单放在包里。

"好啊，多谢山田君，这笔生意我接了。"

"如果联合德国消灭北边的苏联，平沼内阁的位置将会更牢固。这可是帝国的机密……"

看山田还要继续说下去，沈西林连忙举手示意："好了，别再说了，再说就不是秘密了……还是谈谈这次的回佣吧，点数照旧，我再给你这个数的分红。"说着，沈西林在椅子边上伸出两个手指头，山田看到眼睛都直了。

"两个点的分红？"

沈西林微笑点头，山田笑得合不拢嘴："能交到沈先生这个朋友真是我山田的幸运，哈哈，来再喝一杯。"

沈西林和山田碰杯，一饮而尽。

山田拥住身边两个舞女，手脚不老实起来，而眼光却依旧偷偷斜视向坐在一边的莫燕萍。

沈西林心领神会，唤了一声莫燕萍，继而对山田说道："燕萍舞跳得不错，如果您赏脸，让她陪你跳上一曲。"

沈西林的话让莫燕萍多少有些意外，但不长的舞女生涯已经练就了她的应变能力，随即绽放出妩媚的笑容，上前邀请山田。

眼见如此绝色美人儿，山田欣喜不已，嘴角咧得都快流哈喇子了，哪有不应允的道理，连忙丢下身边的女人站起来，一把搂住莫燕萍，跟着歌女的唱腔跳起舞来。

歌女正在唱《爱神的剑》：

"爱神的剑射向何方，射向少女的心坎上……"

这是一首速度稍快的舞曲。山田更是来劲，在舞池里拥着莫燕萍，疯狂扭动着肥硕的身子，一双肥手在莫燕萍的腰间乱摸。

莫燕萍皱了皱眉，山田比她的身材矮小不少，莫燕萍就那样居高临下地看着他那颗肥硕滑稽的头颅，缓缓将目光移向坐在一边的沈西林，那个男人竟然跷着二郎腿，似笑非笑地看着他们，像是在看一场滑稽戏的演出。

莫燕萍的心咯噔一下，不由得将目光移开了。

回到花尊公寓，已经是深夜了。

莫燕萍一身疲惫，沈西林却似乎意犹未尽，莫燕萍洗完澡换了睡衣，只见沈西林坐在一边沙发上抽着烟，欣赏地看着莫燕萍。

莫燕萍皱了皱眉："以后能不能让你的日本朋友手脚干净些？"

沈西林还是无所谓地笑："怎么，不高兴了？那个小日本也就是想占点小便宜，我的女人我是不会让他们碰的。"

"谁是你的女人？我没那福气。"莫燕萍对着镜子梳头，没好气地对着镜子里的他瞪了一眼。

发丝散开，落在肩膀上，让莫燕萍的背影平添了几分撩人的媚态。

镜子里，她看见沈西林走了过来，手指触及她的脖子，顺势将那些发拨开了："那日本人不敢来真的，我就是想看着他猴急的样子，那样才刺激。"

莫燕萍白了沈西林一眼："没想到日本人也贪污。"

"你听到了？"沈西林有些意外，转念却想开了，笑道，"对了，你会日语，我都快忘了。别以为日本人都是武士道，这世上没人不爱钱。"

沈西林的唇凑了过来，在莫燕萍的耳畔轻轻吻了一下，低声说道："让你跟他跳舞，你生气了？"

莫燕萍想推开他："你根本不在乎我。"

"我在乎，我比谁都在乎！"沈西林猛地把莫燕萍搂在怀里，狂吻起来……

深夜，花尊公寓的灯光再次亮起来。莫燕萍摸摸索索地爬了起来，一边沈西林熟睡着，眼角眉梢含着一贯的笑意。

莫燕萍轻轻唤了几声："西林，西林……"

没有任何回应。

莫燕萍悄悄起身，找到放在桌子上沈西林的公文包，轻手轻脚地打开，从里面翻出那份海运清单，迅速地进行着抄写……

屋里很静，静得掉根针似乎都能听得到，当然还有莫燕萍紧张的喘息和怦怦的心跳……

突然身后发出细微的声响，莫燕萍吓了一跳，赶忙回头……

床上，沈西林只是翻了个身，依然睡去了。

莫燕萍只觉得自己的心脏就要从嗓子眼里跳出来，她强忍着继续抄写了下去……

子生第二天中午的时候从莫燕萍手里拿到了情报，几个小时后，那封装有秘密情报的信便交到了周先生的手中。

周先生此刻化身为玉器行的老板，当子生走进来的时候，周先生便将他迎进了内室。

密信被放在药水里浸泡，周先生拿出放大镜对着那小小的纸条仔细地看着，那情形仿佛是近距离地验证某一个玉器一般……

他就是个变色龙。子生端详着周先生，心里想着，不管是在什么环境里周先生好像就是那个环境里的人，不会让人感到丝毫的伪装。

但这一次，周先生却紧张起来，这次情报的价值大大出乎了周先生的意料。

"苏联有遭受日本入侵远东的危险。"

当周先生看完整封信之后，马上把密信销毁，自己急匆匆地用暗语写了一封信让子生去一趟老西开教堂交给约翰神父。

子生从玉器店里走出来之后，来到街头吃了一碗素汤面，然后在老西开教堂外的街道上绕了几圈，确定没有人跟踪自己，才走进了教堂内。

下班的时候，子生正欲回家，却见巡捕房老谭办公室的窗户开着，老谭向他招了招手。

"着急回家啊，再来杀两盘。"老谭哑着嗓子说。

两人摆好棋盘，拉开架势，手上拨动着千军万马厮杀。

子生的棋艺的确长进了不少，有几步棋让老谭差点招架不住，但他老谋深算，终究化险为夷。

"这几天怎么样？"老谭问道。

子生便将见莫燕萍和约翰神父的事情说了一通。

老谭的手指停在"炮"上，漫不经心地问道："从莫燕萍的情报里看出了什么？"

海运清单目的地是海参崴。子生看着棋盘琢磨着该如何出招。

老谭嘟囔了一句"海参崴"，这个地名让老谭咳嗽了起来，他想了想，随后又叹了口气，手指从"炮"上移开，端起一边的茶缸喝了口茶水说："看来北边要打仗了，比东北还要北的北方。"

子生有点不明白。

"看东西要用脑子，所有的片段连在一起才有真相。"

老谭转眼将"炮"重新落下，只不过，在落下的同时，吃掉了子生的马……

看了看棋盘，子生的棋子所剩无几。

到家的时候，兰英又一次不在屋里。

半夜里，一直没有睡着的子生听到有人轻轻开门的声音。在暗夜里，兰英的身影摸着黑走了进来。

子生看着那个身影去了厨房，没有开灯，过了一会儿，便传出了哗哗的洗漱声音……

早晨上班的路上，子生听到报童的叫卖声，昨夜在龙江路上的大烟馆发生命案，两个南京来的伪政权下层官员被杀。

子生买下报纸，在电话局没人的地方又剪下来那篇命案的文章。

从这以后，兰英好像成了一个黑夜的幽灵，只要她晚归，第二天天津一定会有命案发生。

子生想起老谭的话："所有的片段连在一起才有真相。"

子生家的小阁楼里，子生将笔记本里的简报全部贴在了墙上，一一对应，算着兰英每一次神秘外出的时间，日本的商人、政界官僚、军职人员以及特务委员会里的汉奸特务陆续被暗杀。

子生明白了，这些人的死都和兰英有关。她远非老谭说的那样简单，一个普通的女人绝不可能完成这么多次暗杀。

子生将那些剪报重新放回到本子里，心里如同悬了一个千斤重的钟摆，一夜未眠。

第二天，子生抽空来巡捕房找老谭。

老谭正在听一个手下的巡捕汇报着昨日几个流氓地痞斗殴的事，见子生的身影出现在了办公室门口，劝着那名巡捕离开了。

子生走了进来，看看四下无人，转过头瞪着眼睛看老谭："你到底瞒了我多少事？"

老谭看了一眼子生，走到门口，四下看了看，然后将门合上："你想问什么，首先得想想问话的时间和场合。"

  子生没有说话，将那本夹满剪报的本子扔在老谭面前，直视着他。

  老谭翻了翻这些剪下来的报纸，没说话。

  "兰英到底是什么人？"子生冷冷地看着老谭，"给我句真话。"

  老谭呼噜噜地喝了口中药茶水："我说过，当她是你姐，但我更希望有一天你能叫她一点别的。"

  一切的问话依然徒劳无功。子生颓然地坐了下来："你就不能给我一句落地的话儿吗？"

  老谭将本子重新扔回给了子生："干我们这一行的，有些事情不能知道得太清楚，如果你想要落地的话，趁早别干了，现在还来得及。"

  这一天晚上，兰英做了几道东北菜，猪肉炖粉条和地三鲜。味道不错，子生却食不甘味。

  兰英低着头，吃着菜，她吃得很认真，好像子生的心思与她无关一样。

  子生看着她，两排细细的睫毛随着眼睛的开合轻灵地闪动着。不时，伸出手来夹菜，子生看到那双手，手指修长而纤细，白里泛着一点青色，像一尊上好的瓷，细腻而柔顺，看得出来这是一双出生在富贵人家的手。

  就在这时，兰英定住了自己的动作，与子生对视。

  "干吗这样看我？"兰英问。

  子生说："一个女孩子打打杀杀的有什么好，我觉得你可以做好一点的事情。"

  兰英摇了摇头，没有继续接话，将筷子放下，收拾起来，看来她不打算继续吃了。

  "你可以干点别的，如果你愿意，我可以帮你找点事儿做。"子生心有不甘地劝着。

  兰英木然地看了一眼子生："你慢慢吃吧，我先去洗碗了。"

  子生还想说什么，兰英已经转身去了厨房。

  子生叹息了一声，拿起筷子去挑粉条，不知什么时候，菜已经凉了，结成了一块饼。试了几次都徒劳无功，子生放下筷子，又叹了口气，彻底放弃了。

  当晚，兰英准备铺被子打地铺睡觉。

  子生拦住了兰英："你睡床上，我睡地上。"

  兰英站在那里没有动。

  "你工作更危险，应该休息好，以后你的事儿我不再问了，只要你不出事就成。"

  子生说完直接躺地上了。

  关了灯之后，静默了一会儿，子生听见兰英脱衣服睡在床上的声音，子生脸上露出笑容。

茂川别墅内,数日没有看到武田品茶的身影,古筝的乐曲声只弹奏了几天,随后便戛然而止,这个春天并没有让武田弘一感受到万物复苏、春回大地的喜悦,相反很多事情,让他有些震怒,日本内部很多情报在发出去的同时,国民党和共产党似乎都随之有了相应的反应,而在天津的日本军官、汉奸特务、亲日分子又开始遭到袭击。

没过多久,远东传来战报,关东军在外蒙诺门坎与苏军会战,结果惨败,步兵第二十三师团、第七师团、第八国境守备队、第一独立守备队和第1坦克师团几乎全军覆没,十一个特种兵连队彻底丧失了战斗力……

日本政界因此受到极大的波及,平沼内阁因此下台,东条英机接任首相。

虽然日本人在天津封锁了消息,但是在远东惨败的信息还是传开了,天津租界的街头巷尾都在议论着小日本失败的消息,城市里涌动着一种压抑着的但是发自内心的喜悦。

租界里的天津人用自己的方式庆祝小日本被修理,商店打折,一些杂货铺发放糖果,甚至连擦鞋的都给人半价一天。西泉浴池也一样给了所有买澡票的人优惠,泡澡可以得到免费的茶点。

这一切让子生也欣喜万分,骑着车走在租界的街头,子生第一次感受到了情报的力量。这力量让子生好像春日的阳光一般,露出了很久未见的明媚的笑容……

夏天已过转眼入秋,天津没什么变化,整个中国也没什么变化,日军的铁蹄依旧在中华大地上肆意践踏,惨无人道地蹂躏着中国人。

地下情报联络员的任务照旧,在子生心里,一切却似乎正在慢慢地改变……

天津整个城市似乎都充满了前所未有的活力,街边的法国梧桐似乎枝叶生长得更加茂盛,阳光犹如浓稠的牛奶,顽强地穿过树叶的缝隙,流淌在骑着自行车穿行在法租界里的子生身上,让他感受到了前所未有的暖意,让他骑行得更加欢畅。

这些改变是因为那些好消息,那些从遥远的外蒙古传来的让人振奋的消息,子生的心被那这些信息鼓舞着,在街头巷尾送着一封封信件,将远方人的消息送达到这个城市里等待的人。

当然,还会有可能改变这个国家这个民族的命运的信息从子生的手里传递出去……他愿意做这些,因为只有完成这些传递,他才能完成那个梦想——给父亲报仇。

似乎离那个梦想越来越近了。

他还不知道那是一种力量、一种信念在他的身体里慢慢地滋生成长着。

第九章　情报

天色渐渐暗下来，子生略显疲惫地回到电话局，身体是累的，但心是畅快的。刚把自行车放好，子生就听到邵老栓在门房门口喊他。

"子生，累了吧，来屋里喝口水。"

子生进了门房，接过邵老栓递过来的水杯，邵老栓向里面倒了刚烧好的开水："你小子送了一天信还挺美，怎么，寻了新媳妇心里舒坦？"

听了这话，子生不由得脸上有点红。

"挺好，看来那老谭人还真不错，要说这事儿应该我帮你想着呢，你爸还跟我提过。"

"我爸也跟你说过这个？"

"是，本想等你毕业托我给你寻门亲事的。"

提起父亲，子生和邵老栓都有些难过。邵老栓拍拍子生的肩："不提了，现在不是挺好？记住，天儿总会变的。"

邵老栓那满是皱纹的脸上也露出一丝笑容，这笑让子生有点意外，在他印象里邵老栓好像从没笑过，子生明白了邵老栓高兴的是什么。

"我们的情报那么有用？"子生低声问。屋外，一批批维修员从门口走过去。

邵老栓点点头："以后会更有用。"

子生欣喜万分，压抑着满脸的兴奋，凑在邵老栓的耳边，用更低的声音说道："希望中国军队也能这样收拾小日本。"

"早晚会的。"邵老栓再次为子生倒了一杯水，继续说道，"是我们的情报给了苏联极大的帮助，上级说了要给我们记功。"

子生愣了愣，端着水杯，却没有喝下去，那种兴奋一瞬间从他的脸上变得淡了。

"我不想要什么功劳，我只想给父亲报仇。"

邵老栓看了看子生，语重心长地说："还有更重要的事儿需要我们，你现在做的比给你父亲报仇要更有价值。"

子生将水杯放下，低声说道："我只想给父亲报仇，我希望你们别忘了。"说完这句，他不再理会邵老栓，径直走出了门房。

那天晚上，老谭又一次领着子生来到泰隆胡同。子生在老鸹的陪同下喝着酒，桌上摆着一碟花生和几盘酱菜。子生心满意足地吃着，甚至哼起了小曲儿。

不多时，老谭缓缓走下楼来，脸上尽是纵欲过后的满足。在木制的楼梯口，老谭止住了步子，听子生哼不成调的小曲不由得笑了，到底是个孩子，藏不住心事儿。

老谭开着警车送子生回家。子生愉快而兴奋的劲儿还没过去。

"你高兴什么？是不是跟兰英已经……叫她媳妇儿了？"

子生明白这话的意思，但明显对老谭的调侃心生抗拒。

"胡扯什么？你说过的，当兰英是我姐。"

老谭呵呵一笑："不管是姐是妹，多个女人那屋里才像个家。"

"你怎么老想这个？"

"该想什么？是人这事儿就该想，你还年轻。"

"有那么重要吗？"子生对老谭的话不以为然。

"重不重要，以后就知道了，要不你永远是个孩子，成不了男人。"老谭说着，又犯起来咳嗽。

"我不觉得，有好多事儿比这重要得多。你也知道了，小日本在北边吃了败仗……"子生把脸凑过去神秘地说着。

老谭嘴里发出呲的一声，仿佛很是不屑："这有什么好高兴的？"

老谭的反应，很让子生有些不满。

"不该高兴吗？这不就是你说的情报的力量吗！要是苏联能帮着咱们，小日本很快就能被赶跑！"

说话的时候，喜悦的神情在子生的脸上溢于言表。

"这年月高兴的事儿会过去得很快，小日本不是软柿子，而且自己家里有贼别指望别人来救你。"

老谭还是阴沉着脸，似乎刚才身体上的欢愉早已消失了。

"你怎么这样想？"

"那还怎么想？苏联、美国那些国家要真愿意帮咱们，用得着等到现在吗？"

这话宛如一盆凉水兜头泼了下来，子生一个激灵，老谭说得是对的，自己找不到任何有力的证据可以反驳，车内一阵寂静。

老谭扭头看了一眼子生，像是安慰又像是陈述一件事实地说："别想太多了，我就是不想让你太心急。咱们干的这事儿就好比下棋，没那么多一步就将死别人的好事儿,自己出手了就得等着对方的回应,你来我往,棋没下完,就没有谁输谁赢……"

第十章 暗杀

正如老谭所料，诺门坎战役的惨败在日本军部当中掀起了轩然大波，潜伏在苏联内部的日本间谍已经将情报泄露的情况汇报给了军部，日军情报体系首当其冲受到了问责。

在北平召开的侵华日军最高级别的情报会议上，土肥原贤二脸色极其难看，斥责所有驻中国的情报机构的头目。会议室内，众多日本军队的高级情报官一个个都低头不语，武田弘一就在其中。

虽然遭到了斥责，回到天津后，武田弘一却出现在了日租界的日本海军俱乐部里，混在各级日本军官中一起喝酒消遣，他还没忘叫上沈西林。

接到武田的电话，沈西林多少有些意外，这个日本人还真有点宠辱不惊的劲儿。挂了电话，沈西林的嘴角露出让人捉摸不透的笑容。

在俱乐部内，沈西林见到神采飞扬的武田弘一正跳着舞，舞姿一点没有凌乱，依旧熟练，也依旧优雅。

看见沈西林来了，武田与舞伴耳语几句，那个日本女人微笑点头，两人分开。武田迎着沈西林走过来，请他在一边的沙发上坐下。

"原来我装了一肚子的话，是想来安慰武田先生的，现在看来是我多此一举了。"沈西林笑着说。

武田品了一口红酒，貌似陶醉在酒香里，微闭眼睛，没有及时回应沈西林的话，停顿几秒钟，继而才睁开眼睛，放下酒杯。

"你是在说外蒙的战事？"

沈西林笑而不语。

武田也笑了，这倒是让沈西林没想到。

"人生的得失是寻常之事，受到斥责不是只有闭门反思一条路，世界上本来就没有只会胜利不会失败的军队。你们国家楚汉之争的故事里，有一个韩信还受过胯下之辱，但最终还是成就了一段伟业，不是吗？"

沈西林本想说，韩信最终还不是被人处死了，虽名垂千古，到最后也是一个失败者。但看了武田那张平静略带祥和的脸，沈西林还是忍住了，只是说："武田先生的话是有道理，但俱乐部里的军官们听到了可能会很不高兴。"

武田弘一看着周围揽着各样女人，旋转在舞池中寻欢作乐的日本军人说："就是这些自认为战无不胜的人才会有诺门坎的失败，当然失败的因素还有我们。"

"还有我们？"沈西林脸上露出不解的神情。

"我们的情报系统和我们的军队一样，并没有表面上那么强大，在某个点上渗透过去甚至击败它也并没有想象的那么困难。"

寥寥几句让沈西林实在不能不对眼前这个日本人心生佩服，在任何时候他似乎都能保持非常人的冷静和理智，用最客观的态度审视一切，对于日本军队的弱点，他又能清晰、准确不带任何色彩和包庇地分析。前者可能任何一个努力的人都能做到，而后者则必须有一定的境界。

这个家伙真他妈的可怕，如果日本的情报界都是武田弘一这样的人，也许……沈西林心里打了一个哆嗦，他没再想下去，而是像个最出色的演员带着最完美的面具跟武田弘一继续推心置腹。

"中统在我们统治的区域已经崩溃了，军统也危在旦夕，他们根本就没什么戏可唱，英国人美国人也没有力量与我们抗衡，红色的共产国际也在我们的严密控制之中，而且我们刚刚抓了他们一批人……"

武田举手示意他停下来，说道："中国有句话叫一叶障目，看来你们特务委员会也需要好好反思一下了。最近支那人的特工活动又开始频繁了，沈先生不会不知道吧？"

"你是说那些暗杀事件吗？武田先生不必多虑，那不过是些小货色成不了什么气候。"

"是吗？小货色？"武田弘一摇摇头，"别忘了，还有一些更小的货色一直在活动。"

"谁？"沈西林问。

武田缓缓吐出三个字："共产党。"

此语一出，沈西林笑了，笑容里带有一丝不屑。

"武田先生你未免也太过谨慎了。共产党只是一群乌合之众，根本不会对我们构成任何威胁。"

"他们是很弱小，可他们却像蚂蚁一样无处不在，有时候，我们越忽略越看不起的人，越会给我们惹大麻烦。"

第十章 暗杀

武田凑到沈西林身边，在满屋的靡靡之乐中，提出了自己的要求："我希望你更严格地调查共产党谍报人员在天津的动向，我不希望再有疏忽影响我们的合作。"

说到这里，武田弘一那双不大的眼睛死死地盯着沈西林，那眼神让沈西林觉得异常的冰冷，沈西林身不由己地点了点头。

随即武田弘一又恢复了风淡云轻的表情，招呼一边的一个日本女人，对沈西林说道："这是广木小姐，舞跳得非常不错，不知道沈先生肯不肯赏个面子。"

这边，那个日本女人已经弯腰鞠躬了。

沈西林欣然应约……

天津开始不平静起来。

日本人更加疯狂地打击共产党在天津的地下活动，很多同志被捕，被枪杀。

阳光明媚的天气也随之消失了，整个城市被笼罩在一片阴霾之中。

这天，子生在下班的时候被邵老栓叫住了。邵老栓让他要小心，上级要求除非特殊情况所有的联络点都停止一切活动，而且不许有任何差错。

子生被前一段时间的胜利所感染，对于邵老栓的慎重，有些不以为然。

"有那么严重吗？我们这么严密，能出什么差错？"

邵老栓脸色沉了下来："小日本不是吃闲饭的，我们任何一个差错都会被他们一锅儿端，你得服从命令！"

子生没有多说什么，这种感觉让他有些空虚，不过，很快，他便察觉到时局的不一样了。兰英晚上不再出去，每天都待在家里缝缝补补。

桌上永远有一盘子生喜欢吃的地三鲜，子生给兰英夹菜。兰英顿了顿，没有抬头去看子生，但嘴角多了一丝羞怯。

那天夜里，子生刚抱着被褥要铺地铺的时候，敲门声响了。兰英去开的门，门外站的居然是老谭。

老谭的到来让子生和兰英都有些意外，他从来没有这么深夜贸然过来找他们，这不符合他做事的风格，老谭是一个谨慎的人。

"情况紧急，我们有任务。"

老谭一改往日的沉着，略显有些激动，眼睛里有一丝掩饰不住的急切。

"伪政府的交通次长陈如耕几天后会秘密来天津卫与日本人会谈，这是除掉这个大汉奸的最好机会。"

这事儿似乎与自己无关，子生想，于是站了起来，往阁楼上走去，他也该回避一下。

"等等，"老谭叫住子生，"这事儿兰英他们完成不了，我需要你的帮忙。"

子生有些疑惑，暗杀的事情与自己有什么关系，到现在他还为自己见血就晕的事实而感到羞愧,他也知道这一点老谭对他失望透顶。

"坐下来。"老谭拍了拍一边的板凳,言语里带着命令的口气。

"陈如耕来天津卫必定戒备严密。我需要你制造混乱,分散特务们的注意力,给兰英等人创造机会。"

老谭说得非常直接,他不是在商量,而是在下达任务。

子生有些慌张:"我?……制造混乱?怎么做?"

"怎么做我会告诉你。"

"可我,我行吗?如果……如果万一……有什么差池……其他同志怎么办?"

"所以你不能有任何闪失!"老谭沙哑着声音说道,看着神情慌张的子生,缓缓吐了一口气,安慰道,"不用怕,不是让你杀人。"

老谭教子生如何制造烟盒炸弹,这个难度并不大,对于子生来说,三两下,便已经掌握了诀窍。

"把炸弹扔在特务车下面,你就离开,没人会注意到你这个电话线路维修员。"

话是这样说,可子生还是不由自主地与兰英对视了一下,从兰英的眼里子生读到了关切。

子生问老谭:"邵老栓要求停止行动,我们这样,是不是妥当?"

"我们是单线联系,邵老栓命令不了我。"

"可是……"子生还想说什么。

"没什么可是的,越是艰难的时候,越不能怕,要不你会永远都恐惧这些魔鬼。"老谭看着子生,那目光是毋庸置疑的。

陈如耕与日本人见面是在宫南大街的万国饭店。

行动当天,子生一大早便将炸药放到几个烟盒里,装进背包的里层,还特意与其他维修员换了班,主动要求去宫南大街维修线路。

当子生骑着车走出电话局时,邵老栓还问他怎么今天走得这么晚。子生借口说自行车有毛病,车胎漏气了。

邵老栓觉得奇怪,因为子生的自行车上午骑过来的时候还是好好的,但他没有多问。

傍晚时分,子生骑车来到宫南大街,在万国饭店附近,他爬上了一个电话杆,假装修理电话线。实际上,站得高,看得远,他在观察附近的情形。

子生摸了摸上衣贴身口袋,里面硬硬的有一个物件还在,那是兰英昨晚给自己的,一块佛牌,上面刻的是观世音。

兰英给他的时候,直接插在他的衣服口袋里,淡淡地说:"明天戴上这个。"

第十章 暗杀

子生摸出来看了看，问："为啥？"

"防身，我每次都带着的。"兰英说，一面转身去为子生打地铺。

"你担心我？这是你贴身的物件吧！"

兰英叹了口气："我手上沾的血太多，菩萨兴许看不上咱，但是信总比不信好，这个乱世，信点什么，心里踏实。"

子生想了想，把那个佛牌拿出来，往兰英手里塞："还是你拿着吧……"

兰英摇了摇头，重新放回他的口袋里。

此刻这个物件让子生踏实了许多。

万国饭店四周，一些汉奸特务和警察在四下警戒着，不时有日伪各界人物纷纷前来。子生下了电话杆，陆续将烟盒炸药扔在了几辆警车和特务的轿车下面，他的行动没有引起任何人的注意。

就在子生骑车离开的时候，一辆轿车与他擦身而过，子生意外地发现坐在里面的竟然是莫燕萍，子生的心马上慌了。

拐过街角，子生躲在暗处向万国饭店门口张望。

莫燕萍是坐沈西林的车来的，他们的车停在一辆轿车的后面，那车底下有子生刚刚扔下的一个烟盒炸弹。

子生躲在暗处，急得额头冒汗……

莫燕萍和沈西林终于下了车，可他们并没有马上离开的意思，而是站在车边说着什么，沈西林还亲昵地捋了捋莫燕萍鬓角的头发。

子生更慌了，他知道那些炸弹随时都会爆炸。

突然，一阵欢呼声和掌声，扰乱了子生的心绪。

陈如耕到了，这个汉奸下车在随从的保护下和众人打招呼……

一切都来不及了，必须马上提醒莫燕萍，要不……

子生的头脑里嗡嗡的，仿佛一刹那失去了判断和理解的能力。

他刚想冲出去，突然，一只手把他死死地拽住。

子生一回头，身后是个围着宽厚围巾头戴礼帽的黑衣人，围巾遮住大半张脸只露出一双眸子。

那双眼睛很亮，子生一下认出来那是兰英。

"快走！别回头，要不我现在就打死你。"兰英低声说。

兰英的另一只手揣在兜里，衣兜微微凸起，子生明白兰英揣在兜里的手中拿的是什么……

子生无奈骑上车向远处飞奔。

就在陈如耕等汉奸将要步入万国饭店的时候，路口的几辆轿车下面的炸弹几乎同时爆炸了。

气浪掀了过来，沈西林连忙把莫燕萍搂住压在怀里，残破的玻璃碎片划伤了沈西林的脸颊，莫燕萍看着沈西林一脸的惊恐。

子生听到身后的爆炸声顿了顿，一咬牙接着骑车狂奔，将自己制造的混乱的一切丢在了脑后……

就在所有警察和特务们乱作一团的时候，兰英等几个黑影突然从四面冲过来，在其他人掩护下，兰英举枪对着陈如耕射击，一枪打头一枪打心脏，汉奸陈如耕当场中弹毙命。

刺客四散逃去，特务们醒过味儿来，纷纷拔枪射击在后面追赶。

混乱中，沈西林将莫燕萍推到一个角落，并叫来两名警卫，让他们保护好莫燕萍。

说完，沈西林掏出枪向刺客追去。

莫燕萍本想喊住沈西林，但最终还是没有说出口。

四周均是枪响，莫燕萍有些惊恐地看着身边混乱的人群，突然觉得沈西林的怀抱是那样的安全，就在刚才那一刻，他拥着她，保护她不受伤害的时候，她觉得自己如同一只小鸟，被一个巨人庇佑着。

这个男人竟然让她的心里生出异样的感觉，她咬了咬嘴唇，有些为自己的这种想法而不齿。

枪声再次惊醒了她，警卫对莫燕萍说："莫小姐，我们去万国酒店里待着吧，这儿不安全。"莫燕萍被警卫搀扶着进了酒店。临进门的时候，莫燕萍回头看到了沈西林举着枪追击的背影。

希望他没事。莫燕萍知道自己控制不住，心里只有这个念头。

兰英等刺客一边跟特务枪战一边撤退，几个人逃向不同的方向。

沈西林领着特务也四散追过来，有刺客受伤，也有刺客中弹倒地……

兰英的速度极快，像一匹受惊的小鹿，却始终无法摆脱沈西林的追赶。

兰英不时回头开枪，沈西林均巧妙地躲开了，沈西林也开枪还击，还提醒身边的特务，别打死了，抓个活口。

枪战中，兰英跳进一个胡同，奔了数十步，兰英心头一凉，前方是一堵墙，这是一个死胡同。

后面追逐的脚步声音越来越接近了。

兰英无路可走，躲在胡同边一个堆放杂物的棚子后面，摸着自己的腰间，有鲜

第十章 暗杀

血浸了出来,她受伤了。

兰英拉开枪栓,枪膛是空的,她已经没子弹了。

这时,胡同口的路灯将一个长长的影子投射进来,脚步声渐渐近了。

兰英几乎可以听到自己的心跳,怦……怦……怦……一直以来她对自己的死都无所谓,家人已经全部不在了,死亡对自己而言或许是温暖的,代表着团聚,然而当死亡真正来临了,心里还是有一种对生的眷恋。

兰英从怀里摸出一个蜡丸,捏在手上。那一瞬间,她突然想到了子生,昨晚自己给他那块佛牌的时候,他嘴角那抹很好看的笑……

那个善良单纯的人,他应该是安全的吧!兰英想着。

摸进巷子的正是沈西林,一步步地逼近巷子尽头那个杂物棚子。

兰英只觉得心脏就要从嗓子里跳了出来,她尽量抑制住自己的喘息,屏住呼吸,闭着眼睛,握紧那个蜡丸,一只手按住胸口,抚慰自己那颗超负荷的心。

灯光微弱,沈西林似乎看到了什么,径直往那个棚子走去。

几个特务追了过来,拿着手电冲巷子乱照着。

那抹手电灯光似乎扰乱了沈西林的心绪,一转头,很恼火地骂道:"照他妈什么,是我,刺客翻墙跑了,在那边,快追。"

沈西林抬手指了相反的方向。

几个特务连忙应了,转身跑出了胡同。

沈西林收起枪,瞟了一眼棚子……

他似乎看到了什么,也许他什么都没有看到……

最终,沈西林脸上挂着淡淡的笑,转身走了。

四周渐渐恢复了安静,远处似乎有犬吠,一声一声的,扰乱着即将来临的寂静的夜。

兰英松了一口气,手里的蜡丸都快被她自己捏碎了,那里面装的是氰化钾,让人瞬间毙命的毒药。

天色彻底黑了下来,兰英躲在草棚后面,直到四周彻底安静下来。

起身的时候,才发现自己伤得不轻,棉质的长衫外套已经被鲜血浸染透了,湿答答地贴在身上。由于蹲得太久了,兰英感觉到两条腿已经麻得仿佛不是自己的。

离开小巷,兰英一路上捂着伤口,警觉着四周,尽量放缓脚步,不紧不慢地走在街上,和普通的路人一样,可伤口依然在流血,每走一步都是钻心地疼,那种疼仿佛要撕裂她整个身体……

走着，走着，兰英的视线开始模糊了，她不停地提醒自己不要闭眼，不能倒下，很快就能到家了……

屋内一灯如豆，子生在家里坐立不安地等着，从刺杀行动开始到现在已经过了快三个时辰，可兰英一直没有出现，难道她是有什么不测吗？

子生不敢想，也不愿想下去，在屋里来回转了无数圈之后，子生等不下去了，他要出去看看，实在不行去找老谭，总不能就这么对兰英不管不问。

就在子生拿起外套准备出门的时候，屋门突然被撞开了，子生被吓了一跳，一回头，是兰英闪身进屋，又迅速地把门关上。不过这一系列的动作似乎让兰英用尽了力气，她靠在门板上勉强站着，喘着粗气。

"你回来了，急死我了，你这是怎么了？"子生发现了兰英的异样，连忙过去扶着她，跌跌撞撞地坐到了床上。

兰英没说话，靠在床沿边，微闭着双眼，她显得比往日疲惫，脸色苍白，毫无血色，有汗珠密密地布满了额头，瘦弱的身子缩成一团。

子生担忧地看着她："你没事吧！"

兰英摇了摇头："我想歇会儿。"

子生在一边踌躇着，似乎有什么想说的，却没有说出口来，想了半天，子生还是决定问兰英，刚想说话。

兰英已经把他想问的说出来了："你是想问那个女人对吗？那个坐车来的女人……"

子生被猜着心思，不由得脸色一红："她……她……有没有受伤？"

兰英没有回答，只是轻轻哼了一声，她再也支撑不住了，捂住伤口的手松开，整个人瘫倒在了床上。

满手的鲜血在灯光下显得触目惊心，兰英肋下的衣服已经全部浸透了。

"你受伤了？"鲜血的刺激让子生有些眩晕，站立不稳，他强压住自己的那点不适，关切地问，"你还在流血，怎么办？"

马上，子生想到了什么，一把扶起兰英，准备把她扛起来。

"我这就送你去医院。"

兰英摇了摇头，推开子生。

"不行！"

她已经很虚弱了，只是这么一推一搡，更是让她上气不接下气，牵动伤口的疼痛让兰英不得不咬紧牙，闭上眼睛强忍着。

第十章 暗杀

"这样下去你会死的。"

子生依旧上前还想将兰英扛起来。

啪的一个声,兰英扇了子生一个耳光,虽然力道不大,但足以让子生冷静下来。

兰英声音低沉而虚弱:"笨蛋,你想让我们都活不成吗?现在外面有多少人等着抓我呢,背我出去,就算路上没事,到了医院警察也会来。"

子生呆呆地看着兰英,那一巴掌并不痛,只是把他打得更没了主意。

"那——那怎么办?"

"打一盆热水。"兰英吩咐着,"拿剪刀,把我衣服剪开。"

灯光下,子生哆里哆嗦地用剪刀把兰英的衣服剪开。

目光接触到兰英雪白的肌肤,子生的心一下子跳得快了,这是他第一次这样直接看到一个女人的身体,那是一个成熟女人的胴体,纤细而美好。子生的目光无法回避那深陷下去有着优美弧线的锁骨和那明显隆起的胸脯……只是兰英的腰身好瘦,瘦得让子生心头一紧,有一种保护她的欲望。

接着,子生便看到了那一道深深的血槽。在兰英的肋下,随着兰英的呼吸和身体的颤抖,那伤口中不断地有鲜血渗了出来。

鲜红的血让子生一阵眩晕,只想往后躲,将头扭了过去,不敢再看。

兰英一把拉住他。

"你得帮我,你是个男人,现在只有你能帮我!"

兰英看着子生。

子生不知道是自己在抖还是兰英因为疼痛在抖动,总之两人都在哆嗦,子生咬着牙点点头。

去准备烧酒,针线,还有油灯。兰英继续命令子生,不过她的语气越来越虚弱。

子生手忙脚乱地四下将东西找齐了。

"按我说的做,把伤口缝上。"

听了这话,子生脑子一蒙,这血淋淋的伤口他看都不敢看,哪里还敢动手。

"你不干那就让我死在这儿。"兰英的呼吸越来越急促,似乎已经没有力气再多说一个字。

子生把心一横,直面那个伤口,再把目光移向兰英,她细细眉眼早已拧在了一起,他既敬佩她又怜惜她,那一刻,子生突然心生后悔,为什么在平日里自己不更多照顾这个可怜的女人呢?

"好,我帮你,要是弄疼你了,别怪我。"子生的话跟他的手一样在哆嗦。

兰英睁开眼看着他:"那就快点,你还没看够吗?"

兰英一步步地教，子生一步步地做，先拿一条毛巾让兰英咬上，再将烧酒倒在了兰英的伤口上。只听见兰英压抑地低声喊了出来，那声音宛如垂死的小生灵，无助而痛楚，子生的心猛地揪紧了，又是呆呆地手足无措……

还是兰英提醒她，对着油灯烧一下针消毒，然后把伤口缝上……

兰英的声音断断续续的，耳语一般。

子生将针线准备好："你忍着，我开始缝了……"

没有麻药只有那半瓶烧酒，兰英咬着毛巾忍受着针和线在自己肌肤中的穿行，疼痛让她时而眩晕时而清醒，汗珠不断从她脸上滑落而下。

子生帮她擦了脸上的汗，但新的汗紧接着又冒了出来。

子生的汗水顺着脊背往下滑，整个人僵在那里，连呼吸都停滞了，直到伤口缝好打了结，子生都不知道自己是怎么完成这个对他来说是不可能完成的任务的。

兰英也是这么生生硬硬地挺过来了，她冒出的汗已经湿透了整床被子。

子生小心翼翼地为兰英包扎好伤口，筋疲力尽的兰英缓缓地说："老谭说你晕血，这次你居然没倒下。"

听了这话，子生看着自己满是鲜血的双手又哆嗦起来。

别哆嗦了，给我盖上。

子生这才意识到兰英半裸着半拉肩膀，那雪白的身体和半裸的胸脯显示出兰英是个发育很好的女人。

子生脸红了，扭着头给兰英拉上被子。

"没见过女人的身子吗？"兰英直视着子生的眼睛。

子生不知是该点头还是摇头。

"我以为你见过……你刚才是想问在舞厅跳舞的那个女人，对吗？"

子生尴尬得不知道该说什么。

"她没事，好好的。"

子生点了点头，那一刻，子生自己都觉得很奇怪，原来那么期盼得到莫燕萍的消息，现在却显得不是那么重要了，他更担心眼前这个女人，兰英虚弱得如同一只风雨中折翼的鸟儿，再也经不起风浪，她更需要他。

"用不着担心，那个汉奸比你会照顾人。"

子生摇了摇头，我没想她，现在我就想你能平安。

兰英看着子生，嘴唇嚅动着，好像有很多话想说却没有说出来。

子生掏出那个佛牌："这个还是你留着吧，如果今天你带着可能就不会受伤，虽然我不迷信，但我希望它能保佑你。"子生重新将佛牌交给兰英。

"好了，睡吧，你会没事儿的。"子生说完，转身离开了床沿。

第十章 暗杀

兰英将佛牌握在手里,她清楚地感觉到了佛牌上子生的体温和那种年轻男子气息,那种感觉让她心里踏实了许多,看着子生的背影,在屋内灯光的剪影下面,平日纤弱的子生显得高大起来。

兰英想说什么,但话一出口却变成了其他的内容。

"弹头可能会让我感染,如果我发烧了,想办法给我搞点阿司匹林,熬过三天就好了,如果熬不过去也不能去医院,是人就知道这是枪伤。"

"找老谭也不行吗?实在不行还有周先生和邵老栓呢。"听了可能感染的话,子生又担心起来。

"不行,找谁都是给人家添麻烦,这是掉脑袋的事儿。就看我的命是不是够硬了,真死了也没什么,这年月,死个把人是再平常不过的事儿。"

"别胡说,你不会死的!"子生哑着声音说,他将地铺铺好,然后关了灯,在黑暗中嘱咐兰英,"晚上想干什么,告诉我,自己别乱动,别碰了伤口。"

兰英轻轻叹息了一声,在黑夜里,她睁着眼睛,思绪飘到很远很远。肋下的伤口还在痛,但她已经管不了那么多,昏昏地睡去了……

第二天,报纸上刊登了伪政权的交通次长陈如耕被刺毙命的消息,整个天津一片哗然。

在宫北电话局内,众人兴奋起来,纷纷议论着不知道是哪路英雄好汉除掉了这个大汉奸,换了班的维修员还后悔不该跟子生换班,要不自己准能看到什么。

众人听到那维修员这么说,都一拥而上围住子生问其中细节,问他都看到啥了,有的说刺客会土遁,要不怎么小日本抓不到人,还有的说刺客是草上飞,能飞檐走壁……

子生抬头默然地看了看众人,说:"我什么也没看见。"随后推开众人的包围,径直走了。

门房内,邵老栓听到这一切,表情变得凝重起来,他察觉到其中的问题,昨天子生是故意晚走的,那孩子不可能什么都不知道。

下班的时候,邵老栓叫住了子生,询问良久,子生一口咬定昨天什么也没看到,只是远远地似乎听到了爆炸声,那时候自己已经离万国饭店好几条街远了。

邵老栓凝视着子生,子生被看得有些不自然。

"你干吗看着我,我的话你不信吗?"

邵老栓摇了摇头:"你小子有事儿瞒着我。"

子生站了起来,说道:"我没工夫跟你闲扯,我媳妇病了,我得早点回去。"

这次，子生没有骗人，兰英的确病了，子弹虽然没有留在她体内，但还是让她感染了。兰英高烧不退，躺在床上烧得直说胡话，一会儿喊冷一会儿喊热。晚上，子生摸着兰英的额头，感觉烫得像个烙铁。

子生又开始慌乱起来，在屋里来回踱着步子，兰英的呻吟时不时地传到他耳边，最终子生决定给兰英找点药来。

深夜，子生走了好几条街，来到济世药店敲开了店门。

药店的伙计宝哥披着衣服爬起来开门，看到是子生来了有些意外，但嘴上显得很不耐烦："这么晚了，你还来抓药？"

"没法子，家里那口子病了。"子生回答。

宝哥将子生请到了店内，还不忘记探出头去看看店外的状况，确认没有问题后，才用责备的口吻对子生说道："组织上不是已经命令活动停止了吗？你怎么这么晚还来？"

药店老板在楼上喊："谁啊？让不让人睡觉了？"

宝哥的反应相当快，不假思索地答："哦，是隔壁的王二，他说拉肚子了。"

子生着急地低声说："没办法，有位同志受伤了，枪伤，烧得滚烫，我得找些阿司匹林。"

宝哥看了看子生回身进了库房，回来的时候，塞给子生一个纸包，小声说："就这么几粒了，其他的要送到根据地去。"说完便推着子生往外走。

"回去的时候当心点，别跟人说你来过……"

子生被宝哥刚推出铺子，身后的店门已经咣当一声关上了。

纸包里不过三粒白色药丸，子生也不知道是不是阿司匹林，喂着给兰英吃了。

兰英已经烧糊涂了，重重的喘息和呻吟声，让子生觉得她是挣扎在死亡边缘。子生躺在地铺上，时不时地扭头看看兰英，他不敢睡得太死，生怕兰英再出什么状况。

半夜，睡得迷迷糊糊的子生突然听见兰英的喊声。他一个激灵，醒了过来，走到床边。兰英浑身滚烫，脸上已经烧得通红，嘴里只顾着喃喃地喊着"冷，我冷"。

子生又是担心又是难过，急得差点流下眼泪，他把地铺拆了给兰英盖上了所有的被子，兰英还是喊冷，子生没辙了自己也上了床，将兰英抱在怀里，期望用体温温暖她。兰英像个惊恐无助的小女孩紧紧地抓着子生的胳膊，直到把子生的手臂抓出血印子。

那一刻，抱着这个熟悉而又陌生的女人，子生心疼地哭了。

"别怕，别怕，有我呢！有我在呢！"明知她听不见，子生依然哽咽地重复着这样的话，像是誓言又像是安慰。

　　清晨时分，兰英醒了，虽然很虚弱，但身体已经轻松了很多，脑门上凉凉的，她奇迹般地退烧了。
　　兰英察觉到有一个人正抱着自己，她微微抬头，看见是子生那张略带成熟却依旧天真的脸，他像个孩子，抱着她睡得很香甜，抱得很紧，勒得她的手臂有些发麻，但兰英不想挣开他的怀抱，她的心里涌起一股暖流，不由自主地抽出手来，摸了摸子生的脸颊。
　　子生似乎在睡梦中感觉到了什么，微微欠动了一下嘴角，显得敦厚而可爱。
　　兰英也笑了，笑得很安心，再次闭上眼睛，这一次真的踏踏实实地睡下了。

　　这几天，武田弘一所领导的日本特务机关也没有片刻的安生，他命令手下全面地调查这个事件，陈如耕的死对于日本军方来说是个非常大的失误，汪伪政权对陈如耕的死极为不满，向日本天津驻屯军施加了很大的压力。

　　武田弘一带着一众手下和沈西林等人复查了万国饭店行刺的现场，一切似乎毫无头绪，那些杀手宛如从天而降，没有丝毫预兆，也没有留下任何线索。
　　武田弘一询问对那群杀手的追捕情况，按照当时情形，武田弘一找到了兰英曾经躲避的那条胡同。
　　在胡同口，武田站住了脚，军人的直觉让他敏感地察觉到了什么，他进了胡同，缓缓地走到那个草棚子旁边，在地上发现了一摊干枯的血迹。
　　"有刺客在这里受伤了，可你们却让他跑了，沈先生你当时在现场，我想听听你的解释。"武田弘一的目光如锐利的剑，盯着沈西林，几乎要刺穿他。
　　沈西林倒毫不回避武田那咄咄逼人的目光，只是脸上做出遗憾的表情。
　　"我们击毙了三名刺客，但当时天色已晚，视线模糊，所以手下的兄弟没有发现，还是让他漏网了。"
　　沈西林说完，扭头骂自己的手下笨蛋全是瞎了眼，那几名手下低下了头，没有辩解。
　　武田弘一将目光投向周围的日本军官，用日语喊道："当天勘察现场的是谁？"
　　一个日本少尉走过来，向武田低头行礼："是我……"
　　那个少尉似乎要解释什么，武田没容他说话，扬手就扇了这个日本少尉一个耳光，用日语大声地骂道："你难道也跟支那人一样是猪脑子吗？再犯错误你就去外蒙吧！"
　　那一巴掌把日本少尉打得一个趔趄，一丝鲜血从他嘴角流了出来，但随即日本少尉马上又笔杆溜直，嘴里哈伊了一声，低头认错。

武田的目光阴沉，视线扫射之处，日本士兵们个个不寒而栗，汉奸特务也是人心惶惶，只有沈西林强作镇定，拿出一根烟抽了起来。

武田弘一走到沈西林面前，语气平静地问："城市封锁的情况怎么样？"

"车站码头和各个交通要道都加派了人手，这些国民党刺客是走不出去的。"沈西林吐了一口烟，淡定地说道。

"他们当中有人受伤……"武田似乎是自言自语。

"需要搜查一下医院吗？"沈西林眉头微蹙，问道。

武田抬头看着不知道是什么方向，冷冷地说："抓到他们作用不大，我要让他们和帮他们的人都感到恐惧！"

三天的时间就这样过去了，对于兰英而言，这三天从昏迷到昏睡，再到清醒过来，她感受到子生无微不至的照顾，这个男孩真是细心，平时不见他多么关注她，然而她的爱好，他完全知道，她爱吃什么，喜欢做什么，他竟了如指掌，怕她在床上无聊，子生还专门给她买来了彩纸，让她能在床上剪窗花打发时间。

而兰英也给了子生另外的体验，她不再是冰冷的、淡漠的，而是火热的、纤弱的，她是一个女孩，而且是一个需要别人保护的女孩，她是那样的孤单无助，激发了子生内心中作为男人的保护欲望。

他们的关系似乎正在渐渐发生着变化，两人的目光和言语都不再那么冰冷生硬。

三天后，兰英已经可以下床了。

子生下班回来，发现饭菜已经全部做好了，兰英微笑地看着他，柔声说道："回来了，赶紧洗手吃饭。"她的语气平静而温暖，就像对一个再普通不过的家人在说话，不过有种温暖却悄无声息在这小屋里升腾起来。

吃饭的时候，兰英甚至还主动给子生夹了菜。子生有点害羞，说："我今天加班晚了，都这个时辰了，以后不用等我，给我留点就成。"

兰英低着头说："住在一起还是在一起吃饭的好。"

也许是太久没有这样的温情了，子生突然觉得自己的喉咙发哽，眼眶一热，忙大口吃饭掩饰。

看子生吃得急，兰英笑了，继而又将一块肉夹到了子生碗里。

当晚，子生打地铺，兰英坐在床沿边，看着子生的动作，忍不住低声说："你——你可以睡床上。"

这句话已经非常直白了。兰英说完这句话，脸整个红了，不敢去看子生。

第十章　暗杀

　　子生愣了一下，他当然知道她的意思，但最终他还是没有答应她，装着没有听懂她的话，淡淡地说道："你还没好利索，我还是睡地下吧。"

　　灯熄了。

　　兰英将目光转向睡下的子生，朦胧中，他的身影让她迷恋，那是一个青春的身体，轮廓分明，只是现在已经安然入睡了。兰英有些失落，黯淡地躺了下去，微闭上眼，可心却怎么也平静不下来，只觉得浑身燥热，而无法入眠。

　　不知道过了多长时间，月光悄然地透过窗照在屋内，宛如蒙上一层薄薄的轻纱。兰英看见子生翻了个身，大半个身子露在了外面，被子被翻到一边。

　　兰英蹑手蹑脚起床，将被子重新拉开，盖在子生的身上，细致地将子生的手臂重新放在了被子里面，还不忘掖了掖被角。

　　完成这一切，兰英轻手轻脚地再次躺下。

　　巡捕房废旧仓库内，灯光再度亮起，废弃的旧物将灯光严严实实地遮住，外面一丝光线也不漏。

　　微弱的光线下，中统特派员"影子"再度出现了。

　　他告诉老谭，上峰对他建立起来的情报网络非常满意。但几步之内都是共产党，希望老谭注意。

　　老谭点了点头："放心，我会用自己的方法处理的。"

第十一章 真相

陈如耕事件，触动了日本人的神经，这些野蛮的侵略者不可能就这样善罢甘休，他们开始了疯狂的报复，在全城展开了大搜捕，而重点是医院、诊所和药房，很多药铺的掌柜和伙计遭到逮捕和枪杀。

这一天，子生送信的时候路过济世药店，发现药铺伙计宝哥的尸体被吊在了药店门口，没有风，尸体却好像在轻微地晃动着，宝哥耷拉着脑袋，脸黑得发紫，舌头长长地伸了出来，表情狰狞而痛苦。

旁边几个街坊小声议论说这个伙计出售违禁药品得罪了日本人，全家都被抓了……听说跟他买过药的还被抓了好几个呢……

子生的心一下凉了半截……

当天下午下班，子生没有立马回家，而是在邵老栓的门房里坐了一会儿。

子生有些心神不宁，胡乱地跟邵老栓扯了几句，看维修员都走得差不多了，子生才手足无措地对邵老栓说："宝哥死了。"

邵老栓抽了一口烟，淡淡地说："我知道了。"

子生焦虑地问："会不会影响到我们？"

"这几天你们见过？"邵老栓看着子生问道。

子生支支吾吾，不知道如何回应，言辞闪烁说了半天也没说出个要领来。

邵老栓抽了一口烟，打断他的话："放心，宝哥什么都没说。不过，你真的没什么要说的吗？"

子生犹豫了半天还是没把老谭安排兰英行刺的事儿说出来，这是秘密也是纪律，老谭反复叮嘱过。

邵老栓看问不出什么，把烟头捻灭了，叹了口气说："行了，别在我这儿坐着了，你该回家了。"

屋外的夜色已经薄薄地笼住了城市，子生留给了邵老栓一个黯然的背影。看着这个年轻的背影，邵老栓眉头拧得紧紧，他的头脑里有许多个疑问是关于子生的，

第十一章 真相

等着他去拆解。

这孩子在情报工作上进步太快,而他和老谭越来越密切的接触更让邵老栓可疑,难道……

邵老栓本想将自己的怀疑告诉周先生,最终他还是犹豫了,周先生此刻并不在天津,邵老栓不想再等了,他决定自己安排一次情报的运送。

必须搞清楚子生背后的一切。

几天后的傍晚,邵老栓交给子生一封信,让他送到西泉浴池的那个活动信箱。

送信的路上,子生不知怎么了一直感觉心里惴惴不安。走到石教士路,子生没有立即将信放到活动信箱里去,而是在四周转了好几圈……

四周没有什么可疑的人,但是好像在暗中始终有一双眼睛在暗中盯着他,他的直觉这样告诉他,子生被这种感觉困扰着。难道是自己多疑了?

在路边的小吃铺上吃了几个包子,确信没有问题后,子生迅速地来到西泉浴池门房旁边的石狮子旁,将石狮子后面墙壁上的一块砖拿开,将信塞了进去,在石狮子底座上画了个记号,随后若无其事地走出了石教士路,在巷口还不忘记买一场赛马彩票……

没多久,一个人影走了过去,撬开那块砖取出信来。那人的帽子压得很低,不容易被人看到面容,直到他一转身路灯照在他的脸上那一瞬间,才能隐约地看出帽檐下面是张扭曲的脸。

不一会儿,那人走远了,邵老栓却从旁边的阴影中闪身而出,他的脸上露出惊异的表情,他看清楚了,那个取情报的人居然是老谭!

邵老栓朝另一个方向走开,他要把这个情况尽快向上级汇报。

他走得很急,时不时地观察着四周怕自己被人跟踪,为了不被发现,他拐进了一条巷子,想抄近道去最近的一个地下联络点,当他走到巷子中间的时候,邵老栓的脚步停住了,一个男人的身影出现在小巷的尽头。邵老栓的身体像是凝固了一般,停在那儿。

对面正是老谭,两人这样对峙了几秒钟,最后老谭缓步走过来,首先打破了沉寂:"大家天天都在忙,没机会说话,今天咱们好好聊聊……"老谭的声音依旧沙哑,如同一面破锣,又像是年久生锈的齿轮。

在路边的馄饨摊,老谭和邵老栓吃着馄饨,两人都很平静,像一对偶然在路边遇上的老朋友，兴致来了在路边吃上一顿夜宵。

"子生说的活动信箱，是你教他的？"邵老栓边嚼着馄饨边问老谭。

老谭并没有回答邵老栓的话，而是反过来问他："今天的情报，你们的人不会来取的，因为你就没有安排，你不过是想引我出来，对吗？"

邵老栓也没有回答他，自顾自地问道："我们相距得那么近，几乎每天见，居然没看出来你，你到底是什么人？"

老谭放下筷子，低声说："不用猜了，中统的人。"

"你想帮我们？中统的人没那么好心吧？"不知道是馄饨太热还是别的什么原因，邵老栓的额头冒汗了。

老谭呵呵一笑，丑陋的脸在灯光下更是吓人，语气却非常轻松："不！是你们在帮我。"

邵老栓疑惑地看着老谭，有些不解。

老谭低声说道："日本人和汪伪政权让国民党中统军统的情报系统在天津卫完全瘫痪了，甚至可以说崩溃了，只有你们共产党还活着、还存在，用子生渗透到你们中间，居然让我们比以前知道得更多，获得更多。"

邵老栓喃喃地嘟囔着什么，似乎受不了馄饨的烫嘴。

"因为子生，我们合作的一直很好，日本人怎么也不会想到我们会以这样的方式组合在一起，其实我们可以一直合作下去。日本人才是我们共同的敌人。只可惜你一直在怀疑我，如果你再粗心点……"说到这里，老谭叹了口气。

邵老栓放下筷子，看着老谭摇了摇头："不是我们，是你！天津那些暗杀的事儿都是你们干的对吗？让子生参与到里面，你让我们更加危险，我要告诉子生，不能相信你。"

老谭面容沉静，缓缓地说："我需要你再考虑考虑。"

"没有什么好考虑的，我会送子生走。我也会离开天津，我们的合作到此为止了。"说完，邵老栓摸摸嘴，起身就走。

老谭的手似乎在邵老栓胸前挥了一下，动作快得邵老栓好像没有丝毫察觉。邵老栓走到了巷口，不过刚迈了几步，他的动作就慢了。邵老栓停下来捂着胸口，身后老谭跟了过来，看样子似乎要扶住摇摇欲坠的邵老栓，但终究只是站在旁边，静静看着邵老栓的神情越来越痛苦，呼吸越来越急促……

邵老栓只觉得一阵眩晕，喉咙发甜，嘴角慢慢流出鲜血，随即身体缓缓地倒了下去……

老谭慢慢地把那细长的竹签收在衣袖里，离开了巷口，转到另外一条街道上。

邵老栓躺在地上眼睛睁得大大的，似乎有非常多的不甘，目视着远方，灯光冷

第十一章 真相

静地照着他，直到他眼中的光芒黯淡下去变成一片死灰……

邵老栓失踪了，一连三天都没有在电话局出现。

邵老栓是宫北电话局资历最老的人，好像在天津法租界这个电话局成立的那天开始，邵老栓就是门房，而且从没离开过一天，这儿就是他的家。

人们都习惯了每天一大早上班的时候就看着邵老栓拿着扫帚在打扫院子，拎着水壶给维修员们茶缸里面加水，和每个要出门的维修员扯扯闲篇什么的……这是邵老栓必然的存在，他是这个电话局不可缺少的一部分。

可现在，这不可缺少的一部分消失了，所有人都心里空落落的，猜测和分析邵老栓的下落也就成了必然。只有子生不参与这样的议论，他装着对这事儿看得很淡，毫不在乎的样儿。

一个平时和子生关系不错的同事来找子生，问他："就你跟邵老栓走得近，他去哪儿了就没给你透露点风声？"

子生摇了摇头说："我也想知道怎么回事呢，邵老栓又不是我爹，他可没跟我说什么。"

那人叹了口气，摇了摇头说："可别是凶多吉少了吧？这都三天了，人影儿都没有。"

"不至于吧，一个大活人，怎么能说没就没了？也许家里有什么事儿，来不及跟咱们说呢？"子生连忙说道。

"家里有事儿？邵老栓家在哪儿？你见他离开过电话局吗？"这位同事反问子生。几句话把子生问住了，邵老栓没有别的家，他也从没离开过电话局。

那人叹息着摇头走了……

沈西林在自己的办公室里接到王建中的汇报，内容是：南京特派员黄少峰即日将来天津，对东华洋行的资金状况进行督察。

一个东华洋行如何能让南京方面大动干戈，沈西林有一些疑惑：这个黄少峰来天津的目的应该没那么简单，如果没猜错，这个人是准备对青木公馆的账目进行调查。

王建中笑道："那咱们还真得好好接待这位钦差大臣。"

沈西林点头道："那是自然，还有一条，要跟青木公馆所有人等打个招呼，大伙儿可别给我出乱子。"

王建中点头。

其他人倒是不在乎什么，唯有张金辉对即将到来的黄少峰反应极其紧张，在和沈西林交谈时，表现得极其不屑。

张金辉的反应,沈西林不得而知,只是淡淡一笑,试探似的问道:"该不会是你们行动队的公款开销上有不清不楚的地方吧?"

张金辉本来放松的神经被沈西林这么一提醒,反而紧张起来,梗着脖子说道:"怎么会,我们行动队,从来就没有任何问题。"

沈西林拍了拍张金辉的肩膀微笑地说:"我只是说说而已,张队长干吗反应那么大,大伙儿都没事儿就好……"

几日后,黄少峰终于驾到。青木公馆不敢怠慢,举行了大型的欢迎宴会。

黄少峰形象英伟,倒是总微笑示人,看起来并不古板。在一片觥筹交错的场面里,沈西林带着黄少峰对青木公馆上上下下人等进行介绍。

一边一戴眼镜的男子看着远远走过来的黄少峰,脸上微微有一丝忧虑,但表情却是微笑的。那男子是情报处档案科副科长宋世宏。宋世宏的眼有些细长,在高度近视的眼镜后面,看什么都有一股探究的味道。

宋世宏推了推身边的王建中,面带猥琐表情阴阳怪气地说:"这钦差大臣可就是不一样,那身派,那气质。"

王建中看了一眼宋世宏,没有说话。

宋世宏继续低声说道:"听说了吗?这位人物这次来针对的可是咱们的天津站。"

王建中点了点头。

正说着,黄少峰走了过来,宋世宏赶忙迎上前。

一边沈西林为黄少峰介绍。宋世宏掏出名片递给黄少峰:"黄先生,还请多指教,早听闻您的大名,可谓如雷贯耳,这次见到真神,鄙人甚是激动……"

黄少峰点了点头,微微一笑,接着在沈西林的引见下,朝一边走去。

张金辉站在一边,鄙夷地看了一眼宋世宏,继而眉头微蹙,看着黄少峰的背影,表情是反感与不耐。

沈西林看得出,黄少峰对这次的宴会非常满意。

黄少峰举杯与沈西林碰杯,面带笑容地说道:"真的要感谢沈先生与天津各位同仁的盛情,鄙人在天津的这些日子还需要你们的照应,特别是您沈先生。"

"您太客气了,我们工作上有些不周到的地方,还需要您提点。"沈西林的脸上堆着笑,说着场面上的话。

黄少峰笑了:"那就太折煞我了,沈先生在武汉就已经追随汪先生,算起来,您才是前辈,您的大名早已如雷贯耳啊。不过,我倒是听说沈先生也在日本留过学,鄙人也在日本留过学,我今日见沈先生,也是相见恨晚,无话不谈。"

两人正说着,莫燕萍款款走了过来,当晚她着一身鹅黄色晚装,更显妩媚清新。

沈西林为其介绍。黄少峰不由得赞叹莫燕萍的美貌，莫燕萍则自然免不得谦虚几句，无外乎其他场面上的话。

一切如沈西林所料。

接下来的几天，黄少峰果然对青木公馆的账目进行了调查，结果发现一摊糊涂账目，特别是宋世宏所管理的档案科账目，一个项目资金，未见任何项目启动，钱却不见了。

黄少峰深深叹了口气："真是天高皇帝远，账目糊涂不堪意料之中。"

就在这时，有人敲门。

听到黄少峰应允后，门开了。宋世宏的脸先探了进来，同时还有他那猥琐的表情。"黄先生！"宋世宏先开口打招呼。

"啊哟，这不是宋科长？"黄少峰很是意外。

对方竟然能记住自己，宋世宏甚是惊喜。寒暄几句，宋世宏将一幅字画送给了黄少峰："这是祖父之物，唐寅的真迹。"

黄少峰很是意外："果然是真迹，如此贵重之物，如何能收？"

宋世宏笑了："您太客气了，祖父是爱画之人，好物需要懂物之人把玩，才不是暴殄天物，自己根本就是门外汉，白糟蹋了，如果祖父在世，一定对自己的做法甚感欣慰。"

黄少峰笑着接纳了，同时将项目资金一事挑明，这种事儿不时也会出现胡乱账，不足为奇，让宋世宏放心。

两人言谈甚欢。

如此一来，两人交往得更多了。宋世宏不时送来礼物和金钱，两人真正成了无话不谈的朋友。

随后，张金辉的账被列入了重点盘查的内容。这样一来，张金辉气急败坏，找沈西林理论。

沈西林冷冷一笑："张队长如此紧张，为何？难道张队长也有账目不清晰的地方？"

张金辉一时间被堵得无话可说，只是憋气地说道："我这不是为你打抱不平吗，他黄少峰凭什么在咱们头上拉屎拉尿，他算个什么东西？"

沈西林淡淡说道："再不算东西，那也是南京派来的，有权查咱们。"

正说着，沈西林接到了南京方面的密电。这封密电让众人很是诧异，南京方面竟然让沈西林对黄少峰进行全面调查。

沈西林放下电报，看着张金辉和王建中问道："你们对这件事怎么看？"

王建中略加思索地回答："前段时间疯传天津办事处将从南京调来一名主任，不知道是不是这个黄少峰。这是要咱们对他的底细弄清楚？"

张金辉则怒气冲冲地说："此时正好找机会发泄，他黄少峰凭什么来做咱们的头？要我说，沈先生在天津可是立下汗马功劳，没有人比他更适合的。"

沈西林点了一根烟，眼角微笑一直没有散去，坐在了自己的老板椅上，甚是惬意："我无所谓，天津这一摊子事儿，谁愿意来管谁管，主任这位置谁想做谁做，我志不在此，只要东华洋行的经理位置不给我拿了，其他的都无所谓。"

沈西林顿了顿，对王建中说道："安排一下，今晚，我要在喜乐门引见黄少峰与武田大佐见面。"

王建中点了点头……

当晚喜乐门，经沈西林的引见，黄少峰与武田弘一等日本人在喜乐门见面，同行的还有日本商人陇川夫妇。

陇川夫妇不懂中国话，静坐一旁，未曾多说话。倒是武田与黄少峰相聊甚欢。

话语中，武田提到了庆应大学，武田笑道："听说黄先生曾在庆应大学读过书，庆应大学可是一所学术氛围特别浓郁的学校。"

黄少峰笑着点头："我非常喜欢那里的气氛，大日本的文化让我崇拜，在那里读书我受用不尽。"

武田道："不知道黄先生是否认识一个老师？"

"哪一位？"黄少峰追问道。

"野坂川三先生。"武田道出这个名字的同时，眼神认真地打量着黄少峰，似乎迫切想要得到某种答案。

黄少峰听到这个名字，略顿了顿，将手中的酒杯放下，继而说道："野板川三的课，我几乎每堂都会去听，他宣扬的是共产主义，中国有句古话，知己知彼，才能百战不殆，所以了解它，是很有必要的，任何信仰都不能阻止自己对汪主席的信任，只有跟随汪主席，中国才有未来。"

武田淡淡一笑，并没有继续追问下去。

一边，莫燕萍邀请黄少峰跳舞，黄少峰欣然应允。武田弘一富有深意地看着黄少峰的背影，若有所思。

卡座上只剩下武田弘一和沈西林。

沈西林对武田弘一倒是毫不避讳，直接说道："我觉得黄少峰这次来天津卫，远不止调查东华洋行那么简单，这个黄少峰也许就是下一任天津办事处主任。"

第十一章 真相

武田弘一道："中国人似乎对内部斗争的关注度胜过一切。"

沈西林点了点头，微微笑了笑："武田兄，不要误会，我倒是对主任这个位置并没有什么想法。"

武田也笑了，看着灯光下的黄少峰正跳得忘乎所以。

经过王建中的调查，黄少峰果然有如沈西林猜测的两重身份：一个身份是审计科，专门调查经济问题。另一个身份则是中统纪律调查科的。

这个消息汇报给沈西林的时候，沈西林并没有多少意外，只是吩咐王建中安排去请天津一流的上海菜馆厨子去自己家中做一桌上海菜，他要在家中宴请黄少峰。

宋世宏正好来汇报工作，沈西林一并邀请了宋世宏。宋世宏大为惊喜。

当晚，沈西林、王建中、宋世宏、黄少峰、莫燕萍等人一起在沈西林家吃饭。

厨子的确不错，黄少峰连连称赞，几道上海菜做得色香味俱佳。

饭桌上气氛极其舒缓而温馨。

这顿饭的尾声，黄少峰提到了一个久远的名字——武汉警察厅缉私处处长王亚民。

这个名字说出来，沈西林的心里咯噔了一下，王亚民是共产党，曾在武汉与自己接触过，这说明黄少峰在调查自己。但脸上，沈西林没有丝毫的变化，淡淡说道："黄先生，突然提起这个名字，我倒是有些意外，以前在武汉的时候，我和他关系不错，后来才知道，王亚民竟然是共产党。"

虽是这么说，但沈西林内心莫名恐惧起来，他不知道对方了解自己多少，葫芦里卖的是什么药。

三天后的会议上，黄少峰宣布了调查的结果，沈西林吃回扣的情况以及张金辉吃了犯人的好处将一名军统特工放走等情况。为此张金辉愤愤不已，而宋世宏则因为没有提到自己而感到欣慰。

沈西林倒不在意，只是看似好意地提醒张金辉，他认为黄少峰已经盯上了他。

张金辉有些不服气。

沈西林道："张队长，不是我说你，这话我不是第一次提醒你了，几次行动你哪一次留过活口，这要真查下来，你能解释清楚？"

这么一说，张金辉既焦虑又愤慨……

沈西林则无所谓地让王建中给自己定两张戏票。北平的九岁红要来唱戏，一票难求，他想请黄少峰看一场戏。

随着时间的推移，电话局里的猜测和分析也有了众多的版本：有的说邵老栓买马票欠账太多，被债主逼得没辙自己逃了；也有的说是邵老栓中了头奖无福消受被人绑了票儿；当然也有人说邵老栓没准死了，死因也一定是跟他买马票有关，他太好赌了，邵老栓自己说过他买马票的时间比他当门房的时间还长……

又过了两天，子生终于坐不住了，他本以为再怎么样周先生也会出现给他个消息，可去了西泉浴室等几个联络点之后，接头的人给他的暗示都表示周先生现在并不在天津。

回到电话局，看到空了好几天的门房，宝哥儿的尸体吊在济世药房房檐下面的样子又一次袭上他的心头，现在子生不只是紧张了，他感到害怕恐惧。

邵老栓如果有什么问题，肯定会第一时间通知自己，无故失踪只有两个原因：一个是被抓了，另外一个……

子生不敢往下想，突然他想到邵老栓说的那句话，干我们这一行的，指不定哪一天就走了老韩的路。

子生被自己这样的想法吓得一身冷汗。

好不容易熬到了下班的时间，子生赶忙走出了电话局，屋外天色早已暗了下来，像在空气中倾倒了薄薄的牛奶——不是很浓，视线透过那层灰暗，还是可以看到四周的建筑。

路灯渐渐亮了起来。

子生脚步匆匆，刚走到巡捕房门口准备进去，却见到老谭从里面走出来。

老谭没穿警服而是穿着一件灰布衬衫，脸色发黑，在这样昏暗的光线里便更不显眼了，仿佛一个幽灵，飘忽着便出了巡捕房。

"我就知道你会来找我。"老谭沙哑的声音说道。灯光下，那张丑陋的脸更显得冷漠。

老谭开着那辆破旧的警车，带着子生来到护城河边。

"邵老栓失踪好几天了！"子生着急地说。

两人均没有下车，窗外的光线渐渐浓了，河水泛着一股腥咸的味道，扑鼻而来，不太好闻，但子生现在已经顾不得这些了，老谭犹如一棵救命稻草，他需要竭力地抓住他，好使自己慌乱的内心平静下来。

"怕了？"老谭看着子生，那歪斜的脸上没有任何表情，"邵老栓的失踪，巡捕房正在查。"

"那万一……万一他被抓了，把我们供出来怎么办？"子生的语气里明显可感觉到他慌得厉害。

"你不能乱，这样会把麻烦引到自己身上。小事儿也会变成大事儿。"老谭的话算是安慰，也算是告诫。

"小事儿？现在这样还算小事儿吗？"子生有些歇斯底里，低声吼道。

老谭摇了摇头："这还不算最糟糕。"

子生咬了咬牙，停顿了几秒钟，才说道："我们不做点什么？"

"你想做什么？现在这情况，做什么都可能会犯错。"老谭严厉地说。

"难道就眼看着他跟父亲一样白白地死掉？"子生真的乱了分寸。

老谭看了子生一眼，那眼神好像在说，这还用问吗？

子生的内心一阵发寒："你们真冷血！"

"干这行本来就这样。"老谭的脸上带着一丝嘲笑。

"可我受不了，受不了！"子生吼叫着。

老谭瞪着子生，用他沙哑的嗓音厉声道："你冷静点！"

"我没法冷静，我跟你不一样！"子生抛下这句话，推开车门，下了车。他的背影迅速地消失在了黑暗之中。

老谭没有追上前去，他知道任何一个年轻人都会是这样的反应，他需要的只是时间。老谭觉得自己的眼光不会错，这个孩子是一块璞玉，还需要慢慢地雕琢，他会成熟起来，成为一个职业的谍报人员……

子生带着那份焦虑回到了家，推开门，气喘吁吁地冲了进去。

兰英正在做针线活，为子生缝补着衣物。

子生一面径直走到衣柜里，将衣物搜了出来打包，一面对兰英说："跟我走，回老家固安。"

兰英不疾不徐地将线打了一个结，用牙齿咬断，继而才缓缓说道："出了什么事儿？这么急？"

"邵老栓失踪了。"子生的声音里带着一份急促，眼里满是焦虑，宛如惊弓之鸟，紧张万分。

"我不去，你也不该去。"兰英轻轻地说，声音里带着一丝柔软。她听到他说的是让自己跟她一起回老家去。那么，这个男人是在乎她的安危的，在遇到危险的时候，也不愿意把她一个人留下。兰英对此很是欣慰。

兰英没等子生说话，又说道："如果你想走，先听我说几句。"

子生看着兰英，兰英的冷静让他觉得有点不像是一个女人，和前几天病中的她判若两人，眼前这个女人似乎经历过大风大浪，遇到一切都能如此地镇定。

"你说。"子生努力让自己在女人面前显得平复了些。

"眼下还没有任何消息,如果邵老栓真的是被捕而叛变了,我们现在从这个门走出去,不出两里地,就能被人抓住,如果对方没有叛变,那么我们现在还是安全的,或者他已经……"兰英看了看子生,内心迟疑了一会儿,怕那个字让子生伤感,她没有说出来,只是说,"如果真的那样,那么我们现在更是安全的。"

兰英觉得自己说得有些残忍,仿佛别人的死亡是最好的消息。她为自己内心泛出的"残忍"二字默默心惊,她发现自己似乎越来越在意面前这个男人的喜怒哀乐。

兰英走过去将手搭在子生的肩上,另外一只手拉着他坐下:"放心吧,不会有事的,如果有事,早在三天前就有了。"

子生不由自主地坐下了,六神无主地问道:"那我们现在该怎么办?"

"继续当你的电话维修员,等候指示。"兰英温柔地看着子生,继而说道,"别想了,我给你炖了汤,刚刚好可以喝了,我端给你。"

子生看着兰英正欲去厨房的背影,突然意识到了什么,腾地站了起来,他慌张张地喊道:"我还有事儿,得出门一下。"

"你要去哪儿?"兰英回身问他。

"花尊公寓,莫小姐也许有危险。"子生抛下了话,冲了出去,没了踪影。

兰英看着空荡荡的房门,顿感失落,发呆了一阵子,才走进厨房。

兰英发现灶上的火依然旺着,用小砂锅炖的肉汤在沸腾,散发着一股扑鼻的香味儿,只是香气里带着一份孤独与冷清。

兰英的指尖接触到砂锅,不小心烫得整个手一缩,她不自禁地将手指放在了嘴里吮吸……

"他心里有更重要的女人。"兰英在心里默默地说着,黯然神伤。

子生一路狂奔来到花尊公寓的楼下。

站在路边,看着403房间的窗户,灯还亮着,四周没有什么异样,子生慢慢调匀了自己的呼吸,心稍许放了下来。

他想上楼去看看,看莫燕萍是否安好,但这是有违纪律的,可子生想见到莫燕萍的冲动非常强烈,不管莫燕萍变成什么样子,在子生心里好像都有一份割舍不掉的牵挂。

就在这时,那扇窗的窗帘上映射出两个人的人影来。

男人的身材颀长,风度翩翩,举止温柔而儒雅。子生知道,那个人是沈西林。

沈西林将莫燕萍的身影揽入怀中,两个人影便融合到了一起,继而纠缠着……似乎空气里都散发出男女堕入情欲的喘息声。

第十一章　真相

身影在窗帘后面倒了下去，紧接着灯光灭了……

子生觉得像是什么东西在身体里被人抽离了出去，一种刺心的痛楚感染了他的全身，随之而来的却是空洞的内心……

子生站立了许久，许久……

两天后的傍晚，子生刚刚下班，突然被一个伙计打扮的男子叫住，问他："是不是韩子生？"

子生带着一点戒备，只是问："你是什么人？"

"您的远房表哥刚从南方过来，说是给您捎了些山货，让您去南街山货铺去看看呢。"那人说。

"我的远房表哥？"子生觉得很是莫名其妙，自己哪里有什么远房表哥啊！

"是啊？你忘了，你表哥姓周。"那人继续说道。

"周先生！"子生脑袋里立刻蹦出这个名字。这三个字让子生一阵激动。

第十二章　暗战

子生跟着那个男人走了好几条街，在一个胡同口，来到南街山货铺。

店铺不大，里面堆着各样的干鲜果品、野菜野味。走进去一看，却已经有一定规模，不像是短时间可以完成的。那个伙计让子生等待片刻，自己走进了内屋。

不一会儿，周先生从内屋送一个顾客走了出来，他穿长衫，戴着瓜皮小帽，张口还带着浓重江南口音的腔调，那客人抱着一堆山货明显对周先生的招待很是满意……

这个周先生简直是一个魔术师，每次的出现都让子生有意料不到的地方。

在山货店的小阁楼上，周先生递给了子生一份剪报。

简报上的消息都是外国的，英国、美国与荷兰殖民地政府都宣布了禁止向日本运输战略物资，特别是钢材与石油，罗斯福总统也在美国下令，让舰队进驻珍珠港……

周先生耐心地等子生一字一句地看完了。子生抬头，看着周先生，有些不知所以。

"世界正在形成反法西斯联盟，上级要求我们加强和共产国际的合作。"周先生的目光投射在他的身上，带着一种力量穿透了他，仿佛有一种力量通过目光正一点点地灌输到子生的身上。

"从现在起，你接替邵老栓的工作。"周先生握住子生的一只手，认真地说，"这些年我一直在观察你，我相信你会胜任的。这是组织上对你的信任。"

周先生交给了子生一枚银戒指，低声说道："戴上这只戒指，我们的同志就能认出你来。"

子生突然想起来，有一次，邵老栓掏口袋的时候，他看到过相同的戒指，但是他平时不怎么戴着它，可能是觉得戒指与自己的身份不符。如今，自己却替代了邵老栓的工作。

子生似乎明白什么，他的声音无法控制地颤抖着，试探地问周先生："那邵老栓呢？他死了？"

周先生点了点头，走到窗边，撩开窗帘的一角，望着外面华灯初上的大街，有些黯然地说："邵老栓淹死在护城河里，尸体是昨天早上被一个过路人发现的，打捞上来后就一直放在百乐堂的停尸房里，可我们现在还不能去认领。"

"那我去，我给他收尸。"子生急急地说。

周先生挥了挥手，阻止了他："不行，你的身份不允许。"

子生辩解说，"我只是个维修员……"

"你同样还有其他的工作。"周先生眉头攒到了一起，"我不希望出现任何闪失，哪怕有百分之零点一的可能，我也不希望你去冒险，你现在是我们跟共产国际情报部门之间的联络员，你以后的担子会更重，危险也会更大。"周先生打断了子生的话。

子生犹豫了。

周先生看着子生问："你害怕了？"

子生反问："你不害怕吗？"

周先生沉默了，抽了一根烟，在烟雾中，他的目光柔和下来："怕，我也怕死，可总要有人继续下去，要不就没希望了。"

子生喃喃地说："我只是想给父亲报仇，可现在……"

"只有将日本人赶出中国，才是真正给你父亲报仇。"周先生再次打断了子生的话，看着子生。

子生有些不相信地看着周先生，疑惑地问："会有那么一天吗？"

"当然有！而且我们一定会建立一个新的国家，一个不再有奴役和压迫的自由世界。"周先生坚定地说着，脸上绽放出光彩来，在暗淡的光线里，仿佛发出光芒来，朗照着小阁楼。

"没有奴役和压迫的世界？会有那样的地方？"子生很是疑惑，在极力地想象着那会是什么样子。

"有！现在就有！一个叫延安的地方就象征着中国的未来，那是个真正自由解放的地方。"周先生的语气坚定，那神情让子生觉得跟老西开教堂里的约翰神父在布道的时候一样。

子生思考片刻，最终还是摇了摇头："那儿离我太远了。现在的事儿我都不知道能不能做好。"

周先生叹了口气说："你可以考虑几天，不过，如果你不能继续下去，就要离开天津。"

"那我去哪儿？"子生问道。

"去你的老家，将这里的一切都忘掉。"周先生淡淡地说。

邵老栓的死让子生改变了，这改变竟是那样快，让子生身边同事都感到很意外。

这个年轻的小伙子不再像以前那样特立独行，他学会了叼烟卷，将烟卷叼得漫不经心，吊儿郎当。学会了跟一群维修员打扑克赌钱，还学会了喝酒，混在一群维修员里，在街边的小酒馆中听着他们讲着粗话、说荤笑话。听到他们说和妓女们的风流韵事的时候，子生也夹杂在其中傻傻地笑着。

尽管如此，子生依旧不太爱说话，他把自己淹没在喧嚣的人群，不希望任何人注意到他……

沉浸在市井之中，让子生觉得放松，觉得麻木。

当然子生自己更没想到这改变让自己的人生开始了另一个方向……

九岁红的演出真是一票难求，整整等了快一个星期，才让沈西林等来了一张包厢的票。九岁红也真是不负盛名，表演拿捏到恰到好处，在舞台上生生造就了一个世界。

黄少峰看得饶有兴味，有时候还能跟在后面唱上一段。

沈西林道："看不出，黄先生对京戏还真是了解。"

黄少峰笑道："当年我可也是一个戏迷，在日本的时候，有幸看了梅大爷的演出，那才叫一个好，如今演戏的人都不行咯。"

沈西林点了点头："那是，仗都打成这样了，谁有心思好好演戏。"

黄少峰突然想到什么，看了看沈西林，说道："沈先生认识一个叫方君年的人吗，那是个人才，当年也爱听京戏，可惜没有走正路，是个亲共分子。"

沈西林没有说话，静静听着黄少峰继续说下去。

黄少峰继续说道："我还听说，他的老婆就是你沈先生现在的女朋友。当年的王亚民，现在的方君年，沈先生，你好像跟共产党的人特别有缘啊！"

他果然在调查我。沈西林的内心忐忑着，黑暗中，用手触摸了一下口袋里的微型手枪。

舞台上的戏依旧在演。

黄少峰叹了口气："沈先生，这戏演到这份上了，已经没有什么好看的了，要不，咱俩出去走走。"

黄少峰没等沈西林回答，已经起身往外走去。

沈西林开着车，载了黄少峰离开了剧院，在天津的街道上行驶着，并不快。

沈西林的大脑在快速地运转，该如何应对眼前这个人，他到底了解自己多少？沈西林一时有些乱了主张。

"好了，就停在这儿吧。"黄少峰突然说话，打破沉寂，"沈先生，你和共产

第十二章 暗战

党的关系可谓是再亲密不过了,我知道方君年当年在武汉被抓过,也是你,沈先生给捞出来的。"

沈西林一惊,正欲掏枪。

黄少峰缓缓吐出一句诗来:"山重水复疑无路,你是不是一直在等这句话?"

沈西林呆住了,缓缓接道:"轻舟已过万重山。"

黄少峰点了点头,笑着说:"同志,我是杜鹃,老家派来的,在南京已经潜伏多年了。"

原来沈西林是我党潜伏在天津多年的情报人员,曾经一度与党组织失去联系,如今,党组织再度和自己联系上了,沈西林欣喜不已。

黄少峰问:"潜伏多年,为什么没有发出信号,让组织上联系你?"

沈西林叹息道:"如果组织上注意到自己,别人也会注意到,没有一个地方是绝对安全的,天津太复杂了。我也期望组织上能联系上自己,你知道,那种孤独感、无助感甚至能把我折磨到疯狂,就好比在四面透明玻璃的房间里,看得到所有的一切却无法和外界取得任何联系。直到找到莫燕萍,我终于可以通过莫燕萍将所得到的情报送出来。"

黄少峰叹息,他分明看到沈西林眼里闪烁着泪光,那种孤独,他理解。

沈西林继续安静地说着:"我也想过,如果有一天,我死去,没有人知道我的真实身份,也许还会背着一个汉奸的罪名。但只要能打赢日本人,做什么都是值得的。"

听了这话,黄少峰不禁感慨万分,安静沉思了几分钟,说道:"你继续潜伏下去,保持现在的状态,不要和任何人联系,由我来将情报送出去。"

两个男人的手紧紧握在了一起。

"好的,现在我们该去喜乐门好好跳一个晚上……"黄少峰脸上露出欣慰的笑容。

那一夜,他们在喜乐门狂欢。

因为喜乐门的谈心,武田弘一对黄少峰产生怀疑。

要是搁在别人身上可能就过去了,但武田是一个心思缜密的人,他觉得黄少峰这个人很有意思,宁可小心求证也不可大意放过一个细节。武田发现,当黄少峰说到野坂川三和留学生运动的时候,眼神总是会瞄向别处。

一个人如果想掩饰什么,通常不敢与对方直视。

他让加藤去日本调中国留学生的卷宗,他要查出黄少峰的底细。如果没有什么也就罢了,但查一下总比不查要让人踏实。

数日后,武田弘一得到了从东京方面所提供的资料。

黄少峰果然可疑。

黄少峰在日本留学时叫黄子安，参加过共产主义的活动。

十八年前，巴黎和会三周年，中国留学生曾向各国驻日使馆发起了请愿活动，当时遭到了日本军警的拦截，导致29人受伤，36名激进学生被捕。因为野坂先生的解救，这些学生才得以归国，这里面就有黄子安，也就是现在的黄少峰。

为什么改名，他在隐瞒什么，闪烁其词又参加过共产主义活动，这里面也许会有文章。这一切不得不怀疑，武田想到了一个狠毒的计谋试探黄少峰，同时也试探沈西林。

武田摇通了加藤的电话。

现在，他要让沈西林亲自带人去抓黄少峰，如果他们有问题，就一定会逃离，这是一个一箭双雕的好机会。如果没有问题，那么沈西林可以重用，那个黄少峰的底细慢慢再查，没有关系。

武田弘一随即带着加藤等人来到了青木公馆，将一切告诉了沈西林，让沈西林即刻抓捕黄少峰。

他给了沈西林两小时的时间，让沈西林通知张金辉等人实施抓捕计划。

武田没有看住他，而是回到自己的茂川别墅等候消息。

沈西林呆住了，他没有想到，刚刚与组织联系上了，现在就出了这样的问题。他明白，武田弘一又给他下了套。武田对他并不完全信任，这两个小时的时间是故意留给他的，就是想看看会发生什么。

如果黄少峰逃了，那么他的身份必然被揭穿，可如果抓住黄少峰，自己的同志就会落在日本人手里。

沈西林犹如陷入了一个巨大的危局。

沈西林打通了张金辉电话，并没有说得太清楚，只说是机密行动，立即集合人马……

打完电话，沈西林缓缓走出了办公室。他要想办法尽快通知黄少峰，先让他离开，其他的事情，他总会有办法，哪怕牺牲自己，也要保全其他同志的安全。

"沈主任。"宋世宏喊了一声。沈西林抬头，正走到宋世宏办公室门口。

宋世宏笑道："哟，沈主任在想什么呢，这么专心？"

沈西林看了看宋世宏，突然想到了什么，笑道："这不，不凑巧，我正有点事儿要出去，专门请师傅给你嫂子做了一盒糕点，没时间送去，待会儿漏了油就不好吃了。"

宋世宏道："嗨，我还当什么大事儿呢，主任，这事儿包我身上，我立马给您送过去。"

沈西林放宽心般："哟，那真得感谢您，糕点在我柜子里的第三格。"

宋世宏笑道："我这就去。"

"拜托了。"沈西林笑着拍了拍宋世宏肩膀。宋世宏则朝一边楼梯口走去。

趁这个机会，沈西林走进了宋世宏的房间，戴上手套，打通电话，让前台通知黄少峰，只说当晚的活动取消了……

挂了电话，沈西林舒了一口气。

张金辉在路上才得知抓的是黄少峰，兴奋万分，一个劲儿说自己当初就发现这个黄少峰有问题。

众人赶到黄少峰居住的万国饭店，却发现早已人去楼空。

沈西林正在为自己的计划成功而松了口气时，一个熟悉的身影赶到了，是武田弘一。

武田弘一道："我想你们又扑了个空。"

沈西林大为疑惑，怎么回事？难道自己的计划已经暴露了吗？

武田弘一对沈西林说道："我已经查到了黄少峰的去向，他正在陇川先生的别墅里。沈先生，还得需要你出面，那个陇川是日本人，我出面不是太合适。但我会在别墅外等待着你的好消息。"

沈西林看着武田弘一，点了点头："好，我们马上过去。"

在陇川先生别墅外，武田停住车，让沈西林、张金辉、王建中等人进去抓捕，自己在别墅外等候。

沈西林无奈，只得硬着头皮和众人走进了别墅。

别墅门推开。

正在和陇川夫妇聊天的黄少峰，突然起身，用枪抵住陇川先生的额头，继而上前控制住了陇川。

陇川先生没有防备，几乎在第一时间就被控制得服服帖帖。

张金辉、王建中等人呆住了，他们没有想到黄少峰的反应会这么快，一时间失去主张。

黄少峰喊道："除沈西林以外，都给我出去。"

张金辉等人犹豫片刻，黄少峰一枪打在了地板上，张金辉等人吓了一跳。

沈西林对张金辉等人挥了挥手说："都出去吧。"

众人离开了，门再度被关上，屋内只剩下了陇川夫妇、沈西林与黄少峰。

屋外，王建中等人撤了出来。

武田弘一问明情况后，怡然自得地坐回到车内，开着门，闭上眼睛，嘴角露出笑容来。

"要不要冲进去？"加藤问。

武田没有睁开眼睛，只是淡淡说道："不急，他们跑不掉，不如就在这里等着看这场戏。"

屋内，沈西林万分焦虑地看着黄少峰。黄少峰用枪对着沈西林，厉色道："不要过来。"

沈西林站住了，没有朝他的方向走去。

"陇川先生听不懂中文，我需要你配合我演一场戏。"黄少峰冷静地说。

"你为什么不走？我都通知了你，你为什么不走？"沈西林焦虑地看着黄少峰。

"我之所以不走，是因为如果离开，会给你带来太多的麻烦，而且这些麻烦是根本没有办法解决的，你留下比我有价值。"黄少峰说道。

两人的谈话甚是激烈，在陇川先生看来，似乎在争执。

"你是南京派来的特别调查员，南京方面不会让你落在日本人手里，我会送你回南京，再想办法救你。"沈西林焦躁地说。

黄少峰摇头说："你的方案我都想过，没有用，日本人是不会让我离开天津的。我来天津跟你接触的次数太多了，而你也一定是日本人审查的对象，让你来抓我就说明了日本人对你的怀疑。"

沈西林不说话了。

"现在我们要演一场戏，我会向你的胳膊开一枪。你中枪后，我会开第二枪，但第二枪是哑弹。你趁这个机会，冲过来夺枪，然后用我的枪打死我。"黄少峰快速地说，几次沈西林想打断他，说不行，但黄少峰执拗地说下去，"只有这样做，这样做就是你救了陇川先生，还除掉我这个共产党。不会再有人怀疑你，你可以继续潜伏下去。"

沈西林惊呆了，想继续辩解："不，我还有别的办法……"

但话音未完。黄少峰一枪打在沈西林胳膊上了，沈西林中弹身子一歪，胳膊鲜血直流。黄少峰走近沈西林，对着沈西林的胸膛再开第二枪，如黄少峰所说，第二枪是哑弹，没有响。

沈西林只能冲过去握住了黄少峰拿枪的手。黄少峰举起枪，牵制着沈西林的手，朝自己的胸口移去。

黄少峰押着沈西林的手指扣动扳机，对着自己的心脏开了一枪。"砰"的一声枪响，

第十二章 暗战

黄少峰身子一瘫,在沈西林的怀抱中滑了下去。

黄少峰临死前笑了:"这出戏演得真棒,你一定会完成我们的任务。"

陇川先生吓傻了。

在陇川看来,是沈西林救了自己,沈西林是为了保护自己而受了伤,陇川的目击成了沈西林最好的证明。

沈西林似乎被经过吓傻了,半晌没有说出话来。然而武田弘一用信任的目光看着沈西林,也许,自己真的想错了。

当晚的停尸房内,沈西林偷偷摸摸一个人看着黄少峰的尸体,默默地落下了泪。

因为解救陇川先生,抓捕黄少峰,沈西林深得武田的信任。

武田表示,自己将给南京方面打报告,推荐沈西林为青木公馆的主任。

"只是,黄少峰抓捕之前为什么会逃开?显然是有人走漏的风声。"武田将自己的疑虑告诉了沈西林。

沈西林点了点头:"我也是这么想,只有可能是我们青木公馆走漏的风声。"

武田点了点头:"我需要你尽快调查出来。"

次日,沈西林通过查询电话,找到了当日有人曾在事发前给黄少峰打了一个电话,这个电话正是从宋世宏的办公室打的。

武田看了看记录问道:"这个宋世宏和黄少峰有过来往吗?"

沈西林点了点头,"他们来往密切。"

武田下达命令,抓捕宋世宏。

宋世宏因此而被武田当着共产党直接带进了宪兵队。

子生的转变,让老谭苦恼起来,就像是父母遇到了处在叛逆期的孩子,不知道该怎么管教一样。

终于在一天,子生叼着烟用一根削得很丑陋的竹签随意地插着西瓜的时候,老谭愤怒了:"不想练可以不练!看看你现在是什么样子!"

随着他那沙哑的嗓音吼叫,老谭的手掌轻巧而迅速地挥出,掌中暗扣着的竹签随之翻转出来,在一瞬间悄无声息地划破了子生的手腕,随即竹签又翻转回掌心藏在袖子里。

"这是日本忍术里面流传了几百年的技法,没有敬畏之心你是不可能练成的。"老谭的眉头紧皱,看着吊儿郎当的子生。

子生吓了一跳。老谭的动作太快了,他根本没看清老谭做了什么,只觉得手腕像被蚊子叮了一下，微微的一疼，再一低头看到自己手腕已经划出一道浅浅的口子，鲜血流了出来……

看到了血，子生又哆嗦起来，紧接着是一阵眩晕。

"连血都怕，你还能做什么！"老谭的话语里吐露出恨铁不成钢的意思。

刚说出口，老谭就后悔了，不但后悔自己骂了子生也后悔自己伤了他，虽然那伤只不过是擦破点皮肉。但那感觉好似一个父亲打了孩子又莫名心疼一般。

不过听了老谭的话，子生逆反的心理迸发出来，他强忍着自己的眩晕，瞪着眼睛看着老谭说："用敬畏的心学习杀人的技术？这算什么？你们除了杀人，难道就不会救人吗？"

老谭没有说话，冷冷地看着面前这个孩子。

"不是吗？还有我父亲！你们为了除掉一个汉奸可以花那么多功夫，可是对自己人呢，你们做过什么？"子生也开始了吼叫。

老谭沉默了，他无法回答，邵老栓是死在他的手上的。

过了半天，老谭开口了，他的嗓音更加嘶哑："这是战争，死人是必然的。我们不只是情报员也是战士，死是我们随时要面对的，你也一样……"

"我知道你会这样说，而且早晚有一天我也会跟我父亲、跟邵老栓一样对吗？"子生愤怒地打断了老谭的话，"可为什么是我！是我父亲！是我身边的人！为什么一定要我们接受这些，凭什么！"

屋里一阵沉默，老谭看着子生，他就像个无助的孩子。老谭不知道该怎么安慰他，哪一个身处敌后有着特殊身份的人不是这样的命运呢……

"今天就到这儿吧，我知道你承受不了，可我也不希望你是个只知道抽烟喝酒，没有信念的小混混。"老谭的话说得黯然，那一刻他也觉得无助了。

那一夜的月光很亮。

子生骑着自行车在月光里缓缓向前，月光在小巷里将他的身影拉得细长，迤逦远方。

一辆黄包车跑到子生旁边。

车夫突然开口，声音含糊地说了一句："别说话，跟着我走。"

那声音很熟悉。子生一个激灵，侧脸看去，那个人的身影高大，看不清楚他的脸，但从那个身影他已经认出来这是周先生，一个神出鬼没、随时随地都可能在不经意间现身的人。

此刻，他是个黄包车车夫。

子生默默地骑着车远远地跟在黄包车后面，骑行的速度加快了，在租界的大街小巷里穿行。

子生也不知道跟着周先生走了多久,直到他隐隐闻到了一股河水的腥味儿,抬头看去,才发现已经到了护城河边。

这是一条靠近护城河边的街道,已经很偏僻了,少有人行。

周先生将车靠在一边,打开了一家店铺的房门……

门开了,子生发现这是一家绸缎庄,周先生领着子生上了阁楼。

没有开灯,打开阁楼的窗户,子生看到窗外临着护城河,河水映照着漫天星斗,穹苍,水天一色如墨,四处蛙声聒噪一片,远处城市的楼宇都变成了黑色的巨大的墓碑,静默耸立在黑的夜里。

这里是几个租界的交界地带,四周的街巷里遍布烟馆、赌场、茶馆、酒肆和妓院,嘈杂的人声隐隐传来,经风一吹又变得似乎不那么真切,这是一个似是而非的世界。

"你这几天一直在学着抽烟、喝酒,混混着过日子?"周先生问,黑暗中,一双鹰一样的眼睛看着子生。

"你怎么知道?"子生问。话一出口,子生就觉得自己问得有些傻,有什么是周先生不知道的呢?

几个男女在几条街对面的阁楼里喝酒作乐。离得远,他们说的话听不清,但可以感觉到他们的醉生梦死。

周先生指了指那个方向,说道:"你想像他们一样,在日本人的统治下活一天是一天吗?"

"那又怎么样?起码不会像邵老栓那样被丢在护城河里。"子生反驳。

周先生看了看子生,将一封信递了过去。

又是一封没有地址的信,只是信封略显陈旧……

子生摇了摇头,没有去接:"我不想再送这样的信了。"

"这是你父亲留下来给你的,本来不想给你,因为你看完了就要把它烧掉。我是想帮你保存着,直到有一天把日本人赶走之后再给你,那个时候你可以永久保存着它。"周先生顿了顿,继而说道,"不过,我觉得现在该是你和你父亲对话的时候了。"

阁楼的窗户无声地阖上,灯被周先生点亮了。

子生手里握着那封信,呼吸急促起来。他有些不敢去看那封信里的内容,因为他知道自己现在的状态并不是父亲所要看到的。如同父亲在世时,每一次犯了错误的他都不敢走进家门一样。

可子生又是很想打开它！那是父亲留给自己的话，父亲会说什么？他会希望我做什么……

两种思想在子生的脑海里争执着……

门吱呀响起，再吱呀一声，是打开又关上了。周先生走了，阁楼里只剩下子生一个人。终于子生打开了那封信，目光接触到父亲的亲笔字迹，他的眼眶一热，鼻子有些发酸，险些落了泪。

这是韩培均早就准备好的留给儿子的遗书。带着一份怯意和愧疚，子生的耳边响起了父亲那慈爱的声音：

子生：

当你看到这封信的时候，我应该已经不在这世界上了，从此我们再也无法见面。我很不希望这一天的到来，我舍不得你，虽然你不是我亲生的，但你是我唯一的孩子，我多想能亲眼看到你长大成年，甚至想看到你拥有自己的家庭，自己的孩子，可我很难做到了，因为爸爸选择了一条充满危险的路。

你可能听别人说过，为了中国、为了民族，总要有人流血，总要有人牺牲，你也一定会疑问为什么是我，你的父亲？对，没人生下来就是个战士，只想着怎么样去流血，怎么样去死亡。生命都是宝贵的，都是需要珍惜的。可这个世界上总有那么一种理想、一种信仰会比生命还要珍贵，对我来说就是做一个共产主义的革命者。因为这样的理想和信念也许能让中国人争取到一个理想的光明的未来！不只是为了自己的生命、为了自己的家庭，而是能让所有的父母都不受屈辱、平平安安地抚养自己的孩子，并且让每一个孩子都能活在一个公平正义的世界里……子生，我的孩子，爸爸唯一亏欠的就是你和你的母亲，可是爸爸希望你勇敢地活着，坚强地活下去，如果邪恶力量摧残着你、折磨着你，不要悲伤不要恐惧，相信吧，光明的一天终将会来临，爸爸为之奋斗的一切一定会实现……我会永远注视着你，我爱你，我的孩子。

戊寅年甲子月书于宅韩培均

父亲的话一句句锤击着子生的心脏，眼眶再也无法阻止泪水的奔涌，决堤而下。子生怕将那张纸弄湿了，赶忙仰起头，试图将泪水吞回去，然而那些泪早已胡乱地爬过他的面颊……

不知道什么时候，周先生再一次回到了屋内，丢到桌上一盒火柴。

"烧了它吧，我想上面的字已经印在你的脑子里了。"

虽然万分不舍，但子生还是点燃了火柴将父亲的遗书烧了……

第十二章 暗战

那几张纸瞬间着了，火光贪婪地吞噬着信纸，渐渐扭曲着化为灰烬。子生一动不动地看着它渐渐燃尽，直到火光最终熄灭而去。

周先生拍了拍子生的肩膀，说："这是你父亲的选择，现在看你了。"

子生骑着车再次走在静寂的街道中，不知道是风往眼里吹进了沙子，还是别的什么，子生的眼泪一直在流淌，父亲的声音也从未在耳边停止……

"子生，我的孩子，爸爸唯一亏欠的就是你和你的母亲，可是爸爸希望你勇敢地活着，坚强地活下去，如果邪恶力量摧残着你、折磨着你，不要悲伤不要恐惧，相信吧，光明的一天终将会来临，爸爸为之奋斗的一切一定会实现……我会永远注视着你，我爱你，我的孩子。"

第二天，子生的身影出现在了西泉浴池门口。

浴室门前招呼生意的伙计见子生来了，赶忙迎过去："哟，又来找203号客人？他已经走了。"

子生摇了摇头说："不找了，你告诉203号客人，我会定期去他那里修电话的。"

伙计似乎明白了，看了看子生，点点头，只是几秒钟，转而又笑嘻嘻地扭头招呼其他的客人去了。

那几秒钟如果是别人看来，是再平常不过的，或者根本没有觉察到有什么特别的。

然而子生知道，自己的选择对方已经明白了。

也许他们都在等着我回到自己的位置上去，子生想。

第十三章　命悬

　　子生正式接替邵老栓成了天津卫地下党与共产国际远东情报部门的联络员，子生变得更忙了，白天干不完，常常到了夜里还要出去，就像他父亲当年。他明白了约翰神父也是共产党员，而且是共产国际驻天津的代表。

　　子生也不再只是简简单单的情报传递者，他更多的肩负起周先生的责任把那些用密码暗语写的信过滤一遍，将情报信息用另一组密码暗语写成新的密信发出去。这样使得情报层层加密就算其中一个环节出了差错也不会导致整个地下联络线路的暴露，或多或少会为自己的同志争取了时间。

　　在其他维修员的眼里，子生再度发生了变化，现在的子生变得合群了、随俗了，和他们喝酒时，也开始讲粗话，开始谈论起女人了。

　　子生竟然愿意去逛泰隆胡同，去那家和老谭经常去的妓院。那家妓院的娘儿们奶子很大，晃荡着出来，笑嘻嘻地揽着子生就进去了……

　　只有子生知道，自己其实是接受老谭的安排，去妓院送情报。

　　这些，老谭都看在眼里，他在子生的眼睛深处还看到了一种从没有过的坚定。

　　老谭知道，子生真的变了，不仅仅是他的外表，还有他内心，他的脸上充满了希望，那种活力是掩饰不了了，如同一个奄奄一息的火苗被人添上了一堆干柴，老谭似乎听到了火堆里噼里啪啦的燃烧声。

　　可为什么会有这样的变化的呢？这成了让老谭困扰的问题。

　　这是一个微雨的黄昏，宋世宏被日本宪兵押了出来，一辆军车将他运到了处决处。宋世宏跟着车身摇晃，他脸上有伤，而且还不轻，充分证明了他这几天没少受苦。

　　终于车停了，宋世宏被押下车来，这时候，宋世宏才发现了军车后面还跟着一辆轿车。轿车也停下了，里面走出了两个人，一个是王建中，另外一个他认识，是日伪特务卢志坤。

　　日本宪兵用日语问他俩："这个人是宋世宏吗？"

第十三章 命悬

王建中点了点头。

宋世宏终于明白，自己大限之日到了，大喊道："建中，建中，你帮我求求沈先生，我真的什么都不知道！志坤，志坤，你应该知道我是什么人啊……"

突然，灵光一现，宋世宏似乎想到什么。

宋世宏近乎疯狂地喊道："我有情况，我有线索，我要见武田大佐，那天是沈主任让我送糕点，那电话是沈主任打的，沈主任才是共产党，才是共产党啊……"

然而一切已经晚了，日本宪兵听不懂宋世宏在说什么。

卢志坤凑到王建中身旁低声说道："这个宋世宏说的是不是真有问题啊，我们要不要去汇报一下？"

王建中冷冷一笑："你想找麻烦？沈主任现在已经不是代主任了，而是天津办事处的真正的主任。"

随后一声枪响，终结了宋世宏的叫喊……

王建中叹了口气："走吧，收尸去……"

几天后，沈西林正式被任命为天津办事处的主任。

沈西林开始每天带着莫燕萍逛街，买东西，进赌场，娱乐休闲。莫燕萍问其为何这么闲了，沈西林表示，自己是老大，自己说了算……

在酒吧内，沈西林与酒吧老板法国商人艾洛德比赛扔飞镖，输的喝酒，沈西林准头相当了得，艾洛德连呼吃不消。沈西林则玩得不亦乐乎。

直到晚上，沈西林已经薄醉。

惺忪的眼看着莫燕萍，她更美了，像梦一样美丽，可是他看得出，她一直不快乐。他知道她为什么不快乐，然而他给不了。他喃喃地握住莫燕萍的手："燕萍，你知道吗？第一次看到你的时候，我就深深地爱上你了。"

莫燕萍将手抽了出来，半信半疑地看着他："真的？你还有心吗？我看是没心，没心的人怎么能爱上别人。"

沈西林叹息："终有一天，我会证明给你看的。"

一边有日本人暗中监视着沈西林，那是加藤安排的，跟踪多日，却没有发现任何异常，沈西林不是在赌场就是在酒场。

加藤将情况汇报给武田。武田笑了："中国人的通病，升官了就挥霍。"

"他太辜负了武田您的期望了。"加藤觉得有些遗憾。

武田微笑地摇了摇头："只有这样没有信仰的人，才能更好地利用。"

武田让加藤取消对沈西林的监视。

这一天，在子生和老谭下棋的时候，老谭试探地问子生："这几天发生了什么？"

子生笑了笑说："什么也没有发生。"他抬头看了看老谭问："怎么，我和平时不一样吗？"

老谭没有说话，走了一步棋。

子生突然想到什么，凑到老谭面前问："你是党员吗？"

老谭一愣，半晌没有回应他的话。

子生又说："是不是不该问？那我不问了。"

那盘棋子生应对得轻松自如，而老谭却显得心有旁骛，漫不经心。

走了几个回合，子生又凑了过来，神秘地低声地对老谭说道："我想像我父亲那样。"

老谭将一个卒子上前走了一步，说道："你现在不是跟他一样吗？"

子生摇了摇头说："不，我要真正地成为我父亲，还有你和周先生那样的人。"

老谭明白子生指的是什么了，子生想入党。

这就是子生的改变，可能他自己都没有很清晰地意识到，从那一刻开始，他拥有了一个他自己觉得神圣无比的信仰。信仰并不是维持人生存下去的不可或缺的条件，就像猪马牛羊一样，只要有吃有喝的，能呼吸能排泄，不管是人还是动物都可以活着，当然这样活着是不是跟畜生一样又是另外一个问题……

1941年，大半个中国已经被日本人和他们扶植的伪政权统治了四年，在大多数沦陷区成为奴隶的中国人渐渐绝望的时候，子生却表现出对革命思想的浓厚兴趣，在和地下工作的同志们传递情报的同时，他总能带回来些红色革命的宣传材料，有时候是一个质地粗劣的油印的宣传单，有时候是个秘密的革命小报，上面写着根据地还有革命圣地延安的消息……

也就是在这最黑暗的一年里，子生因为信仰而获得了新生。那是种无形的力量，让人强大，让人无所畏惧，让人充满了希望……

老谭对此似乎并不觉得高兴，相反他变得有些紧张起来，他让子生把这些东西烧掉，因为这很容易让他暴露。

虽然是恋恋不舍，仿佛割舍了内心中一个期望和美好，但是子生终究还是听了老谭的话，把那些危险的东西都烧掉了，但是那些简单的革命文字却印在了他的心里，成为了他信仰的源泉。

因为冬日的寒冷，老谭与子生的对弈也变得比以前更多了，对于老谭而言，他

第十三章 命悬

们的对弈变得越来越单纯，不像以前那样对弈只是一个幌子，目的只是传授给子生更多的技巧和能力。

在暖融融的暖气房内，老谭走子依旧小心翼翼，而子生却显得有些心不在焉，他的问题越来越多，不只是情报工作的技巧，更多的是问革命思想。老谭一开始不愿多说，可慢慢地他似乎被子生感染，开始告诉子生共产主义思想的来源，什么是剥削，什么是阶级，什么是红色革命，给他讲马克思、恩格斯，讲列宁还有毛泽东⋯⋯

每每听到这些，子生便像个得到了滋养的小鹿一样变得欢快，涨红着脸，手攥在一起，仿佛全身都是力量，隐忍在了心底，随时都要迸发出来。

这一点兰英也感觉到了，这个大男孩仿佛在这个冬天里，在万物蛰伏时，突然苏醒过来，浑身上下洋溢起一种朝气，让人感觉如同冬日里煦暖的阳光，这是一种热情，这种热情让兰英也感觉非常快乐。

子生不再像以前那么沉闷、懒散，时不时地会跟兰英一起动手收拾破旧的房间，还上房修补年久失修的屋顶⋯⋯子生脸上露出了笑容，那种笑容非常放肆又非常温暖，他像个心里拥有了希望和活力的男人一样开始经营这个家。兰英看着看着，心里涌出了欢喜，不由自主地落了泪。

子生又有了写字的兴致，倒不是为了像小时候那样练习书法，他是让兰英看自己烧掉的那些传单和根据地传来的报纸的内容。

子生会用最擅长的小篆把那些信息一字不漏地写在旧报纸上，并小声地读给兰英听，也会让兰英跟他分享从老谭那儿知道的革命道理⋯⋯

每次写完，子生会将这些纸都烧掉，炉火在纸张放进去的时候突然放大了，将他的瞳孔照得异常明亮。

一天下班后，子生故意从电话局走得很晚，他是等着巡捕房的人走得差不多了，才来找老谭。

进了巡捕房的值班室，子生表情很神秘，但又很兴奋。老谭抬眼看了一眼子生问道："怎么，你捡了宝了？"

子生笑着说："你怎么也这么俗起来了。"一面说着一面从口袋里掏出一个被卷住的小册子。"你看我找到什么？"子生很是兴奋。那小册子打开，老谭吃了一惊，子生居然带回了一本破旧的《共产党宣言》。"这是托约翰神父找的。"子生解释道。

"你怎么把这个带回来了，赶紧烧了它。"老谭脸色突地变了。

但这一次子生并没有完全听他的。

"我会藏好的，它会给我力量，只这一次，好吗？"虽然是在征求他的意见，但子生的语气意见很坚定了。

看着子生，老谭虽然担忧，但也不再坚持了。

时间就这样一天天地过去，子生内心共产主义的信仰越来越强大，而老谭却越来越担心甚至有些恐惧，他心底的那根弦一直绷得很紧，伪装的共产党地下情报人员的身份，也许迟早有被子生揭穿的一天。

或许……

他有些不敢往下想，但那是个不可回避的事实，也许有一天，子生会知道父亲韩培均和邵老栓死亡的真相。

他看了看子生兴奋青春的脸，惆怅不已，一声叹息拖得绵长。

如果真的有那么一天，会怎么样？自己该怎么办？老谭无数次地问自己，答案只有一个，那就是死！不能再让这个孩子活着！

想到这儿，老谭只觉得内心一阵悸动，仿佛被人重重地敲了一下，他不再像以前执行所有暗杀行动时那么坚定了，虽然杀掉子生很容易，都不用自己动手，兰英就是他安排来的执行这种行动的清道夫。

老谭暗暗心惊于自己的这种感受，竟然有些于心不忍，他有些不敢置信，将目光重新投向子生那双清澈单纯的眼睛。

老谭的目光黯淡下去，如果不是自己，子生不会家破人亡，不会成为孤儿，也许会有不同的生活轨迹，就像子生妈所期望的那样成为天津卫某个洋行里的小开平淡地过完一生……

为什么这么担心子生的生死和未来呢？这个问题持久地困扰着老谭成为他挥之不去的阴影。

也许自己把子生看成了自己的孩子，这对于一个优秀的谍战人员，是多么失败的一件事情啊！老谭不由得苦笑，对，他是把子生看成了自己的儿子，他渴望自己能有这样的一个儿子，聪慧、善良、坚韧而且执着，这是每一个父亲对自己儿子的向往和期望……

可子生为什么会有这样的信仰呢？老谭经受着痛苦的煎熬。

同时承受着煎熬的还有莫燕萍，她无法确定面前这个风流倜傥的男人对自己到底有没有感情，自己在他眼里究竟是什么？

莫燕萍依旧会和沈西林一起去喜乐门舞厅跳舞。莫燕萍做她风姿卓约的舞女，陪着客人跳舞，那些客人知道她是什么身份对她很是客气，倒是莫燕萍为人谦和，大家一团和气。

这一晚，莫燕萍刚刚和一个客人跳完舞，准备去休息，突然被一个满脸酒气的日本军官拦住。日本军官要莫燕萍陪自己跳舞，莫燕萍冷冷地拒绝了，朝一边吧台走去。那日本军官顿时觉得太丢面子，跟了过去，一把拉过莫燕萍，强行与其跳舞……

第十三章 命悬

莫燕萍吃痛，差点叫出声来，甩着手，希望甩开这个军官的控制。但哪里能甩开……

"放开她。"一个严厉且铿锵有力的声音传来。莫燕萍抬头一看，是沈西林。

沈西林上前推开那日本军官，想带莫燕萍离开。日本军官伸手就去按沈西林的胳膊，沈西林顺势一把握住了那日本军官的手肘，只是一个简单的过肩摔，便将那日本军官摔在了地上。

那日本军官气急，起身骂道："支那猪，你等着。"

莫燕萍等人当然知道那人是去搬救兵，纷纷劝沈西林离开。沈西林优雅地一笑，对一边的乐池喊道："奏乐，今晚我还想跳舞呢，怎么能就这么歇了。"

音乐声再度响起。

沈西林环抱住莫燕萍，随着音乐跳起舞来。莫燕萍有些心不在焉，不时踩到沈西林的脚，倒是沈西林一贯优雅，舞姿翩翩。

突然，一阵纷沓的脚步声，先前的日本军官带着一队日本兵来，将沈西林和莫燕萍围住。

音乐在日本军官喝止声中停了。

那日本军官上前拉住莫燕萍，就在这个时候，沈西林举枪对准了那个日本军官。日本军官冷笑，只下达一个命令，众日本兵将枪口对准了沈西林。一边王建中一惊，拔出枪来对准日本军官吼道："把枪放下，如果你敢开枪，我就敢让你脑袋开花。"

双方剑拔弩张。

就在千钧一发之际，一双军靴踩着地板走了进来。发出"哐哐"的声响。众人看到来人，均将枪支放了下来。是武田弘一。武田弘一上前给了日本军官几巴掌，那日本军官还想说话。武田弘一骂道："我已经知道整个过程了，不需要解释，我也不想听任何解释，今天你对沈先生和莫小姐太失礼了，我需要你向他们道歉。"

那军官终于道歉了，然而这一切没完，武田弘一随后将其发往外蒙。

事情已然了解。

沈西林倒是真没想到王建中会做出那样的举动。

王建中憨憨一笑说："如果他真敢怎样，我会开枪的，我是你的下属，我是中国人，保护你，无可厚非。"

而莫燕萍也真正看到了沈西林对自己的关心，她发觉自己真的爱上了沈西林。

这边，加藤对武田处罚两名军官如此之重，不能理解。武田淡淡解释道："如果要中国人为我所用，那必须收买人心。"

加藤恍然大悟，点了点头。

车子驶出空旷的夜晚街道，月光清冷地朗照下来，这是一个静谧的夜。

第十四章　往事

在不当值的一天，老谭脱下了警服去了趟墓地，最近内心的惶惑让他实在忍不住要去祭拜一个人。

走在墓地的路上，周围只是风吹过树梢的沙沙声响，间和几声鸟鸣，老谭本想借着这片安宁让自己的心也努力地静下来，可随着自己的脚步，他发现自己的努力是徒劳的，他的心里的惶惑和困扰没有一丝一毫消退，直到他走到了一块墓碑前拿出供品摆下香烛……

他并不是第一次前来祭拜。是赎罪，还是缅怀，或者是为了叙旧，连他自己都说不清楚，有一种无名的牵引，让他在犹豫不决的时候，或者需要冷静的时候来到这里。

老谭点上了一支烟，抽了一口，一阵抑制不住的咳嗽划破沉静。他把香烟放在墓碑的底座上，用抑郁的眼神看着那墓碑轻声地说："老同学，我来看你了。"

那墓碑的铭文刻着逝者的名字——韩培均。

韩培均曾经是他以前的同学，他的兄弟……

"我从没想过你会死在我的手上，我以为……"老谭的话住了，哽咽的腔调和沙哑的声音化为了无声。

思绪飘远，那是二十年前，他们都是那样年轻……

那是老谭或者是那个曾经叫范江海的人的故事……

1921年，在从天津开往日本东京的邮轮上，年轻的老谭认识了同为国民政府公派留学出国的韩培均。那时候的老谭叫范江海，他的身材也远远没有现在这样臃肿，脸庞也没有现在这样歪斜而扭曲，而是一个长相英俊的青年。那时的韩培均也不叫这个名字，而叫韩树森……

范江海来自山东，而韩培森是辽宁沈阳人，两人的籍贯不同、口音也不一样，但在日本的目的地却是相同的，那就是位于日本东京都的东京大学。

入学后，范江海学的是无线电技术，而韩树森学的是建筑。两人的成绩都很优异，

第十四章 往事

和其他公派的留学生不同的是，他们并不任意挥霍国民政府发放的留学补助，而是一起在饭馆刷盘子，一起在码头车站当搬运工，勤工俭学剩下来的钱两人都不约而同地去买书，买各种各样的书籍……剩下的时间还是泡在东京大学的图书馆里在书海中畅游。

有一天晚上，范江海和韩树森一起偷偷溜进了图书馆找书，一个图书管理员实习生拦下了他们，原本以为这个人会罚他们，然而那人却没有这么做，反而给他们开了小灶，不但允许了晚上在图书馆看书，而且还答应他们每次可以借五本书，这让他们俩雀跃不已。这个清瘦的学生就是武田弘一。

一次码头打工，韩、范两人遇到地痞流氓。那些地痞流氓以韩、范没有缴纳相应的保护费，故意找碴儿。韩树森忍无可忍，拼上前去，和那群流氓地痞打了起来，范江海也参与了打斗。打斗过程中，韩培均滚落在了泥水里。那正是数九寒天，滴水成冰。韩树森又冷又累，病倒了。

为了给他治病，范江海卖掉了自己的怀表。那只怀表，是范父留给他的唯一念想，百般不舍，但为了韩树森，范江海还是做出了卖掉的决定。

事后，韩树森从武田那里获悉了范江海卖表帮自己治病的事情，甚是感激，并称自己欠了范江海一条命。

范江海笑了，说："甭跟我婆婆妈妈跟个女人似的，你欠的这条命，我记着就是了。"

两人的友谊也因此更深了一层，而武田弘一与这两个中国同学甚是投缘，几个人经常一起看书、讨论问题。

武田弘一家境不错，经常给他们带来好吃的，为他们增加营养，然而国际局势一天天转变，彼此的信仰也相去甚远。

似乎那是个樱花烂漫的时节，范江海、韩树森在归国之前最后一次和武田弘一相约在上野公园共赏樱花。

木亭竹榻之上，三人共饮清酒，闲聊着在日本的岁月，窗外的樱花随着风稀稀落落地飘然而下，仿若一场粉红的雨，下出了漫天的浪漫，异样美丽，虽然三人心中都知道这样的美丽很快就会过去，就像这樱花一样，纵然美丽，也不过瞬间凋零。

突然一个问题不知道被谁抛到了三人面前，对于今后，自己最大的希望是什么？

这个问题看似简单却让范江海记忆深刻，因为面对这个问题，三人保持了良久的沉默。

"怎么，我的两个中国朋友不会对未来没有看法吧？"武田弘一率先打破了有些冰冷的气氛，语气故作轻松，却透着些许的沉重。

韩树森端起酒杯一饮而尽，说道："我的希望也许很难，但是我觉得它一定会到来，那就是阶级永远被消除。"

韩树森的话让范江海和武田弘一都不约而同地皱了皱眉头。

韩树森察觉到了却没有在意，扭头问武田弘一："你呢？武田君。"

"我？"武田弘一轻轻抿了一口清酒，淡淡地说，"纵观近代，亚洲比起西方历来是落后的，我希望亚洲人可以共荣共存。"

听了这话，范江海不由自主地看了看韩树森，而韩树森也不约而同地望着他，两人四目相对，都明白了对方的心思。

统治亚洲成了日本最普通也是最主流的思想，这很可怕。

范、韩二人都在对方的目光中看到了一丝寒意。

"江海君，该你了。"武田弘一似乎根本不在意两个中国朋友心中的疑虑。

范江海拿起酒杯，端在面前却没有喝，而是轻轻一挥把酒倒在地上。"我的想法很简单，就是中国安好，没有战事。"范江海看着武田，坚定地说。

这个回答让武田不语，但韩树森脸上却露出会心的笑容。

年轻的范江海明白，这三种回答预示了三种方向，也预示了三个朋友之间必然分裂。

临别前，武田弘一和两人相约希望能有机会在中国再次见面。韩树森爽快地答应了。范江海却说："我不知道我们该不该见面，特别是在中国。"

"哈哈，江海君的话太伤感情了，难道你们离开了就不是我的朋友了吗？"武田弘一笑着看着范江海，意味深长地说。

"会的，范江海会永远是你的朋友。"韩树森替范江海回答了。

那是在日本，三个年轻人最后的一次见面，在樱花浪漫的时节，做了一次人生的别离。

遥远的思绪终于回到现实，老谭在韩培均的墓地前呆呆地坐了整整一天，直到暮色降临他才缓过神来。

坟前的香头早已燃尽，看着劣质大理石制作的墓碑，老谭轻声地说："我骗了你，也骗了你的儿子，我说自己是共产党，他信了。别怪我，也别怨恨我，你有你的信仰，我也有我的，只是拜托你让我坚持下去；我会努力不让子生出什么意外的……现在是我欠你的，不过别着急，等赶走日本人，我来给你还账……"

从墓地回来，那横跨了将近二十年的漫长回忆让老谭混混沌沌地过了好几天。

子生看出老谭这几天精神好像很不好，而且咳嗽得更厉害了。两人下棋的时候，子生从包里掏出个纸包说："给你找了点润喉清肺的胖大海，老喝那个鹤仙草怕是不管用了。"

子生的话让老谭听了心里暖暖的,在外人看来这一老一少就好似俩父子一般相互依存着。

有人说还是老谭会打算盘,自己无儿无女的,这是打算让子生给他养老送终呐!他不白得一儿子吗?也有人说白得一儿子怎么了?老谭对子生那是没的说,给他找差事,还给他娶媳妇,对自己亲儿子也不过如此吧!

这些议论子生都听过,可他从不在意,在他眼里老谭不只是上级更是个长辈,一个他能倚靠可以仰仗的家里人,有时候子生自己都把老谭隐约地当成了父亲……

老谭明白子生的心思,他何尝不是把子生看成了自己的儿子呢?可是,如果他知道了自己的父亲是怎么死的,那会怎么样?想到这儿老谭不由得心中一疼,一口气没接上来,又猛得咳了起来。

子生连忙过来给老谭捶背:"刚说你又咳了,还是去看看医生吧。"

"老毛病了,看医生也治不好。"老谭摇头说着。

子生往老谭的大茶缸子里添了点热水:"棋也别下了,动脑子人也累,反正你心思不在下棋上,你在想别的。"

"你怎么知道?"老谭诧异地看了看子生,为什么这个孩子如今这么容易看透自己的心思?难道自己真的过不了感情这一关吗,还是自己太孤独了?

"我就是知道,马往这儿跳是废棋,以前你不会这样下。"子生笑着说。

"是吗?以前我怎么下?"老谭饶有兴味地问。

"往这儿走,用不了三步就能将军了。"子生说着便给老谭演示着。这孩子记性真好,自己以往的棋风走势他都背下来了。

"不过你错过机会了,这次我赢定了。"子生显得有些得意。

"谁说你赢定了?这盘不算。"老谭一划拉棋盘,棋子一下乱了位置。

"哎,干吗不算,就是我赢了。"说着,子生把乱了的棋子一一摆到原来的位置,"我这样走,五步就能将死你了。"子生演示着自己的下法。

老谭看明白了,每一步都是杀招,逼得人不得不应对直到陷入死地……

"眼花了,人总有走错的时候。"老谭苦笑着说。

"可你说过,干咱们这行走错一步就是死。"子生冷不丁地冒出这样一句话。

老谭有点意外,他担心是子生压力太大了,宽慰他说:"人早晚都会死,所以没什么可怕的,要看为什么事情去死。"

"能像我父亲那样就行。"子生喃喃地却意味深长地说,目光盯着老谭那张丑陋的脸。

"你不怕了?"老谭笑着半打趣地问。

"有信仰就不怕了。"子生执拗地笑了。

听了子生的话老谭心里有些隐隐的担忧，很明显共产主义的思想对子生的影响越来越大了。"要知道错误的信仰是危险的。"说完这句话，老谭下意识地摸索着棋盘上的棋子把玩着。

"我父亲、周先生、约翰神父还有你的信仰不会错的。"子生更执拗，这一次笑容都没有了。

子生的话让老谭无法应对，也不知怎么了。老谭突然冒出一句："如果你知道是谁杀了你父亲，你会怎么样？"这话一说出来老谭就后悔了，自己为什么说这个？让这孩子怀疑吗？

"我一定杀了他，为父亲报仇！"子生狠狠地说，脸色因为激动而涨红了。

"杀人？你会杀人吗？"老谭的话似乎在逼问子生，又似乎有些紧张，话语里有些颤抖，然而他的声音本来就很难听，这些细微的差别并没有让正在激动的子生有什么感觉。

子生紧紧地攥着拳头，老谭的话让他无法应对，他的确胆小还晕血，他不会杀人也杀不了人……

"别老说杀啊死了的，记住，要好好活着，活得越久敌人就越害怕。"老谭不想再感受子生的愤怒，便转开了话题。"对了，以后不要给老西开教堂维修电话线了，让电话局给你换条线路。"

"为什么？"子生不明白地问。

"不为什么，这是工作需要。"老谭回答道。

"可周先生说了，我是共产国际的联络人。"子生反问道。

"用别的方法送到教堂去。"老谭淡淡地回答。

"那要是紧急情况呢？"子生追问道。

"再紧急的情况也不行，就算一定要去你也不许用维修员的身份去！"老谭的回答有些严厉。子生还想辩解，老谭则冷冷地说："这是命令！"

子生气鼓鼓地走了，不让平时送老西开教堂这趟线，他就会少了跟约翰神父的接触，他喜欢听约翰神父讲马克思、恩格斯，讲列宁，听约翰神父讲众生平等、阶级的丑恶……离开送信的这条线路，他所渴望的红色革命思想的来源就少了许多。

老谭也说不清为什么非要子生这样做，他只是隐隐地感觉到了一丝危险，这感觉他很讨厌，这危险并不是指向他自己而是指向子生的。

他必须让子生远离它，他不能让子生死，因为他答应过韩培均，这样一来，他的内心便矛盾重重，这并不是一个谍报人员该有的怜悯，他需要让自己变成一个机器，然而这个机器突然流露出了关切，这关切让他觉得十分不安，可是他无法不去关心这个单纯热情的孩子，或许他是真的把子生当成自己的儿子了……

坐在巡捕房值班室那昏暗的灯光下，老谭的脑子里越来越乱了。

晚上回到家，子生还没进家门，就闻到了一股烧焦的烟味，门缝里还隐隐露出火光。难道家里失火了？

"兰英，兰英……"子生有点着急了，猛地推开门，屋里一切如常，是兰英在对着一个火盆烧纸。

看到兰英没事儿，子生松了口气，转身把门关上问她："怎么，今天是你家人的祭日？"

兰英点点头。

"怎么不早说？我可以带点贡品回来。"子生关切地说。

"不用了，也烧差不多了。"兰英用火钳拨拉着燃烧中的纸钱，似乎是想快点熄灭它们，还找来盖子把火盆盖好，想端出门去。

"你干吗？那么多纸钱还没烧完呢。"子生拦住了她。

"算了，不烧了。"兰英言语中略带歉意说，把屋里弄太多灰了。

"没关系，把冥纸都烧了吧，让家人在那边能过好点。"说着子生接过兰英手中的火盆放到地上，拿起旁边的纸钱一张张地送到火盆里。

一边烧，子生一边小声说着："你们在那边儿别担心，兰英挺好的……现在天津在我家里，虽然我没什么钱，可我会让她有地方住、有衣穿，只要她愿意这儿就是她的家……"

子生的脸被火光映得通红，散发着柔和而善良的光芒。兰英在旁边听着子生那极其简单而淳朴的话，眼泪刷地一下就流了出来。她想放声大哭，可她忍住了，已经太长时间没有尽情地释放过自己的感情，她已经冷漠和麻木了……

纵然是悲伤，或是激动，或是兴奋，或是开怀，她的脸上永远是冷漠，然而这份冷漠正一点一点被自己的内心所融化着。兰英擦了擦眼睛拭去泪痕，走过去跟子生一起烧纸。

"你嘟囔什么呢？"兰英问。

"没什么，就是些家常话。以前跟我爸一起给我妈烧纸的时候，我爸都这样，说说家里怎么样，说说我长高了没有……"看着火光，子生想起以前的往事，不觉自己眼圈也红了。

"我爸说过，烧纸的时候说说话，这话能被纸钱带到那边去，家里人就能听见。"泪水无声地从子生脸上滑落，想起自己的家人，两人都无法控制了情绪，悲伤在这小屋里蔓延着，同时有一股温情也悄悄地升腾起来……

过了一会儿，子生回过神来，看到旁边也是眼圈红肿的兰英，连忙抹了抹眼泪说："咱们不这样，得让你家里人觉得高兴才对。"

兰英点点头。

看着草纸做的纸钱，子生突然说："早知道应该让你写点什么给你家里人，写点高兴的事儿。"

"算了，没什么可写的。"兰英冷冷地说着，现在死了比活着舒坦。

"干吗这样想？难道你不想活着吗？"子生疑惑地问。

"这世上没什么可留恋的，我活下去只是为了仇恨，对日本人和汉奸的仇恨。"兰英紧咬着牙，狠狠地说着。

"我知道，上次你受伤在梦里说过。"子生安慰道。

"你只是听我说，我是亲眼看到了……"兰英紧绷着神经，那眼神似乎可以将一切撕碎。

那是一个久远的故事，似乎已经模糊成为了泛黄的照片，但只有兰英清楚，那一幕已经印刻在了她的心底，永远也无法抹去了。

"……我家原本是东北一个县城的大户人家，父亲开明，母亲贤惠，弟弟刚刚五岁，自己在省城里读高中，原本幸福的一家因为收留过几个抗日分子被汉奸出卖，全家人都被日本人杀害了，自己因为在省城上学才躲过一劫。在闻讯赶回家的时候，看到了公开行刑，混在人群里我亲眼看着日本人一个个地砍下家人的头颅……我想喊、想冲过去……哪怕是和家人死在一起也是好的啊……我不希望这样孤苦无依地活下去……是一些认出我来的好心人在后面死死抱住我捂着我的嘴，我睁大眼睛看着亲人一个个地离去，直到看到最心爱的小弟弟的头那么轻飘飘地离开了身子，终究是忍不住，昏死过去……"

兰英在叙述的时候，一直没有任何表情的，只是看到原本黑亮清澈的眼睛也变得一片灰色……

"没想到你比我更惨。"听了兰英的事儿，子生觉得那惨烈的场景让自己的心直哆嗦。

"所以我活着就只有恨，只要能杀了那些小日本和汉奸，死了也没什么。"兰英的言语间充满着对日本人和汉奸的仇恨。

看着兰英那张文静而秀美的脸，子生感受到的只是仇恨和死亡气息："别这样，干吗老想着死？活着不是只为死和恨的。"

"那还能有什么？"兰英冷冷地问。

"希望！我们要有希望。"说着子生拿起笔，用工整的小篆在纸钱上写着什么。

兰英很意外，不明白地看着子生，但她并没有去阻止子生，这个男人所做的一切都让她感到温暖。

子生发觉到兰英的疑惑,抬头看了她一眼,继而解释道:"我要告诉你的家人,中国不会灭亡,我们还有希望。"子生头也不抬地说着,不一会儿他写好了什么,拿起来给兰英看,只见纸上是"共产主义"四个大字。

"这就是我们的希望,中国的希望。"子生坚定地对兰英说。

"你的家人一定会看到,以后我们的日子不会再那么苦闷,光明会来的,胜利会来的,日本侵略者一定会失败,那些剥削我们的人一定会被打倒。终有一天,我们可以不用再那么小声、那么担惊受怕地说话,我们可以大声地喊,自由地喊!"子生激动地对兰英说着。

子生的热情感染了兰英,她脸上甚至也流露出些许向往的神色,但是随即兰英的眼神又黯淡下来,她摇着头说:"不会的,你说的事根本就不会出现的。"

"不!它已经出现了,而且就在我们身边!"子生热情地否定了她的失落。

"在我们身边?"兰英疑惑地问。

"对!那个地方叫延安!在那儿每个人都会享受到公平和正义,每个人都会有个真正温暖的家。"子生满怀着欢欣鼓舞兴奋地说。

可"家"这个词对兰英来说无疑是个永远的伤痛,兰英低下头说:"我没有家了。"

"不,你有!现在就有,这儿就是你的家。"这可能是子生第一次紧紧拉住兰英的手说的话。

看着子生那单纯而善良的脸,一股男人的温情逐渐在兰英心里和身体里蔓延开来,她的眼睛再次湿润了,子生的身影模糊了,好像融入了她的心里……

体会到男人温存的还有莫燕萍,沈西林送来的衣服总是贴合她身体的每一个部分,而他选的首饰极衬莫燕萍的脸型,能让她显得更加光彩照人。

有时对着镜子,莫燕萍自己都会恍惚,她无疑比以前更漂亮了,更有女人的婀娜和风姿,见到过她的男人无一例外都会被她倾倒。

可莫燕萍知道,这一切都是拜沈西林所赐,是他让自己变成这样。

莫燕萍会经常挽着沈西林的胳膊,陪他去出席各种应酬。他们经常去的地方是天津汪伪特务机关的所在地青木公馆,偶尔也会在日租界的日本海军俱乐部里喝喝清酒。沈西林好像很愿意带着莫燕萍出没在那些野蛮男人聚集的地方,以显示自己是这个性感美丽女人的拥有者。

沈西林在莫燕萍面前彻底成了个温柔而深情的男人。莫燕萍感觉他真的离不开她了。

同时，莫燕萍也厌恶这样的日子，她觉得自己恨这个男人，她的身体内有两股力量在搏斗，她开始害怕这样的生活，更为自己这样微妙的变化而暗暗心惊。她希望自己能像以前那样开朗地微笑，走在晨曦中，呼吸新鲜的空气，读一读拜伦雪莱的诗，或者是《源氏物语》《茶花女》一般的小说，可是她知道自己回不去了，再也回不去了。

沈西林成为青木公馆主任不久，便迎来东华洋行的一笔大生意。

满洲铁路公司的西里光夫要来天津洽谈货运代理的业务，西里光夫是新上任的经理，这个满铁一直都是和东华洋行合作的。这笔生意，在沈西林看来，是理所应当属于东华洋行。

然而，事实并非如此。西里光夫并没有和东华洋行联系，而不停与其他洋行接洽。

沈西林有些诧异，他让王建中找人盯着满铁来的西里光夫。他要知道西里光夫跟什么人接触，跟什么人谈生意，谈的是什么生意。

几天过后，王建中给沈西林汇报了西里光夫的消息："这个西里光夫几乎将大大小小的洋行都见了个遍，其中和美萨洋行钱老板、德瑞商行孙老板接触得最多。生意的内容也有好几项，包括木材生意，煤炭生意，还有纸张生意和油墨生意。"

"还有纸张生意！"这个让沈西林感到疑惑，"满铁的生意跟造纸可八竿子打不到一起去，而且满洲有很多造纸的企业，为什么还要进口纸张？"

王建中递过一张纸张的样品，告诉沈西林："这个是我托人找到的，西里光夫要的就是这样的纸张。"

沈西林看了看那张样品。纸张比一般纸张精致、顺滑。沈西林似乎想到了什么，便吩咐王建中说："晚上帮我在万国饭店订一个包间，我要请美萨洋行钱老板、德瑞商行孙老板吃饭。"

在饭店包间里，钱老板和孙老板没少抱怨西里光夫。

钱老板不满地说："西里光夫这个人太黑了，狮子大开口，要的回扣实在太大了。"德瑞商行的孙老板则抱怨道："我送了一块瑞士表给西里光夫，他倒是收下礼物，事情却没有谈下来。"

沈西林面露微笑："这么说，天津还没有一家洋行拿下西里光夫的生意？"

饭局过后，沈西林让王建中约西里光夫次日见面……

次日，西里光夫如约而至，只不过，显得不太热衷。整个人看上去有些疲倦，

第十四章 往事

这是一个微胖的中年人，看上去较憨厚。沈西林从他的衣着判断，这个人生活应该很简朴。他看到西里光夫的衬衫的衣袖已经磨破了。

然而当沈西林谈到回扣时，沈西林表示："可以按照以前的回扣，照旧给。"

西里光夫便再也坐不住了，只是起身表示："沈先生，实在抱歉，我还有事，先走一步。"便匆匆告辞了，连主菜还没有上，这顿饭就煞了尾，这一点让沈西林觉得蹊跷，如果真的是一个花天酒地的人，沈西林还可以理解，但如此简朴，显然不是这样，抑或是一个守财奴？

一日，沈西林与莫燕萍逛街，在街头走进了一家首饰店。

迎面便是西里光夫，他正朝外走，两人点头示意，便擦身而过。沈西林问那家首饰店的老板："这个人来首饰店买什么吗？"

那首饰店老板笑了："咳，哪里是买什么，他是想卖东西。"

"卖东西？"沈西林更加不解，"老板，拿来我瞧瞧。"

首饰店老板将那物件拿了出来。沈西林看到了那是一块手表，如果他猜得不错，这正是孙先生送的瑞士表。

"老板，开个价，这块手表我买了。"沈西林二话没说，便将这块手表买了下来。

沈西林吩咐王建中，盯紧这个西里光夫，有什么动向马上汇报。

随后，沈西林通过陇川先生找到日本商会了解西里光夫的人。陇川先生记得，黄少峰一事，沈西林曾救过自己的命，自然尽心尽力。

几经周转，找到神也先生，这个人对西里光夫甚是了解。

沈西林从神也口中得知，西里光夫有个妹妹叫西里晴子，晴子爱上了一个美国使馆的武官而受到审查，好像被关在冲绳的监狱里，为不让她妹妹受苦，西里光夫没少给军部的人送钱。

真相大白，沈西林脸上露出了笑意，西里光夫赚钱应该就是为了将妹妹偷渡到美国去。

沈西林可谓满载而归回到了东华洋行，刚刚走进东华洋行，他便从王建中的汇报中获悉，次日，西里光夫将与美萨洋行在裕中饭店签约。

一切都不晚。

沈西林将那张样品纸拿在手里摩挲，继而对着阳光看了看，然后从自己的口袋里掏出一张法币来，西里光夫要进口的样品纸正是制造法币的特殊纸，对方应该是想制造伪钞。

次日，在裕中饭店里，沈西林拦下即将与美萨洋行签约的西里光夫。

沈西林将那块西里光夫当的表重新放到了西里光夫面前。

西里光夫表情瞬间黑了一下："沈先生，您这是什么意思？是想羞辱我吗？"

沈西林淡淡一笑："不，光夫先生，我们中国人喜欢物归原主，这件物品本来就是你的，我只是举手之劳。"

西里光夫冷笑："我不需要这个。"

沈西林冷静地看着西里光夫："但你需要一个好的合作伙伴。"沈西林从怀里掏出那张特种纸，放到桌子上。

西里光夫一愣。

沈西林直爽地说："满铁想进口的特种纸张，包括油墨和印刷设备只有美国和英国才能提供，现在的欧洲战场英国被德国打得喘不过气来，而且早就停止了对日本的出口。这些东西只有美国佬才有。之所以满铁没有直接跟美国人做生意，让天津的商会转手，是因为美国人也在逐步限制对日本的贸易，这些特别的货物，美国人根本不会卖给日本人。"

沈西林的目光似乎要看穿西里光夫，一时间，西里光夫不知该如何应对。

沈西林笑了："你们要的数量太大了，我知道你今天来是为了与美萨洋行签约，但是，实话讲，他们根本没办法解决，而真正能解决的，在天津只有东华洋行。"

西里光夫探究地看着沈西林，问道："你认为我们必须跟你合作？"

沈西林摇了摇头说："我想你需要听我先说一个故事，说完这个故事，你再决定也不迟。"

沈西林讲出了西里光夫想要美元是为了救自己的妹妹，并道出了西里光夫的妹妹目前的处境。

"美国在香港的领事馆有我的朋友，只要能让令妹安全抵达香港，就有办法让她去美利坚找她心爱的那个美国军官。你说是吗？"沈西林缓缓而坚定地说。

西里光夫道："看来，沈先生对我调查了很久？"

沈西林点了点头："和朋友之间的合作，我当然要知道朋友的难处。我知道，你之所以不和我做生意，原因很简单，就是担心索要高额回扣的事儿被我说出去。我沈西林在这里说出贴心窝子的话，对自己亲人如此呵护的人，是值得尊重的。我想我们会成为朋友的。你要做的就是在合约上签字。"

最终沈西林遂了心愿，并且一签就签了三年。

沈西林答应回佣和以前相同。在喜乐门舞厅包间内，西里光夫看上去非常开心。

沈西林只是表示，对这笔生意甚是好奇，他想确认自己的猜测。

西里光夫支开莫燕萍等舞女，吐露了真相："军部制造伪钞，再跟各地的商行做生意，购买物资，这样的计划实施下去，用不了多久中国的经济就崩溃了。"

两人谈论的过程，西里光夫欲言又止，但最后还是说了出来："之所以加速进口，是因为美国和日本早晚要开战……"

这一消息，令沈西林震惊。

一如以前任何一个情报，沈西林有意无意透露给了莫燕萍。随后消息，再度通过子生，传递给了周先生。

周先生拿到情报，甚是激动，这个消息对整个中国经济会有极大的破坏，完全不利于抗日。

周先生将情报传递出了天津，而同时，老谭也获得了这个消息……

子生感受到了情报的重要性，这让他甚是高兴。

第十五章 封锁

中秋节来了。这个中秋节,月亮又圆又大,朗照着整个天津卫。

子生到家的时候,兰英正在做饭,特意烧了好几个菜。

子生只顾兴匆匆地拉着兰英往外跑,兰英不明白是怎么回事,但是还是顺从地跟子生跑出了屋子。

原来是子生买了些花炮,他跟孩子似的燃放了一支花炮,花炮里爆燃出五颜六色的焰火来,飞跃在空中,带着一种欣喜与欢乐,映照着兰英消瘦的脸。

兰英有些诧异,问子生:"又不是过年,为啥放花炮?"

子生兴奋得像个孩子说:"为啥不能,只要咱俩开心,啥时候都能放。"

子生的欣喜似乎并没有感染到兰英,她还是有些黯然。

子生有些意外,问道:"你怎么了!"

兰英一声悠悠的叹息,随后说道:"好久没有放烟花了,还是小时候在东北家里,父亲带着我放的呢。"兰英忧伤地说着,眼神迷茫,似乎在回忆久远的往昔。

子生安慰地冲她笑着说:"没事,以后这些不只是在记忆里,它可以变成现实,所以你并没有失去他们。"子生再次点燃了一根花炮,焰火蹿得老高,映红了子生的脸,笑得像个孩子。

看着子生,兰英被感动了,虽然她知道这样的日子随时会跟烟火一样消散,但是兰英明白她已经深深地依恋上这个已经长大的男孩了。

吃饭的时候,他们喝了点酒,兰英还没有喝脸已经微微红了,带着欣喜的目光,看着子生。

两杯酒喝下去,兰英的脸更红了,在昏暗的灯光下红扑扑的脸显出了女人的妩媚。

子生看着兰英傻乐,脸上一脸的喜气。

"你傻乐什么?"兰英问。

子生笑道:"这个中秋节,是我俩过的第一个团圆节,我高兴,我又有家了。"

子生这么一说,兰英的眼圈顿时红了。

第十五章 封锁

子生有些疑惑："你怎么了？以后我会带你去延安，我找份工作，你可以不用再拿枪，可以写写字、当当文书什么的，要不你可以当个老师，教别人看书写字……"子生依然兴奋向往地说，眼神里满是憧憬。

兰英不说话，只是一口一口地喝着酒，听到子生说当老师。兰英说："我不是老师，你那个莫小姐才是。"

子生的高兴劲儿落寞了下来，不由叹了口气说："不知道她现在在干什么，不过她也是苦命人，我还有个家，她却只能跟着那汉奸过年……"

兰英也知道自己话说重了，拉着子生说："好吧，为了我们这个家，我们喝酒……"

那一晚，这对年轻的男女都喝多了。

子生把兰英扶到床边，自己晕晕的，要去打地铺。

兰英一把拉住他说："别走，一个人床上冷。"

子生迟疑了，看着面若桃花的兰英不知所措。

兰英说："如果这是家，就把我当你的女人。"

说完兰英把子生紧紧抱住，两人深深地吻在一起……

兰英成了子生真正意义上的女人。

当黎明来临的时候，子生醒来。兰英一如往常，忙碌着准备子生的早餐，子生幸福地笑了。

兰英似乎还是以前的兰英，又似乎不再是以前的兰英的，在她的身上正发生着细微的变化。首先是体形似乎正一点点地变化，散发着成熟女人的韵味，其次她将头发在脑后挽起一个很好看的发髻，露出光洁的额头，显得清爽整洁又透着一丝温柔多情。

每天子生起床，兰英会帮他整整衣服，扣好扣子，兰英做得很自然也很专注，低着头，那种感觉似乎这是全天下最重要的事情了。每每这个时候，子生的心里一阵激荡，无名地泛起一股幸福的感觉。

他握紧她的手，不自主地将唇吻在上面。一般兰英会害羞地说："别闹，上班该迟到了。"

那一刻，他的心里没有莫燕萍，只有兰英。

在子生准备出门的时候，兰英总是表现得依依不舍，那是种担心甚至有时候会表现得慌张。

子生会疑惑，问兰英："你自己有任务都不紧张，怎么反倒担心起我来了？"

兰英摇了摇头:"你的工作比我重要,我可以死,但你要活着。"

有时,屋外会有警笛和日本军人那特有的难听的哨音突然响起。兰英的表情会瞬间变得更加慌乱,她会一把拽住子生,不让他出门,自己先探头出去看个究竟,直到外面一切正常了,才会放子生离开。

哪里是自己的工作重要?子生心里明白,在兰英心中的他重要性已经超越了一切,包括她自己。

在临出门的时候,子生习惯性地捏了捏兰英的手,她的手并不舒适,上面起了一层厚厚的老茧,摸起来有些粗糙僵硬,但子生却觉得那是一双完美的手,他愿意这样握着一辈子。

"别害怕,我不是一个人,我们是有组织的人。"子生安慰道。

看着子生,兰英似乎有话到了嘴边想说,但最终还是咽了下去,只是低声而温柔地说了四个字:"早点回来。"

这是一个妻子对丈夫最为平常的叮咛。

子生笑着点了点头,转身走出屋子。

兰英看着子生的背影,眉头微蹙,不由自主的一声叹息从心头发出。

我在担心什么?这个男人不是对我很好吗?兰英在心里想着,他在乎我,给了我一个家……那以后呢?

想到这儿兰英没有了答案,回应她的还是一声叹息……

深秋的一个雨天,连绵小雨把这个城市的空气下得雾蒙蒙的,仿佛可以将冰凉的寒意渗透到人的骨头里。

兰英举着一把纸油伞,怀里还抱着一把,走到宫北电话局的门口,伸头往里面看了看。她的头发梳得一丝不乱,用一只竹制的发簪将头发固定住,身上穿着一件蓝色的粗布棉旗袍,布的颜色因为反复的浆洗早已经暗淡了下去,虽然不新了,却透着一股干净的味道,让她的全身上下都散发出洋胰子的芳香。

正好有个维修员骑着自行车往外走,看到兰英,问她找谁。

兰英说出了韩子生的名字,说自己是来给丈夫送伞的。

那维修员说子生出去送信了,还没回来。兰英略显得有些失望,把怀里的伞交给维修员,嘱咐他交给子生。自己低头转身离开了,在回头的那一刻,兰英的目光下意识地投向街道斜对面巡捕房的一个窗户上,她知道那窗子里应该有一双眼睛正看着她。

兰英想得没错,那窗子里一双眼睛的主人神情凝重,他是老谭。

第十五章 封锁

在路口的茶楼里，老谭和兰英见了面。

兰英坐在二楼角落靠窗的一张桌边喝着茶，看着老谭走近，她放下茶，微微欠动了一下身体。老谭举手示意坐下，兰英复又坐下了。

老谭坐在了兰英的对面。

可能因为是个雨天，四周没有什么人，茶楼的二楼安安静静的，一个卖烟的姑娘挎着烟担子过来问老谭要不要烟。老谭掏出张票子，要了一包哈德门。

整个过程老谭似乎没有仔细看过对面坐着的兰英，虽然没有正眼瞧对方，但早已经把她从上到下看个透了，这是他多年谍报工作的习惯。

这个姑娘最近过得应该不错，刚来的时候她就像是一棵没有长好的豆芽菜，皮肤白里泛青，头发枯黄，现在她是健康的，虽然脸颊还是瘦，但是身形比一年前刚来天津的时候已经丰腴了许多，脸色也红晕起来，头发也乌黑柔顺了，似乎还擦了一些油，利索地盘在脑后。

她注意自己的外表了，换言之，她已经变成了一个成熟而充满了温情的女人，是谁改变了她？让她懂了这些？是爱情的力量？真是子生这孩子吗？

老谭心里有无数个问题，一切都难以置信，但他并没有表现出疑惑，也没有去问她，只是笑了笑问："来给子生送伞？"

兰英点了点头。

老谭咳嗽了两声继而摇了摇头说："不，你是来找我的。"

兰英又点了点头。

老谭从烟盒里抽出一根烟在手里把玩着，他低着头，看也不看兰英，只盯着那根烟卷儿。"什么事儿？说吧。"老谭问。

"我们能放过他吗？"兰英的语气平静，但是细细一听，就会发觉那种平静是压抑出来的，事实上，她的内心是混乱而无助的。

老谭何尝听不出来，他抬头看了一眼兰英，淡淡地说："放过他？你说子生？没人想把他怎么样，而且你知道他现在有多重要。"

"可我们一直在骗他……"兰英眉头攒在一起，语气重了许多。

"这不是你该考虑的事儿。"老谭沙哑的话语里带着一种威严，虽然声音不大，但足以让兰英住了口。

过了一会，兰英低声说："一定要这样吗？他一直以为我们是共产党，这样对他……太不公平了！"

"不是对他！这是为了对付日本人。能赶走日本人，骗谁都可以。"老谭的声音恢复了平静，仿佛只是在陈述一件事实，目光却投向了窗外，似乎在回避着什么，他不想将这个话题说下去。

然而兰英似乎没有想就此放手，停顿几秒钟，兰英问道："那赶走日本人以后呢？"

这一次老谭没有说话，他的目光似乎黯淡了下去。

窗外的雨不知道什么时候变大了，拍打着屋顶，声音有些大，细细一看，原来不是单纯的雨了，雨里面夹杂着一些碎冰，是北方人常说的冻雨，看来这天还是继续要冷下去……

军部制造伪钞的情报也同样传递到了老谭的手里，再由此传递到了国民党上级，一时间各地的汉奸商人被抓，成捆假钞被搜，国家的利益得以挽救。部分日本商人也在被抓之列。

情报为何这么快就被对方破获，只有一个可能，那就是系统里深藏着一只鼹鼠，它一直在打洞，泄密着情报，这个人到底是谁？这只鼹鼠神出鬼没，仿佛就在自己的身边，武田为此陷入沉思，一定要抓住这个人，只有这样才能更好地进行所谓的大东亚共荣。

这一晚，"影子"再一次与老谭在街头碰面，对于情报这一次的准确传递，"影子"非常惊喜。

"日本人做的大量假钞接连被破获，伪钞所涉及的面额和编号已经被禁止兑换使用。""影子"继续笑着说，"徐局长也非常高兴，这全是中统的功劳，军统那帮人脸面是丢尽了。"

老谭点了点头问："徐局长还说了什么？"

"影子"沉思片刻说道："可是大家都知道这些情报是从共产党手里拿到的，那个叫子生的孩子现在基本掌控了整个情报线，我们的情报大部分从他那里获得，徐局长的意思是，能不能花钱将子生吸收过来。"

老谭摇了摇头说："不是每件事情都能用钱解决的。"

"影子"冷笑道："如果不能用钱收买，这个人以后会是我们的大麻烦，我们需要……""影子"做出了一个杀人的动作。

老谭冷冷地看着"影子"，说道："这件事，你不用管，我自有分寸。"

就在这个节骨眼上，珍珠港事件爆发了。

1941年12月7日早晨，从日本航空母舰上起飞的飞机和微型潜艇突然袭击美国海军基地珍珠港以及美国陆军和海军在夏威夷欧胡岛上的飞机场，重创了美国太平洋舰队，击沉击伤了十几艘美军主力战舰，击毁数百架飞机，美军官兵死伤数千人，仅仅亚利桑那号战列舰爆炸沉没时就有1177名美国海军士兵死亡。

美军太平洋舰队遭到了毁灭性的打击，而日军仅仅付出了5艘微型潜艇，29架飞机，战死不到百人的代价。

子生从报纸上看到大肆宣扬日本海军的辉煌战果，那惨烈的景象是子生完全无法想象的，而在他身边一些穿着和服挥舞着太阳旗的日本人在街头欢呼着胜利……

这的确是日本一次非常辉煌的胜利，它的结果甚至远远超过了行动的设计者海军总司令山本五十六大将最初的设想。在整个战争史上，这样的成果也是极其罕见的。可以说这是日本海军的一次壮举，在此后的六个月中，美国海军在太平洋战场上无足轻重。没有美国太平洋舰队的威胁，日本对其他国家在东南亚的力量可以彻底忽略，此后日军迅速占领了整个东南亚、太平洋西南部，势力一直扩张到印度洋。

子生当然不会想到那么远，那个时刻子生只觉得自己的脑子嗡嗡作响一片空白……

连续几天，日本人张扬地游走在天津卫的大街小巷。

除了与日本结成法西斯同盟的德国、意大利租界，还有投降了德国由法国傀儡政权维希政府控制下的法租界，其他的租界都被日本人占领了。

全副武装的日本士兵从四面八方蜂拥而至，冲进了他们认为是敌对国家的租界里，那些曾经在中国趾高气扬的各国军警一枪一弹未发就全部缴械投降……

原本平静的孤岛消失了，日本人用铁丝网封锁了街道，然后开始挨家挨户抓人，他们把住在洋房里的外国人都赶到街上，再用卡车成群结队地拉进了集中营。

到处是军靴踩着水泥马路的声音，似乎要震碎所有人的希望……

宫北电话局停止了所有业务，维修员们都无所事事地趴在门边上，看着街上的日本兵戒严，押送着外国人，那些平日趾高气昂的老外全都耷拉着脑袋承受着日本人的辱骂和枪托、军靴的殴打。

子生凑过去看了一眼，觉得无聊，转身又走了。一边有同事兴奋地拉了他一把，问道："干吗不看啊？看这群洋人被串得跟个糖葫芦似的，多过瘾啊！"

子生冷漠地摇了摇头："没劲，这工作还不知道啥时候能恢复呢。"

那人鄙夷地看了一眼子生说："瞧你那点出息。"

"有份工作不容易，总得养活自己吧。"子生叹了口气说，完了便没有再理会他们。

子生想去找老谭，却发现巡捕房里根本没有老谭的身影，直到次日，才在巡捕房的门口遇到了咳嗽更厉害的老谭，他手里拿着账目和名册点头哈腰地通过翻译官向几个日本宪兵说着什么，旁边胖胖的亨利探长一脸惶恐地低头站在一边……

老谭的脸似乎歪斜得更厉害了，比以前更加丑陋，好像连日本宪兵都不愿意多看他两眼。

在他们经常去的茶楼里，老谭要了一壶茶和几个茶点，与子生对桌。

依然是《秦楼悲秋》的调子，悲怆的曲调夹在推杯换盏之间，上一次子生听出的是壮烈，而这一次，子生却感受到一种真切的悲凉。

可老谭却还是跟着鼓书的调子摇头晃脑地听得起劲儿，只是他那张脸看不出享受，当然，也没人能从那样一张脸上看出什么来，这张脸的表情早在五官扭曲中统统抹杀了。

子生可没心思，他的眉头一直紧紧拧在一起，他希望从老谭那里得到一点消息。打探地问道："现在情况怎么样？"

"还能怎么样？日本人对巡捕房要实行监管，他们已经把胖亨利开除了，说他贪污，其他人倒还好。幸亏是在法租界，要不连口饭都混不上。别的租界的巡捕都他妈卷铺盖卷儿滚蛋了……"老谭的话似乎在感激这不幸中的庆幸。

"我问的不是这个。"子生按捺不住了，道，"我们都知道日本人要……"

老谭重重地咳了一声，示意他不要说下去。

"你急什么？"老谭脸上有一些不悦，用他那低沉的嗓音沙哑地说，"沉住气就永远学不会吗？"老谭给子生倒了杯茶水，继续吩咐着，"现在就是这个时候，你唯一能做的事情就是忍耐。"

子生没有去看老谭，只是听到老谭发出一声悠远的叹息，继而又说道："日本人进了租界，到处搜捕共产国际的人，提醒周先生最好停止一切活动。"

子生点点头，抬眼看了看老谭，他多么希望能从老谭的眼中得到安慰或者是鼓励，然而什么都没有，老谭的脸平静的像一潭深秋的水，仿佛刚才的那声叹息根本不是他发出来的……

那碟醋浸花生已经吃得差不多，老谭打了个饱嗝，咳嗽了几声，空气里泛着酸臭的酒味儿。老谭不紧不慢地说："行了，回家吧，家里女人还等着你呢。"

老谭戴上法国巡捕那特有的圆桶帽子，起身缓缓走下了茶楼。子生跟在他后面，刚走到了茶楼门口，子生猛地想到了什么，一把拉住老谭。

"那约翰神父呢？"子生担心地问着，他想到了老西开教堂的约翰神父。

老谭看着子生没说话。

"我要去找他，让他赶快逃走。"不等老谭说什么，子生转身就跑。

老谭在后面看着子生的背影瞬间混入了人群中，他的脸色更阴郁了，猛地咳了

第十五章 封锁

几下，吐了口浓痰，摇着头朝相反的方向离开了。

子生在租界的街道上飞奔着。

走大路必然是不安全的，处处是日本兵，处处是封锁，整个天津卫弥漫着一种令人窒息的气息。

子生利用自己熟悉租界大街小巷的地形，穿房越脊走小巷进后门，终于绕过日本人的戒严，靠近了老西开教堂。

这一次，子生不觉得轻松，也没有了老鼠戏猫的快感。

没敢从大门进，子生绕到一处塌陷了一半的院墙，看了看四周，没有可疑的人，于是迅速地翻进了教堂的院子里。

子生感觉自己的心脏都到了嗓子眼，随时都有可能跳出来……

冬日的教堂透着一股苍凉和惨白的颜色，歌德式的尖顶矗立在那里，显得无助而失落。

子生走进教堂，空旷教堂里不再有众多祈求祷告的信徒，远远地只看见约翰神父一个人仰着头跪在基督像前，似乎在呆呆地看着他的主。

子生凑了过去，喊了他一声。

半响，约翰神父才回过头来看着子生关切地问道："我的孩子，你怎么来了？"

"快逃吧，外面全是日本人，你赶紧离开这儿。"子生着急地喊。

约翰神父慈爱地看着子生，他的脸上平静而温和，嘴角带着淡淡的笑意。他并没有回答子生的问题，而是用他那不标准却让人能平静下来的声音对子生说："记住，世界上是没有救世主的，可是信仰会指引我去该去的地方，孩子你要记住，魔鬼遮蔽的天空只会有短暂的黑暗，信仰的圣洁之光才会永恒地照亮一切。"

就在这个时候，屋外传来院门被踢开的声音。

约翰神父把子生推进了忏悔室，关上了门，自己又回到基督像前，低声做着祷告。

从忏悔室的门缝里子生看到了一群日本兵走了进来，为首的那人他见过，正是武田弘一。

门缝里人影晃动着，子生紧张地屏住呼吸，听着他们的交谈。

约翰神父依然平静而安详，似乎在和一群最普通不过的人交谈。他说："我是神职人员，受上帝和教廷的保护。"

武田的身影走出了子生的视线……

"这我知道，我还知道你是共产国际的代表，你的教堂是共产国际的远东联络站。"武田的声音显得自信满满，似乎对一切都了若指掌，带着强烈的讽刺和不屑。

约翰神父不说话了，他看着基督像，拿着《圣经》默默地念着祈祷文。

武田的身影再次回到子生的视线内，只见他挥了挥手。

日本士兵上来把约翰神父拖走，那本《圣经》掉在地上，日本士兵毫无顾忌地踩了过去。

子生紧张地看着一切，直到他们全部离开，子生才从忏悔室中出来。

子生喘着粗气，仿佛窒息了许久，看着空荡荡的教堂，子生有一种强烈的压迫感。

从那块坍塌的院墙上，子生翻出了教堂。

子生疾步往街上走去，低头不敢去向四处看。这时，一个在教堂外警戒的日本兵发现了他，用日本话厉声吆喝着什么。

子生听得懂，那是让他站住。

子生的脚步略微放慢一下，紧接着拔腿就跑，后面的日本兵发现不对招呼其他士兵向这边追过来，子生跑得越来越快，身影一拐，进了一边的小巷内。

身后"砰砰"两声枪响，子弹打中了街巷拐角的墙壁，飞起碎石和墙灰溅在子生脸上一阵生疼，又震得子生头皮发麻。

子生顾不了那么许多，一个劲儿地向前跑，左转右拐，努力将自己的身影隐匿在了小巷里。他知道，租界里的各种建筑物的后门和各种小巷是他唯一逃生的希望……

尽管如此，子生依旧没有摆脱困境。

日本人好像遍布了大街小巷。

无论子生向哪个方向跑，总是在某个街角听见日本兵那难听的吆喝声以及军靴踩在石板路上"哗啦哗啦"的声音。

子生仗着对租界街巷的熟悉，一次次地和日本兵擦肩而过，可追捕的脚步声却始终在他左右，仿佛他跑进了一只大的口袋无法挣脱……

子生穿过一家饭馆，通过饭馆的后门，跑进一条小巷，向西走了十来米，是间小杂货店的后门，进了杂货店翻上二楼，越过拐角的小阳台，就能跳到隔壁的屋顶露台上，从露台边的木梯子下去是一间茶社的后院……

子生没命地跑着，身形灵活得像只狸猫……

在茶社的后院门口，子生躲过了追踪的日本兵，他冲进巷子，那边是个旅社，

第十五章 封锁

穿过旅社要攀上旁边绸缎庄屋顶……

子生一边跑一边想着。

绸缎庄的屋顶的露台上有个小门,把连接着隔壁裕中饭店的屋顶露台分割开来,穿过那个门就到了裕中饭店,而且可以从屋外的防火楼梯下去,再穿过饭店的大门就是法租界的杜总领事路和福煦将军路交会的十字路口了。

虽然老西开教堂就在福煦将军路的尽头,子生没跑多远,可日本人做梦也不会想到他会有胆子绕了一圈再兜回来,而且那个十字路口是天津租界区最繁华的中心地带,混在人群里穿过街道会有电车经过,上了电车就能彻底摆脱日本人的追捕……

子生相信自己的记忆不会出错,只要到了绸缎庄的屋顶,他一定不会让日本人抓住。

但是这次,子生的记忆力让他陷入了绝境。

上了绸缎庄楼顶看到那个屋顶露台的后门时,子生宛如跳进了一个冰冷的冰窖内。

后门竟然上了锁。

逃出生天的活路变成死路,子生绝望了,周围日本人军靴的声音和叫喊声越来越近,他跑的衣服里面已经湿透了,一阵寒风吹过,子生的身体开始哆嗦了起来……

自己会被日本人堵在屋顶的小平台上,这些日本人会对他毫不犹豫地开枪……

子生怕了,怕得喘不过气来,好像空气里充斥着满满的死亡气息。

就在日本人砸开绸缎庄木门的声音传来的时候,子生四下看了看,一咬牙,向旁边最近的一栋洋楼开着的窗户跳了过去,那是在六层楼高的露台上,对面那扇窗是三楼,中间要跳过差不多十来米的距离,没人会这样干,这跟跳楼寻死没什么区别,但宁可摔死子生也不想被子弹打成筛子……

在最危急的时候人所爆发出的力量连他本人都难以置信,子生在空中滑行了十多米准确地跳进了那扇开着的窗户,重重地摔在地板上。

或许是约翰神父的主的庇护,子生居然哪儿都没碰着,只是落地的时候打了个滚儿,脚崴了。

子生咧着嘴,扶住自己的腿,就在他抬头一刹那,子生傻眼了,几乎忘记了腿上的疼痛。

四周弥漫着一种很好闻却不知名的香味。

淡淡的粉色填满了他的视野,带着蕾丝边的床罩、窗帘,梦幻一般装点着整个房间,这儿居然是个女孩的闺房。

更让他惊讶的是，就在他面前，一个穿着西洋裙子的女孩正惊恐地看着他。女孩的手里抱着本普希金的诗集，窗外的阳光一点点洒落在她的肩上……

窗外传来日本人难听的叫声，子生连滚带爬地扑过去把窗户关上。
而楼下人听到动静，对着楼上喊："小姐，你没事儿吧？"
子生的心猛地一紧，赶忙对那女孩做了别出声的手势。
那女孩一双灵动的大眼睛俏皮地笑了，带着天真和浪漫转身走到门口，对着门外喊："没什么，我把书碰掉地上了。"
女孩转身，对着子生做了个鬼脸。
子生松了一口气，脚上的疼痛立刻传来，让他一时间动弹不得，靠在墙边喘着粗气。
"日本人追的是你？"那女孩狐疑地问。
子生点了点头。

这时楼下传来日本兵的声音，子生面露惧色，担忧地看着女孩。
"你放心吧，他们是不会进来的。"女孩的语气轻松，仿佛根本就是一件鸡毛蒜皮的小事。
子生拧着眉，似乎有些不敢相信。
女孩似乎也发觉到子生的半信半疑，带着一丝不屑的表情不以为然地说道："是真的，我爸爸是孙明远，他是帮日本人的大汉奸。"
孙明远，这个名字好耳熟，子生在脑海里翻找，终于想到了什么。
"孙文博是你什么人？"子生问。
那女孩也意外："孙文博是我哥哥，怎么你认识……"
"你哥哥？他是我的同学……"子生解释道。
这样一来，两人的距离一下子被拉近了，仿佛两人早就认识，一见如故。女孩的天真开朗，活泼大方的性格让子生几乎忘记了自己是怎么来到这里的，仿佛这只是一次很平常的朋友之间的聚会。

这里正是孙文博的父亲富商孙明远的家，这个女孩叫孙文娟，是孙文博的妹妹，一直在英国读书，德国占领了大部分欧洲国家，英国也在成天遭受德国的狂轰滥炸，书是没法安稳地念下去了，孙文娟不得已回了国。
子生对孙文娟直呼自己父亲是汉奸觉得意外，孙文娟却依然故我："我爸当了什么中日商会的会长，恶心死了，早知道还不如不回来。"

第十五章 封锁

"你是不是跟我哥哥一样在街上给日本人捣乱？"孙文娟歪着头，笑着问。对哥哥的"壮举"，她是知道一些的。

原来孙文博经常上街贴一些抗日标语，搞得孙明远没少花钱来平息儿子闯的祸。现在正被孙明远锁在房里。

"你要不要见见我哥哥？"孙文娟歪着头，睁大眼睛问子生。

子生摇了摇头："不要，我在这儿知道的人越少越好。"

"那么神秘，那你干的事儿一定比我哥哥还厉害！"孙文娟很兴奋地问他，一双乌黑透亮的大眼睛显出一种纯洁而天真的美丽。

子生摇了摇头，脸色黯淡下去："我没那么英雄，我只是宫北电话局的维修员。"

孙文娟猜对了，日本人果然没有搜查孙明远的家。子生躲在孙文娟的闺房里直到日本兵的声音渐渐远去⋯⋯

到了傍晚，子生在孙文娟的带领下躲开佣人从孙家花园的后门溜了出去。临走的时候，子生嘱咐孙文娟说："今天的事儿跟谁也别说，否则你会有麻烦。"

孙文娟点头说道："放心吧，我们已经是朋友了，朋友怎能出卖朋友？"

子生看着孙文娟洋娃娃一样漂亮的脸，不由自主地笑了。

日本天津驻屯军司令部的监狱里，约翰神父被日本人严刑拷打，可他除了低声地念着经文什么都没说过。

沈西林陪着武田询问了负责审讯的军官，得到的回答是他们已经用了各种方法，但得到的只是约翰福音。

在那充满了腥臭血渍的幽暗审讯室里，沈西林几欲作呕，捂着鼻子，小心翼翼地躲避着会弄脏他西服的一切。

武田弘一看着吊在刑架上浑身是血、已经快没人形的约翰神父，喃喃地说："有信仰的人是可怕的，这个人背后的秘密更可怕。"

"我们特务委员会已经调查过了，这个约翰神父几乎不离开教堂，其他神职人员和做工的杂役没有什么可怀疑的，并且这个地区信徒超过几千人。除非他自己开口，很难找出跟他接头的人。"沈西林捂着鼻子，看着约翰神父，缓缓说道。

武田想了想，回转过头来，看着沈西林问："从来不出门的人会用什么方式跟别人联系⋯⋯"

沈西林眉毛挑了挑，虽然他还不明白武田的话里到底什么意思，但他已经察觉到武田弘一定有了自己的答案。

抓捕了约翰神父的第二天，武田弘一就再次造访了管辖教堂的邮政所和电话局，在邮政所，他们查得个底朝天，抓了几个经常给教堂送信的人。随后便去了电话局。

教堂所属的电话局正是宫北电话局。

武田弘一不是一个人去的，跟随他一起的还有整整一辆卡车的日本宪兵，在汪伪政权的特务委员会的汉奸特务带领下，把宫北电话局被围了个水泄不通。

沈西林也在其中，他原本不必参加这样的行动，是武田弘一特意叫上了他，还让他跟自己坐在同一辆车里。不过沈西林和那些汉奸特务一样，都是在到了宫北电话局才知道这次行动的目的地是哪儿。

刚下车，沈西林就明白武田弘一在审讯室里，面对被酷刑折磨的没有人形的约翰神父所提的问题的答案了。

邮件和电话是那个从不出门的神父还能跟外界保持联系，最合理也最不引人注意的方式。

电话局的所有人员被荷枪实弹的日本宪兵集中在了电话局的小院门口，每一个电话局人员都惶惶不安，想说什么问什么却又不敢，连窃窃私语交头接耳都被心里的恐惧压迫住了。

明晃晃的刺刀在冬日的阳光下，散发着幽冷的光，直刺人心，看一眼足以让人哆嗦好几分钟。

子生站在众维修员中间，一样的惶恐不安，他有心思，而且这个心思让他寝食难安。他低着头看着自己的脚尖，而他的正前方隔着几个维修员的肩膀，面对着自己的人正是武田弘一。

武田弘一没有穿军服还是那身略显老旧的西装，他的表情还是很温和，看不出任何残暴狠毒的痕迹，和他身边那从里到外散发着凶神恶煞般模样的日本宪兵队长形成天壤之别。他这样的神态甚至让宫北电话局的维修员得到了些许的心里安慰。

因为刚才被日本兵用枪逼着集合的时候，那个恶魔般的宪兵队长面对武田弘一表现得毕恭毕敬，也就意味着武田是现场的最高长官，这个长官看起来是温和的或许日本兵的到来不是什么非常严重的事儿……

但子生知道事情没那么简单，约翰神父刚刚被抓，日本人就到了电话局，这说明他们对这个联络线路有所察觉，是自己暴露了什么吗？可是他怎么也想不出自己去教堂后留下了什么线索能让日本人顺藤摸瓜地找到这儿来。而且那个曾经来看过自己的日本长官武田弘一，绝不是表面看上去的那样温和，因为那个日本人的眼睛，是完全的冰冷，没有一丝感情。

第十五章 封锁

日本兵四下散开在电话局里里外外进行搜查。日本人那难听的喊叫声让气氛更加紧张。

沈西林皱了皱眉瞟了一眼身边的武田弘一，这个日本人依然表情温和像个学究一样。

看来这个日本人已经不太信任我了。沈西林想着，作为合作的特务机关，这样的行动武田弘一没有透露一点消息却叫上了法租界的巡捕房。

没错，法租界的巡捕也来了，还是老谭带队，与其说是让他们协助搜查，倒不如说这些巡捕是被日本兵押着来的，他们是临时接到的命令，连警棍都不让带，就被日本兵胁迫着到了宫北电话局……

就这样，几方势力突然在这小小的电话局汇聚起来，气氛诡异，危机四伏。

电话局的局长被押到武田弘一身边，不过武田弘一却没理他，扭头对宪兵队长指示着。

把巡捕房的人叫来。

老谭被两个日本兵推了过来，走到武田弘一身边老谭似乎在努力地控制自己因害怕抖动的双腿，站直了身体，脸上做出一副难看的笑容，战战兢兢地问："长官，您有什么吩咐？"

"看看这里的维修员，人都齐了吗？"武田弘一淡淡地说，目光扫视着所有的维修员。

"哦，好，好。"老谭扭头冲着电话局的局长说，"老方，还不快点名，给长官看名册！"

电话局的局长赶紧准备往屋里去拿名册，却被旁边的宪兵用刺刀止住……

"不！不要他说，我要你告诉我，这里人都齐不齐。他要说的我都知道了，我想听听你的意见，你们巡捕房应该对电话局的人员变化更了解。"武田弘一微笑着看着老谭，任何人都会被看得发毛。

"哦，对了还得问问你的下属，看看你们之间的说法是不是一样。这个，沈先生的人应该可以帮忙。"武田弘一又扭头微笑着看了看沈西林。

沈西林点点头，向旁边的汉奸特务摆手示意。有两个特务连忙跑到外围去询问其他巡捕了。

武田弘一再次回头微笑地看着老谭，老谭脸上装出微笑，但那个笑容极不自然，再加上那张丑陋的脸，让人觉得有些滑稽。他似乎也在心里发毛，他知道这个日本人什么意思，电话局的局长也许会涂改名册，也许会包庇什么人，而如果自己对这些维修员的情况交代的跟局长不一致，他和老方的脑袋都会保不住……

老谭瞄了一眼电话局的局长，局长那快谢了顶的头上的汗就没停过。

老谭叹了口气那意思像是跟局长说，对不住了老兄弟。他回头看了看一院子的维修员，数了数，然后回头对武田弘一说："维修员一个月前辞职了三个，还有一个三天前请了病假，其他的当班的都在这儿了。"

武田弘一点点头，转身又看了看沈西林，沈西林手下的特务刚刚向他汇报完毕。

"他说得没错，跟其他巡捕说的一样。"沈西林表情严肃地回答着，他没有像以往一样露出那特有的轻松的微笑，他知道现在这个场合能有笑容的应该是谁。

"看来你们都是诚实的人。"武田弘一似乎对这些答案还算满意。

老谭心里长出一口气，电话局的局长也终于敢用袖子摸了摸脸，擦擦那满脑袋的汗珠。

翻箱倒柜的搜查声渐渐平息，负责搜查的日本兵向武田弘一汇报情况，武田弘一的表情有些难看，很明显他们没有什么发现。

"老西开教堂附近的电话线路由哪几个维修员负责？"武田弘一的眼神如刀一般刺向电话局局长，声音虽然轻缓，但却有一种逼人的气势。

局长打了个哆嗦，将那几个维修员找了出来。

那两个维修员哆哆嗦嗦地站在队列前面，显然他们给吓傻了，不知道如何应对，两条腿颤抖着，其中一个维修员终究是支撑不住，整个人瘫软地跪了下来。

"站起来，不用那么紧张。"武田弘一似乎是在宽慰那个维修员。

那维修员怕得站不起来，旁边日本宪兵队长一脚踹了过去："八嘎！"

那人被吓坏了，勉力支撑，终于还是晃晃悠悠地站住了。

"你们当中有一个人在破坏大东亚共荣圈，我需要那个人站出来，我想你们能明白我的意思。"武田弘一看着其中一个维修员问，眼神更加冰冷。

那个维修员吓得语不成调，嘟囔着半天却没有说清楚。

武田弘一的脸转向另一个维修员："要知道，我的耐心是有限的。"

另一个维修员也是支支吾吾的，想说却不敢说什么。

冬日的阳光照在电话局的广场上，没有任何人说话，静得近乎死寂。

武田弘一淡淡地说："看来是没有人打算站出来了。"武田弘一缓缓地来回走了几步，在那两个维修员面前，武田停住了，从旁边宪兵队长的腰际拔出手枪，对着其中一个维修员的头部放了一枪。

"砰！"

那个维修员的眉心多了一个窟窿，子弹穿过头颅，脑浆和血迸溅而出。那人似乎还没有明白过来，睁大眼睛看着武田，血从脸上涌了出来，遮盖住了五官，嘴唇

第十五章 封锁

嚅动着,似乎想解释什么,但终究什么话都没有说出来,从嘴里吐出了血一样的泡沫,整个人扭曲成了一团,倒在地上,抽搐着。

另外一个维修员吓傻了,再度跪倒在地,磕头如捣蒜:"饶命啊!太君,我真的什么都不知道,太君饶命……"

"砰!"

再度一声枪响,那个维修员的声音戛然而止,脑浆从后脑的窟窿里翻腾而出,鲜血汩汩地从头发中间涌了出来,那人再也没有力气支撑住自己的身体,歪倒在一边,气绝身亡。

所有的维修员都吓得低下头,不敢再去看武田的那张脸,噤若寒蝉,不知道下一颗子弹会进入谁的脑袋。

子生也低着头,咬着牙,攥着的拳头跟着他的整个身体都在发抖,他竭力地克制着,因为这样的克制,他抖得更厉害,咬着嘴唇,一股腥甜涌入口中,他知道自己把嘴唇咬破了。

武田弘一站在尸体前,眼神中似乎带着些怜悯又带着些轻蔑。"建设大东亚共荣,不需要这样的人,你们要好好地为大日本帝国服务。"说完,武田扭头看着早已吓得呆若木鸡的电话局局长:"我希望下次你能搞清楚究竟发生了什么,如果还像这次一样,那么下一个死掉的人,就是你!"

武田弘一说完这些,脸上突然出现了微笑,那种诡异的微笑让人不寒而栗,那张脸变化得太快,杀人仿佛是一件再寻常不过的事情。

就在所有人的恐惧达到顶点的时候,体若筛糠的老谭却一直在暗中注视着一个人,那是站在汉奸特务中间的一个年轻而苍白的脸,那脸孔看着地上的尸体有一丝同情有一丝无奈好像还有着一点点愤怒……

只是一会儿,老谭便将目光移开了,但是这个人的样子却从他脑海里翻了出来。

他见过那人,他叫王建中,曾经是中统的特工,正是他出卖了同伴导致行刺武田弘一行动的失败,而中统行动组的七个人在当日的街头被日本人就地枪决。

老谭的脑海中闪过当日的画面……

那一日,被俘的中统特工愤怒地看着两个站在日本人中间的叛徒,紧接着是日本兵齐刷刷地拉开枪栓的声音,枪声响过,地上多了几具七扭八歪的身体……那个王建中一样地露出了痛苦无奈的表情……

武田弘一带着众日本兵离开了电话局,同时带走的还有经常往教堂送信的维修员。

临走的时候武田弘一和老谭擦肩而过,老谭逢迎地向他点了点头。武田眉头微蹙两步突然转过身来，似笑非笑地看了看老谭那张扭曲的脸。

"我记得你，上一次去巡捕房，就是你带着我去参观我朋友的遗物。"武田弘一说道。

"长官好记性，这点小事儿还记得。"老谭点头哈腰地笑着说。

武田摇了摇头："不，是你很像我一个故人，特别是笑的时候，他跟你一样总是左边嘴角往上翘。"

老谭没有说话，脸色慌张，仿佛被吓坏了一般。

离开宫北电话局，沈西林本想坐自己车离开，却又被武田弘一叫到了他的车上。

"沈先生对今天的行动怎么看？"车子刚发动，武田弘一的问话就来了。

"我很惭愧，利用维修员传递情报被我们特务委员会彻底忽略了，请武田长官处罚。"沈西林小心翼翼地说。

"处罚不必了，这帮支那人是狡猾的。没有事先通知，希望沈先生理解，不是不信任你，宪兵队也是今天早上才接到我的命令，我不想走漏风声，当然也许我判断错了。"武田弘一的解释看起来给足了沈西林面子，但沈西林却对这个说话滴水不漏的日本人完全难以对付，因为他似乎可以一下看穿自己的心事。

"还是武田长官考虑得周到，我们特务委员会一定会好好地加以配合的。"沈西林毕恭毕敬地回答着。

"不要叫我武田长官，你是我的朋友，还是叫我武田君就好。"武田弘一又恢复了儒雅的神情，似乎刚才亲自开枪洞穿别人脑壳的事儿从来没发生过，"这个电话局的事情还要你们特务委员会继续调查，我想你们中国人会有你们中国人的办法……"

日本人走后，剩下的维修员都有种死里逃生的感觉，没有人注意到站在一边依然浑身发抖的子生。冬日的阳光像幽灵一般笼罩在两具尸体上，泛着苍白凄冷的光。

子生的泪不自觉地落了下来，看着局长吩咐着众人清理着现场。

尸体很快就被搬走了，有人提来了水桶，擦拭着留下的血迹。

子生突然扑了过来，发疯似的夺过拖把，在哭泣声中清洗着血迹，这一切被带着手下的巡捕们刚想要离开电话局的老谭看得一清二楚。

那天晚上，依旧是那家茶楼，老谭批评了子生。"你不该表现得那么过激。"老谭说。

"他们是为我死的。"子生伤感地说，说这几个字的时候，他的声音再度哽咽了，"我要是没去教堂，或许就不会发生这些事情。"

第十五章　封锁

老谭幽幽地看着子生："这事儿与你无关，别想了。"

子生摇了摇头："我没有办法不想，今天被带走的那些维修员，他们是不可能活着回来的。"

老谭吃了几粒花生，淡淡地说："对，要不，今天带走的就是你，死的也是你。"

子生略思索，问道："不让我给教堂送信就是怕今天？"

老谭没回答只是说："你安全就好。"

"可是他们是无辜的啊！他们也是一条命啊！"子生低声吼道。

老谭看着子生说："有些人和事情就是要被牺牲掉，小日本怕的是你，你的命现在比他们值钱……"

那一晚，子生早早就回了家。

兰英看着子生回来，忙将煨在煤气上的粥端给了子生。

子生摆摆手说："我不想吃。"

兰英柔声问："发生什么了？"

子生不知道该如何回答她，只是鼻子发酸，想哭出来。

兰英温情地看着子生："我不问了，想哭就哭吧，这是在家，你怎样都没有关系。"

子生再也支撑不住，一把揽住兰英的腰，痛哭起来。兰英抱紧子生，似乎可以听到这个男孩激烈的心跳。

桌上，那碗粥冒着热气，温暖着孤寂的冬夜。

第十六章　谋划

三天后，沈西林在茂川别墅里向武田弘一汇报了对宫北电话局的调查情况。

"那个请了病假的维修员果然有问题。"沈西林把一份档案放在武田弘一面前，武田打开仔细地看着。沈西林接着说："他叫胡大明，根本没生病，请假也许是察觉到了什么，逃回了蓟县老家，我的人把他抓住了，他交代了一切，正是他在跟那个约翰神父一直保持联系。"

"他是共产党吗？"武田弘一追问道。

"那倒不是，他有个小舅子叫陈平，是军统的人，给了他钱让他充当联络员。"沈西林解释着。

"军统的人？这我倒没想到。"武田弘一抬头看了看沈西林，沈西林觉得那目光像是在扫描自己的大脑，似乎是想要找到什么破绽。

沈西林表现得毫不在意，恢复了以往那种令人熟悉的微笑。

"我一开始也没想到，老蒋怎么会跟苏联的共产国际搞到一起？不过再一琢磨也能理解，老蒋的大公子在苏联待了整整十二年，还参加过苏共，现在美国人都跟苏联结盟了，依靠美国的老蒋转变对苏联的态度也不是不可能的。"沈西林的解释似乎有点道理。

武田弘一点点头，叹了口气，似乎是自言自语地说："军部的太平洋计划太着急了，如果不把美国拖进来或许……"武田没有继续说下去而是问沈西林，"那个胡大明的人呢？你带回来了吗？"

"非常可惜，我的人在带他回来的途中遇到了埋伏，还是军统的人干的。我们的人去接应的时候，胡大明已经被打死了，我们的人也死了四个。不过胡大明的口供在这文件里。"沈西林回答。

武田弘一翻着文件找到了那份口供，还有胡大明毙命的照片。

"沈先生，这样的行动你应该通知我们，否则就不会是这样的结果。"武田弘一的眉头皱了起来，这个答案很明显不是他想得到的。

"我也没想到，整个华北都是我们控制的地方，可那些军统的人似乎还在渗透，

第十六章 谋划

而且胆子大得很，一个个的都跟敢死队一样。"沈西林相信那份文件是完全有说服力的。

"胆子大？那就是他们还不明白什么叫恐惧。"武田弘一合上了文件冒出这样一句话。

武田弘一不是随便说的，从这以后日本人制造的恐怖越来越升级了，每天都有日本的行刑队在路上枪杀他们认为一切可疑的人。

有时候甚至不是一个人，是整个家庭，整个店铺，甚至整条街道。

日本人派来的督察员也进驻了电话局，每天在上下班时，督察员会首先检查维修员的行李。稍有不如意就对维修员连打带骂，用他半生不熟的中文说：要不是需要有人维护电话线路，我可以把你们所有人都送到集中营里去！

恐惧在整个城市里蔓延开来。维修员们不再像往日一样谈论女人、有说有笑，没人知道自己送信会不会给自己送来一颗子弹，更多的干不下去申请辞退了。

老谭给电话局局长打了个招呼，让他尽量少让子生值班，尽量回避子生和日本督察员接触。

子生整天无所事事，变得更加沉默了。

那段时间，回到家的子生也不再写什么了，而是练起了老谭教他的竹签。

冬天里已经没有西瓜了，子生买了几个南瓜，将他们固定在桌子上，用竹签来来回回插着，只插的南瓜上满是伤口，一个个窟窿无声地盯着子生看，像是控诉。

他每次想象的竹签都是插进日本兵的心脏，虽然他并不熟练，离杀人还有很长的一段距离。

起初兰英对子生这样发泄般的练习并不说什么，只是坐在一边补衣服、袜子，继续帮邻居拆洗被褥换些家用，时间长了还是看着子生那么没头没脑地乱劈乱刺，兰英终于忍不住跟子生说："你杀不了人，你的手上没有那股狠劲儿。"

"我心里有仇恨，只要有恨，就能杀人。"子生不以为然。

兰英摇了摇头，低声说："我记得小时候我参跟我说过一个故事，老鹰教小鸡学飞，小鸡以为自己是老鹰，所以每次都非常认真地俯冲，然而它终究是小鸡，摔得头破血流，有些事，并不是你想做就能做到的。"

"你甭管。"子生瓮声瓮气地说。

兰英走到子生身边指了指子生的心口说："反手用力更好些，如果杀不了别人可以冲这儿来，这样能少受点苦。"

子生明白兰英的意思，但他的练习依旧，虽然他没有老谭那样的力道和技巧，虽然他的竹签经常会折断，但南瓜上的那些窟窿还是越来越深了……

一天莫燕萍出门，在屋子憋的时间长了她就喜欢出来走走，一般都是向原来的教会学校的方向溜达。刚从花尊公寓出来，莫燕萍就看到两个便衣特务在门外等着。为首的一人说："莫小姐，请上车。"

莫燕萍慌了，她突然联想到当年自己在教会学校的礼堂被特务带走的情景。

可今天这一切来得毫无征兆。

坐在车里，前面的特务都显得很严肃，一句话也不说。

莫燕萍很紧张，是自己传送情报被发现了吗？她的手紧紧攥着手包，里面有把锋利的小剪刀，这把剪刀对付过流氓葛三，也曾经想插进沈西林的脖子……现在，莫燕萍还是经常带着它，她知道自己没有胆量杀人，但是她有勇气用这剪刀来解决自己，她不想再次进到特务机关的刑讯室里。

车在暗夜里行驶着，摇摇晃晃。

莫燕萍有些头晕，她没喝酒，可她却有些懊悔为什么出门前不猛喝两杯，那些酒精至少可以使自己麻木，还能壮壮胆。

在慌乱不安中，莫燕萍暗示自己必须打起精神来，那只伸在皮包里握着剪刀的手已经汗涔涔的，只要情况有什么不对，她必须迅速地把这剪刀插进自己的喉咙里……

街上已经没有了行人，天气渐渐冷了，初冬的严寒带着一股铁气硬生生将这个城市封闭起来，空荡荡的街道透过车窗，让坐在车内的莫燕萍心里也空落落的。

她突然期盼沈西林此刻坐在自己的身边，如果他在，一定不会让自己再回到那个刑讯室，他会保护我的。这样的想法，让她心里不由得生出一阵温暖，随之而来的是对这想法很强烈的厌恶。她憎恨自己有这样的想法。

为什么我会依赖他？他不是好人，他是汉奸！莫燕萍反复在心里提醒着自己……

坐在汽车前排的两个特务依旧表情严肃地看着前方，但似乎他们对莫燕萍并没有充满了警惕和防备。

我可以跳车跑了，但随即莫燕萍又打消了这个念头，就算跳下车又怎么样，还是会被他们抓住，莫燕萍暗暗叹息了一声，她实在不知道这些特务葫芦里卖的是什么药。

轿车并没有开进阴森的青木公馆，而是在日本租界边上拐了个弯儿，转进睦南

第十六章 谋划

道进入意大利租界，最后开进了一幢豪华的西式洋楼里。

特务恭敬地打开车门，让莫燕萍下车。

莫燕萍战战兢兢，强忍着心里恐慌，在脸上做出淡淡的优雅的微笑不失仪态地跟着特务走进了洋楼。

这是个三层楼的建筑，带有明显的巴洛克风格，在英、法、意、德、西班牙等国各式风貌建筑林立的租界里，这栋洋楼奢华中却不失格调。

特务把莫燕萍领进一个房间，什么都没说就转身出门了。

这是一间干净整洁的休息室，里面的欧式古典家具显得温馨。莫燕萍还是猜不透带她来这儿是要干什么，不过既来之则安之，总算这里不是让人窒息的青木公馆地下刑讯室。

莫燕萍定了定神，捏了捏肿胀的双腿，整个人松懈下来。

这时，门开了，几个佣人手里捧着礼盒走进来，请莫燕萍更衣。

莫燕萍有些诧异，走上前打开礼盒，一件崭新华贵的桃红晚礼服出现在她的面前。那裙子在莫燕萍的手中抖将开来，实在是漂亮，映得整个房间的光线都浓烈起来，宛如"轰"的一声泼辣绽放的映山红，瞬间温暖了整个房间的空气。

再打开其他的礼盒，耀眼炫目的光芒散了出来，里面是珠宝首饰，对这些莫燕萍多少还算是懂一点，一眼便看出那些珠宝首饰都是欧洲订制的。

虽依旧狐疑，但还是听从了一边女佣的嘱咐，换下了衣服，戴上那些珠宝，在珠宝的光辉映照下，莫燕萍变得华贵起来，几乎都不认识自己了。

换好衣服，那几个佣人领着她离开休息室，走在西洋楼曲折的回廊里，莫燕萍发现刚才的房间只是这幢别墅的一个角房，这洋楼大得很，各个角落都装饰复杂而不失精致。走廊里不时有军装笔挺的日本军人以及衣着华丽的达官贵人路过，走过莫燕萍身边，他们都向莫燕萍微微点头示意，很明显把莫燕萍当作了贵妇人是某个重要人物的太太。

越走莫燕萍就越不解，她低声问身边的妇人："这是哪里？"

那个女佣笑道："这是香月清司司令的官邸。"

香月清司？这个日本名字很熟悉，很快莫燕萍想起来了，香月清司是日本天津驻屯军的司令，是日本在天津的最高军事长官。

他们把我带到这儿来干什么？莫燕萍心中的疑惑更大了。

走进大厅，迎面的暖气熏得莫燕萍面部毛孔舒张开来，巨大的水晶吊灯晃得莫燕萍有些睁不开眼，虽然有所准备但是里面的奢华还是让莫燕萍看得有些呆了……

这里正在举行一场豪华的舞会，管弦乐队演奏着动人的舞曲，人们三五一群聚在一起，开心地品着红酒、推杯换盏，好不惬意……

女人盛装如贵妇，男人们则个个都是绅士，要不是其间有些穿着日本军队礼服的士官，没人会想到战争正在进行着，这里的歌舞升平与战争距离太远，远到没法相提并论。

这就是日本人在侵略摧残着别国领土的时候，却从不忘记掠夺享受，也许被他们凌辱的民族的痛苦与他们无关……

这时，站在大厅对面的人群中沈西林已经发现了莫燕萍，此刻，他正穿着一身合身的燕尾服和身边的日本人谈论着什么，看到莫燕萍进来，连忙止住了话，向着莫燕萍走了过来。

莫燕萍也看到了沈西林，灯光下，她那张美艳动人的脸上带着一丝不满、一丝愤懑、一丝娇嗔，还带着一丝微笑，任何人都没办法不陶醉在她的流波里。

"怎么样？满意我这样的安排吗？"沈西林已经走到近前，他上下打量着莫燕萍像是欣赏一件自己设计的完美的艺术品。

"干吗不事先跟我说一下，让你手下人这样接我，我还以为出了什么事儿。"莫燕萍低声责怪他，眼里含着笑意，一点怒意都没有，倒像是打情骂俏。

沈西林笑了，带着一点狡黠的意味，在她耳畔轻声说道："我就喜欢你这样有一点担心的样子，让人恨不得揉碎你。"

莫燕萍瞪了他一眼，整个脸刷地红了。

音乐响起，沈西林做邀请状请莫燕萍共舞，两人跟随音乐滑进了舞池。

莫燕萍问："你不是去满洲出差了吗？怎么突然回来了？"

沈西林陶醉地看着她，说道："我提前回来了，想给你一个惊喜，今天是你的生日，衣服和珠宝是送你的生日礼物。打仗的时候，没什么比自己心爱的人还贵重。"

莫燕萍不知道该说什么。

沈西林搂着莫燕萍的腰旋转着，在莫燕萍的耳边低语道："我要让你成为最美丽的女人，我的女人。"

莫燕萍彻底恍惚了，这浪漫好像两人是在热恋中的一对情侣，可自己是睡在他身边的一个间谍……

一曲完毕，四周爆发出掌声来，原来四周的众人早都停住了步子围成一圈看着沈西林和莫燕萍跳舞，这样一对男人帅气、女人艳丽的组合的确是聚焦全场的最佳组合……

第十六章 谋划

莫燕萍只觉得一阵尴尬,脸颊绯红,不由松开了扶着沈西林肩头的手,倒是沈西林一点也不怯场,向众人弯腰施礼表示感谢,接着牵着莫燕萍走到一边。

沈西林随手从路过的侍者托盘中拿了两杯香槟,两人轻轻碰杯,眼神中透出柔情蜜意。

就在酒杯举到唇边的时候,莫燕萍突然看到不远处人群中一个穿着日本海军礼服的年轻军官在侧目望着她,两人目光交汇,那年轻军官举起酒杯微微示意,莫燕萍礼貌地笑了笑把酒喝了,那个军官也转头过去跟身边的人聊天,但时不时还是会侧脸向这边望过来。

这样的情况莫燕萍见多了,每次舞会都有各样的男人色迷迷地盯着她看,不过这次有些不同,那年轻的日本军官的眼神没有那么露骨也没那么色情,而且他那张侧脸轮廓分明,眉目清秀鼻梁高耸,加上合适笔挺的海军礼服显得这人不但英俊而且英气逼人。

他跟其他日本人有点不一样,没其他人那么讨厌。莫燕萍正想着,突然旁边一人拍了她的肩膀,回头一看正是玉茹。

"我的妹子,好久没见了,喜乐门你可有日子没来了。"玉茹一身锦缎旗袍勾勒出丰满的身段,拉起莫燕萍的手亲热地说着。

"玉茹?你怎么来了?"看到玉茹莫燕萍很高兴。

"还不是沈先生请我们来的,而且不光是我,喜乐门的姐妹们来了好多呢?"玉茹笑着说。

"这舞会人太多,我怕一会儿应酬多了不好陪你,就叫玉茹她们来了。"沈西林在旁边解释着。

这话说得真好听,不过莫燕萍明白,玉茹这些舞女来不是为了陪她,是为了陪那些日本军人的。

"哎哟!看你这身洋装真是好看,也就是你这身段这做派穿得出来,换了我,一定没你这样贵气。再看看你这项链,天!我可从没见过这么大的宝石,真是羡慕死你了。"玉茹看到莫燕萍一身的珠光宝气不由得赞叹着。

"你喜欢,让西林也给你送一套。"莫燕萍显得对玉茹很亲密。

"我哪有这样的福气。"玉茹打趣地说。

"别这样说,不就是些首饰吗?好说,让女人漂亮是我最喜欢做的事儿。"沈西林轻描淡写地答应着,似乎在女人面前他从不会丢了绅士风度。

"真的,那可太好了,我记住了沈先生,别骗我啊。"玉茹娇俏地笑了。

"我沈西林最不会的就是骗女人。"说着沈西林看了莫燕萍一眼,莫燕萍不知怎么居然有些害羞起来。

"哎，燕萍，那边那个日本军官好像老在看你。"玉茹也发现了那个英俊的日本军官。

"他不是在看我，我倒是觉得是在看你呢。"莫燕萍跟玉茹开起来玩笑。

就在这时，武田弘一走过来，礼貌地跟沈西林打招呼，看到莫燕萍更是一个劲儿夸赞她的美丽。

"中国的古书里形容美人是沉鱼落雁，我看莫小姐真是可担当这个词了，真是美丽得无法形容。沈先生得此瑰宝，夫复何求啊！"武田赞叹着。

莫燕萍低头谦虚了几句，一如既往略带矜持的高贵。

"而且不只是莫小姐，沈先生的朋友个个都是超凡脱俗的美人，真是让人羡慕。"武田弘一不失礼节地也夸了玉茹，话语间，让所有人都觉得舒服。

"这是玉茹，燕萍的朋友，她的舞姿可是一绝，难得能配得上武田先生的人。"沈西林向武田弘一介绍着玉茹，玉茹冲着武田微微一笑。

"是吗？那有机会一定要跟玉茹小姐共舞一曲。"武田弘一笑着回答。

正说着，那年轻的日本军官向他们几人走了过来。"叔叔，这些是你的中国朋友吗？可不可以给我介绍一下？"年轻军官对着武田弘一问道。

"当然，他们也一定很高兴认识你这帝国空军的英雄。"武田弘一高兴地接话，言语间透露出一种骄傲的自豪感。

武田给沈西林等人介绍这个年轻的军官。"武田信夫，我的侄子，大日本帝国海航第十二航空队的飞行中队长。"武田弘一边说，一边拍拍武田信夫的肩膀，眼中闪现出一丝骄傲的神情，看得出他很以这个侄子为骄傲。

莫燕萍将目光投向武田信夫，恰好武田信夫也正看着她，信夫的目光火热。只匆匆一瞥，也可以感受到他身上散发出的朝气与活力，但这种年轻却无法掩藏他身上蕴藏着的力量，一双明亮的眸子灵动而张扬地看着面前的一切。

武田信夫微笑着向沈西林和玉茹点点头，就在他侧过另半张脸的时候，莫燕萍和玉茹都不约而同地发出一阵微微的惊呼，那是信夫的另一个侧脸上有一道长长的伤疤，足足有十几公分，从眉毛的尾端一直蜿蜒延伸到腮边，宛如曾经被剜去了一块肉，伤口甚是可怖，凸起着，像一个肥硕丑陋的虫子蛰伏在他的脸上，显得触目惊心。

不过，莫燕萍和玉茹的惊呼倒没有让武田信夫觉得反感，反而更加昂起头，似乎是脸上的伤痕充满的自豪。

第十六章 谋划

就在这时,一曲新的舞曲响起。

旁边有军官来请玉茹跳舞,舞池里尽是漂亮女人陪着日本军官展现着舞姿。

武田信夫随即向沈西林提出要求,期望能允许他邀请莫燕萍跳一支舞,沈西林当然应允。

武田信夫欢天喜地地揽着莫燕萍滑入舞池……

武田弘一看着武田信夫挺拔的背影,不由叹了一口气。

沈西林与之碰杯,看出武田弘一眉宇间似乎透出一丝忧虑,沈西林笑了,说:"怎么?武田先生也有惆怅的时候。"

"信夫是我哥哥的儿子,哥哥去世得早,信夫从小跟我一起长大,他喜欢文学,喜欢音乐,还喜欢考古和收藏,曾经在日本国立音乐学院学习作曲,我很喜欢听他弹钢琴,如果不是战争,也许他能成为一个钢琴家或者指挥家。"武田弘一幽幽地说着,这些话让沈西林有些意外,他一直以为武田是个战争狂,那么他最亲密的人参军,不是应该是一件值得高兴的事情吗?

"怎么,您不喜欢他参军吗?"沈西林问。

"沈先生还没有孩子,不会理解我的感受,军人并不是最好的职业。"说话间,武田弘一脸上流露出一丝丝的遗憾。

"这可不太像是您说出的话,建立大东亚共荣圈难道不比这些个人的理想更为重要吗?"沈西林问道。

武田弘一摇了摇头:"不管怎么说,战争是残酷的,战争必须要有人去流血和牺牲,不过对于信夫这样的年轻人我不能不觉得遗憾。他从小就没了父亲,我的妻子去世得也早,所以我把信夫看成自己的儿子,这世界上没有一个父亲愿意自己儿子经历战争。"武田弘一的脸上露出一些落寞。

"看得出您很伤感,不过信夫这样杰出的年轻人在军队应该是很有前途的。"沈西林探究地看着武田弘一。

"当然,帝国的利益是高于一切的,大东亚共荣是我们的使命,每个日本人在这场战争中都应该恪尽职守、为天皇效命。"武田弘一慷慨激昂地回答着。

"是啊,为了大东亚共荣,干杯。"沈西林不失时机地再次举起了酒杯……

舞池里,武田信夫的舞步娴熟,弄得莫燕萍甚至有点跟不上,而且信夫很是开朗,一边跳舞一边跟莫燕萍闲聊着,不时流露溢美之词。莫燕萍点头微笑,对这个年轻的日本军官生出了几分好感。

一曲舞毕，武田信夫与莫燕萍回到沈西林身边。

"您夫人的舞跳得真好。"武田信夫看了看莫燕萍扭头对沈西林说，"能这样跳舞真是享受。"

"不是夫人，是我的女朋友。"沈西林似乎感受到了莫燕萍的尴尬。

"是吗？那我太羡慕您了，能追求到这样的姑娘。"武田信夫的目光炙热。

"看你说的，我哪有那么好，我的舞还是西林教的。"莫燕萍不失时机地挽起沈西林的手臂，很亲昵地靠在沈西林身边似乎是在向武田说明着什么。

两人如此亲密，明显让武田信夫有点失望，还是武田弘一打破了尴尬说："沈先生是天津很出名的人物，为帝国做出了很多贡献，信夫你一定会跟沈先生成为朋友的。"

"当然，特别是得到帝国勋章的英雄，怎么会不是我沈西林的朋友。"沈西林奉承地回复武田弘一的话。

沈西林优雅的谈吐顿时赢得了武田信夫的好感。

英雄？莫燕萍看着武田信夫制服上的勋章有点不明白。

"信夫有幸得到了天皇亲自颁发的五级金鹫勋章，在日本，这对于一个年轻的空军中队长而言，是非常难得的。"武田弘一解释着。

"那一定是非常激烈的战斗，让信夫君得此殊荣。"沈西林恭维着那个骄傲的年轻军官。

"是的，那是我第一次驾驶零式参战。"武田信夫骄傲地讲述起他的资本。

武田信夫的确很有骄傲的资本。那是1940年在中国的汉口，日本的新型零式战斗机的第一次空战，作为第一批零式战机的飞行员武田信夫参加了那次战斗，中国空军的战机被悉数击落，而零式无一伤亡，武田信夫更是因为独自击落四架中国空军的战斗机而被授予了五级金鹫勋章。

这次舞会之后，沈西林果然跟武田信夫成了朋友，随后的几天沈西林总是时不时地约武田信夫出来见面，喝喝下午茶，去英租界的跑马场骑马，晚上再去日租界的小居酒屋喝清酒，要不就去德国人开的酒吧跳舞……

不过与其说是沈西林约武田信夫，倒不如说是武田信夫想跟莫燕萍见面，因为每次相处武田信夫的目光总是时不时地落在莫燕萍身上，沈西林当然知道，不过似乎他不是很在意，每次见武田信夫他都会把莫燕萍带上。

不管是在咖啡馆里闲谈，武田信夫特意显示自己风趣的谈吐，还是在跳舞的时候，对莫燕萍含情脉脉的眼神，甚至在教莫燕萍骑马时，坐在她身后揽着她的腰身。沈西林似乎没有表现出任何嫉妒的意思。

第十六章 谋划

沈西林仿佛在把玩着这个场面，眉头舒展，用一种欣赏的眼光看着别人对自己女人的追求……

莫燕萍觉得沈西林很怪甚至有些变态，便问沈西林心里到底怎么想的？"如果你是真的爱我，那为什么一点都不会吃醋呢，还反复制造我和武田信夫接触的机会？这世界上没有一个男人会这样对待自己心爱的女人。"

沈西林不以为然，挑逗地托起她的下颌，亲了亲她的耳垂，说："这有什么？让那个骄傲的家伙追求你不更显出我的女人有魅力吗？而且他不会对你做什么，因为那家伙可怜的自尊心不准许。"

"你真是变态！变态得讨厌！"莫燕萍表现得很不满甚至有些愤怒。

"你怎么了？"沈西林一把揽住她。

莫燕萍挣脱，却未能得逞，赌气瞪了他一眼："还用问，你这样就是一点都不在乎我！你是真的喜欢我吗？"

莫燕萍觉得自己是装的，在发怒让身边的男人觉得自己很在乎他，可话一说出来，她自己都有些恍惚，仿佛是发自内心的，自己是不是真的那么想了。可能她希望沈西林对她能再认真一点。

"干吗那么生气？我说过你是我的，我不会让任何人得到你。"沈西林认真地对莫燕萍说。

"谁知道你是不是真的这样想的。"莫燕萍俏皮地调侃道。

"还怀疑我？我说过，我从不骗女人。"沈西林那坏笑的样子让莫燕萍心里恨得痒痒，却又无法抗拒这个男人的魅力。

"可是老这样我别扭。"莫燕萍对这样的安排有点不自在。

"没什么别扭的，那个会开飞机的家伙除了是个情圣以外，他说的很多东西都是有价值的，在我手里也许就会变成钱，在你身上就是那些让你更美丽的珠宝钻石。"沈西林坏笑着说。

"你说的这些我不明白。"莫燕萍淡淡地说。

"女人不需要明白那么多，只要他的男人明白就够了。"沈西林话里有话，说的轻描淡写。

第十七章　情欲

　　沈西林的确是处理人际关系经验方面的老手，再跟武田信夫见面他会暗示莫燕萍把玉茹叫上一起参加，这样两男两女就不会让任何人感到尴尬。

　　看得出玉茹是喜欢武田信夫的，不管武田信夫的目光和心思是不是在她身上，她总是显得跟武田信夫很亲密，仰慕地问这问那，也许是她自己好奇或者是沈西林授意，玉茹会冷不丁地问武田信夫开飞机是什么样儿，那飞机能飞得多快，他们航空队有多少人，武田信夫这个中队长是个什么样的官儿……

　　当然在那个时候，莫燕萍也会睁大了眼睛同样仰慕地看着武田信夫，似乎在等着自己的英雄讲述一个奇遇或者是奇迹……

　　沈西林突然插嘴道："有一个传言说，大日本帝国的海航飞行员没有陆航飞行员水平高，这句话确切吗？"

　　这句话显然让武田信夫有些不服气，他拿起桌上的铅笔和餐巾纸，一面画着零式战斗机的草图，一面解释海航飞行员必须具备高超技能："操作零式战斗机，只有高超技能的飞行员才能在军舰上起飞降落。"

　　武田信夫说到这里，停了下来，叹息了一声："不过，所有的战斗机都是需要改进和发展了，零式战斗机也不例外。"

　　说完这些，武田信夫才醒悟到自己是不是说得太多了，于是揉掉了图纸，扔垃圾桶，把话题岔开了。

　　趁着武田信夫不备，沈西林偷偷从垃圾桶内将那张揉掉的图纸重新捡起来，揣在了衣兜里。

　　莫燕萍这一次真的生气了，自己在沈西林心里到底有多少分量，为什么在明知道对方期望追求自己的情况下，任其与自己接触？

　　抑或，他真的不爱她？

　　莫燕萍想到这里有点心痛。

　　沈西林洗完澡从浴室走了出来，凑到坐在梳妆台前发呆的莫燕萍身边："你怎么了？"

"你到底想干什么？"莫燕萍忍无可忍，皱眉，盯着沈西林看。

沈西林笑了："原来你真的生气了。"

莫燕萍冷笑道："我能不生气吗，我还是你的未婚妻，还是你的女人吗？"

沈西林没有说话，从一边悬挂衣服的口袋里掏出那张武田信夫画的图纸："我想要的是真正的零式战斗机图纸，而谁都能看得出来，那个男人喜欢你。"

莫燕萍冷冷瞅着他："那又怎样？"

沈西林正色道："我看得出来武田信夫是个飞行狂，并且在研究零式战斗机的改进，那么这次来天津度假，很有可能带着图纸。我相信你有这个机会。"

"你的心里果然没有我。"莫燕萍叹息，有些失落，对着镜子看着自己。

"我是个商人，一切可以带来金钱的机会，都不会放过，何况这是可以挣上一箱黄金的大买卖。"沈西林解释道。

莫燕萍听了这话，更是失落了。

次日，失落的莫燕萍预备去街上买几尺布，做一件上好的旗袍。男人辜负自己，难道自己还要辜负自己吗？

莫燕萍刚坐上黄包车，就发现黄包车的车夫正是周先生。

那天在山货店二楼，周先生对莫燕萍说："已经从子生那里获悉了武田信夫的存在，零式战斗机在太平洋战场上，所向无敌。如果有机会，希望你能弄到零式战斗机的图纸，扭转太平洋战场局势。"

莫燕萍说："沈西林也想弄到零式战斗机的图纸。"

周先生有些疑惑："那你清楚他的目的吗？"

莫燕萍自嘲地笑了："他是个商人，他不会放过任何一件值钱的事情。"

起初，莫燕萍并不相信自己能拿到零式战斗机的图纸，然而一切出乎意料，来得竟然那么简单。

与周先生见面的第二天，武田信夫就来约莫燕萍，偷偷带莫燕萍进入了天津郊区的军用机场，他想让这个美丽的中国女人亲眼看看那马上就要震惊世界的空中利器。

在走进机场的一刹那，莫燕萍偷偷丢下了自己手里的珠串。武田信夫并没有察觉这一小细节，或许他的眼里已经只有莫燕萍了。而这么美丽的女人怎么会有那样多的心机。

庞大机库的顶灯逐个打开，涂抹着太阳旗的银色战斗机出现在眼前，那铝制的机身和短小的机翼庞大的螺旋桨像是个精致美丽的玩具。

"这就是日本海军航空兵的 ZERO，日本飞行员的灵魂。为了它我愿意付出一切！"武田信夫自豪地说着。

莫燕萍觉得武田信夫看那飞机的眼神已经超过了看自己的眼神，或许他真正喜欢的是那架飞机吧。

"它一定会让我为日本建立更大的功勋！"武田信夫眼神中对那冰冷的战斗机的迷恋丝毫不减。

当莫燕萍看到维修室时，她突然摸了摸自己的手腕，有些意外又有些焦急地喊道："呀，我的珠串不见了。"

武田信夫忙询问："什么珠串？"

"我手腕上的珠串，是我奶奶留给我的唯一遗物。"看上去，莫燕萍急得快要哭出来。

"别急，仔细想想。"武田信夫安慰着。

莫燕萍仔细想了想："可能，可能是在进机场的时候，弄丢的。"

武田信夫点了点头："别着急，你在这儿等我，我去找找看。"武田信夫迅速地走开了，消失在了维修中心门口。

支开了武田信夫，莫燕萍赶忙走进了维修室，令她没有想到的是，一辆零式战斗机正在维修，一边放着图纸，机身也被拆开了。

莫燕萍从包里拿出了微型照相机，紧张拍摄起来。

"你是什么人？"一个人在她身后突然用英语喊道，吓得莫燕萍魂不守舍，回转过身，就在这个时候，手提包掉落在地，包括那件微型照相机，也落在了地上。

对方是一个日本维修工程师。

"你是什么人？怎么会在这里？不知道这里是不能乱闯的吗？"那人很凶，冲了过来。

紧急关口，武田信夫回来了，经过武田信夫的劝说，那人才罢了休。

武田信夫帮着莫燕萍收拾地上散落的物品，莫燕萍偷偷将微型照相机拾起来，放到自己的手心里。

武田信夫将物品装好交还给她，并将失而复得的珠串重新套在了莫燕萍的手腕上。

莫燕萍似乎有些懊恼而劫后余生的紧张："我看我们还是赶紧走吧。"

武田信夫一把拉住她说："我在这里，你什么都不用怕，你不想了解我吗？我带你感受一下跟零式一起翱翔的滋味。"

第十七章 情欲

　　武田信夫的提议让莫燕萍彻底被震惊了，不知道是被武田信夫那热情的眼神所迷惑还是女人天生具有的追寻刺激的心理，莫燕萍居然答应了……

　　靠在武田信夫的身上挤在狭小的飞机控制室里，在马达轰鸣声中莫燕萍头晕目眩地被带上了蓝天。

　　那是个傍晚，落日的余晖把云彩映得红彤彤的，漫天都是橘红色，不同深浅的金色和红色交织在一起，像一幅油彩画，绚烂而多彩。莫燕萍随着武田信夫在空中盘旋俯冲，回旋侧翻，在云朵中穿行……

　　如果没有战争，这该是一个人能感受到的前所未有的美好……

　　飞机落地引起了地勤人员对这次毫无准备和申报的飞行的注意，在武田信夫帮着莫燕萍从机舱上下来的时候，一个军曹走过来询问这是谁批准的飞行，为什么地勤计划上没有记录，在看到武田信夫身后的莫燕萍，那军曹脸色变了，扭头大喊："宪兵！宪兵！"

　　武田信夫一拳打在那军曹鼻梁上，军曹顿时晕了过去。趁着夜色，武田信夫带着莫燕萍翻上了一辆离开机场的军车，逃出了机场，身后是机场内的探照灯和警笛大作……

　　在临近市区的地方，武田信夫和莫燕萍又跳出军车，向市区里跑着，两人手拉着手，像两个做了坏事儿小孩，一边跑还一边笑着……

　　很快到了市区，两人的脚步都慢了下来，一路的奔跑让他们都喘着粗气，再看看身后没人确定自己安全了，气息逐渐平复下来，莫燕萍和武田信夫不约而同看着对方，再次忍不住笑出声来。

　　笑声过后，武田信夫看到莫燕萍脸上蹭了些油渍，轻声说道："看你的脸。"

　　"怎么了？"莫燕萍用手摸了下脸，发现手指是黑的，连忙用手擦着，可是却擦不干净。武田信夫掏出手绢靠过去帮莫燕萍擦去脸上污迹，两人离得很近，武田信夫不由自主地捧起莫燕萍的脸深情地看着。莫燕萍有些紧张似乎听到了自己心脏在怦怦跳动的声音……

　　终于，武田信夫忍不住低头向莫燕萍吻了过去，莫燕萍却扭头躲开了，可武田信夫还是不甘心再次把莫燕萍的脸扳了过来，当他还想亲吻莫燕萍的时候，莫燕萍用力地把武田信夫推开了。

　　这下，两人都觉得有些尴尬，不知道该说什么好。这时，不远处有汽车喇叭响了两声，是沈西林从车上下来。

　　"信夫君，你们在这儿呢？燕萍说你要带她去看飞机，我正好刚开完会想去凑凑热闹，没想到在这儿遇到你们了。怎么样去喝一杯？"沈西林问道。

他怎么会在这儿出现？难道他一直在跟着我？莫燕萍奇怪沈西林的突然出现，不过她也无暇多想，毕竟他的出现解除了现在的尴尬。

莫燕萍上了沈西林的车，能感觉到武田信夫内心的失落。

武田信夫对莫燕萍真诚地说道："明日，我将回到日本，参与到战斗中去。"原来武田信夫带莫燕萍去机场的原因是将要分别。

莫燕萍诧异地看着他，问："这么快就走了？"

武田信夫点了点头，微微一笑："这次来天津，很高兴能认识你们，放心，战争不会太久，我很快就会回来，到时候我们再聚。"

那天已经快凌晨了，莫燕萍才跟着沈西林回到花尊公寓。

莫燕萍换下衣服，对着梳妆台整理自己的头发。

沈西林微笑着看着莫燕萍："今天没有得到什么？"

莫燕萍听了这话，索性将手里梳子"啪"地扔了："你想我得到什么？想我得到其他的男人吗？"

突然，莫燕萍的头脑灵光一现，不对，今晚，沈西林应该一直在跟踪着自己，否则不会那么巧，在回来的路上碰到自己。

莫燕萍故作妩媚地看着沈西林："你是不是特别怕我跟那个男人跑了，所以整宿整宿地跟踪我们？"

沈西林听莫燕萍这么一说，笑了："我有绝对的把握，他不会那么干。"

"所以你才放心地让我跟一个男人一起走？"莫燕萍怒急反笑，"我真该感激你的深思熟虑啊？"

莫燕萍将微缩相机从包里掏出来扔在床上，怒气冲冲地说："那我告诉你，你猜错了，我们什么都干了，他亲吻了我，睡了我，甚至还带我上天了，那种感觉，你知道吗，特别爽……"

沈西林的脸色一点一点变了。"你他妈说什么鬼话。"沈西林骂道。

"你想得到的东西，不是已经有了吗？"莫燕萍起身往自己房间走去。

沈西林一把拽过她，吻住她，两人滚倒在床上。

次日清晨，莫燕萍看着已经醒过来的沈西林。

沈西林有些意外，问道："怎么了？"

"没什么，我好像永远也看不懂你，你在我心里就是一个谜。"莫燕萍淡淡地说。

沈西林叹息："我只是希望你能幸福，你不需要明白太多，只要你快乐就好。"

"我能快乐吗？"莫燕萍凄然一笑，没有再说话了。

这一天，莫燕萍跟踪沈西林，发现沈西林将胶卷卖给了一个法国人，这个法国人她认识，正是前段时间和沈西林比赛玩飞镖的艾洛德。

第十八章 纠纷

午后，莫燕萍的窗口又出现了那盆黄色的小雏菊。

子生如约而至，这天莫燕萍穿着一身褐色的旗袍，头发盘起，露出光洁的额头，显得高贵而冷艳。

莫燕萍将一封厚厚的信递给了子生，那是她得到的相关零式战斗机的情报以及沈西林与艾洛德接头的信息，不过表面上看，那只是一封普通家书。

在这冰雨交加的街头，子生将那封"家书"放到了活动信箱里。

天气真是让人难受，夹杂着冰碴的雨水打在脸上犹如针刺般的疼，双手即便是套在连指的厚手套里，也依然被冻得又红又肿，子生不由得加快了骑行的速度，想尽快地回到电话局去。

一个小巷子在身边一闪而过，在眼睛的余光里，子生似乎看到了巷子深处有人影晃动，其中一人应该是个姑娘，穿着桃红色的小袄……

这还要多亏老谭的训练，他要求子生在最短的时间记住看到的一切，哪怕只是轻轻地扫一眼，不管是人还是事物都要牢牢地印在心里……

那姑娘的身影有些熟悉，自己应该在哪儿见过。

子生忍不住将车折回，在巷口，他看得真切了，巷子里的人他果然见过，那是孙文娟，正在神情紧张地为旁边的人打伞，那人动作慌乱地在墙上贴着反日标语，这是他的老同学孙文博。

两人挨家挨户在门上贴着打倒日本帝国主义的标语，虽然时不时两人也四下看看，可明显太缺少经验，完全没有发现躲在巷口的子生。

看着这兄妹俩冒失的举动子生摇摇头，子生本想调头走掉，这时远处街道上一队巡逻的日本兵远远地走了过来。而小巷里的兄妹俩还在忙活着，浑然不觉危险的来临……

子生连忙将车骑了过去，冲到孙家兄妹旁边，低声喊着："快走，日本人来了！"

孙文娟先是吓了一跳，接着看到子生又是一阵惊喜，跺脚道："呀，是你啊！"

这真是一株从未见过风雨的忘忧草,哪里知道什么是生死攸关,好像这只是闹着玩的一个游戏似的。

"是你?子生?"孙文博也有些吃惊。

"别说了,快跟我走!"子生带着兄妹俩向巷子深处跑去,拐过一个弯,直接闯进一个虚掩着的院门,子生把院门关好,自行车靠在一个房檐下面,领着孙家兄妹穿过七扭八拐的院中小路,从后院的矮墙边翻了出去……

远处,日本人叽里呱啦地喊叫声传来,很明显他们发现了标语,一阵军靴杂乱的脚步声,他们开始四处搜查了……

子生拖着孙家兄妹左转右转,转过一个街巷,再从另一个巷子的一间破败的后门窜了进去,又绕过一条仅一人通行的胡同……

子生在宛如迷宫的租界胡同里带着孙家兄妹逃得越来越远……

从胡同里冲出来,是条车水马龙的街道,孙文博勉强能跟上子生的脚步,但也是跑得气喘吁吁,孙文娟早已累得筋疲力尽,粉嫩的小脸涨得通红。孙文娟摆摆手,摇了摇头:"我实在跑不动,让他们把我给逮去吧,我实在是受不了了。"

子生看了一眼孙文娟,叹了口气:"不用跑了。"

孙家兄妹这才发现身边店铺挂着的尽是日本国旗和日本标语,他们居然已经到了日租界。

"这是日租界!到这儿干吗?"孙文博有些紧张地问。

"到这儿才安全,没人会想到贴那些标语的人会往日租界跑。"子生回答道。

孙文博不由得佩服子生的判断,这个当年木讷甚至有些懦弱的老同学,现在眉宇间却散发出一种跟他年龄不相符的沉着和冷静。

十多分钟后,三个年轻人走出日租界来到德租界一家西式咖啡店,选了一张靠窗的桌子坐下。

孙文博很高兴,拍了拍子生的肩膀说:"真不容易,咱俩都两年多没见过面了,真想不到今天能遇见。"

"什么遇见,今天是他救了我们。"孙文娟带着仰慕的神情看着子生。

"没什么,救人谈不上。"子生依旧淡淡回应着。

"怎么谈不上,我得好好谢谢你。Waiter,来三杯咖啡。"孙文博喊着。

侍者送来酒水单,孙文娟挑剔地选了半天,似乎每一款都不满意,好不容易选好了,还不忘记嘱咐服务员:"多放一些奶油,不用放糖,咖啡熬得久一点……"

孙文娟完全是那种天真烂漫的少女。此刻正目光盯着子生,很亲热地说着:"在

第十八章 纠纷

天津卫,想喝一杯像样的咖啡都不能。改天去我家,给你煮我从国外带回来的咖啡,是正宗的蓝山咖啡。"

孙文娟的热情让孙文博很是意外,他看着孙文娟再看看子生,有些狐疑地问:"怎么,你们俩认识?"

"我们见面可传奇呢,那天……"孙文娟刚要说什么,就被子生拦下来。

"我只是一个电话检修员,和你妹妹是在检修电话线路的时候认识的。"子生一边说一边向孙文娟使着眼色。

孙文娟有些不满意,还想说话。

"我当时还跟你说,日本人很危险,应该少说话,少出门,你忘记吗?"子生笑着抢着说。

孙文娟想起两人当日的约定,嘴边的话硬生生地咽了回去。

孙文博还是觉得奇怪:"你去过我家?我怎么不知道?"

"临时的一次,我替人去的,一个维修员,你是大少爷当然不会知道。"子生应对自如,他不想让老同学对自己的身份有任何怀疑。

侍者端过来咖啡,孙文娟喝了一口,眉头皱了皱说:"太难喝了,这是咖啡么……"

子生看着孙文博问道:"你们一直在做这样的事儿?"

"当然!"孙文博眉毛挑了挑,骄傲地说道,"不只是我们,还有汪大川。大川还记得吗?前一阵他带着几个兄弟还袭击了巡逻的日本兵,打伤了两个呢……"孙文博说得很兴奋。

子生暗示他小点声。

孙文博压低了声音接着说道:"子生你也一起来吧,好多以前的同学都跟我们一起干呢!你路这么熟,贴标语正合适。"

"就是啊,你太厉害了,那些乱七八糟的胡同,你居然都记得。"孙文娟也在一边帮腔。

子生喝口咖啡,淡淡地说:"我是电话维修员,道儿熟很正常。"

"所以我们才需要你这样的人,还记得以前我们用弹弓打日本车吗?知道吗,大川他们找到这个了。"孙文博用手比画出了手枪的样子。

子生摇摇头:"算了。别这样干,没意义。"

"没意义?那你说什么有意义?"孙文博脸上的表情凝固住了,冷言问子生。

子生没有说话,木讷地低头不语。子生的反应让孙文博完全没想到,他本以为子生听到这些消息会跟他一样兴奋。

"太危险,而且会白白地死掉。"子生喃喃地说。

"怎么是白死?我们就是想让日本人知道,中国人不怕他们!"孙文博激动不已。

"死人当然什么都不会怕。"子生的言语里带了一丝无奈。

被老同学这样攻击,孙文博的脸上立刻挂不住了,突然站了起来,激动地对子生说:"你就是害怕,就是想当亡国奴是吗?"

子生没说话,他不想辩解。

"没骨气!就是因为有你们这样懦弱的人,咱们才会让人家欺负,让小日本人在我们头上拉屎拉尿,你就想这样活着?"孙文博愤愤不已。

"哥,你干吗?"孙文娟很不想哥哥就这样跟子生吵起来。

子生表情依旧淡然,缓缓说:"我只希望咱们都能好好活下去,这样的世道,能活下去,比什么都强。"

孙文博表情降至冰点,拿起椅子上的外套,站了起来,对文娟说道:"咱们走,跟这样的人喝咖啡是我们的耻辱。"

孙文娟很意外,看看文博又看看子生,似乎很不愿意现在就离开。

孙文博已经不耐烦了,站起身掏出钱摔在桌上。"文娟,你还不走?"说完孙文博往店门口径直走去。孙文娟呆了呆,无可奈何地跟了过去。

子生面无表情隔着玻璃看着窗外孙家兄妹离去的身影,孙文娟不时地回头看着,表情不舍。

这时,服务员送上了剩下的两杯咖啡,看到只剩下子生一个人坐在那里,不知道该如何是好。

子生将目光移向服务员。"放下吧,我一个人喝。"子生懒懒地说。

周先生从子生那里获得了沈西林将图纸卖给艾洛德的消息。

沈西林为什么将情报交给法国人艾洛德?真的只是为了钱吗?或者还有其他的原因。周先生想到了黄少峰,组织上曾经派潜伏南京多年的黄少峰来天津,目的就是为了与当年失散在对方阵营的同志接头,那么这个人会不会就是沈西林?我们得到的情报会不会就是沈西林故意传递出来的?

周先生决定要回老家一趟,如果沈西林是自己人,那么会在老家找到自己所需要的答案。

同样,这些图纸通过活动情报传递给了老谭……

次日,子生出去送信,刚把自行车骑出电话局的大门,一个人影从一边闪了出来挡在前面,子生连忙把车刹住,定睛一样居然是孙文娟。她一身粉色洋装再加上一顶缀着亮片的礼帽,嘴角上扬,眉头轻拧,带着少女特有的俏皮而可爱,那是另一种女孩的魅力。

第十八章　纠纷

"我哥哥他不是故意的!"孙文娟对子生道歉。

子生笑了笑说:"没关系,只是我们的事儿别跟别人说就好。"

"那就好,我还害怕你小心眼呢。"孙文娟笑得开心。

子生摇了摇头,说:"怎么会?昨天的事儿我都忘了,你来我这儿就为了跟我说这些?"

孙文娟嘴唇嘟在一起,伴装不高兴地说道:"没事就不能找你了?以后我隔三差五就来找你玩。"

"我这儿有什么好玩的?"子生反问她。

"好不好玩我说了算。"孙文娟歪着头,笑意盈盈地看着子生。

子生摇摇头说:"快回家吧,我得去修电话线去了。"子生不再理孙文娟,从她身边径直地骑了过去。

"哎,你!"孙文娟有些恼怒。看着子生渐渐远去的背影,孙文娟喊道:"以后我会常来看你的,经常来,你不许烦我……"

子生没理会,对这样孩子气的话他是不会放在心上的。

没想到孙文娟还真没有食言,有事没事都会来电话局找子生,子生不冷不热不咸不淡地回应着,不厌烦也不热情。

孙文娟却无所谓,不是叫个人力车跟在子生后面,就是在子生去修电话线路的途中等着他,手里水壶中还装着煮好的咖啡,要不就是故意午时拦下子生非要带他去咖啡馆吃顿午餐……

如果时间晚了,就坐在子生自行车的后座上强迫子生送自己回家……

子生的生活里好像多了一个顽皮爱闹的小妹妹,有几次去活动信箱传送情报,子生都没有把孙文娟摆脱开,还好子生在关键时刻,还是找到借口暂时脱身完成了那些任务。

甚至有一次,在孙文娟的眼皮底下,那是在菜市场,子生指着远处拿着气球的小孩让孙文娟看,就在孙文娟回头的短短几秒钟,子生在活动信箱里放好了情报同时做好了记号……

似乎孙文娟的出现让子生做那么危险的事儿有了更好的掩护。但子生知道这样是不妥的,有时候他觉得孙文娟太黏人,可他更清楚似乎是自己不想摆脱开这个女孩,在他的内心深处,他知道自己正被这个女孩感染着。

这个女孩热情大方,不同于兰英,更不同于莫燕萍,仿佛在用自己特有的年轻朝气影响着身边的一切,如同一个可以净化内心的喷泉,只要在她身边,不论你是不是想躲避,都会沾染到喷泉溅出的水珠。

一些维修员半开玩笑半认真地取笑子生，真是太有手段了，那个孙文娟一看就是有钱人家的小姐，以前维修员们不过就是找那些姨太太或者外出做生意独守空房人家的老婆，再不就是跟被包养的舞女们滚滚床单，可子生不声不响就钓上了一个千金小姐。

不知道为什么，子生似乎很害怕和孙文娟交流过深，仿佛是怕伤害了她，在她的面前，好似需要袒露一切才能让自己不愧疚。

孙文娟的眼睛太明亮了，明亮到欺骗或者隐瞒都让他心里结上一个疙瘩，这样的感觉很不好受。

老谭当然知道孙文娟的出现，他提醒过子生，不要再跟这个女孩见面了，孙文娟的天真和不谙世事给他带来的只有危险。

子生也曾想过拒绝她，但是每一次见到孙文娟那张青春洋溢的笑脸出现在电话局门口，他刚想说出口的话又被硬生生地吞了回去。

她的单纯可爱对于子生而言，是一种致命的吸引，那种魅力是他从未接触过的。他们可以谈莎士比亚的诗，可以谈维梅尔的画，这一切都让子生感受到了一种可以暂时摆脱情报、摆脱战争、摆脱压力的正常生活的气息。这让他觉得自己可以爽利透彻地呼吸，仿佛潜泳很久的人露出水面，那种酣畅淋漓的呼吸是他无法抗拒的。

从外表上看，沈西林的确更像一个商人，他喜欢生意方面的事情远胜于那些情报上的工作。

不管这是一种伪装还是一种事实，沈西林无论从衣着打扮还是行事作风，更贴近东华洋行的经理。但生意场上，无论是谁撑腰，免不了还会有一些事情要去费一些脑筋。

沈西林倒是无所谓。

这一天早晨，沈西林在东华洋行经理办公室接到王建中的汇报，东华洋行用的货运商行一直都是恒通脚行。最近几个月，货损非常严重，而且货物延期也时常发生。

沈西林有些不以为然，吐了一个烟圈，说道："那就换了它，既然合作不愉快，何必勉强。"

"这个……"王建中脸上有些担忧之色，欲言又止。

"怎么了？"沈西林问。

"恒通是天津最大的一家脚行，又有洪帮的一个堂口忠义社做靠山，而忠义社的把头巴爷，在洪帮里属于仁字辈，在天津的帮会中也算个人物。本来他的忠义社就是在打压其他脚行，垄断天津码头的货运。真不用他们，万一借机惹事，怕对东华洋行不利。"王建中分析着恒通的各种利害关系。

第十八章 纠纷

听完王建中的解释,沈西林微微一笑,又吐了一个烟圈,沉稳地说道:"还有哪一个帮派的后台大过东华洋行,我们可不能被人捉鳖,这个脚行必须换掉。"

王建中点了点头,回应说:"是。"

沈西林补充道:"不过,付的货运预订款可以不要了,道上有道上的规矩,我们可以放他们一马,这也算是对他们仁至义尽。"

按照沈西林的要求,王建中立刻与其他脚行联系。一周后,王建中来告诉沈西林:"货运商行已经换了一个新的脚行,叫万利脚行。"

"怎么样?活儿干得利索吗?"沈西林问。

"不错,挺守规矩的。连续几次运货,货损都在百分之五以内,而且比原先的恒通脚行的货运时间也缩短了四分之一。"王建中回答道。

沈西林笑了,将脚架到了桌子上,仰头舒服地靠在老板椅上,放心地说:"那就好,这样合作,才让人安心。"

王建中则有些忧虑,离开办公室的时候,没忘记嘱咐沈西林一声:"沈先生,这段时间您外出的时候小心一些,恒通那边的人扬言说要报复您。"

沈西林根本没有把这当回事,但看着王建中的担忧,沈西林只是点点头,没在意地回了句:"好,我知道了。"

次日,沈西林与王建中走出东华洋行,迎面恒通的姚五带着几个兄弟走了过来。

王建中紧张地挡在前面,问姚五等人:"你们想干什么?"

沈西林却推开了王建中:"怎么,看这架势,是想跟我谈谈?"

姚五对一边的随从使了一个眼色,那随从突然拔出刀来,一刀插在自己的腿上。那人强忍着,一声不吭,继而把刀子又抽了出来。

王建中吓了一跳,将脸别了过去。沈西林掏出手绢来,用手绢掩住了鼻子,眉头微蹙。

姚五冷冷说道:"沈老板,我的兄弟可都是不怕死的,要是还找别的脚行,以后见的血可就不是咱们兄弟的了。"

沈西林没有说话,一只手放进了口袋里。对方一惊,以为他要掏枪。

沈西林冷冷一笑,从口袋里掏出打火机,点了一支烟,对王建中说道:"给这位兄弟十块大洋。"

王建中将钱丢在了地上。

沈西林抽了一口烟,说道:"都在江湖上混,我只奉劝你姚五一句话,不要随便玩狠的。这兄弟损失的几斤肉,我买下了。"

沈西林对王建中使了一个眼色,两人转身准备离去。

见此情景，那帮人追了上来，向沈西林动起手来。

沈西林身手敏捷，躲闪过众人，只一只手迅速地捏住了姚五的喉咙，姚五一惊，匕首已经递了过来。沈西林伸出两只手指，只一捏，恰到好处，将姚五的匕首捏住了，迅速制伏了姚五。

众人欲救。

沈西林手上暗暗使劲，姚五疼得哎哟地乱叫起来。

众人不敢再动。

"回去告诉你们的巴爷，以后再这么做，我就不会这么客气了。"沈西林冷冷地说道，将姚五放了。

众人唯唯诺诺地离开了。

见此情形，王建中更是担忧："沈先生，我看以后你外出还是加派几个兄弟。"

沈西林则摇了摇头，说："不需要。"

与此同时的街头茶楼的包间内。

"影子"与老谭见了面，厚厚的门帘将外面的吵杂声阻隔了，屋内很安静。

"影子"给老谭斟了一杯茶，先开口说道："这次的零式战斗机图纸，得到了徐局长的赞赏。"

老谭喝了口茶，然后慢慢地问："徐局长没有什么交代的么？"

"影子"点了点头，接着说道："图纸虽然不错，但美国人早从共产党那里得到了相关的信息，不是一手资料了，徐局长的意思是，能否拓宽情报来源，不要只依赖于共产党。"

"我会有安排。"老谭的声音沉闷而沙哑，缓缓说道，"眼下正需要大家一致对外，赶走小日本。可惜，中国人总是喜欢手足相煎，却做不到兄弟阋墙、外御其侮。"老谭的语气带着一点惋惜，"这些事后，我看到了共产党人的优秀，他们意志的坚定，被抓后的大义凛然，他们对理想的努力和决绝。我们的人永远做不到这一点。我一直想找到这个原因。"老谭的面前浮现出子生的面容来，那么一个瘦小的身影却蕴含了对信仰的决绝，令人敬佩。

老谭叹息了一声，说道："信仰的力量实在是太强大了。"

"老师您变得比以前多愁善感了，中共毕竟是我们的敌人……""影子"担心地说。

老谭打断"影子"的话："我知道，这些话，不用你来告诉我，眼下，我需要你给我查一个地方，爱德华咖啡馆，还有，咖啡馆的老板艾洛德是什么来历。"

影子点了点头。

老谭拿起帽子，站了起来，走到门口，淡淡地说道："三天后，我会在这里等你。"

第十八章 纠纷

恒通脚行的事儿，果然没有那么容易解决。

三天后，沈西林在青木公馆接到电话，是王建中打过来的，东华洋行的货场被忠义社的巴爷带着一帮混混和恒通脚行的伙计用大车给堵死了，还动手打了万利脚行的人。

随后，沈西林带着王建中开车赶到货场。

在货场不远处，沈西林把车停了下来，远远隔着车窗看见一帮混混有的拿着木棍有的拿着铁管什么的，用十几辆大车把货场大门堵得死死的。

货场门口，几辆有万利脚行标志的大车被翻倒在地上，万利脚行的人被打得鼻青脸肿地躺在地上。

巴爷坐在人群外面，支上方桌，神情悠闲地喝着茶，旁边站着趾高气扬的姚五。

"沈主任，要不要找行动队的人来？"王建中问。

沈西林摇了摇头，说："道上的事儿要按照道上的规矩。"沈西林沉吟片刻，又说道，"你带着我的名片去鱼市口54弄巷12号，就说是我让你找他帮忙的。"

王建中接了过来，还没有说话。沈西林已经独身一人走下了车。

货场四周一片荒芜，有风，无云，天空阴霾，似乎要下雨。

沈西林独身一人走了过去。

巴爷并没有起身，只自顾自喝茶，阴阳怪气地说道："哟，沈先生来了，还是一个人？"

"不是什么大事儿，我一个人来就够了。"沈西林点了一根烟，没有去看巴爷。

巴爷将茶杯放下，问道："那沈先生打算怎么处理呢？"

沈西林笑了，继而说道："既然你们都找上门来了，何必让我开口，一并把条件说了，也省得麻烦。"

"扑！"

一个沉闷的声音，一把匕首落在了一边的桌子上，匕首的尾部还不住地颤动着。

"沈先生，这事儿可是你无情在前，如果想结了，就留下一根手指头。"巴爷说到这儿，留意了一下沈西林的表情，沈西林似乎有些担忧，眉头紧紧拧在了一起。巴爷不动声色继续说："要么，沈先生就做两件事儿：一件事是东华洋行以后的货运，恒通全包了，价钱我巴爷说了算；第二件事儿，给我巴爷下跪，乖乖地敬杯茶。"

沈西林没有说话，静静抽烟，眼里带着一股淡淡的冷峻，看着那个匕首。

姚五突然爆发出了一阵狂笑："怎么？沈先生？下不了手啊，如果需要，我可以帮你这个忙……"

正说了，沈西林将烟叼在嘴里，突然身子欺近，姚五还没有回过神来，手已经被按在了桌子上，那把匕首狠狠地将姚五的手钉在了桌子上。

巴爷一惊，一个挥手，众人欲上前制伏沈西林。

就在这时，突然一束车灯灯光打在众人脸上，众人眼一花。

王建中的车开到了，洪门的武爷从车内走出。随后，四大脚行的其他三大脚行把头孔二爷、苏三爷、平四爷也来了。

巴爷呆住了，没有敢说话，一次性这么多有头有脸的人来，让他大感意外。

几乎没有再说什么，巴爷便带着众人离去。

沈西林对武爷甚是恭敬。武爷笑着说："沈老弟的忙无论如何我也是要帮的，这点小事，不需要挂在心上……"

几日后，"影子"打听清楚了爱德华咖啡馆的幕后真相，竟然是英国情报处的联络点。

"影子"对老谭说："沈西林经营的东华洋行替日本人做了不少生意，这个人也是上面叮嘱了要重点关注的人。"

老谭疑惑地看着"影子"，问道："怎么，你们要行动吗？"

"影子"点了点头。

"记住，在天津的行动必须要通过我，不要擅自做主。"老谭冷冷地说。

"可是……""影子"想辩解。

"不要说了，"老谭沙哑的声音带着一丝威严，"记住，动作越多暴露得也越多。"

不多时，武田弘一便知道了沈西林与恒通之间的纠纷。

武田弘一关心地说："东华洋行是为日本人做生意的，牵扯到帝国的利益，如果帝国的利益受损我甚至可以要求出动天津驻屯军。"

沈西林摇了摇头，说："多谢武田兄的关心，不过，道上的事儿还是道上的方法来解决更好。我知道该如何对付这些人。我的身份很复杂，不只是特务委员会的人，还是个洋行老板，生意不只是掩护，洋行的业务掌握天津的经济情况更是南京政府给我的任务。如果一旦用特务委员会的身份压制别人，将来，便没有人那么坦然地跟我做生意的。"

"天津情况太复杂了，"武田意味深长地看着沈西林，"我希望沈先生能在帝国和南京之间有个权衡。"

"武田兄的意思，是让我一切以帝国的利益为准吗？"沈西林说这话的时候，脸上带着玩味的笑意。

武田笑而不言，没有答话，只是将面前的红酒喝了下去。

第十九章 内奸

烟雾弥漫的大烟馆内,愤愤不平的姚五正靠在一边抽着烟,烟枪里的烟膏见底了。姚五不爽地对一边的随从喝道:"他娘的,要你们真是一点用处都没有,这烟膏没了,能帮着弄点儿来吗?"

那随从只是哼哼唧唧的,不敢接话。

"甭他娘的在我这儿点眼,给老子滚。"姚五骂道。那随从不知该如何应对,站在那里不知所措。

姚五一怒之下,将烟枪扔在一边,一脚踹向那个随从,那随从被踹得跟跟跄跄,朝屋外走去,姚五也跟着冲了出去。

突然,姚五定住了,继而从屋外又退了回来……

姚五的额头被顶住了一把枪。

"影子"和"影子"的下属林坤走了进来,是林坤用枪抵着姚五。

"影子"掏出三根金条放在了茶几上,说道:"我是来给你送钱的,别担心没钱烧烟泡。"

姚五有些意外地看着"影子",疑惑地问:"你们想怎样?"

"影子"微微一笑,解释说:"我要你杀一个人,沈西林,这对你也有好处,只有他死了,你的地盘才能保住,你才能找回面子。"

"影子"将一把手枪放在了桌子上:"其余的事情,我来办……"

这天下午,沈西林开着车往一家西餐厅赶,莫燕萍正在那儿等着一起吃牛排。

一个乞丐拦了过来,伸长手臂要钱,那双手又黑又瘦。沈西林的心头未免一酸,停下车,轻轻打开车窗给钱。

那乞丐突然拿出枪来,抵住沈西林的脑袋。

几乎同时,另一侧车门被拉开,另一个乞丐快速地钻进来,将沈西林的枪给缴了。

两乞丐上了车。

一个乞丐闷声喊道:"开车,按照我说的走。"

沈西林只得应允。

西餐厅里，莫燕萍等得有些不耐烦了，不住地看窗外和门口，然而沈西林的身影一直没有出现。

莫燕萍咬了咬嘴唇，挥了挥手，叫来侍应生。

侍应生询问："莫小姐，您有什么吩咐？"

"如果沈先生来，就说我已经先回去了，在家里等他。"莫燕萍抛下话，一个人失落地离开了西餐厅。

海河边的仓库里，沈西林被蒙面带了进来。

姚五坐在一边，看着沈西林，使了一个眼色给一边的手下二秃子。

沈西林笑了，朗声说道："姚五，要多少钱你说个数，我给就是，没必要来这一套，对你对我都没有好处。"

姚五实在是没有想到沈西林能猜到是自己，将蒙在沈西林脸上的布扯了下来："你猜到也没有关系，这次你不可能再从这个仓库走出去，我不是为了钱，而是要你的命……"

姚五对一边的手下二秃子使了一个眼色："按住他。"

那人按住了沈西林，姚五拔出匕首，朝沈西林刺过去。

突然，一只飞斧扔了过来，正中姚五的手臂。

一群人从仓库外四面八方窜了进来，一场厮杀血雨腥风般席卷了整个仓库。

姚五手腕流着血，与一个黑衣人缠斗在了一起，二秃子从身后一刀砍中了黑衣人的脊背，拉着姚五，逃出了仓库。

深夜，莫燕萍已经开始坐立不安起来。沈西林究竟去哪儿了？会不会有什么意外发生？

莫燕萍走到柜子前，拿出一瓶红酒，倒了一杯，一气喝了下去。

一杯酒下肚，好像并没有让她安定下来，反而更加焦躁了。

为什么会担心这个汉奸？

她有些恨自己，但她又免不了去想他、担心他。

就在这个时候，有人敲门。莫燕萍惊跳，是他回来了吗？

"西林。"莫燕萍拉开门，禁不住喊道。然而屋外并不是沈西林，是武田派人来请她去青木公馆接受调查，沈西林真的失踪了。

"为什么这样重视一个中国人？"加藤百思不得其解，便问武田弘一。

武田摇了摇头，说："只有这样能让为我们服务的中国人觉得我们重视他们，

第十九章 内奸

更死心塌地地为我所用。"

加藤点了点头。

武田笑了:"不过,我还有另外一个用意?"

加藤疑惑不解地看着武田。

武田轻声说道:"沈西林做事向来都是滴水不漏,趁这个机会,正好可以多多了解他身边的人。"

调查中,莫燕萍从张金辉口中得知沈西林的车在海河边找到,人却不见了。莫燕萍深深为沈西林担忧。

王建中在一边安慰莫燕萍,而张金辉则开始审问莫燕萍,要她老实交代这七个小时里,自己干了什么。

张金辉那张狰狞的脸让莫燕萍开始不安起来,怎么回事?难道这一切都是沈西林故意安排的?难道自己已经暴露了吗?

莫燕萍定了定神,一一在心里推翻了这些假设,继而安定下来。

张金辉的脸逼近她。

她深吸一口气,瞪了回去。

张金辉瞪大眼睛看着莫燕萍:"你到底说不说?"

莫燕萍一巴掌打了过去,张金辉的脸上出现了五个指头印:"我的未婚夫失踪了七个小时,你不去找,却来审问我?"

张金辉懵了,恼羞成怒,掏出枪来:"你信不信我一枪崩了你?"

莫燕萍骂道:"你敢,你试试看。"

正僵持不下,武田走了进来。

莫燕萍哭泣着求武田:"武田先生,请你帮忙打听西林的下落,他已经失踪了七个小时。"

武田点了点头,对张金辉说道:"我相信莫小姐对此事一无所知,派人送莫小姐回家吧。"

"沈西林的确是一个非常精明的,事事做得密不透风,连身边的女人都调教得如此之好,这个人让人捉摸不透,这种人令人恐惧。"武田叹息了一声,"如果这个人是敌人,那就真的太可怕了。"

莫燕萍被送回到花尊公寓,却发现时时都有人盯着自己,名义上这是在保护她的安全,事实上,她已经没了人身自由。

与此同时,海河边的仓库里,混战结束了。

沈西林对来救自己的人拱手问道："敢问阁下是哪个堂口的？"

那人笑而不答。

"是武爷的人吗？"沈西林问。

那人依旧不说。

"那改日沈某登门道谢，告辞了。"沈西林拱手，准备离去。

"沈先生，有人想见你。"对方却拦下了他。

一叶小舟从海河的夜色中划过，停靠在沈西林的面前。

"沈先生请。"救沈西林的那头头示意沈西林上船，"那个要见你的人就在船上。"

沈西林上了船，撩开船舱前面的布帘，里面坐着一个陌生人。

沈西林疑惑地问道："请问阁下是？"

那个陌生人微微一笑，继而说道："今晚沈先生的遭遇可谓应了一句话，山重水复疑无路，下一句诗，我想沈先生知道。"

沈西林接口："轻舟已过万重山。"

"杜鹃回来了，我是老家派来的。"陌生人说。

沈西林一惊，血往上涌，激动地问："是组织的人！您是组织上派来的？"

那陌生人自我介绍说："我姓周。"

这个人正是周先生。

沈西林的一双手与对方紧紧握在了一起。

周先生突然脸色沉了下来，问道："为什么将零式战斗机的情报卖给艾洛德？"

"组织上怀疑我吗？"沈西林有些意外。

周先生摇头："我只是想听你说出来。"

沈西林说道："那是为了保护自己，即使抓了，我最多也只是一个情报贩子。"

"你的存在对组织非常重要，现在所有人都觉得你是个汉奸特务，包括中统方面，所以才会出现今天姚五的事情，组织上会对你暗中保护。"周先生说。

沈西林问："你是说姚五后面有国民党的人？"

周先生点了点头："所以你的工作方式不能改变，稍微有一点变化，也许就会被别人发现，独立行动，虽然冒险，但非常有价值，而且只有这样最安全，保证自己不被暴露。"

沈西林突然想到了巡捕房的老谭，赶忙汇报给周先生："巡捕房的老谭的身份很是可疑……"

周先生点了点头，说："这个组织上早就知道了，他是中统潜伏下来的人，子生是我们自己人。"

第十九章 内奸

沈西林有些担心地看着周先生："只是……"

周先生似乎已经知道了沈西林担心的是什么："我们之所以没有告诉子生老谭的真实身份，是担心子生知道之后，更容易暴露自己。老谭一直在抗日，组织上要求用这种方式合作，这么长时间过去，也没有发生任何情况，我们也一直盯着老谭，一旦有什么意外，立马会进行制止。"

沈西林担心地说："可是这样的话，子生的情报很容易被对方获得。"

周先生则宽慰地说："不用担心，情报系统，我们控制着，他只能得到我们先让他们得到的。"

沈西林点了点头："原来如此。"

周先生迟疑片刻，说道："不过，这个老谭的背景一定要调查清楚，了解他才会知道他会怎么出牌，我们对他的底细了解得还不够。"

沈西林想到了武田寻找两个老同学韩树森和范江海的下落，韩树森已死，种种迹象表明范江海就在天津，但这个人非常神秘，完全找不到他的踪迹。子生和老谭关系密切，而老谭找不到前史，范江海又找不到今生。沈西林凭直觉觉得两人有一定的关联。

周先生点了点头："眼下就是要将老谭的底细查清楚。"

沈西林点了点头。

这时，天色已经蒙蒙亮。

沈西林与周先生告别。

周先生说："必要的话可以到西泉浴室找我。"

沈西林点了点头，离开了海河。

次日，青木公馆张金辉、王建中等人正在为找不到沈西林而抓耳挠腮。

突然，有人打电话告诉王建中，沈西林已经安然无恙回来了，正在东华洋行。

张金辉、王建中等人赶到东华洋行。

在门口，他们看到沈西林恭送武爷，沈西林还一再表示，改日一定备薄酒道谢武爷的救命之恩。

难道是武爷救了他？张金辉有些意外，但也为之震惊。

这一晚，沈西林与莫燕萍再度重逢。

当沈西林推开门时，莫燕萍禁不住震动，差点没有站住。

"你回来了？"莫燕萍轻声喊，压抑住颤抖的声音，"回来就好，饭我煮好了，给你盛去。"

莫燕萍想去厨房，却被沈西林一把抱住，久久没有说话。

莫燕萍的眼泪落了下来。

莫燕萍这才知道，他之于她很重要，很重要。

正在这时，电话响了。

武田获悉沈西林归来，晚上在江户料理给沈西林接风洗尘。

当晚的江户料理店，武田和沈西林、张金辉、王建中等人就座。

武田要插手调查此事。

沈西林微微一笑，说道："帮会的小事儿，我能处理。"

武田摇了摇头说："东华洋行跟日本的关系天津不会有人不知道，你又是天津特务委员会的负责人，这个身份对某些人来说并不是秘密。我不相信那些小小的帮会分子为了生意上的恩怨就会去暗杀你，敢这样做的人一定不简单。"

沈西林没有说话，武田猜测的似乎正在接近真相。

"你放心，整个天津都已经封锁，这些人逃不开天津，我一定要追查下去。"张金辉向武田打着包票说。

武田对着张金辉说道："我当然更相信张队长的能力，这些人一定逃不掉的。"

与此同时，"影子"和老谭在巡捕房内相见。

老谭问"影子"："暗杀沈西林是不是你安排的？"

"影子"没有否认，点了点头说："是我做的，无论沈西林是什么样的身份，留下他都百害而无一利。"

"可是，沈西林已经回青木公馆了，这证明你们的行动失败了，失败了就有暴露的危险，这一点你应该知道。"老谭的语气加重了，看着"影子"。

"这一点我当然知道，所以，知道这次行动的人都不会活下去的。""影子"冷冷地说道。

老谭的手微微颤抖了一下，语气颇不平静："我再说一次，所有在天津的行动，都要通过我，天津的事儿我说了算。"

"影子"没有说话，老谭喝了一口茶缸里的药茶，看了看窗外，天似乎要亮了。

次日，张金辉下属陈三通过朋友得知了姚五的下落，姚五应该躲在塘沽附近的村里。张金辉获悉赶忙带人赶到。

在农庄里，陈三推开了门，然而屋内一片死尸，所有人都死了，一张熟悉的面孔，正是姚五。

武田知道消息后，问道："姚五是什么时候死的？"

张金辉回答："经过法医的鉴定，应该不超过一天。"

第十九章 内奸

武田喝了一口茶，点上一根檀香，轻声而坚定说道："不，姚五没有死，现在正在医院抢救，生命垂危。我希望明天天津的各大报纸都能看到这个消息。"

张金辉有些丈二摸不着头脑："这是……"

"你不用明白那么多，直接去办就可以了。"武田的嘴角露出了微微的笑意。

次日，各大报纸都刊登出姚五在医院抢救的消息。

街头茶楼内，一个男子压低着帽檐，将报纸拿得高高的，把脸都遮住了，那张报纸上正刊登着姚五住院的消息。

林坤的身影出现在了茶楼门口，走了进来。径直坐到看报纸男人面前。那人缓缓放下报纸，那张脸显现出来，是"影子"。

"你看到报纸了吗？""影子"表情非常不爽，"你竟然失手了。"

林坤点了点头，没有说话。

"影子"低声说道："去医院，干掉姚五，我希望这次你给我带来一个好消息……"

午后的医院显得有些寂静。安静的走廊里，一个医生的身影急匆匆地走过，脸上蒙着口罩，但目光锐利而机警，是林坤。

林坤走到病房门口，警觉地朝四周看了看，再朝病房里看了看。

可以看到一个身影躺在床上。

林坤看看左右没人推门进入病房。

窗帘拉着，光线很暗。

林坤拔出匕首来，靠近床上的人，刚要动手，突然一把枪抵住了林坤的后脑勺。

林坤的身形停住了，他后面是个特务。

这时，张金辉走了出来说："小子，本来以为还得多等两天，没想到你这么快就出现了。"张金辉对手下特务挥了挥手："把人带走。"

当天傍晚，沈西林便接到了武田弘一的电话。

在茂川别墅的审讯室里。

沈西林看到林坤被绑在刑椅上，右腿和右手臂都钉着一个极为粗大的钉子。林坤不停地呻吟着，显得痛苦异常。

"这个人就是指使姚五刺杀你的幕后人物之一。"武田弘一走到林坤身旁，用手轻轻触碰了一下钉子，只听见林坤撕心裂肺地哭喊，痛入心腑。

武田弘一平静地说："说吧，你的名字、身份，还有你的上级，来天津主要干什么？"

林坤呻吟着，断断续续说道："我叫林坤，隶属中统三组第八科，中统特派员，代号'影子'的是我的上级，我来天津主要负责破坏和暗杀工作。"

"姚五的事件是"影子"策划的吗？"武田问。

林坤点了点头……

从林坤口中得知，"影子"来天津，都会去法租界文昌街附近接头，那条街应该有个神秘据点。但具体和什么人见面，就不知道了。最近一次见面就定在明天下午，"影子"中等身材，喜欢穿长衫，戴礼帽，一只手拿着一根文明棍，一只手夹着一个公文包。

这个情报太重要了！

武田甚是兴奋，对沈西林说："与"影子"接头的极有可能就是范江海。"

沈西林点了点头："我也是这样认为，否则"影子"不会这样神秘。"

武田立刻下达命令说："所有参与行动的人随时待命，做好保密工作。"

沈西林点了点头说："我这就去回青木公馆安排。"

沈西林刚要离开，武田弘一叫住他："沈先生，自从发生了上次那件事后，我就提醒过你们特务委员会应该加强对你的保卫，不知道安排得怎么样。"

沈西林笑着回答："武田兄放心，我现在去哪儿身边都多了两个保镖。"

沈西林知道，这两个保镖一方面在保护自己的安全，但有更重要的任务，那就是监视他的行动。这么说，武田弘一还是不相信自己，也对，凭什么让一个日本人完全相信自己？沈西林想到这里，情不自禁地笑了。

在抓捕行动大会上，沈西林吩咐说："这次行动青木公馆方面的负责人交由张金辉担任。"当这个任命从沈西林口里说出的时候，张金辉有些受宠若惊。

张金辉表示："为了行动安全，在场的所有人今晚都要随时待命，不可以回家，更不可以单独一个人外出跟外界接触。"

沈西林完全赞同这一做法。

张金辉没有想到沈西林会对自己如此宽宏大量，自己没少跟沈西林对着干过。会后张金辉一个劲儿向沈西林道谢。

沈西林微微一笑："事儿做好了就成，我觉得你张队长这方面能力比我强。就这方面而言，青木公馆没有人能比张队长强了。"

张金辉点了点头，诚恳地说道："沈先生，这次我会努力完成这次行动的。"

"不是努力，是必须。"沈西林正色道。

张金辉反应过来，连称："是是是，必须，必须。"

走进办公室的沈西林没有拉亮灯，任凭夜色一点一点从窗棂爬进来，融化了整

第十九章 内奸

个房间的空气。

要不要救这个中统的人？如果"影子"被抓，那么那个老谭也一定保不住，那么子生和莫燕萍就有可能暴露，沈西林的头脑在迅速地思考着，这些都是相关联的，如果不去救他，势必会导致这样的后果。

该如何救？

如何下完这盘棋？

沈西林沉思良久，夜色终于全部吞噬了整个天津卫。

时钟响了，沈西林看了看指针正好指向七点。他知道这个时候，子生正在街头的电话杆上窃听。

沈西林拿起电话，拨通了，是莫燕萍接的。

沈西林的语气一如往常地平静："是燕萍吗？我今晚不回去了，这几天太忙了，我想去浴室蒸一下解解乏。"挂电话的时候，沈西林似乎突然想起什么提醒莫燕萍，"窗台上的菊花快败了，需要浇点水。"

子生敏锐地感觉到里面应该有"问题"，挂了电话，迅速将这一消息通过活动信箱传递给了周先生。

挂了电话的沈西林走出了办公室，一边两位特别安排保护沈西林的随从一看，赶忙跟上。

沈西林回头看了看两位，笑了："你们俩还挺称职的。"

"沈主任，保护您是首要的大事儿，我们可不敢怠慢。"其中一个随从说道。

沈西林想了想，说："那好，我这坐了一天也乏了，想去西泉浴室泡个澡，这不，张队长说过了，不能单独外出，你们也跟着来吧。"

那两位随从互相看了看，没敢回答。

沈西林急了："嗨，又不用你们花钱，怕什么，跟着来，我请客。"

当晚，沈西林与两位随从一起去了西泉浴室，洗完澡，沈西林还不忘记开了三个小单间，一人一个，请按摩师傅来按摩。

在单间里，沈西林再度和周先生见了面。

沈西林将情况汇报给了周先生……

周先生点了点头："你的担心是对的，如果这样，咱们的人也有可能被抖了出来，可是，这该如何救呢？"

沈西林笑了："如果我没记错的话，文昌街有个昌隆车行，你好像跟那车行里的人很熟。"

周先生心领神会，两人相视而笑。

次日文昌街昌隆车行附近，街道上行人如织，情况一如往常，有零星的警察和巡捕在巡逻，老谭也在其中。

附近隐匿着日本宪兵和特务，一边杂货铺外停了一辆破旧的货车，驾驶室里坐着化装成司机的张金辉和一个特务压着林坤。

一边楼房的三楼，武田弘一正用一个望远镜监视一切。

一切都已布置好，只等大鱼落网。

就在这时，一个身影出现在了人群里，那人黑衣，手执文明棍，帽檐压得很低，几乎看不清面孔。

车内，林坤直起身子来，虽然已经被拷打得十分疲惫，但依旧能看得出，他非常兴奋。

那人是"影子"……

张金辉点了点头说："很好，现在就等着与他接头的大鱼出现，然后一网打尽。"

众人都在等待那个神秘人物的现身。

老谭与"影子"此刻只隔了短短几十米远，路上行人纷杂。

老谭与"影子"双双站立。

就在这时，老谭似乎发现了一些异样，他对"影子"摇了摇头，继而转过身去，背向"影子"，朝相反的方向走。

"影子"感觉到了危险。

就在这时，一串鞭炮响了起来，文昌街上的昌隆车行的大门洞开，呼啦啦一百多个车夫拉着黄包车从脚行里冲了出来。

这是一个迎亲的队伍。

每个黄包车上都贴着喜字，有人吹着喇叭，有人打着锣鼓棒子。黄包车车把上挂着鞭炮，一路走一路放着，烟灰弥漫，空气立刻氤氲起来。

人群里有人议论是少掌柜结婚。

迅速引来围观的人群和黄包车群把"影子"和众多特务淹没了。

张金辉一惊："究竟怎么回事儿？"

与此同时，武田等人都意识到了问题出现了。

张金辉咬了咬牙："他娘的，动手。"

众人冲了过去，然而人群散开后，夹在众黄包车当中的中统特工"影子"却不见了。

这一切都被坐在远处停靠的一辆汽车里的沈西林看到了。

透过车窗，沈西林看到似乎是老谭的一个巡捕的背影在街角远处一闪而没。

第十九章 内奸

没有抓到"影子",只捡回一根"影子"用的文明棍。

武田大为光火:"你们就用这个来作为这件事的结果吗?"武田将文明棍重重扔在地上。

加藤轻声胆怯地喊道:"大佐先生。"

"都给我出去!"武田打断了他的话,"给我出去!"

众人互相看了看,继而走出了办公室。

武田叫住了加藤,吩咐道:"好好调查宪兵队,同时重点调查青木公馆参与行动的人在行动之前都做什么了。"

加藤点了点头:"好的,我这就去安排。"

几日后,老谭与"影子"再度接头。

"影子"不置可否,倒是沈西林的底细已经被查了出来。

"沈西林早年在武汉和共产党员王亚民有联系,有传言亲共分子方君年在武汉时沈西林就帮过方君年,而在天津,方君年死前唯一和他接触的人就是沈西林。""影子"怀疑沈西林是共产党,"是共产党,必须尽快除掉他。"

老谭冷笑着说:"这次如果不是共产党,你还能活着见我吗?而且他还有用,必须留着。"

"可是……共产党迟早对我们有威胁的。""影子"说。

老谭不容置辩地说道:"我自有安排……"

经过一天的调查,加藤向武田弘一汇报说:"青木公馆前一夜所有人的行踪都没有问题,沈西林只是去了西泉浴室拍了个背,但他不是一个人去的,行动队的两个特工一直跟着他。"

"不可能,肯定有内奸。"武田肯定地说,"否则不会发生这样的事情。"

加藤沉思片刻:"不过,这次我觉得沈西林可以信任,这次行动是他提出让张队长负责行动,如果他是内奸,不需要这样。"

武田摇了摇头:"这样的人如果是内奸,将会更可怕。"

第二十章　灭门

1943 年到 1944 年，在天津中共党组织的努力下，终于获得了有关日军零式战斗机的情报，美国空军找到了对付零式战斗机的战术策略，还研发出了专门针对零式战机的新型 F6F 野猫战斗机，日本的空中优势不复存在，太平洋战场上的形式逐渐开始逆转。

1944 年的初冬，子生持续着维修员和地下情报员的双重身份，他的工作越来越重要也越来越无法替代。但让他不安的是孙文娟。

这个漂亮可爱的富家小姐还是时不时地会到电话局找他。这让子生心里不禁生出来些许的矛盾，孙文娟的活泼大胆开朗的性格在他的生活里增添了一份明亮的颜色，他能感受到她的那份火热，又害怕那份火热，这样下去，且不是对不起兰英吗。因为莫燕萍，他已经很对不起兰英了，可兰英是自己的女人，更需要他的呵护，他不能再做什么让她受伤的事情。

孙文娟还经常约子生一起吃饭。

每一次，孙文娟都要点红酒与子生碰杯，这是一个浪漫的女孩。

这一天，孙文娟告诉子生，父亲要送她去英国读书。

子生说道："那是好事儿呀。"

孙文娟生气了："你怎么能这样？"孙文娟的反应让子生有些疑惑，子生看着孙文娟，孙文娟赌气地推开了身边的牛排："你在天津，我怎么去？"

子生道："总能见面的。去国外总是好事儿，干吗不去？这年头兵荒马乱的，子弹可没长眼睛，你又这么漂亮，万一……"

子生欲言又止。孙文娟却"扑哧"一声，笑了。

相较于孙文娟的浪漫，孙文博就有些冲动和热血，这种盲目的冲动加上热血的付出，让他不顾一切地去做那些所谓的有意义的事情。

孙文博与汪大川真的搞来枪支，这一天晚上，两人带着一批热血少年来到了巷子内，一间废旧的房间里，摆放着孙文博买来的枪支。

第二十章 灭门

一人一把，孙文博将这些枪支发给了他们。

众人在暗夜的掩护下，偷偷埋伏在日本宪兵巡逻的路上。黑暗的夜里，孙文博两眼放光，但又因为紧张，牙齿咬住了嘴唇，不住地打战。

终于，安静的街头传来军靴踏过的声音，是宪兵！

在孙文博的一声命下，少年们的枪声响了，一个宪兵被打中了，惨叫一声倒在街头，其他宪兵立即开枪还击。

火力太猛。孙文博紧张万分，连忙喊道："撤。"

众人撤离。

宪兵紧追不舍，在巷子里，一个少年落了单，一个宪兵举枪便射，一枪打在了那少年的腿上。少年还想逃开，但是已经晚了，黑洞洞的枪口抵住了他的脑袋。

在茂川别墅的审讯室，那少年被打得皮开肉绽。一边审讯人员将一块铁烧得通红，凑近了他的脸。

少年的嘴唇颤抖着，终于忍不住，大声喊道："说，我什么都说……"

汪大川、孙文博这些名字都被少年一一念了出来，毫无隐瞒。

驻屯军司令官邸内。

香月清司正召开作战会议，下面坐着武田弘一等日军高级军官以及伪军的军官，绥靖军团长胡占奎、沈西林等人也坐在其中，他们坐在后面一排。

香月清司宣布："因为太平洋战场吃紧，军部希望加强对中国占领区的控制！而华北对帝国的运输起着非常重要的作用。可在冀东开始的'治安强化运动'，最近接连受到重挫，为此天津驻屯军制订了新的清剿计划。为了能把冀东地区的八路军全部消灭，这一次绥靖军需要承担更多的军事行动。"

胡占奎等绥靖军军官站了起来："一定不辜负司令的期望。"

香月清司要求具体的计划和行动路线一概保密，务必摧毁冀东地区八路军的根据地。

沈西林有些心惊，他没有想到日军的反应如此迅速。应该如何应对，如何获得这次行动的资料，兵力安排、行动计划……

他需要在最短的时间里获得这些，然而香月清司说得很清楚，一切保密。眼下，唯一能获得情报的缺口只有一个，那就是绥靖军团长胡占奎！可是胡占奎会马上回北京，时间紧迫，他要争这短暂的时间。

会议结束后，沈西林找到了王建中。他需要王建中密切跟踪胡占奎，所有行踪随时告诉他。

万幸，胡占奎并没有立刻离开天津。

通过王建中的调查，胡占奎一直留在天津，原因很简单，这个人很贪财，他想将手上查处的一批烟土和丝绸在天津找个价钱合适的买家脱手。

沈西林松了一口气。

"打听出他们准备谈生意的地儿了吗？"沈西林问王建中。

王建中点了点头："是龙源饭店的三号包厢。"

一直紧缩眉头的沈西林露出久违的微笑……

次日晚上，胡占奎慢慢推开了龙源饭店三号包厢的门。里面坐着的竟然是沈西林。胡占奎一愣。

沈西林倒是抬眼一笑："哟，胡团长。"

胡占奎心头一紧，赶忙退了出去："不好意思，我走错门了。"

"不，你没有走错，"沈西林沉稳地说，"和你谈生意的人，我已经撵他们走了。"

"你什么意思？"胡占奎脸色微变。

沈西林一副志在必得地说道："别紧张，之所以把他们撵走，是因为我想跟你做生意。"

胡占奎眉头舒展开来。

沈西林道："我知道他们给你的价格，我在他们的基础上再增加一个点。"

胡占奎眼睛亮了。

沈西林不紧不慢地说道："既然胡团长愿意，现在我们该好好坐下来，尝一尝这龙源饭店的招牌菜了……"

回到家，沈西林好似不经意间告诉莫燕萍胡占奎的事儿。

"你跟我说这些干吗？"莫燕萍似乎不太感兴趣，自顾自地整理散乱的头发。

沈西林笑了："为了庆祝这笔生意谈成，我准备在喜乐门请这个胡团长的客，以示庆祝，能少了你作陪吗？"

莫燕萍没有说话。

沈西林自言自语地说："日本人真能折腾，又要展开大规模的清乡行动了，这个胡团长就是清乡行动的负责人。"

莫燕萍的眼神黯淡下去，长叹一口气："这仗什么时候能打完？"

这一晚，胡占奎、莫燕萍、沈西林以及玉茹等人在喜乐门推杯置盏，分外开心。

胡占奎身上始终背着一个包，包内便是行动图纸和作战计划。"这次是因为沈主任，我才能如此顺利地把那批货给解决了。"胡占奎说的时候，一脸满足地笑。

沈西林道:"胡团长太客气了,这种事儿于你于我,都是好事儿,以后还希望胡团长能给我带点生意,一起发财。"

胡占奎大笑:"好,好,沈主任这个朋友我是交定了,咱们一起发财,一起发财。"

沈西林与胡占奎碰杯:"那今晚咱们尽性而归,这些姑娘个个水灵,专等着陪你跳舞呢。"

一边玉茹已经上前,拉住胡占奎:"早就听闻胡团长的大名了,今儿还请赏光跳个舞。"

胡占奎起身。

莫燕萍看到他身上的包:"胡团长,包就交给我们吧,你这样带着包也没法跳。"

胡占奎一本正经地摇了摇头:"这包可不能交给任何人。"

莫燕萍笑道:"那您怎么跳舞啊?"

莫燕萍突然想到什么:"我有办法,您可以把包存起来,拿着钥匙,谁都打不开,也偷不去,这样你就安心地跳舞了。"

胡占奎思考几秒钟,笑着点了点头。

于是,胡占奎在莫燕萍的陪同下,将包存好,钥匙揣在了怀里。

音乐声中,胡占奎搂着玉茹跳个不停,玉茹也忙飞眼,迷得胡占奎五迷三道,云里雾里。

沈西林则和莫燕萍一起跳舞,旋转过程中,两人靠得很近。莫燕萍一个趔趄,差点摔倒,胡占奎赶忙上前扶住莫燕萍。

谁也没注意,莫燕萍已经偷来了胡占奎口袋里的钥匙。

不一会儿,莫燕萍推说上厕所。

沈西林点了点头。

于是,莫燕萍一个人偷偷来到存包处取出包来,再来到洗手间拿出包里的相关信息,进行拍摄。终于一页一页翻开,拍摄完毕。

就在这时,厕所的门开了,莫燕萍吓了一跳,回身一看,是玉茹。

莫燕萍想收,但此刻玉茹已经看到了一切。莫燕萍吓呆了。

莫燕萍低声唤:"玉茹姐,我、我……"

"你是不是在帮中国人?"玉茹问,似乎因为紧张,声音颤抖着。

莫燕萍看着玉茹,点了点头。

玉茹拉开卫生间的门,看了看屋外,继而关上门,低声说道:"你赶紧先回去,余下的事情,我来处理。那个胡团长正邀请你跳舞呢。"

莫燕萍感激地看了一眼玉茹。

玉茹挥挥手:"去吧。"

"你小心。"莫燕萍走出了厕所,回到座位上。那胡占奎看到莫燕萍来笑了。沈西林赶忙道:"燕萍,胡团长,可等你多时,要跟你跳舞呢。"

莫燕萍微微欠身:"那是我的荣幸。"

此刻,一曲新的音乐响起。莫燕萍与胡占奎走进了舞池。

不一会儿,玉茹回来了,邀请沈西林跳舞,两人在舞池中靠近了。玉茹和莫燕萍对看了一眼,趁跳舞靠近的空当,将钥匙传递给了莫燕萍。

莫燕萍重新将钥匙归还到胡占奎的口袋里。

没有人发觉,只有沈西林的目光好似看到这一幕,脸上始终保持着微笑。

喜乐门舞厅内灯火辉煌,似乎是人间幻境……

清乡行动的情报于次日通过莫燕萍传递给了子生。

莫燕萍嘱咐子生,这一次情报非常紧急,需要尽快送出去。

子生骑着车,赶到活动信箱前,这一次子生没有将情报放进去,而是在一边做上了标记,那表示自己要尽快与周先生见面。

次日,周先生果然现身与子生见面。

对这份清乡行动的情报,周先生比任何人都清楚是沈西林的功劳,他是好样的,这一纸情报,胜过千军万马。正是有千千万万这样的同志,才有了革命成功的希望。

这是一封非常重要的情报,及时而准确。

周先生决定连夜亲自送出天津。

在城门口,周先生低着头朝外走去。

一边有日本宪兵喊:"站住,检查。"

周先生站住了。

日本宪兵一点一点靠近周先生。周先生觉得自己的手心在出汗,如果查出来该怎么办,自己无论如何也要将这份情报送出去,哪怕牺牲了性命。

正在这时,一辆轿车开了过来。沈西林的脸从轿车内探了出来。

那个守城门的人似乎认识他:"哟,沈主任,您这是去哪儿?"

沈西林点了点头:"昨儿我要了几斤海鲜,准备去塘沽拿回来送给武田大佐,这不,海鲜得趁早,晚了就不新鲜了。"

说话间,周先生走出了管卡。

周先生走了几步,停住了步子,转身有意无意地看向沈西林。沈西林正好看到了周先生,两人视线相对,就在那一瞬间,均在对方的眼里看到了坚定的目光。

周先生转身离去,一路狂奔至后方,通知冀东边区的人戒备。

第二十章 灭门

沈西林也的确买来了海鲜，太阳刚刚现眼，便送到了茂川别墅。

海鲜的确新鲜，武田让仆人弄干净了，做刺身来吃。

武田问道："听说胡占奎一直没有离开过天津，还听说一直和你有接触，我很想知道是怎么回事儿。"

沈西林倒不在意，将倒买胡占奎的私运货物毫不隐瞒地说了出来。

武田有些不高兴："你为什么不逮捕他，反而和他做起生意了？"

沈西林正色道："大战在即，给胡占奎这个机会，把钱捞到手，这也是一种安抚，我想这样至少可以让他更没有后顾之忧地去为帝国效力。"

武田不置可否，夹起一个刺身吃了下去："只有结果才最具有说服性，让我们一起等待最终的战果吧。"

沈西林没有说话，自顾自地夹起一个刺身来，说道："是，只有尝尝才知道天津的海鲜究竟怎么样，武田兄觉得味道如何？"

武田笑了，闭目享用，微微点头。

"影子"虽然逃脱被抓的厄运，然而几乎所有的街头都贴上了通缉"影子"的告示。巡街的老谭看到这些告示时，不由得心为之一拧，"影子"很危险，在这里，随时都有可能被捕。

在街头，老谭打了一个电话，电话拨通后，老谭说道："药用完了，有空送点过来。"

当晚，在巡捕房的仓库内，一灯如豆，灯光暗淡。

"影子"如约而至。

"满大街的告示看到了吧？"老谭问。

"影子"点了点头。

"这是对沈西林动手失误后的代价，一步棋就可以毁了一局棋。"

"影子"没有说话，只是看着老谭面前那局棋，看得出来，黑子已经奄奄一息。但老谭并没有着急下死他。老谭沙哑的声音继续说道："你多留在天津一天，就多危险一天，回去告诉徐局长，我会在日本人那边再楔一个自己的钉子进去……"

这场清乡行动，因为事先得到情报，所以冀东边区有了戒备。日本人惨败，日本佐川大队长、绥靖军团长胡占奎以身殉职。

对于武田而言，真是祸不单行，不但得到清乡行动惨败的消息，还收到了太平洋战场武田信夫战死的消息。武田看着送来的信夫的勋章等遗物，没有说出话来，这个年轻人音容似乎就在自己的眼前，事实却已天人永隔。

武田看着照片里武田信夫那张阳光的脸，一下子颓然了。

这一天傍晚，子生忙完一天的活儿，从电话局内走出来，路过巡捕房，看到老谭站在巡捕房的门口跟几个巡捕交代着什么。老谭见子生走过故意说了句："子生，今天不下棋了，晚上我得去看个大夫，这两天咳得有点厉害。"

子生点点头，他知道老谭话里的真正内容，那是要他在外面见面，也许有新情况发生了。

子生没有回家，而是在旁边的几个街区转了几圈儿，还在路边摊吃了碗清汤杂粮面条。等天色完全暗下来，子生走进巡捕房后面的小巷，黑暗中老谭开着那辆破旧的警车停到子生面前。

老谭开门，用沙哑的声音命令道："上车！"

子生上车，车子缓缓开了。

"我们去哪儿？"子生问。

"去了你就知道了。"老谭目视前方，开着车在街道里行驶着。

子生发现后面有汽车跟了过来，子生警觉地刚想告诉老谭，老谭淡定地说："别担心，是自己人。"

汽车穿过了租界，来到了城郊。战火把四周的农田变成荒野，万物都呈现衰败的颓势。空洞的视野里，天空陡然变得老高，绿褐色的夜又将这种空洞填得满满。衰草枯杨，在微弱的光线里虚弱地摇摆着。

车子再开了一段时间，公路的两边便是一些稀稀落落的盐碱地。车子终于停下来。下车后，子生听到水波的声音，看来已经到了海河边了。

后面那辆车也停下来，走下来几个黑衣人。

"到这儿来干什么？"子生想问又忍住了。

老谭也没有说话，只是对后面的黑衣人摆了摆手。

几个黑衣人点头，打开汽车后备厢。子生探过头去，竟吓了一跳，里面是一个特大号的麻袋。麻袋正蠕蠕地动着，有声响从里面传出，看来装着的是一个活物。

那几个黑衣人将麻袋扛了下来，放在车灯照得到的地方，打开麻袋，里面五花大绑着一个穿着黑西服的人，那人嘴巴被棉布塞住，跪在地上，瑟瑟发抖。

老谭示意，有人过去拿掉那人嘴里塞着的布。

那人面带惊恐，看着周围一切。

"你们……你们想干什么？"那人的语气吞吞吐吐，紧张万分。

没人回答他。

"能不能放了我？我的命不值钱……"

"好了！"老谭开口了，声音不大，但让人无法抗拒。

那人愣了一下，不再说了。

第二十章 灭门

"王建中，如果把你扔到海河里喂鱼，应该没人会阻止。"老谭平静地说。话语间可以听到海河里，浪花拍岸，"哗哗"地响，一派祥和，却让人不寒而栗。

这人正是王建中。

"如果我没记错的话，你的老家在河南商丘大兴村，你母亲一直以为你在国民军里当炮兵打小日本，你老家整个村子都以你为豪。很可惜，你早就成了个汉奸。"

听到这些，王建中仓皇的脸上显现出羞愧的神色，那些微弱的哭声也消失不见了，只是木然地跪在那里，听老谭继续说下去。

"这些年，你的母亲每年都能收到你寄的二十块大洋，可是这些钱都不是你寄的……"说到这里，老谭止住了话，目视远方。

王建中很意外，抬头看着老谭。

老谭再度叹息，继续用沙哑的声音说了下去："那些钱是我寄的。我能体会一个母亲每天在老家等待儿子的那种心情，我的母亲曾经就是这样等着我的，就这样在等待中去世了。"

略顿了一顿，老谭咳嗽了几声，吐了口浓痰，清了清嗓子，继续说道："你应该知道当汉奸是什么下场，如果你母亲知道你是汉奸她会怎么样？"

王建中伤心地哭了起来。

老谭掏出把匕首，走近他。

子生一惊，闭上眼睛不敢去看老谭杀人的场面，然而许久也没有听到一个人惨叫的声音。子生睁开眼睛，却看见王建中身上的绳索已经被割断了。

子生大感意外，疑惑地看着老谭。

王建中也非常意外，睁大眼犹疑地看着老谭。

"我不杀你，回去吧。"老谭沙哑的声音说道，声音带着一点无奈，甚至还有一丝丝怜惜。

王建中有点懵，小心翼翼地问："为什么放我走？"

"给你机会让你做中国人。"老谭冷冷地说。

"真的？"王建中似乎不相信自己的耳朵。

"以后我们需要你的时候，你会知道的。如果你再背叛，你一定死得更惨。"老谭的话更冷了。

说完老谭对子生以及众人挥挥手，众人上了车，离开了。

野外的穹苍间，王建中身体一软，瘫倒在地上。

车上，子生完全糊涂了："你怎么能放了他呢？他是汉奸，会出卖我们的。"

老谭摇了摇头："不会的，日本人一旦知道他是被共产党抓过又放了的人，他就活长不了。况且他也不敢,我们的人随时会去他的老家看望他母亲。"

子生迟疑了片刻,缓缓问道:"他会帮我们?"

老谭点了点头:"也许他就是我们养的鱼,游在敌人的池塘里。"

"可这事儿为什么让我跟着来?"子生问。

"如果我死了,我希望你能知道哪条鱼是我们放的。"

老谭神情漠然地看着前方的路,似乎生死根本不是他所关心的事情。

在武田弘一得到信夫去世信息的第二天,沈西林来到了茂川别墅,加藤正陪武田弘一喝着清酒。见沈西林来,给他也斟了一杯。

沈西林举杯将酒洒在地上:"这一杯祭信夫君。"

"你已经知道了?"武田弘一沙哑着嗓子问,显得苍老而虚弱。

沈西林点了点头:"听到这个消息,我也感到非常遗憾,他是一个优秀的青年。"

武田弘一点了点头:"也许天国的他,能自由自在地去展示他的音乐才华,不用再经受战火的扰乱了。"

随后,武田弘一便将话题岔开了,提到这次清乡行动的失败。

沈西林道:"武田兄,是不是觉得情报泄露?"

武田弘一点了点头:"只有这一种可能,驻屯军和青木公馆都有可能泄密出去,驻屯军这边我已经查过了,现在最有可能的,就是青木公馆的问题,我需要你对青木公馆进行调查。"

沈西林点了点头:"好,我马上去办。"

武田弘一喝了一口清酒,说道:"不过,胡团长在这次战斗中非常英勇,这一切都是沈先生事先激励的功劳,看来你是对的。"

虽然武田对沈西林是一番褒奖,然而当沈西林离开之后。武田对加藤表示,所有中国人都不值得信任,他让加藤派人看好沈西林,一旦有动静,立刻向他汇报。

回到青木公馆,沈西林立刻与王建中一起调查青木公馆,所有可能接触或者间接接触过核心文件的人都是调查对象,特务委员会的中层逐一交代清剿行动这一阶段他们都干什么了,接触过什么人。

这一来,搞得张金辉等人怨声载道,他去暗门子包养妓女的事儿都被问了出来。

张金辉愤愤不平,找卢志坤喝酒。

张金辉早就对沈西林压制自己而愤愤不平,一拍桌子,怒骂道:"沈西林他自己才是有鬼,当年'账房',我审得好好的,他倒好,找来个什么神针吴,三下两下就把人给整没了。他娘的,好事儿都给他做去了,坏事儿都他娘的是我兜着。"

卢志坤听了这话,停住了筷子,似乎想到了什么,思考着。

第二十章 灭门

张金辉看了卢志坤一眼:"你他娘的想什么呢?"

卢志坤说道:"有个事儿不知道该不该说。"

张金辉瞅了卢志坤一眼:"有话就讲,有屁就放,甭他娘的藏着掖着。"

张金辉道出了当时宋世弘被杀之前喊冤的情节,人之将死,其言也善,他死之前说沈西林有极大的问题。

张金辉陷入沉思,如果沈西林真的是共产党,在掩饰什么?那么当年请来的神针吴刺死"账房"一事儿,定有蹊跷。

他决定把"账房"找出来,把当年的事情给搞清楚。

"他沈西林如果真是猴子,这次我得让他把尾巴给露出来。"张金辉满脸涨红地说,一拳头打在了桌子上。

这一天,孙文娟来宫北电话局找子生。

孙文娟告诉子生,孙文博被日本人抓走了,父亲这一次一点把握都没有,她能感觉到父亲的紧张与担忧,看来是有大事情要来了。

"父亲让我去国外读书,这也是为了保护我,万一家里有什么闪失,他也不用分心来照顾我。"孙文娟说话有些哽咽。

孙文娟问子生:"我爸这样算不算懦夫?"

子生摇头:"生命是宝贵的,能活下去记住在这儿发生的事儿,让别的国家的人知道也是好的。包括你离开中国也不能说就是懦夫。"

"你能这样说就好,我想了如果真到英国去,我就在那儿想办法为国家筹款,让我们有更多的钱去打日本人。"

"好啊,我等着你的好消息。"

"你能知道吗?"

"我当然能,只要你能写信,我一定会知道。"

"那太好了!"子生的话似乎让孙文娟感到温暖,"我一定会给你写信的!"

子生笑着拍了拍自行车:"好了,上车吧,我送你回家,好好陪陪家人,出国了就不知道什么时候能回来了。"

孙文娟上了车,子生带着这天真的姑娘走在冬日的夜里,孙文娟将脸贴在了子生的背上,就要离别了,一种酸楚让她的眼泪夺眶而出。子生感受到背上的点点湿热,他知道她流泪了。

走到孙家附近的街道,远远地传来汽车没有熄火的马达声,那声音很特别,不像是小轿车的,可能是军车。再仔细一听,似乎有杂乱的脚步声,那不是普通的脚步声，是军靴落地的声音……

子生敏感地察觉气氛不对，他没让孙文娟下车而是向另外一个方向拐了过去。

孙文娟奇怪，正要开口，突然听到子生低声在对自己说："别说话。"

孙文娟虽然疑惑，但并没有违背子生，没有出声，任凭子生载着自己走向另一个方向。

子生的车骑得飞快，拐过那众多小巷，到了与孙家一条街之隔的绸缎庄，他将自行车停好，带着孙文娟上了楼，在楼顶的小露台可以看到孙家院里情景。

子生的判断是对的，众多的日本兵已经把孙家包围了。

院子里，孙文博和汪大川等人一脸的伤痕被绑着跪在地上，孙明远在向带队的武田弘一哀求着什么，旁边是沈西林和手下的几个汉奸特务。

沈西林没有说话，冷冷地抽着烟，看着眼前的一切。

隐约听见一些话，断断续续，听不真切。

子生懂一点日文，好不容易在两人的对话中，整理出事情的前因后果。

原来，汪大川和孙文博等人袭击了巡逻的日本兵，一少年被抓，熬不住拷打招认所有的事情，汪大川等人一起被捕。

是武田弘一直接押着孙文博来到孙家的。

"你的儿子干了一件不可饶恕的事情，你的家庭必须受到惩罚。"

武田弘一冷冷地看着孙明远。

孙明远慌了，向武田旁边的一个日本军官求情，作揖不断："我给了你那么多钱，你不是说我儿子会没事儿吗？"

那日本军官恼羞成怒，打了孙明远一个耳光说："巴嘎！谁拿了你的钱！"

武田弘一瞪了一眼那个军官，那日本军官害怕不说话了低头站在一边。

武田弘一向身后的一个副官示意了一下。那副官上前掏出手枪，枪口对着汪大川的额头，汪大川颤抖着，突然"砰"的一声枪响。汪大川倒在地上，抽搐着，孙家人老老少少都惊恐地喊叫起来。

那副官看了看武田弘一，武田示意继续。

枪口向旁边挪了一下，没有让跪在一边的孙文博害怕太长时间，一颗子弹就也打在了孙文博的额头上，血汩汩地夹杂着脑浆流了出来。孙文博睁大眼，不敢置信一般地看着父亲，随后砰然倒下……

孙家人一下失控了，日本人用步枪刺刀开始控制场面……

露台上，孙文娟看着这一切惊恐万分，差点喊出来，子生连忙按住孙文娟的嘴。

孙明远瘫倒在地，跪着痛哭起来。

哭着哭着，孙明远开始扇起了自己的耳光："我活该，我浑蛋，当了汉奸就是

第二十章　灭门

要断子绝孙！我没脸见孙家的祖宗，还以为能保住孩子，你们这些日本人就是没天良的魔鬼！我恨啊！"

孙明远疯了一样一下下地抽打着自己，直到把鼻子打出血来，孙夫人冲过来哭着抱着他，哀求他不要这样。

武田弘一冷酷地看着孙明远："说对了，支那人永远也没有能力去主宰一切！"

孙明远愤怒了，不再抽打自己，而且站起身想冲过去跟武田弘一拼命，可是枪声再次响起，孙明远愤怒的吼叫戛然而止，他的喉咙里仿佛要说什么，发出古怪的声响，最终却没有说出来，倒了下去。

孙夫人似乎被吓傻了，呆呆着看着丈夫和儿子的尸体，然而子弹让她那悲凉而呆滞的表情永远地凝固住了……

孙家人一个个被击毙，院子里尸体横七竖八地躺在血泊了，刚刚还是活生生的一群人一瞬间便全部变成了尚有余温的尸体。

武田弘一皱了皱眉，对那个受贿的军官说道："深井君，你还有什么要说的？"

那个军官低头没有说话。

"押回去！到军事法庭再说吧！"几个日本宪兵过来缴了深井的枪，把他押了下去。

看着满院子的尸体，武田弘一叹了口气，命令日本兵查抄孙家。

看着孙家一件件物品被清点出来。

沈西林抽完最后一口烟，将烟蒂扔在地上，用脚踏灭，凑到武田弘一的身边，半开玩笑半认真地说："武田先生这一招实在是高明！秉公执法，整肃了军队里的腐败分子，还把孙家财产补充了军费，一举两得！"

武田并不在意沈西林的调侃，目不斜视，听着一边的日本军人向他一点一点地汇报，一面说道："对帝国不利的人我都会这样，我是为了我的国家，如果你这样，我也会这样做。"

日本人杀了人，自然是中国人来收尸，清扫。

武田等人离开之后，沈西林冷冷地看着手下的众人清扫着现场，他仿佛是厌恶这样的场面，他并没有待很久便转身走出院子。

似乎刚才屠杀的一幕让沈西林很烦躁，在院门口他揉了揉脖子皱着眉头漫无目的地向四周看了看，似乎发现了什么，突然把目光停在了子生和孙文娟所在的阳台上。子生吓了一跳，一面自己低头，一面将早已吓得颤抖不已、呆傻了的孙文娟按了下去。

还好，沈西林似乎没看见什么，随即将目光又移开了，上了自己的车，走远了。

孙文娟被子生搂在怀里，瑟瑟发抖，泪水从她的脸上喷涌而出，嘴被子生堵着没法喊叫，可在心里那一定是在绝望地嘶吼……

第二十一章　尘封

沈西林开着车在街道上行驶着,已经入夜了,街上行人的脸上似乎都很疲倦,变得有些麻木。沈西林只觉得头脑里一阵眩晕。他似乎想休息一下,将车停在了路面,闭上眼睛……

他想到了什么,那尘封已久的往事从没离开过他记忆……

那是1926年,当时的沈西林正值大好时光,刚刚二十出头,父亲是广东富商,和广东出生的国民党党主席汪精卫颇有些交情。

沈西林刚刚大学毕业就在汪精卫的推荐下,于武汉政府经济部门任职。沈西林表现的工作能力出众,而且人缘很好。因为家境殷实,沈西林出手大方,很快就在官场上交际中变得游刃有余。没过多久,他便受到汪精卫重用,被调回其身边,任贴身秘书,专门负责经济业务。

沈西林成为汪精卫的贴身秘书没有几个月就又升官了,兼任武汉省府经济委员会的副主任,也是汪精卫派系里面被提拔的最快的年轻官员。不过他负责的经济工作越多,见到的丑陋事情也越多,那些口口声声为了党国尽忠的权贵们炒股票炒黄金炒棉纱。他们贪婪的嘴似乎永远不会被填满,国家的虚弱,民生的困苦似乎与他们毫无关系。

沈西林干得越好就越对自己的工作充满了厌恶,尽管自己一再被嘉奖重用,可这样的经济于国于民有何意义?新生的民国企业和实业就是被自己的手一点点的蚕食摧毁着……

沈西林不止一次地陷入迷惑,直到有一天遇到了自己的大学同学方君年。

那年的春节刚过,在武汉举行的一次经济会议,各地的实业家代表和报业媒体都被邀请前来参加。会后的酒会上,沈西林突然看见那张熟悉的面孔,那是一张文弱的脸,戴着方框眼睛,身材瘦削却非常精神,尤其是一双眼睛尤为明亮,正是自己大学的同窗好友方君年。

老友见面很是热情,谈到在燕京大学的旧事,沈西林调侃方君年数学不好,那时候考试经常让他给递点儿小纸条。

"可不是，有一次还给先生抓住，咱们俩都被罚站了一个上午。"方君年回忆着，两人大笑起来，一时间似乎话都说不完了。

当天酒会结束，兴致未至，便约着去了街边的小酒馆，尘封岁月在两人的谈笑中一点一点被重新挖掘出来。

他乡遇故知，实在是人生的一大幸事。

方君年在北平的一家报社工作写时事评论文章，虽然跟沈西林一样工作没多久，可因为文笔犀利，已经在多家报纸上开了专栏，在北方新闻界也小有名气。

谈到这次的经济会议，沈西林没想到方君年居然和自己内心的看法一样，他不仅对国民经济现状感到悲观甚至有些愤怒。

"看来君年兄对汪主席主导的新经济政策有看法啊。"沈西林给方君年倒了杯酒，微笑着说。"兆铭公也算是励精图治了。"

"不是对汪精卫有看法，他一个人再努力也是枉然，任何经济政策在制度缺失的情况下，都只能沦为权贵利益集团谋利压榨国人财富的工具。"

方君年话语里透露出失望："你是搞经济的，这一点你该比我还清楚。"

"你在说我这个老同学在牟取私利中饱私囊？"沈西林还是在微笑，似乎对方君年的严厉的批评完全不在意。

"也许你不是，但是不是又有什么关系，连你们汪主席都不过那一派的阶级的代表罢了，怎么做都一样，这种腐败堕落是无法逆转的。唯一的好处就是你挣钱多了还能请我多喝点好酒。"

"你这话说得可有点大啊，照你这样说，国家就完蛋了吗？"沈西林的语气里带着一点不悦。

"长此以往，这是必然！而且你和你们汪主席就是帮凶。"方君年似乎喝多了，说话越来越大胆。

"你小声点，这就是跟我在一起，要是别人听见了，一定怀疑你跟共产党有什么关系。"沈西林好心提醒。

"有关系又怎么样？国家总要有个方向，国民政府在国民党的独裁统治下不可能让这个国家有未来。"方君年不屑地说。

"算了，你这个文人气就是改不掉，书念多了想法也太多，政治太复杂，跟我们无关。"沈西林表现得玩世不恭。

"你错了，政治和经济是分不开的，别忘了我们在大学里都看过的《资本论》。"方君年纠正着，较了真。

"你不会真被那些空想的什么社会主义洗脑了吧？看在老同学的分上，我必须提醒你，蒋总裁搞的中山舰事件意味着什么。"

沈西林故作严厉地对方君年加重了语气。

那是1926年的3月18日，蒋介石以黄埔军校驻省办事处的名义，传达给海军局代理局长兼中山舰舰长李之龙一个命令，要李之龙调中山舰到黄埔候用。当中山舰开到黄埔时，蒋介石一面指使其党徒散布共产党"阴谋暴动"推翻广东革命政府的谣言，一面假装"惊异"，造谣说李之龙不服调遣，擅入黄埔。以此为借口，3月20日，蒋介石调动军队宣布戒严，断绝广州内外交通；逮捕李之龙，扣留中山舰及其他舰只；包围省港罢工委员会，收缴其卫队枪械；包围广州东山的苏联顾问所；驱逐了黄埔军校中及国民革命军中以周恩来为首的共产党员。

这一事件是蒋介石打击镇压共产党人的开始。

"你别以为我糊涂，我跟那些共产党人接触过，他们的理想和主义才是真诚的！"方君年还要再说什么，被沈西林拦住："好了，今天喝太多了，我们不谈国事。"

倒不是沈西林对方君年的话反感，相反在某种程度上他很认同方君年的话，他只不过是没有方君年那种文人冲动，官场上的历练让他更老练更能做到深藏不露……

两人喝酒一直到天亮，随后的几天方君年在武汉受到了沈西林极好的招待，他也同时发现，方君年来武汉不只是为了采访什么经济会议，他在暗中参加共产党领导的由工人和学生为主的共产主义青年团的活动。

沈西林不禁暗自为方君年担心，从古到今所有在经济方面出色的人在政治上都是极为敏感的，沈西林也不例外，上海、南京、广州各地传来的种种消息表明蒋介石对共产党的清算就要开始了，而汪精卫也在加紧对共产党人的控制，方君年这样的文人无疑是危险的。

果然，一日清晨，沈西林刚到办公室便接到有人传话，说楼下有人找。他匆匆下楼，发现是方君年，对方极其焦虑，匆匆地说："我遇到一些麻烦，得马上离开武汉，老同学，这封信交予你保管，万一我有问题，也许，也许会有人来取。"

方君年将那封折叠的很小的信慎重地交到他的手里。

看着那封信，沈西林又看了看方君年，脸上露出惯有的玩世不恭的微笑："老同学，这儿可是省府机关，你在这儿给我这么个东西，你就不害怕吗？"

"你什么意思？"方君年掩饰着。

"是你有问题？也许有人来取？你这是什么意思？"

方君年不说话了。

第二十一章　尘封

"这几天你都去哪儿了,别以为我不知道。"

沈西林收起来笑容,盯着方君年的脸。

方君年略有些惶恐,有些不安地说:"也许我太冒失了,不过没办法,你是我的老同学,我相信你不会背叛我。"

"如果你想错了呢?"

"那就是我看错了人,你干脆现在送我到警察署或者省党部去,反正这东西在我身上也是危险,结果都一样。"说了这些话,方君年惶恐的神情反倒镇静下来,只是一双眼睛依然透出些许期望。

两人就是这样注视了良久,沈西林叹了口气又恢复了笑容:"那你赌一下吧,我可不能保证你一定会赢。"

说着沈西林把那封信揣在了怀里。

方君年明白了,匆匆离开。

那晚上,沈西林思虑再三,将那封信的封口对着烧开的水壶嘴用蒸汽润了很久,才打开了那封信,信内只是一份名单,沈西林明白上面全是武汉共产主义青年团的成员。

这结果沈西林想到了,可还是让他有些心神不定,他皱着眉头重新把信封好。

第二天下午,跟同事闲聊的时候,沈西林无意中听到武汉省党部统计调查科的人抓了几个煽动工运学运的疑似赤色分子。这个省党部可不由汪精卫领导的省政府控制,直接听命于南京的陈果夫,陈果夫又是蒋介石的左膀右臂。

或许老蒋真的要动手了,那么上海几大纱厂的股票一定会狂跌不止,而纱锭期货一定会飙升飞涨。

沈西林心里盘算着金融生意,在想是不是该出手赚他一笔,可再一想心中觉得隐隐不对,他敏感地觉得这事儿可能与方君年有关。他放下了挣钱的念头,拿起电话找了警察厅的一个朋友跟对方了解情况,哪知道方君年真在其中。

放下电话,沈西林暗骂这个老朋友真是个笨蛋,已经知道有人跟踪他还不快离开武汉。沈西林想了想觉得不行,必须得帮帮这个老同学,一方面是为了交情,另一方面如果方君年扛不住说出什么来,他也脱不了干系,虽然省党部不至于把自己怎么样,可要是传到汪精卫耳朵里,这个汪主席怎么想就不好预料了……

沈西林不敢懈怠,匆匆赶往省党部,统计调查科的人里面还有一个算是熟络,自己在武汉的证券交易所曾故意放给他一笔黄金期货的消息,让他捞了一票。到了省党部,找到关系跟对方说方君年是自己的同学,并不是什么赤色分子,只是一个笔杆有些锋利的写作人,有时候说话未免尖锐了一些,还暗示过不了多久上海会有大生意。

对方看在沈西林的面子上,加上在方君年身上没搜出什么,被沈西林一通好说歹说,终究是把方君年给放了。

恰好武汉警察厅缉私处的处长王亚民来请省党部的朋友吃饭,把这一幕看在眼里……

沈西林把方君年捞出来,还好还没有用刑,方君年只是被吓着了。沈西林把他安顿在了一间旅馆里。

方君年惊魂未定只是说:"幸好有你,要不我这一次麻烦可不小。"

"知道就好,那就别再给我找麻烦。"说着沈西林把那信递给了方君年。

接过信来,方君年摇了摇头,找到火柴将那封信点着了,不一会儿那信化为灰烬,方君年的举动让沈西林有些意外。

"信里没什么。"方君年停顿片刻,抬头看了看沈西林,"你是不是觉得我是……"

沈西林笑了,打断他:"你是什么我都不想知道,只要人平安就好,我会尽快送你离开武汉的。"

方君年点了点头,两人均已心知肚明,只是没有说穿罢了。

第二天的晚上,沈西林便安排好方君年离开,并专门派车送他去了火车站,凭着沈西林的地位和好人缘,一路直通,将方君年送出了武汉。

沈西林终于松了一口气,随后便用股票期货的生意让那个省党部的朋友乐得合不拢嘴,这件事就这么过去了。

沈西林又恢复到往日状态,依然游刃有余地穿梭于官场之间,但对国民党的失望使他并不在意自己的前途,少了那份功利心便不会与人争斗,反而让他的人缘更好了,等到的生意机会也越来越多,资产的经营很有些起色,汪精卫对沈西林更是器重,沈西林无心插柳却更吃得开了。

不想平静的时间没过多久,方君年的事竟然被警察厅缉私处的王亚民再次提了出来。

那一日,王亚民特意来找沈西林吃饭,沈西林觉得奇怪,这个王亚民平时跟自己没什么打交道,今日怎么突然来请自己吃饭。

在武汉长江边的一个小馆子里,沈西林如约前来,他已经做好了请客的准备,只是在官场上养成的习惯,你掏钱了别人就自然的欠了你一份人情,中国人就是这样,请客多是为人好的一个标志。

可这饭馆实在让沈西林没想到，虽然地方清净和并不豪华，还有些偏僻，这和那些腐败的警察官僚的做派可是相差太远。

"沈先生，今天能赏光来，我真是非常荣幸啊！"见到沈西林进了包厢，等在里面的王亚民客套地说。

沈西林惭愧地笑了笑："哪里，哪里，王处长能请，而且是单独请我，我倒是荣幸才是。"

王亚民笑了："您现在是汪主席身边的红人啊！能请到已经很不易了。"

两人寒暄了半天，王亚民就提到了方君年。

"沈先生应该知道前段时间省党部抓的那几个人的真正身份吧？"王亚民的表情似笑非笑，盯着沈西林看。

沈西林一惊，却不露声色，只是问："什么身份，王处长的话在下有点听不懂了。"

"你那个叫方君年的老同学，是共产党的积极分子，你会不知道？"王亚民笑着说道，"而且他被抓的前一天还找过你，对吗？"

王亚民的和盘托出真是让沈西林吓了一跳。

"难道他是要将我将死。"沈西林心里慌乱，但见对方并没有任何举动，表情里带有神秘的笑容。

江风徐徐吹来，带走了武汉特有的闷热，变得凉爽起来。

"包庇一个亲共分子，如果传了出去，对沈先生可不太好啊！"王亚民语重心长。

沈西林表情平静，内心波动不已："就算是又怎么了？汪主席一直对共产党是很宽容的。"

"那是过去，以后怎么样，我们谁都不好说，对吗？"王亚民说的倒是事实。

看着王亚民那张温和的脸，沈西林实在不知道他葫芦里卖的是什么药。

"好了王处长，您要说什么不妨直说，是期货还是股票黄金还是证券，都好说，不用这么拐弯抹角吧？"

王亚民笑了："我不要钱，如果我说我和方君年是一样的人，你会怎么想？"

这个答案倒真让沈西林没有想到。

沈西林脸色严肃起来："王处长你的话我听不懂，如果想拿我寻开心，对不起我不奉陪了。"说着沈西林站起身要走，被王亚民一把拦住。

"我在1924年加入中国共产党，现在我是共产党武汉市委委员。"王亚民把自己的真实身份和盘托出，这突如其来的信息让沈西林听傻了。

这不是开玩笑，也没人会拿这个开玩笑。

"跟我说这些干什么？"沈西林疑惑地看着王亚民。

"因为我相信你，将来你会成为我们的人。"王亚民的语气肯定。

"你们的人？我现在就可以去告发你！"

"你不会告发方君年，就更不会告发我。"王亚民肯定地说，他的眼神里充满了信任，"方君年跟我们汇报了你的情况，我觉得你是可以信任的，我们党正需要你这样的人！"

原来当天王亚民去请省党部的人吃饭，也是要想办法营救方君年等人，没想到遇见沈西林，方君年在离开武汉前向组织上说明了沈西林的情况，他那时还不是共产党员，他的汇报也没有引起什么人的注意，可王亚民却对沈西林印象深刻。

"对不起，我对政治没兴趣。"沈西林冷冷地说，"不好意思，王处长，我先告辞了。今天事儿我就当什么都不知道，这个地方我从来没来过。"

王亚民也站了起来，却没准备阻拦他，只是点点头。

沈西林和王亚民擦身而过，王亚民在他的身后说："我等着你的消息。"

沈西林站住，回头看着王亚民："你那么自信？"

"我相信我的眼睛。"王亚民露出了沉稳的笑容。

沈西林想了想，走出了酒馆。

接下来的几天，沈西林一直都在犹豫彷徨中度过，直到第四天，沈西林终于决定给王亚民打个电话，电话拿了起来，犹豫了半天，最终又放下了，沈西林想了想，走出了办公室，他决定亲自去找王亚民一趟。

看到沈西林的到来，王亚民似乎明白了什么，直接拉着沈西林去了清风饭庄吃饭。

在饭庄的包厢里，王亚民告诉沈西林，蒋介石叛变革命的反党行动即将爆发，而中共急需掌握汪精卫这方面的动向……

就这样沈西林成了中共潜伏在汪精卫身边的秘密线人，他只是跟王亚民单线联系，为我党争取汪精卫延缓他对革命的背叛获得了许多重要的情报，争取了时间。

1927年7月以后，国民党内形成了宁、汉、沪三个集团：在南京，有蒋介石控制的"国民政府"和"中央党部"；在武汉，有汪精卫控制的"国民政府"和"中央党部"；在上海，西山会议派也以"中央党部"的名义进行活动。此外，还有粤、桂、晋等地方势力。

宁、汉双方集中了国民党中最重要的一批领袖人物，又各自掌握着一个政府，各自拥有一支军队，割据着一大块地盘，因而成为最有分量的势力。他们为争夺最高权力明争暗斗，但很快地在反共的基础上开始合流。他们为了实现"合作清党""统一党务"，进行了一系列酝酿和接触。

为了统一对付共产党，蒋介石和汪精卫反复电商，终于商定了解决宁、汉合作的具体办法。汪精卫表示愿意"和平统一",同意"迁都南京"。

7月15日,汪精卫突然背叛了革命,发动政变,开始反手屠杀共产党人。

沈西林原本在两天前就知道了消息,想通知王亚民,可他刚走进警察厅,就发现几名穿黑衣党务调查科的人往王亚民的办公室闯了进去,沈西林赶忙让开了路。

不一会儿,王亚民便被那些调查科的人押了出来,从沈西林身边走过。

四目相对,王亚民的表情淡漠,仿佛只是看到了一个路人,但沈西林却从他眼睛里看到了鼓励,他相信自己读懂了他的目光……

可沈西林还是担心,一方面担心王亚民,一方面也担心自己的身份会暴露。他想办法再次接近了省党部调查科那个贪财的家伙,了解到王亚民是被共产党的叛徒出卖的,调查科的人知道王亚民在武汉中共党组织里是个领导人物,想从他嘴里得到更多,对他进行了严刑拷打,不过王亚民的嘴很硬到现在还没说出什么来。沈西林稍许放心了些,他开始想办法希望能营救王亚民,小心翼翼地试探了几次,居然找不到突破口,原来可以收买的人现在一察觉是共产党的事儿都唯恐避之不及。

沈西林一筹莫展,只能想办法贿赂些狱警想让王亚民好过点,当有一天得知王亚民在监狱里咬断了自己的舌头,沈西林明白自己安全了,王亚民的行为表明他宁可死也不会说出自己来,果然王亚民直到被枪决他什么都没说过……

可是沈西林却成了断了线的风筝,自己的上线被杀害,在那样严酷的岁月里,沈西林无从和组织上取得任何联系,这让他抑郁难解,觉得自己似乎一身的力量,想去用,却一下子打偏了,没有了用武之地。可他也知道,现在什么都不能做,只能等待……

他又成了曾经的沈西林,上班,挣钱,交际,搞关系,吃喝玩乐,与其他政府里的官僚一样,没有丝毫分别。

而汪精卫与蒋介石的权力争斗以汪精卫的全面失势而告终,沈西林作为汪精卫派系的人自然也靠边站了,不过他没有像很多为了利益可以骑着墙头两边晃悠的人一样转身去投靠蒋介石,而是自动地靠边站,在国民党经济委员会谋个闲散的差事一直晃荡着,在他心里又开始对一切感到失望,觉得跟着那边儿混最后都是成为国家的蛀虫……

为了散心,也同样是为了探究为何小小的日本岛国会在短短的几十年之间变得如此强大,沈西林找到机会去日本待了一年,他明白中国的政坛在往后的岁月里会和那个饿狼一般的岛国密不可分。

回国后,沈西林赋闲在家到处游山玩水,还去了北平。方君年感激沈西林在武汉的帮助,就让沈西林住到了自己家里。两人还一起参加了大学的同学会,那是1931年的9月,在同学聚会上,"九·一八"事变的消息传来,日军侵略了东三省,所有人都义愤填膺，可沈西林却反应冷淡，在日本的时候他就早知道会有这样一天，这样的战争无法避免也无从逃避，他只是静静地等待着战争的爆发，到处游山玩水不过是为了享受生活中最后平和安宁……

一场注定要到来的灾难不是喊两句口号就能解决的，而且就在那天方君年割破了手掌写着血书的时候，沈西林的目光一直盯着一个穿着学生装容颜美丽的姑娘，可惜那姑娘没有看着他而是充满了仰慕地在注视着方君年。

这姑娘就是莫燕萍……

随后下野出国的汪精卫归来，再次出任行国民党政府政院院长，沈西林自然又被招募到了他的麾下。

沈西林有个直觉，以他对汪精卫的了解，这个精于算计、野心极强的汪主席是不会甘心在政治上如此没落的。只是让他没想到的是，日军发动全面侵华之后，汪精卫会叛变，会在南京成立伪政权。

作为没有投靠蒋介石的人，汪精卫很是欣赏沈西林的忠心，伪政权的成立他自然又被重用，调到南京经济要害部门任职，后又被指派到华北重镇天津。

表面上他是东华洋行的高级经理，实际上是汪伪政府天津事务联络官兼任特务委员会天津办事处的情报副主任。一方面沈西林可以接近天津各界的人物，另一方面东华洋行在努力控制天津的进出口贸易，说白了就是用中国的财富支撑日本侵华的军费。

武汉的那段岁月，那复杂的故事埋藏在沈西林心里，但共产党旗帜鲜明的抗日主张却从未在他视线里消失过，还有同学聚会上见到的莫燕萍，沈西林知道这姑娘自己这辈子也忘不了了……

直到有一天，在天津，他获悉了方君年的消息，他成了天津一家报社的主编……

方君年变了，变得更加激进，成了中共预备党员，而自己也变了，变得让方君年完全不能接受自己现在的身份……

岁月真是一个很奇怪的东西，左转右转，又将一些本该有关联的人物和事情转到了一处……

想到这里，沈西林长吁了一口气。沈西林靠在椅背上，痛快地伸了一个懒腰……

事后的几天，日本人开始全城通缉孙文娟。

这几天，孙文娟一直在子生家里待着，总是在惊恐中醒来，又在哭泣中沉沉睡去。

"你不该带她回来，这很危险。"兰英有些责怪子生。

第二十一章 尘封

"我不能不管她，如果那样的话，她就没命了！"子生说。

"放在家里早晚会暴露，会连累更多人。"兰英着急地说，虽然这样很残忍，但却是事实，这个子生也很清楚，一时间没了主意。

"你说怎么办？"子生有些不高兴。

"只有死人最安全。"兰英幽幽地说。

"什么人你都杀吗？她是中国人！不是汉奸！"子生火了。

子生想了想，心一横："你怕没关系，我去找老谭。"

子生说着便要往外走，兰英一把拦住他："你找谁都是一样的结果。"

死一般的沉寂，十多分钟后，子生终于从嘴里吐出几个字来："我要送她去延安。"

子生找到了周先生，然而他的意见一提出来便被周先生否定了。

"我就这一个要求，就算为了我父亲，你也不想看看我暴露了对吗？"子生请求。

一片沉寂，周先生在黑夜里叹了口气："三天之后，你去西泉浴室。"最终周先生撂下这样一句话。

当三天后再次跟周先生见面，子生被告知送走孙文娟已经安排妥当了。

那是一个冬日的清晨，干冷干冷的，空气中带着点点的薄雾。在海河一个乱草丛生的岸边，子生远远看着孙文娟和来接她的人一起上了船，消失在了茫茫的海河之上，直到那只船远远地消失在了薄雾之中。

几天后，周先生交给子生一封信，孙文娟已经顺利到达了延安。

子生非常高兴，将这一消息告诉了兰英。

兰英却并不理会，自顾自地做着鞋子。

没有得到回应，子生有些失落："你怎么这样冷血？"

兰英头也没抬，淡淡地说："除了你和谭叔，这个世界上，谁死，死多少人，跟我都没关系，我只在乎你们，尤其是你，只要你平安就好。"

子生的内心五味杂陈，一方面兰英对自己是关心，而另一方面，对兰英的冷漠感到不能理解。

但武田弘一并没有放过这条线索，他甚至叫来沈西林只是为了询问通缉孙文娟的进展。

"武田君似乎对这个姑娘很感兴趣！"沈西林对武田的反应有些疑惑。

武田冷冷地看着沈西林："怎么？有什么不妥吗？"

"孙文博那些人完全是没有组织单干的家伙，跟国民党、共产党都没关系，所以对那么一个姑娘费这么大工夫有些没有必要。"

"是吗？那你应该回答我一个问题，为什么一个女孩能在天津人间蒸发？如果她在天津是谁把她藏起来的，如果她已经离开了那么又是谁把她送走的？"

沈西林不说话了。

"能做到这两件事的人难道不应该被我们调查吗？"

"对不起我疏忽了。"沈西林有些面带愧色，但心里暗想着，这家伙怎么那么精？连个小女孩都不放过。

"对敌人的仁慈就是我们的灾难，希望沈先生记住这一点。"武田语重心长。

"是，我会继续调查的。"

"提醒你一下，据我所知，孙文娟经常去宫北电话局对吗？"

沈西林诧异武田弘一对这一切都了解的如此详细，但还是漫不经心地说："这我调查过，那个韩子生是孙文博的同学，孙文娟去找他也很正常。"

"韩子生？"武田弘一想了想说："也许吧，不过这个电话局很有意思，我们的很多事情都跟维修员有关系。"

"那有什么办法？在租界里没人不跟电话维修员打交道。"

沈西林的话让武田弘一却若有所思。

与此同时，为了抓住沈西林的把柄，一举推翻沈西林。张金辉真的开始寻找沈西林的把柄，然而偌大的天津城，就是没有找到神针吴的下落。

张金辉与卢志坤商议，决定去一趟神针吴的河南老家，彻底地调查神针吴的身份和下落。

卢志坤有些害怕："张队长，您这是来真的呀？"

张金辉狞笑道："怎么着，你害怕了？我跟你说，这一次我和沈西林，不是他死就是我亡，怎么着，我都不能放过他。"张金辉看了一眼卢志坤："你可甭跟我临时打退堂鼓，你要是跟我一条心，到时候推倒这个王八蛋，有你的好处，如果你到时候有异心，那就甭怪我翻脸不认人。"

卢志坤被吓着了。

这一切都被门外的王建中听得一清二楚。

在护城河边，王建中约见了老谭，将张金辉所说的一切告诉了老谭。

老谭看着河面，沙哑的声音说道："既然沈西林不是敌人，又对我们有用，那就要让他活得更踏实一些。"

王建中看了老谭一眼："您的意思是？"

老谭叹了口气，说道："如果那个张队长还有兴趣玩下去，我们就得找机会好好招待招待他了。"

除了张金辉的调查之外，加藤也没有懈怠对沈西林的调查，然而调查的结果让他很失望，都是再寻常不过的一些事情，沈西林没有任何破绽。

这样的消息似乎是好的，然而武田却对此深有疑虑。

加藤不明白原因。

武田缓缓说道："越是没有破绽的人越有可能有问题。"

为了调查神针吴的情况，张金辉真的去了一趟河南。依旧没有神针吴的任何踪迹。

"一个大活人为何就这样消失了，如果没有鬼，为什么会是这样的结果？"

他将这一切告诉了武田，他的疑虑，包括宋世弘临死前的喊冤，沈西林也许是潜藏很深的人，真实身份不得而知，但是对于大东亚共荣，绝对是不利的。

武田看了一眼张金辉："那张队长的意思是……"

武田欲言又止。

张金辉说道："我怀疑'账房'的棺材里根本没有尸体。"

这是一个绝好的机会，如果张金辉推断的是事实，那么沈西林的真相马上就能揭开。如果张金辉的推断是错误的，那么责任也不在他武田，对自己是有利的。

"备车，我们去青木公馆，找沈西林。"武田吩咐道。

第二十二章　掘坟

沈西林与王建中正准备去东华洋行处理一些事务，刚走出青木公馆的大门。只见两辆汽车开了过来，停下。

武田弘一、加藤、张金辉等人从车内下来。

"哟，武田兄，你来的可正好，晚一步，我这可就去了东华洋行了。"沈西林笑着打招呼："有什么指示，屋里请吧。"

武田弘一停在门口："不用了，沈先生，张队长反映了一件事情，我想弄清楚，所以还需要你跟我们走一趟。"

沈西林看了看一边趾高气扬的张金辉，虽然不知道究竟是什么事情，但是他知道张金辉必定是抓到自己的什么把柄了。但究竟是什么事情，他一时也想不到。

沈西林上了武田的车，而王建中则坐在了张金辉的车内。

在车上，武田说出了张金辉的疑虑。

沈西林一惊，这是要去开棺验尸呀。沈西林表情上并没有多大的变化，但已经不自禁地手心出了汗。怎么办！自己马上就会暴露，那么莫燕萍、子生怎么办？如何通知他们？

沈西林一时间没了主张，脸上却丝毫不乱，嘴角的笑容也一直未减。

武田看了沈西林一眼："看来，沈先生，并不在意这件事。"

"为什么要在意，弄清楚，不是更好吗？"

到了乱葬岗，武田指使一帮下属开始挖坟。

沈西林站在一边，一直保持微笑，他想点一根烟，手指却一直微微颤抖着，最终放弃了，将烟掐断，扔在地上。

"哟，沈主任，这天不热啊，你怎么出汗了？"张金辉阴阳怪气地说。

沈西林没有接话，看了看天空，这是一个好天气，这也可能是他沈西林最后一次看天空了。他想记住这样的天空。

"挖到了，挖到了。"有人喊。

第二十二章 掘坟

张金辉冲了过去。

"有尸体,不过已经只剩下白骨了……"

张金辉脸色变了,一边法医开始对白骨进行鉴定。武田的嘴角一直含着一丝笑意,旁观的神态看着眼前的一切。

怎么回事?沈西林又是一惊,为什么会有白骨,沈西林缓缓走了过去。阳光下,白骨反射出诡异的惨白。

内心更加不平静,沈西林前所未有地惊恐起来。他的目光静静注视眼前的一切。

法医在一边汇报检验结果,年龄身高性别都是对的,死者在去世之前,手指被用刑过,有断裂的痕迹。

一切吻合!

武田冷冷看着张金辉:"张队长,看来你的推断是错误的。"

张金辉诧异地看着一切:"怎么可能,这……这……"

武田挥挥手:"沈先生,上车,去茂川别墅,我们喝两杯。"

沈西林跟在武田后面上了车。究竟是谁在帮自己,这证明有一个人时时刻刻在自己身边,了解自己的一切,而他却一无所知,这对于一个潜伏下来的特工而言,是多么可怕的事情。

事后,加藤问武田:"沈西林没有查出任何有问题的地方,是否沈西林值得信任。"

武田摇了摇头:"虽然没有查到他任何有问题的地方,但只要有这个人的参与,我们的事情便不会顺利,这很能说明问题。"

武田缓缓喝下一杯茶:"你派人去南京彻底查一查沈西林的底细。还有,我觉得宫北电话局非常有意思,我想我应该再亲自去一趟。"

加藤点头:"嗨。"

翌日,武田弘一人来到宫北电话局。

那天,韩子生并没有上班,武田扑了个空,在要上车离开的时候,武田突然想到什么,看了看电话局对面的巡捕房,几秒钟的思考之后,武田转身走向巡捕房。

几乎是一进门,武田弘一便看到了老谭,他正在值班室喝茶,见武田弘一的到来,老谭马上起立敬礼,诚惶诚恐地招待。

武田弘一在值班室里转了一圈,四下看了看,好像来这儿只是为了闲逛。

"长官您这是……"老谭看着武田弘一有点不明白,迟疑了一下又问,"要不要叫我们署长来?"

"不必了?我只是来随便看看。"

"我们这巡捕房有啥好看的,长官您这么忙……"老谭打着哈哈。

"不,很多事儿都很有意思,比如你。"武田弘一瞥见老谭桌子上摆放的鹤仙草茶,似乎别有所指地说,"你好像很不爱惜自己的身体。我提醒过你,喝这个草药你的中风会加重的。"

老谭呵呵一笑:"谢谢长官的关心,只是这么多年习惯了,一时改不掉。说着拿起茶杯又喝了一口。"

老谭喝茶的一个习惯性动作让武田警觉地发现了。

"你的确很有意思,见到你总让我想起我的一个老同学,不光是你的嘴角,你喝茶的动作跟他也很像。"

"是吗,那小人真是荣幸之至了。"

老谭笑了,笑容依旧那么难看,让武田觉得厌恶。

回到官邸茂川别墅,武田弘一给沈西林打了电话,让他查一下宫北巡捕房那个老谭的来历。

这一天晚上,老谭再度与"影子"见面。

老谭明白,日本人离失败越来越近,他们也越来越恐慌。这时候更要让恐慌蔓延开,让日本人和汉奸特务在自己控制的占领区里不停的担心害怕,让他们知道这样的死亡会一直持续。

老谭让"影子"通知暗杀行动小组,行动开始了。

随后几天,暗杀行动小组开始对日本人进行暗杀,制造恐怖事件,数个日本军官被杀。

泰隆胡同里,纵欲过后的张金辉从妓院走了出来,摇摇晃晃,一脸的满足。

一个黑衣人从他身边走过,似乎碰了一下。

张金辉回头,朝那人看了一眼,好像骂了一句,继而朝前走去,走了几句,张金辉突然身子瘫软了下去,倒在了地上。

一个妓女正好看见:"哟,这个张队长,喝得也太多了,怎么就在这里睡下了了呢?"

妓女走了过来,一看,张金辉身下已经流淌出了大摊的血,那血还在蔓延,妓女吓了一跳,大喊起来:"杀人啦,杀人啦。"

远远的,黑衣人抬起头来,一张丑陋的脸在灯光下令人恐怖,他是老谭。

张金辉的死更让沈西林震惊,如果自己猜得没错,身边那个人正在继续保护着自己,杀了张金辉,就是为了保护沈西林。

究竟是谁?

第二十二章 掘坟

沈西林有些疑惑,他端起桌子上的盆景,细细打量,头脑正在快速地筛选着青木公馆的所有人……

沈西林觉得有些疲惫,头开始痛了,他起身走出了办公室。

王建中迎面走了过来:"沈先生。"

沈西林点了点头,阖上门,准备往外走。

"沈先生,"王建中又唤了一声。沈西林回头。王建中笑道:"您有空吗?我想请您喝几杯,这几天大家都挺担心的,不断地有人被暗杀,你看张队长,前几天不也是被人杀了吗?"

沈西林眉头微锁:"改天吧,我今天头有点晕。"

王建中道:"哎,那您先歇着。"

王建中正欲离开,沈西林突然叫住了他:"建中,要不,咱俩去喝两杯吧,这段时间我也觉得心烦气躁的。"

王建中点了点头。

在酒桌上,王建中起初只是和沈西林聊一些最近的烦恼与紧张,时局动荡不安,每个人心里都是茫然、无助、凄凉、无所适从,渐渐谈到了"账房"的事件。

王建中低声说道:"沈主任,您应该知道'账房'的坟里到底有没有尸体吧?那个神针吴在哪儿,我想您比我还清楚……"

沈西林心中如重锤一般砸了一下,他的手不自觉摸到了腰际的枪。

沈西林表情依旧冷静:"我不知道你在说什么。"

王建中笑了:"沈主任,我是中国人,您知道这一点就够了,其他的不知道没有关系,要知道关键时刻,我能够帮上您的忙就够了。"

沈西林看着王建中:"你是什么人?"

王建中冷静地说:"您一直在疑惑是谁往坟墓里放下尸体的,对吗?我现在可以告诉您,是我,一个爱国的人。沈主任,如果你让我当了行动队队长,我会成为得力的助手。"

沈西林遂了他的心愿。不久后,王建中获得了这个位置。

冬日里一个难得的晴好日子。

阳光朗照,云淡风轻,让寒冷的季节添一份暖洋洋的意味。

茂川别墅里,沈西林穿过回廊,在一个女佣的带领下,来到了武田弘一的书房。

屋内香烟袅绕,武田弘一依旧不紧不慢地侍弄着茶道,见沈西林来,笑着请他坐下。

沈西林刚一落座就想说什么,武田弘一止住他。

"不急,这一品茶刚刚好,先尝尝。"

武田弘一在陶制的茶杯中斟了茶,放在木质的托盘上恭敬地推到沈西林的面前。

沈西林端起茶杯微微闭上眼睛,先闻了闻茶香,似乎让这香气深深沁入了心肺之后,才轻轻地小酌一口。

"武田兄的茶艺出神入化,在下真是三生有幸能品此甘露。"沈西林睁开眼睛陶醉地说。

"哪里,哪里,茶再好,也要有懂茶的人,你是懂茶的人,在中国有你这样可以一起共事的朋友是我的荣幸。"

两人对坐品茗,悠闲的好似山野里的闲云野鹤。

"看来沈先生是有什么消息要告诉我?"武田弘一微笑地看着沈西林。

沈西林将一叠资料放在了武田弘一面前,里面是老谭的资料,第一页就是老谭那丑陋的脸被固定在一张黑白照片里。

"那个老谭叫谭华,山东枣庄人,1934年进入广州西关税警分队工作,1936年才在天津法租界巡捕房谋了差事。我让人在广州西关户籍科查过,他是1932年初到广州,这个人似乎身体不是太好,得过一场大病,好像是中风或者脑血栓,在广州教会医院里住了差不多有半年。"沈西林说完,将手中的那杯茶缓缓喝下,茶在口中回转,略苦涩,却能从中品出甘甜,回味悠长。他再次闭上眼睛,仿佛又在回味那绵长回甘的味道。

"就这些?"武田问。

"就这些,这个老谭没什么特别的。没亲戚,没朋友,在巡捕房值班的时间比在家还多。"

武田弘一为沈西林斟了茶,笑着说:"人就像这茶,需要细细地品,才能品出真味来。"

沈西林听出来武田的弦外之音:"这我知道,所以在调查老谭我花了很多工夫,不过我实在找不出这个人有什么破绽。"

"一个得了中风的人,却天天喝会导致自己中风严重的中草药鹤仙草,这难道还不是问题吗?"

武田弘一的笑容在脸上消失了,他拉出一边抽屉,拿出一张合影来,那是他和范江海、韩树森的合影,照片上的武田弘一还很年轻,阳光俊朗,眉宇之间有一丝年轻人特有的淡淡忧愁。

"你帮我找过范江海,1924年他回到中国后就和我断了联系,我们的同窗友情也戛然而止了,这让我很遗憾。"

看着照片,武田仿佛回到了曾经那段青葱岁月。

第二十二章 掘坟

"你说过，范江海1931年在中统辞职回了徐州老家，此后就杳无音信了是吗？"

沈西林看着武田弘一，不明白他又拿出这照片干什么。

"我总觉得这个老谭跟我那个老同学之间好像有什么联系。"

武田弘一把那合影放在老谭的资料旁边，抬头看了看沈西林，徐州离枣庄很近对吗？

沈西林迟疑了片刻，看了看照片里那个英气勃发的青年人，再看看老谭那张扭曲到可怕的脸，有些不敢置信地问武田："你怀疑谭华就是范江海？这不可能，如果他就是范江海，你的另一个老同学改名叫韩培均的韩树森，不可能不知道。而且从外貌上看，没人会把这两个人联系到一起。"

武田弘一叹了口气，缓缓说："如果他故意让自己变成这样呢？"

"你是说他易容了？"沈西林又看了下那两张照片摇摇头，"没人会干这么疯狂的事儿。"

"但这是一种可能，对吗？"武田的声音沉着而冷静。

"这可能性太低了。"

"不！有些人是会这样做的。战国时期的聂政，为了刺杀宰相侠累，用刀刺坏了自己的面容，挖出眼睛，剖开肚皮，流出肠子。还有春秋时期的豫让，为了刺杀赵襄子，把漆涂在身上，让肌肤肿烂，吞吃了木炭让声音变得嘶哑，总之是让自己的形体相貌不可辨认，就连自己的妻子都不认得了……你们中国历史上这样的人很多。"

"可那些故事太传奇了，现代社会不是武侠小说。"

"有道理，不过干我们这行的对任何事情、任何可能都不应该忽略，朋友也许是敌人，敌人可能会伪装成朋友。"

沈西林的手因为武田这几句话微微地颤抖了一下，面前这个日本人的心细如发，这样的人如果想从自己的身上找到一点什么，只要他怀疑了，肯定就能找到结果。

他究竟了解自己多少，沈西林感觉到一种逼人的恐惧，他深吸一口气试图将自己波动的心平复下来。

"为了完成任务，可以彻底改变自己的人一定拥有着强大的内心，也许是为了理想，也许是为了信念。在我看来，不管古代还是现代，这样人永远会存在。"

武田弘一好像察觉到沈西林有什么心事："怎么，沈先生是想到什么了吗？"

"哦，没什么，我就是在想你这个老同学能有这样传奇？"沈西林把心里的慌乱掩饰了过去。

"有可能，范江海是中统训练科的元老，也是一个为了理想什么事情都能干得出来的人。"

"可他易容又有什么意义？"沈西林有些不解地问道。

"因为你们？"武田弘一笑了。

"我们？"沈西林更是不明白了。

"你们这些从国民党体系里面过来的人对中统和军统都太熟悉了，只有这样才能彻底让你们把他遗忘。"

武田弘一似乎看透了事情的原委。

"如果真这样，那这个人太可怕了！"沈西林叹息了一声。

武田弘一点点头："所以我才对我的老同学念念不忘，如果不是战争，我和他会成为最知心的朋友。"

"那……要不要现在就把他抓起来？"沈西林试探性地问。

武田弘一缓缓摇了摇头，品了一口茶，说道："如果真是他，那他一定做好了所有的准备，抓了他不过是多了具尸体而已，这些年，我们得到的那些吃了氰化钾的尸体还少吗？我要的是他们整个的情报网络，老鼠不是一只而是一窝。"

沈西林表现出恍然大悟的神情，佩服地看着武田。

"从今天开始，你要派人暗中监视这个老谭。"武田弘一放下茶杯，给沈西林下达了命令。

"没问题，我会定期向你汇报。"沈西林用一贯的微笑回答了武田，不过一丝不安在沈西林的眼中略过，他低头端起茶杯，放在鼻子前闻了闻茶香，将那不安掩饰过去，武田并没有察觉。

走出书房的沈西林在茂川别墅的花园里站了一会儿，点了一支烟，静静吸了一口，看了看四周，花园里的阳光正一点一点地隐没了下去，天变得阴霾，空气变得有些混沌，看来又要下雪了。

沈西林眉头拧在了一起，走出花园的时候，重重将手里的烟蒂扔在地上，用脚踏灭了。

回到青木公馆，沉思良久的沈西林打了电话叫来了王建中。

沈西林让王建中去调查一下宫北巡捕房的谭华。

王建中有些意外，刚想问什么，沈西林却先他一步说了："是武田大佐对这个人产生了兴趣，希望知道这个人的底细。"

王建中点了点头："好，我马上去办。沈主任还有什么吩咐？"

沈西林摇了摇头，没有了。

沈西林看着王建中离去的背影，微蹙的眉头，似乎在思考着什么。沈西林拿起一边的盆景，仔细地看着，他想王建中应该明白自己的意思。

当天傍晚，老谭去了在那家常与子生见面的茶楼，他上了二层凭窗坐下，似乎在等什么人。

不多时，一个身材清瘦的人走了过来，他戴着礼帽，帽檐压得低低的，走到老谭的桌子面前，才将帽子拿了下来。

对方坐下了，灯光照在他的脸上，正是那日老谭与子生在海边放走的那个汉奸，王建中。

"找我有什么事情？"老谭沙哑着嗓子问。

"武田弘一的确已经怀疑你了，并对你的档案、来历进行了调查。"王建中警觉地看了看四周，一面喝了口茶，一面说道，"你要当心。"

老谭没有说话，捏了一颗花生在嘴里咀嚼着。

"我的母亲，她好吗？"王建中问。

老谭在鼻孔里"哼"了一声："放心，老人家还等着你回去帮她洗脚呢，身体硬朗得很，生活费也没有断过。"

"多谢！那我先去了。"王建中感激地看了一眼老谭，继而拿起礼帽，径直地下楼了。

第二十三章　牺牲

次日上午，老谭离开了巡捕房，只穿便衣要了一辆黄包车，来到了街角的一家茶楼。

在茶楼的二楼，王建中已等候多时，见老谭来，轻声问道："找我有什么事？"

老谭道："我想知道武田弘一最近的行踪。"

当晚，王建中向老谭透露，武田弘一将于明天晚上八点代表驻屯军与天津商会有头有脸的商人吃饭，地点是大光明饭店，这可能是武田弘一这段时间唯一一次抛头露面的机会。

王建中小心翼翼地问："你们有什么行动？"

老谭道："明天就是武田弘一的死期。"

这句话把王建中吓了一跳，虽然这个答案在他心里也想到过。

"怎么，你害怕了？"老谭问。

王建中摇了摇头。

老谭沙哑的声音依旧不紧不慢地说："这次是你做一次中国人的机会，我希望你能见机行事。"

王建中看着老谭，没有回应。

"我相信你已经明白我的意思了。"老谭淡淡地说，喝下了手里的茶水，"还是这种茶好喝。"老谭的语气里有一种无法言喻的忧伤。

这一天晚上，他和"影子"在一条偏僻的巷子里见面。

老谭部署刺杀武田弘一的行动。

"影子"提出不如同时将沈西林也杀掉，但被老谭严厉否决。

"我会让兰英配合你们行动的。"老谭抛下这句话，独自离开。

老谭没有立即回巡捕房，而是独自一个人在街上游走，似乎好久没有这样注意生活的街道了，丢失了什么又得到了什么，老谭有些伤感。路边的馄饨摊上氤氲地冒着热气，在霓虹灯下，那种暖意让人看着非常舒心。

老谭缓缓走了过来，似乎是肚子饿了，他坐了下来，要了一碗馄饨吃了起来。

不过这碗馄饨他吃得很慢，似乎他的牙齿已经开始松动了。

老谭吃完馄饨，来到了子生家。

兰英还没有睡，就着灯光补着子生的衣服。听见有人敲门，兰英走了过去，贴在门上询问对方是谁，得知是老谭后，才把门打开。

老谭告诉兰英："有行动，次日下午针眼儿胡同 32 号，会有一帮杀手在那里跟你会合，商量当晚的刺杀行动，行动安排在当天晚上的大光明饭店，对象是武田弘一。"

这次，老谭嘱咐得非常认真，不同于以往。

"不惜一切代价干掉这个武田。"老谭临走的时候，抛下了这一句，眼神凌厉地看着兰英。

兰英点了点头，目送着老谭缓缓走出了屋子。

关上门，兰英神色如常，拿起子生那件没有缝补完的衣服，继续做起了针线活儿……

那一夜的月亮很圆，月光清冷地从窗外投射进来，是到了月中了吗？她记得被人送到关内，第一次见到老谭的时候，也是这样一个满月之夜，月亮也是这么大，月光也是这么亮、这么冷。

兰英躺在床上，将目光投向身边睡着的子生，忍不住伸手抚摸了一下子生的脸庞，这个动作将子生从睡梦中唤醒了。

"还没有睡？"子生迷迷糊糊地睁开眼。

"嗯！睡不着。"兰英将身子挨了过去，一只手揽住子生的胸膛，抬头看着子生。

子生伸出手来搂住了她："睡吧，不早了。"

子生闭上眼，安心地睡去。

"子生！子生！"兰英喃喃地喊着他的名字。

"嗯？"子生在睡梦中应着。

"你喜欢这样的日子吗？我和你……"兰英说到这里不再说下去了，她似乎听到子生均匀的呼吸和打鼾的声音，他睡着了。

兰英将唇凑了过去，轻轻吻在子生的脸上，她知道即将面临的这场任务的艰巨，也许她会死去，那么这一夜将是她最后留在子生身边的夜了。

兰英觉得面颊一片湿冷冰凉，用手轻轻抹了抹，才发觉自己脸上有泪，而自己都没有察觉。

原来自己如此眷念这样的生活，她从没有哪一刻这么清楚地认识到自己的内心。

兰英从贴身衣服里拿出那个佛牌，在心里说：如果我死了，就让它陪着你吧！

你会平安的，永远平安下去……

第二天，兰英一如平常地帮子生穿衣，准备早饭，送他去上班，只是在出门之前，兰英将那佛牌塞到了子生的内衣口袋里。

"怎么了，干吗又给我这个？"子生疑惑地问。

"外面枪林弹雨的，我不放心，我在家怎么着都是平安的，你带着它我心里踏实。"兰英一边帮子生整理衣衫，一面好似漫不经心地说。

子生天真地笑了："放心吧，哪天我不是好好地回来？"

兰英没有接话，执着地让子生揣好那个佛牌，把子生送出了屋。

子生走后，兰英长长叹了一口气，从柜子找出了一件浅蓝色的粗布棉袄穿上，在抽屉的衬板下面把枪拿出来，仔细检查了一番，塞进了包袱里，再用一条藏青色的围巾整个将自己的脸和脖子围得严严实实的。

准备好一切，环顾四周，兰英竟有一种流泪的冲动。

每一次行动都以为自己不会回来了，然而这一次的留念更甚，兰英不敢多看，害怕自己真的流泪了，提起包袱，走出了屋子。

在针眼儿胡同 32 号，兰英和其他中统的杀手把行动重新推演了一遍，便分头离开了。

刺杀武田弘一的行动安排在了傍晚的六点钟，下班的时间，这个时候人多，天色昏暗，最适合在作案之后脱身。

对方说还有另外一个目标。

兰英很意外："不是杀武田弘一吗？另外一个目标是谁？"

对方凶恶地回了兰英一句："干好你自己的事情，问那么多干什么。"

众人安排好了分工和暗号，一切准备就绪，只等那一刻的到来。

武田弘一从茂川别墅上车之际，一个秘书上前告诉武田，加藤少佐刚刚打了电话过来，在南京查到了沈西林的相关信息。

武田弘一点了点头："他还说了什么？"

那秘书道："没有，只是说，明天一早就来跟您汇报沈西林的情况。"

武田弘一准备上车，一只脚踏了进去，想了想，又退了回来，对司机说道："稍等片刻。"

武田回到自己的办公室，给加藤打了一个电话……

第二十三章 牺牲

挂了电话之后，武田露出微笑，他已经知道鼹鼠也许是谁了。

今晚的大光明饭店，武田弘一宴请天津一批商业界人士，好似一场鸿门宴，来的人必然要为所谓的"大东亚共荣"贡献一份"力所能及"财力，然而怎能不来，不来的后遗症将更为严重。

霓虹灯一如既往地亮了起来，光线渐渐沉了下去。

众人埋伏了下来，一对在饭店不远处的擦鞋的兄弟俩，两个拉黄包车的等待在饭店门口，还有一个卖糖葫芦的中年人，一个卖烟的小伙子。

兰英站在电车站台前面，好似等车。一辆辆电车停了下来，那些焦急赶回去的人们挤挤攘攘地上车了，只有兰英站在那里，不住地将手放到嘴边呵气。她等的车似乎一直不来，有些焦虑，将围巾稍微朝下拉了拉，露出了嘴，这样让她感觉不是那么闷气，舒坦了很多。

她下意识地将手伸进了包袱里，触到了一个冰凉的东西，那是枪，似乎只有这样才让自己安心一些……

这个时候，子生应该回去了吧！煨在炉子上的粥，今天她特意加了一点火腿……

一辆电车开了过来，惊醒了兰英。她有些吃惊，这已是大忌，怎能在即将行动的时候想别的事情，她闭了闭眼睛，试图将刚才所想的一切从脑子里清空。

有东西冰冷地落在了她的脸上，她无意识地抬头，那是一朵雪花在她脸上消融的感觉，天又开始下雪了……

几乎是同时，三辆黑色的轿车开了过来，停在了大光明饭店的门口。

突然传来吵闹声，卖烟的小伙子不慎将一边擦鞋摊推倒了，擦鞋的兄弟俩显然不肯罢休，卖烟的小伙子竭力辩解，吵闹声传了过来。

这是暗号……

车里的正是武田弘一。

兰英将手搭在了包袱里面的枪柄上，一只手指扣住扳机，朝饭店门口走去。

第三辆车的车门最先打开，沈西林下了车，而开车的正是王建中，不过沈西林没有发现王建中神情紧张，他被街边的吵闹声所吸引，并警觉地发现了卖烟小伙子和擦鞋那兄弟俩的异样，沈西林专注地盯着他们看着，继而将手伸进自己的衣服放在腋下的枪柄上。

最前面的一辆车和中间的一辆车里分别走下了两个黑衣人，四个人站在一边，其中一人把中间那辆车的后车门打开，武田弘一从车里走了下来。

就在这时，饭店门口那两个黄包车夫、卖糖葫芦的中年人、街对面正在吵架争执的擦鞋兄弟和卖烟的小伙子同时开枪，从汽车的左右和后面三个方向向武田弘一等人射击……

砰砰几声枪响，一道道枪烟射了出来，人群发出尖叫，四散逃开。

就在所有人的注意力被吸引过去之时，兰英猛地从斜刺里向汽车的前方冲过去。她从包袱里抽出手枪，瞄准武田的后背，扣动扳机，"砰"的一声巨响，枪口冒出一道青烟，武田弘一显然没有想到身后也会有枪手伏击，正试图往车内躲，"啪"的一声，兰英那一枪正击中武田的后背，武田的动作一下子慢了下来，他也想掏枪还击，可兰英的第二枪已经打了过来正中武田弘一的肩膀，武田的身体靠在了打开的车门上，旁边的黑衣人想掩护武田，被兰英的搭档击中继而倒下，武田似乎撑不住自己的身体，缓缓地顺着车门滑了下去……

沈西林冲了过来，拍了拍武田的身体，喊道："武田兄。"

武田睁大眼睛看着沈西林，一把揪住沈西林的衣襟："我想问你一句话，你到底是什么人？"

沈西林意外地看着武田："武田兄，您什么意思？"

武田喘息着："我在南京已经调查……调查……"

很明显，武田的力气已经不足以支撑他继续说下去，他的眼睛睁得大大的，鲜血从嘴角丝丝缕缕地流了下来……

突然，一颗子弹正中武田的胸前，武田的喉咙里发出古怪的声响。

沈西林回头，看到开枪的是兰英。

这是事先安排好的，其他人吸引日本人的火力，而兰英从后面刺杀武田。

几个方向的交叉火力让日本人和汉奸特务腹背受敌，武田和沈西林的手下纷纷中弹倒地，那几个中统杀手没命地开枪，完全不顾自己的生死，甚至在身中数枪之后还拉响了手雷向饭店门口扔过来……

混乱中，沈西林肩上中了一枪，血浸透了他的外衣，不过他看到兰英还在向这边冲过来，沈西林举枪对准了兰英。

尽管兰英已经意识到了沈西林的枪口已经对准了自己，然而她并没有移开瞄准武田的枪口，虽然沈西林一枪就会要了自己的命，可她怕武田弘一没死透，继续扣动扳机，一枪打在武田的额头……

但沈西林的枪却没有响起……

这一切只是刹那间发生的，沈西林的枪对着兰英却始终没有击发，兰英顾不上诧异，就看见卖烟的小伙子一枪击中了沈西林。沈西林的身体颤抖了一下，整个人便倒在了车上，几乎在同时，卖烟小伙子身上已经中了七八枪……

从饭店里更多的日本人和汉奸特务冲了出来，向中统的刺客们射击，四周的子弹嗖嗖地在兰英身边飞过……

第二十三章 牺牲

一颗子弹打在了兰英身边的地上,兰英吓了一跳,回击一枪,转身便跑……

她的那些搭档早已所剩无几了。

兰英狂奔着,已经顾不得回头回击,只听身后枪声大作,子弹"嗖——""嗖——""嗖——"的声响离自己越来越近……

兰英几乎听到自己的喘息声……

一辆汽车突然冲向追击兰英的那群人,车灯刺得人眼花,那群人被撞飞了好几个,而兰英的身影像一只轻盈而慌张的雀,扑棱棱地在几条街道里转了几转,便消失了踪影……

冲过来的汽车,被打成了筛子,撞到了路边的电线杆上,车玻璃已经全被打碎了,王建中趴在方向盘上,睁大了眼睛,额头青筋暴凸,双手还在紧紧握着方向盘,似乎要将全身的力气使出来,血还在涌,从他身上数不清的弹孔里涌出来,洇开了……

那晚,兰英回来得极晚,子生见她回来,赶忙迎了过去,关切地看着她。兰英没有受伤,只是疲惫不堪。

"我想洗个澡。"兰英喘息着。

子生点了点头,小声地问:"去行动了?"

兰英没有回话,但似乎已经默认了,坐了下来,微闭眼睛,靠在了椅子上。

"我给你烧水去。"子生说。

十几分钟后,水开了,子生却发现兰英已经靠在椅子上睡着了,他不忍心去叫醒她,只是悄悄从一边找来自己的大衣,为她盖上。

灯光下,兰英瘦削的面庞显得孤独而无助,看得子生的心揪了一下,他突然想到了白天里,兰英让自己带着的佛牌。原来,她是那样的不放心自己,她那样的行动谁也不能肯定可以活着回来,可她却还在想着怎么能保佑别人……

子生的眼睛湿润了。

第二天,子生才知晓武田弘一被刺的消息。沈西林也受了重伤,正躺在日本陆军医院里,虽然子生早预料到这次行动不简单,但还是被吓着了,难怪兰英在那天早上会是那个样子,她肯定以为自己再也回不来了。

子生找到老谭,他有些怒气冲冲,质问老谭:"干吗要让兰英去冒这样的险?"

老谭瞥了子生一眼,淡然地说道:"别人的任务,你不用明白。"

"她是一个女人,不是一个冷血的杀手。"子生几乎是怒吼。

老谭喝了一口鹤仙草的茶水:"对付日本人和汉奸需要她成为杀手,她也一直是个杀手……"

子生不敢置信地看着老谭："她还那么年轻，几乎可以做你的女儿，你就忍心看着她一次次去冒险吗？你的良心呢……"

"够了！"老谭冷冷地打断了子生的话，"这是战争，日本人会跟你讲良心吗？"

"可……"

"好了！"老谭挥了挥手，"回去照顾她，兰英不是好好地回来了吗？"

子生愤愤地转身离开了屋子。

老谭看了看子生离去的背影，眉头微蹙在了一起，他看了看一边摆放的棋盘，陷入沉思，这个局是他自己设的，子生不过是他的棋子，现在看来，这个棋子也许会让这局棋走出另一种局面……

在日军陆军医院的病房里，沈西林躺在病床上昏迷着，武田弘一被刺杀不但震动了整个天津，也震动了整个日本军方，这几天报纸、电台均在不停地播报着这件事情。

莫燕萍衣不解带，两眼红肿，看着沈西林。床上这个男人是这样令她牵挂，这种牵挂让莫燕萍自己都想不到，她曾经是多么希望让这个男人死去，可现在他真的面临死亡了，自己却是那么心痛……

沈西林昏迷了三天，莫燕萍就这样在病床边陪了三天，一步都没有离开过。

在第三天的下午，莫燕萍靠在床边迷迷糊糊地睡着了。

混沌中，莫燕萍听到细微的言语声，她惊醒了，看见沈西林焦灼地用微弱的声音喊着什么，仔细一听，他是在呼唤着她的名字。

莫燕萍匆匆找来了护士……

而与此同时，加藤再度查看了从南京调查得到的沈西林档案，档案里面有一页，从纸张和墨迹，明显是后来加进去的，那么这一张原档案在哪里。经过调查，加藤终于在武田的监狱当中找到了这神秘的一张。

证实沈西林当年担保将方君年救出的那一张。

方君年是共产党，沈西林身份可疑，这一切让加藤疑惑……

武田弘一的死与沈西林有没有关系？沈西林到底扮演着什么样的角色？他在天津卫的目的是什么？他真的是共产党吗？

这一切在加藤的头脑里盘旋，他需要尽快得到答案，而这些答案就在医院里。

就在这个时候，电话铃声响了，是医院打来的，沈西林醒了……

半个小时之后，沈西林完全醒了。

医生护士走后,病房里只剩下莫燕萍。

沈西林面容憔悴而苍白,嘴唇没有了血色,眼神没有了往日的神采,但看着莫燕萍依然温柔。

"你一直陪着我?"沈西林声音虚弱。

莫燕萍点点头。

"你没睡好。"沈西林似乎更在乎莫燕萍的身体。

"我没事儿,我想陪着你。"莫燕萍的声音很温柔。

莫燕萍的话似乎让沈西林很开心,他努力地露出微笑问:"我睡了几天?"

"三天了?不过医生说你没事儿,你会好起来的。"说着莫燕萍握住了沈西林的手。

"三天?"沈西林好像不太在乎莫燕萍说的话,在想着什么,进而发出一声轻轻的叹息,"可惜……"

莫燕萍看着他:"可惜什么?"

"没什么。"沈西林看着莫燕萍,眼里的留恋让莫燕萍有一种流泪的冲动。

"明天去海港街一家瓷器店找一个叫井上的日本人,跟他说是我让你找他的,他会给你我存在那儿的东西,你可以用那些东西离开天津。"沈西林很认真很严肃地看着莫燕萍,继而补充一句,"记住!马上离开天津!"

"不,我哪儿也不去,就在这儿陪你。"

"你想留下跟我一起死吗?"

莫燕萍不明白地看着沈西林,她完全不明白沈西林的意思。

"你们不该杀武田弘一,起码不该现在,日本人坚持不了几天了。"沈西林淡淡地说。

听了这话,莫燕萍似乎吓了一哆嗦,呆呆地看着沈西林,握着他的手也不禁松开了。

"我知道你一直在跟什么人联系,那些情报是我们一起送出去的。"沈西林脸上又显出了淡淡的微笑。

"你到底是什么人?"莫燕萍有些不安地看着沈西林。

"一个爱你的男人。"沈西林的目光充满了温情,"走吧,找到那个维修员让他跟你一起离开,我看得出来,他对你很好。"

莫燕萍再次拉起沈西林的手:"你不说清楚我不会走。"

"知道我身份的人都死了,你想是例外吗?"沈西林苦笑着。

"你必须告诉我!"

这一次,沈西林慎重地回答了莫燕萍,慢慢地说出了自己的隐秘,他告诉莫燕萍自己是怎么成了汪精卫派系的人，怎么帮助了方君年，怎么遇到了王亚民，怎么成了共产党潜伏在国民党内部的深喉，而王亚民的牺牲让沈西林失去了和组织的联系……

直到汪伪政权成立之后，沈西林得到重用，他有机会获得无数有价值的情报，为了能跟组织上取得联系，无奈之下他想到了老同学方君年……

"你找方君年是为了跟共产党联系？可你为什么要杀了他，为什么要这样对我？"莫燕萍眉头微蹙，有些不高兴。

"因为一丝一毫的差错都会引起汉奸特务和日本人的怀疑，所以只能让方君年消失，我折磨你、糟蹋你，日本人才会信任我。"

沈西林的话让莫燕萍混乱了。

"这是次赌博，让你在我身边，就是为了让组织的人跟你联系，这样可以把我知道的一切都通过你送出去。"

"你怎么知道共产党一定会找我？"

"我不知道，不过这场赌博我赢了。"

"如果他们不找我呢？你这样不就白费了？"

"他们不找你也没关系，我依然可以得到我心爱的女人！"沈西林充满柔情地看着莫燕萍。

莫燕萍听得彻底呆住了，过了半天才喃喃地说："干吗要这样,干吗要这样对我。"

"对不起，我一直在骗你，我是活在狼窝里的人，就必须变得跟狼一样，甚至比狼还狠！"沈西林的目光中第一次充满了内疚，他轻声地对莫燕萍说，"不过我真的爱你。"

"你爱我？你就是这样爱我吗？"莫燕萍的眼泪流了下来。

"我是个汉奸就得做出汉奸的样子。"沈西林的话语中充满了苦涩，"你可以恨我，但是你得答应我，一定要活着，要好好地活下去！"

莫燕萍泪如雨下，一句话都说不出来。

"不要跟任何人说我的故事，就让我一直用着汉奸的身份吧，这样你才安全。"似乎话说太多了，沈西林有点喘不过气来，喘息了一会儿沈西林接着说，"我已经销毁了宫北电话局和巡捕房的一切档案，武田临终之前已经透露出对我的怀疑，我的身份已经暴露了，日本人随时会来审问我。你跟我在一起，随时都有危险。"

沈西林有些不舍地抚摸着莫燕萍的脸："不管你怎么看我，我不希望你再进刑讯室，再去一次就不是我审问你了，我不要你再受折磨，赶快离开这儿。如果有下辈子，我希望能比方君年早一些认识你，做你的丈夫。"

这是沈西林留在世上的最后一句话。

莫燕萍哭着离开后，病房里一阵死寂，没有任何声音。

沈西林出神地望着天花板，继而缓缓地用一只手拉开自己的绷带，用针头把自己的已经被缝合的伤口挑穿，刺破自己的动脉……

沈西林嘴角微笑着，就那样安静地躺着……

他想自己应该算是死得其所，死而无憾了，如果说还有一些愧疚，那便是莫燕萍……

沈西林感觉自己的神志开始涣散，眼前是一片光，那样好看，他有些着迷，睁大了眼睛，看着那片光，似乎可以迈开步子，他向那片光芒走了过去……

不久之后，加藤带着日本宪兵队的人冲了进来，他们掀开被子，看到鲜红的血水早已浸透沈西林身下的白色床单。

沈西林躺在自己的血水中，更像是躺在一朵巨大莲花中那样，苍白的脸上散发出圣洁的光芒……

在海港街，莫燕萍很快找到了那家瓷器店，找到店主井上先生。

莫燕萍说是沈西林让自己来的，这个日本人回转过身，交给了她一个小包裹。莫燕萍打开，里面是一张通行证，还有一些美元。

井上又给了她一条围巾，围巾是红色的，甚是夺目。"今晚9点，去码头，围上这条围巾，会有人接应你。"他用日文说。

莫燕萍点了点头，用日文回了他一声多谢，便转身出了门。

当晚，莫燕萍要了一辆黄包车，匆匆赶到了码头，给了黄包车钱之后，她突然停住了，她似乎想到了什么。

"小姐，您不下车啊？"黄包车车夫有些不耐烦地催促。

"调头，回去！"莫燕萍咬了咬嘴唇，说道。

"啊？"车夫有些意外。

"调头，回去，我给你双倍的钱。"莫燕萍重复着。

哦！车夫不再问了，赶忙脚上使力，往城里赶去。

一个声音在莫燕萍的脑海响着，那是她自己的声音，不能让沈西林这么背着汉奸的名声，必须把真相告诉周先生。

第二天，子生刚上班，便接到一封给自己的信。

一看信封，他便知道这是莫燕萍的笔迹，这是一篇抒情的散文，有点像一个怨妇排遣自己内心的说辞，然而子生看明白了其中的暗语……

在一家破旧的小旅馆里，他见到了莫燕萍。

她身上光鲜的衣服与房间里简陋的陈设格格不入。

听到沈西林是自己人的消息，子生并不是很意外，至少他曾经想到过，只是有些恍然大悟。

"放心吧，我会向周先生汇报的。"子生说，"你呢？有什么打算！"

"我有通行证，送我去码头吧！"莫燕萍叹了口气说道。

子生要了一辆黄包车送莫燕萍去了码头。

一路无话，两人默然以对，似乎已经没有什么好对对方说的了。直到下车，子生才对莫燕萍说："一切平安。"

一句简单的话，让莫燕萍的心为之悸动，她的嘴唇嚅动着，最终吐出几个字来："你也是！"

就在这个时候，码头一阵骚动，日本宪兵正跟一个客商起了争执，以前的通行证全部作废，那客商被抓了起来。

子生看着莫燕萍摇摇头，很明显，莫燕萍走不了了……

回到租界区，子生和莫燕萍就听见报童在路上喊："号外，号外，东华洋行经理沈西林自杀身亡，东华洋行经理沈西林自杀身亡。"

两人均吓了一跳。

子生买了一张报纸，打开看了，报纸上，沈西林的照片刊了很大一幅，标题做得很醒目，洋行买办沈西林自杀身亡，疑是与武田弘一被刺一案有关。

子生将报纸递给莫燕萍。

莫燕萍突然激烈地将报纸推了回去，随即将头扭到一边，过了好一会儿，子生才发现莫燕萍的肩头剧烈地颤抖着，他知道她在哭泣。

子生帮莫燕萍在日租界靠近大和公园的一幢楼房里租了一间公寓，房东是个日本老太太。这里是日本侨民的集居地，楼下的街对面开着几家居酒屋，一到深夜就有酒鬼们在那里发疯似的吟唱日本民谣。

看着那个日本老太太，莫燕萍有些疑惑，不明白为什么要住在这里。

子生解释："你住的小旅店经常会被日本人检查，我送信的时候遇到过，住这儿好，最危险的地方也是最安全的，日租界很少有人搜查，这个老太太是菊江夫人，人很好，一找到周先生我就会让他送你走。"

菊江夫人看上去很温和。

莫燕萍点了点头。

子生安顿好莫燕萍就离开了。

莫燕萍没有回头,看着窗外,夜正一点点地沉了下来,天空飘洒着淡淡的雾,看来这一夜又要下雪了。

几天后的一个夜,"影子"与老谭在巡捕房废旧仓库见面。

"影子"表示,武田弘一除掉,徐局长很高兴,要给老谭请功。

"日本人大势已去,失败指日可待,余下的日子就是共产党和国民党之间的事情了。""影子"看着老谭,眼睛里露出一抹杀气,"老师,您应该知道我说的是谁?"

老谭喝了一口茶:"我不知道,你做的事情我越来越看不懂了。"

"影子"有些尴尬:"老师,您不要生气,干大事情不能有妇人之仁,我们需要除掉子生。"

老谭冷冷地看着"影子"。"你这是干大事情?窝里斗是大事儿吗?"老谭责问道,"刺杀武田弘一的同时,是你下令杀掉沈西林的对吗?"

"这不好吗,我可是为党国着想?""影子"反问。

"不管怎么着,日本人还没赶走,我不希望看到这个局面。"老谭愤然。

"影子"平静地看着老谭:"老师,您这话如果上峰听到了,可是对您不利。这一次我来天津,还有一个事情要通知您,徐局长的意思,是您太累了,应该回到重庆好好安度晚年,往后天津卫的所有工作由我来接任。"

老谭看着"影子":"你是在赶我走?"

"大势所趋,老师,我希望你能理解。""影子"淡淡地说。

老谭突然抬头盯着"影子",目光严厉,随即目光中的杀气消失了,恢复成一个年迈的老人:"看来是我不合时宜了,早晚你要在天津取代我。"

老谭缓缓说道:"我送你,等我走了,你也不用来这里和我见面了。"

老谭送"影子"往仓库外走去,突然老谭的手迅速地在"影子"胸口划了一下。"影子"马上知道发生了什么,只是看着老谭,惊讶地问:"老师,你……"

老谭轻声说道:"在天津卫,应该还是我说了算,你好好地去吧,我会对徐局长汇报,你因公殉职。"

"影子"的身子瘫倒在地,胸口处,血液迅速地涌了出来。

第二天,子生在西泉浴室的阁楼上见到了周先生,他向周先生说明了来意,他要送走莫燕萍。但这次,周先生让子生失望了。

"日本宪兵正在全市大搜捕,我们现在没办法送人出去。"周先生冷峻地说,"武田弘一的死导致天津的形势非常严峻。"

子生略带埋怨地说:"那为什么要有这样的行动?为什么要杀武田?"

周先生摇了摇头,叹了口气:"我也没有想到会发生这样的事情。"

子生有些意外,胆怯而试探性地问他:"这么说,武田弘一不是我们杀的?那沈先生呢,沈先生到底是什么身份?"

周先生点了点头,长叹了一声:"他是我们优秀的同志,潜伏多年。"

子生惊呆了,原来组织上早就知道了。

周先生沉吟半晌:"这一切是为了更好地潜伏下来,他的身份只能保密,我们当中很多同志都是这样,直到死,也不能公开自己的身份。"

"那这是谁干的?"

周先生想了想说:"也许我们已经知道他们是谁了。"他对子生郑重地说:"从现在起停止一切活动。"

子生问:"为什么?"

周先生说:"不要问为什么,你的任务就是等待。"

"等到什么时候?"

"等我的信,保护好莫燕萍,而且她的情况跟谁都不要说!"

周先生沉思片刻,终于对子生说道:"还有一件事情,我要告诉你。"一个让子生震惊的事实从周先生嘴里说了出来,老谭和兰英竟然是国民党。

子生呆住了:"为什么不早告诉我?让我泄露了太多的秘密。"

周先生摇了摇头:"那时候你还是稚嫩,如果说出来,你会很快被他们看穿,这样对组织,对你都很危险,我们之所以不说,是因为一直有身边的人在保护你,而我们现在应该协力对付日本人。我一直暗中观察老谭,我们的情报经过我的过滤传递给国民党,并没有对我们有任何损失,他们也在对付小日本,而眼下,日本人快失败了,这个事实,我必须告诉你,但是你依然不能打草惊蛇,你明白吗?"

子生看着周先生坚定的目光,缓缓点了点头:"那杀死沈先生和武田弘一的是他们吗?"

周先生摇了摇头:"我不确定,但是我们会很快弄清楚的。"

第二十四章 归宿

当子生告诉莫燕萍，组织上早已知道沈西林身份时，莫燕萍呆住了，半晌没有说话，久久一行泪落了下来。

"早知道这样，我该对他好一点。"莫燕萍喃喃地说。

转眼两个月过去了，莫燕萍似乎是解脱了，不用再像以前那样穿着华丽的旗袍周旋在汉奸和日本人之间，而是穿上了粗布制作的日本和服，躲在日本女人菊江夫人家里，成了个毫不起眼的日本女人。

子生对莫燕萍很细心，知道她不能随便外出，怕她闷了，也不知道从哪儿找来了不少外文原版书拿来给莫燕萍翻，让她打发时间。

这些书让莫燕萍甚是欣喜。"我要是有你这么个弟弟，该多好。"一天，莫燕萍抱着子生送来的书突然冒出这样一句。

子生愣了愣："哦，是吗？"

莫燕萍嘴角露出笑容来，这样的笑容让子生如获至宝，如果她能这样高兴下去，做她的弟弟也是一件很快乐的事情。

最近莫燕萍脸色总是有些憔悴，她自己也觉得身体有些笨重，总是提不起劲儿来，懒洋洋的，胸闷气短。莫燕萍猜想可能是自己情绪郁结，这一阵她晚上总是能梦见沈西林，两人在翩翩起舞，在忘情旋转的时候沈西林又突然地从自己的身边消失了……

不过子生对莫燕萍的身体很是关心，他觉得一个大活人天天被关在屋子里不出去，是谁都会病的。所以这次，子生还特意给莫燕萍带来了一小块咸鱼，想给莫燕萍做汤补补身子。

"看我做了什么。"子生神秘而带着惊喜地掀开盖着汤盆的盖子，鱼汤的香气扑鼻而来。

"怎么样香不香？快趁热尝尝。"子生递过去勺子，却看到莫燕萍对着鱼汤突然干呕了起来，胃里翻江倒海的，忍受不住冲到厨房里对着水池子吐得昏天黑地。

"怎么了？"子生吓了一跳，放下汤盆跟了过来，一面拍着莫燕萍的背一面问。

没事。莫燕萍摇了摇头,可能是吃坏了东西。

呕吐让莫燕萍几乎都直不起腰了,胃里本没什么东西,却恨不得把胆汁都吐出来……

当天晚上,焦虑的子生便找来了医生给莫燕萍看病,这一看不要紧,莫燕萍的"病"倒是让人惊喜交加,她怀孕了!

子生甚是开心,仿佛孩子是自己的。

莫燕萍听了这个消息,也很高兴,但却带了一丝焦虑和不安,高兴的是,沈西林的生命因为自己而得到了延续,看着自己和沈西林的孩子长大那该是多么开心的事情。只是,这样的乱世,本来就不好生存,何况再带个孩子。

"我会对这孩子好的,像亲生的一样。"子生脱口而出,话一说出,两人都尴尬起来。

子生傻傻地笑了笑:"我知道我没那福气,但是我可以是孩子的干爹,你也希望孩子多一个人来疼不是……"

从周先生那天在西泉浴室命令停止一切活动到现在已经好几个月了,这几个月里子生没有了情报工作,只是一个纯粹的维修员,不用去冒险的日子反倒让子生觉得异常难熬。

可现在太长时间的蛰伏,让子生觉得心里空落落的,似乎缺少了一种力量的支撑,唯一让他感受到自己还肩负着特殊使命的是莫燕萍。保护好莫燕萍是周先生离别之前给他交代的最后的任务,更何况她现在肚子里还有个孩子。

对于老谭,子生虽然知道了他的真实身份,但是彼此之间的关系并没有改变多少。这个老人总给他一种父亲的感觉,除去情报工作上的关系,他们好像又有一丝难以言清的内里联系。

老谭中风的老毛病似乎越来越重了,脸更歪,手也更抖。

1945年5月,"二战"接近尾声,虽然日本败局已定,但中国战场上,日本军队仍在垂死挣扎。普通老百姓,依然看不出日本失败的迹象。

莫燕萍的妊娠反应越来越严重,什么都吃不下去。子生有些着急,这天他想办法找来些话梅,给莫燕萍送过去,想让她开开胃口。不想刚到了菊江夫人的公寓,菊江夫人就匆匆忙忙冲了进来,用日语喊道:"日本宪兵又来抓人了,赶紧躲起来。"

日本兵开始在日租界抓人,子生已经有所了解,最近一阵所有十岁以上的日男人全部会被日本宪兵抓走去补充他们的兵员，他们是在做垂死的挣扎。

菊江夫人打开衣柜，焦急地对子生喊道："快，藏起来！"

子生刚藏好，这边日本兵已经冲了进来。

菊江夫人用日语向对方解释，莫燕萍是自己的儿媳妇，家里没有男人，儿子去年已经被你们抓走，死在太平洋不知道哪个小岛上了。

几个日本兵半信半疑地看着莫燕萍。

倒是莫燕萍不慌不忙地说出一口流利的日语，连在日本的户籍都说得一清二楚，丝毫没有露出破绽来。

日本兵走后，子生从衣柜里出来。

菊江夫人黯然地坐在榻榻米上，叹息了一声，眼里满是惆怅，拉过子生，念叨着："我儿子要在现在也跟你一般大了。"

莫燕萍陪着老人流着泪。

子生心中一阵悲凉，不管是中国人还是日本人，在战争面前，普通人的命运都一样悲哀……

不过，就在子生刚走出日租界的时候，就感觉到街头有种喜气洋洋的气氛，人们纷纷地买着当天报纸出的号外。

子生也买了一份，明白了这份喜气的缘由，原来德国投降了。

子生匆匆赶回到家，只见兰英正在洗衣服，子生冲过去一把握住兰英的手，这举动倒是把兰英吓了一跳。

"你干什么，当心把衣服弄湿了。"

"你知道吗？德国投降了，小日本的日子也长不了了！"子生兴奋地说。

兰英却没有一丝一毫的欣喜，挣脱子生的手，说："知道了，你去洗洗手，我煮了粥。"

兰英继续低头洗衣服，她越来越像一个主妇，只关心着家里的事情，子生对德国投降的兴奋完全感染不到她。

子生有些诧异，看着兰英："你怎么了？"

"没怎么。"

"可是我觉得你变了。"

"我变什么了？我是你的女人，我还能怎么变？"兰英不经意地回应着。

"能赶走日本人你难道不高兴吗？"

兰英叹息了一声，终于停下了手里的衣服，看着子生，带着一份幽怨懒懒地说道：

"我是该高兴，可赶走日本人以后呢？这儿还是家吗？"

子生一愣，他意识到了兰英说出了一个事实，日本人投降了，他和兰英的关系也就到了尽头了。

1945的8月6日，美国在广岛投放了原子弹，威力无比的炸弹摧毁了日本玉碎的念头，也让全世界都沸腾了。虽然在天津日本人封锁了消息，可大街小巷都在分享着日本人被那巨型的炸弹修理得很惨的喜悦。

宫北电话局的维修员们也相互议论着这个喜讯，只有那督察员失去了往日趾高气扬的架势，缩着脑袋惶惶如丧家之犬。

8月13日，子生接到一个信息，那是一封极其普通的信件，是一封情书，然而他将特定数字上的文字连缀到了一起，便是一句话。

子生惊喜得几乎说不出话来。

这是周先生传来的情况，上面说他马上会到天津，小日本将于8月15日投降。

子生一阵激动，他觉得整个人都在颤抖，那间昏暗的仓库里，他仿佛看到了光明的所在，一切竟然在刹那间变得如此美好，8月15日，就是后天！子生激动得险些喊出来！

子生骑上自行车去送信，一路上，他用自己的方式将这个消息传递给所有的战友。

没有哪一个情报像这份情报一样，在传递的过程中给子生带来那么大的快乐。

澡堂的喊位伙计、彩票店的小老板、杂货铺的掌柜的、路边卖烟的小贩、车行的车夫、裁缝铺里的老裁缝……

每一个曾经跟子生一起战斗的地下工作者们都收到了子生给他们带来的这个让人激动不已的消息……

当晚，子生回到家，兰英却不在，这很不寻常，因为兰英很久没有行动了。子生有些着急，他只想着尽快把这个好消息告诉兰英与她分享。

这种等待是漫长的，直到很晚很晚，子生趴在桌子上，已经睡了很久，门才被轻轻地推开，兰英回来了。

子生被开门声惊醒，见到兰英他刚想说话，却被兰英的状态弄得愣住了，这次兰英比以往的每一次行动之后都显得更疲惫、更虚弱。子生有些担心地仔细检查了兰英的衣服，还好，没有血迹，那证明她没有受伤，只是疲倦。

"帮我烧点热水。"兰英虚弱地说着。

热水烧开，帮兰英倒进澡盆里之后，子生并没有离开，而是坐在了澡盆旁边帮兰英擦着背。

兰英疲倦地低着头，享受着自己的男人对自己身体的抚摸。热水让她感觉很舒服，很放松，她闭着眼睛，在氤氲的热气中，过去的画面接连出现在脑海里……

"兰英。"子生在她的身后，轻轻唤着她的名字。

"嗯？"兰英没有睁开眼，回应着。

子生安静地对兰英说道："兰英，其实我已经知道你和老谭的身份。"

兰英愣了愣，回过身来……

子生点了点头："但是我知道你是我的家人，是我的妻子，所以我对你是没有顾忌的，你明白吗？"

兰英一脸惊诧地看着子生："你从什么时候知道的？"

"已经有好几个月了。"子生看着兰英。

兰英突然一把抱住了子生，不顾身上的水，那赤裸的身体紧紧地贴着子生，呜呜地哭了起来。

"我……我……我真的不想跟你分开。"兰英哽咽地说。

子生一下子明白了兰英哭声里的不舍，他紧紧拥抱着兰英，嘴里喃喃地喊道："放心吧，我不会让你跟我分开，不会的，我们永远都不会分开的……"

他在发誓，他在承诺，然而这承诺却没有止住兰英撕心裂肺的哭泣……

8月14日的清晨，子生轻快地骑着车往宫北电话局赶，这个城市第一次让他觉得是如此清新畅快。

路过彩票店，店外的一片混乱引起了子生的注意，他停下车，探过头去看，无奈人围着太多了，没有办法看到里面的情形，这时，身边有人们议论的声音传来……

彩票店的老板死了，头上挨了一枪……

在天津这样的死亡太常见了，不足为奇，但子生却不能相信，彩票店的老板是自己的战友，昨天他们刚刚联络过。

子生下了车，分开众人挤了进去。

彩票店老板的脸是灰色的，额头上多一个枪眼……

看着那尸体，子生整个人懵了，缓缓挤出人群，一种不安的情绪迅速在子生的身体里蔓延着，他没去上班，调转了自行车的方向，往各个情报点赶去……

终于……

最让他不能接受的事情发生了……

来福杂货店的老板死了，被扭断了脖子……

回春堂的老板和伙计死了,被割破了喉咙……

西泉浴池的搓澡工人死了,被一刀刺穿了心脏……

卖香烟的小贩……

裁缝铺里的老裁缝……

这些人都是和自己一起战斗过的同志,一夜之间,他们都死了,那么突然,那么让人难以相信,子生根本接受不了这样的事实。

子生的头脑里一片空白,一种莫名的巨大恐惧包围着他,世界好像在他眼前颠倒了……

突然子生想到什么,这一切,老谭不会不知道!

子生也不知道哪儿来的力气,飞快地骑车向巡捕房狂奔,他想知道究竟发生了什么,这到底是怎么回事!

在一个拐角的路口,子生突然被人一把拽住掀翻在地。

惊恐中,子生刚要说话,一只大手捂在子生嘴上,那人在子生耳边低语,别出声。

子生听出来了,那是周先生。

在护城河边的一间破仓库里,周先生的眼睛布满了血丝,用从未有过的悲愤的语气告诉子生,天津的地下组织就是在昨天夜里遭到严重破坏,因为在路上耽误了,他晚到了天津才得以幸免。

周先生的一番话让子生惊恐万分。

"谁是叛徒?"因为恐惧,子生的声音里充满了颤抖,"会是老谭吗?"

周先生摇了摇头,叹了一口气:"谁都有可能,谁都不能相信。"

有几秒钟,两人都沉静下来,子生茫然而空洞地看着周先生的脸,他的喉咙似乎被什么卡出来,哽咽万分,痛楚难当,终于,子生哇的一声号啕大哭起来。

"为什么,为什么,就要胜利了,日本人明天就投降了,为什么还会发生这样的事情!为什么?"

"你冷静一点!"周先生镇静下来,他脸上无助的神色消失了,恢复了以往了坚毅。

子生似乎没有听见,茫然地喃喃自语着:"为什么在胜利的时候会有人出卖组织,那些人死得太惨了,我们坚持了那么久,付出了那么多,就差一天,一天啊……"

子生的话说到最后,渐渐转变成了呜咽,泣不成声,上气不接下气地重复着,渐渐地声音也低了下去,只剩下悲愤的哭泣声。

周先生拍了拍子生的肩,说道:"你不能再回电话局了,敌人会在那儿等你。"

第二十四章 归宿

说完这句话，周先生似乎意识到什么，说道："这个仓库也不安全，随时都有可能被人发现，敌人不管是日本人还是国民党，照目前的情况看，他们现在对我们的一切都了如指掌。"

子生情绪依旧低落，没有去看周先生。

周先生抓住子生的衣领子，低声地对他吼着："别害怕，我们必须活下去，如果我们都死了，那敌人就真的赢了，想想你的父亲，要坚持住！"

说着说着，周先生眼圈红了："我们不能让那些同志白白牺牲。"

子生缓过神来，看着周先生，点了点头，他第一次想到了地下工作者的残酷，如果这样死去，也许永远都不会有人知道他们。

你现在要做的事情就是带着莫燕萍马上转移，离开天津，你们是这条情报线上仅存的人了。周先生说到最后几乎是梗着脖子吐出几句话来，实在是无法说出口，却又不得不说。

这时，窗外有人影晃动，

子生觉察到什么，刚要说话，被周先生一把捂住。

"有人来了，别说话，跟在我后面。"

子生在周先生的引领下，从后门走出了仓库……

子生和周先生翻出仓库的后墙，进入一条小巷，血色般的晚霞将整个巷子渲染得诡异而绵长。

后面窸窸窣窣的，好像有人在后面追逐，不真切，却是那样咄咄逼人，有一种迫近的气氛让人近乎窒息。

在巷子的拐角，周先生停了下来，拉住还想往前面闯的子生，低声说道："我们分开走。"

"你不熟悉路，还是跟着我。"子生着急地说。

周先生摇摇头，对子生笑了笑，说："还是分开走，我先出去。"

"不，不行！"子生一把拉住周先生。

周先生推开子生，厉声说道："这是命令！你得听我的！"

子生的手松开了，犹疑间，周先生拍了拍子生的肩膀说："记住，一直跑，不管听到什么了，都不要回头……"

子生还想说什么，周先生一闪身已经走出了巷子。

子生强忍着泪水向相反的方向狂奔，突然一阵枪响，划过寂静的天空。子生似乎听到了周先生轻轻地哼了一声，因为远，传到子生的耳朵里已经变得很细微，但子生坚信自己听得非常真切。

子生心头猛地一振，整个人仿佛刹那间掉进了冰窖，随后热气往上涌，又仿佛喝了一瓶高度数的烈酒，涨红了脸，泪如雨下。

子生不敢回头，他用力地跑着，那些往日熟悉的后门后巷成了他再次逃生的机会……

只有一个信念，带着莫燕萍离开，这是自己期望的，也是周先生最后的命令，最后的嘱托。

子生几乎是冲进了日本侨民聚集的那栋公寓里，然而门却应手而开，然而屋内的景象让子生心口发紧，犹如遭受了重重的一击，屋里一片凌乱，好像遭到抢劫过一样。

莫燕萍呢？

子生疯狂地寻找着，在屋内的一个角落，一个身影躺在地上昏死过去，是那个日本老太太菊江夫人。

子生奔了过去，掐人中，拍胸口，不一会儿，菊江夫人幽幽地醒来，见是子生，激动了拉住了子生的袖子。

"怎么了？到底发生了什么？"子生着急地问，"莫燕萍呢？她在哪儿？"

菊江夫人用微弱的日语说："有人闯进来抓你的女人，我拦不住，她被他们抓走了……"

话还没有说完，老人再度昏死过去了……

这个即将迎来解放的前夜，天津成了子生的地狱，似乎天地在刹那间彻底崩塌了，一股巨大的力量震得他五脏六腑全部碎裂，痛不欲生。

他的同志，他的上级，他珍爱的人全都离他而去。

难道是她，她在行动吗？

子生的脑海里想到的是兰英，如果老谭要对付他们，必然是兰英下手的。

子生有些焦虑，飞奔着往家的方向赶去。

在门口，子生迟疑了。他不知道该不该推开这扇门，犹豫良久，最终打开了。

门开了，这个家显得很温暖，灯光比平日更亮，还特意点了几根红色的蜡烛。

桌子上不仅摆着鱼，摆着肉，还有一整只切好的白斩鸡，兰英没穿平时的粗布衣裳而是换了件颜色鲜艳的旗袍，站在烛光的后面像一个新娘，又好像是在庆祝什么，整个屋子里充满了喜气。

对于刚从死亡的阴影里逃脱出来的子生而言，眼前的这一切是那样不协调，带着迷离的梦幻色彩。

子生看着兰英:"那些人是你杀的吗?"

兰英看着他:"如果我说不是,你相信吗?"

子生点头:"我相信,只要你告诉我。"

兰英点了点头,黯然地垂下了眼:"我不想骗你,我……"

子生震住了,虽然他已经猜到,但是这个消息依然像一个巨大的棒子,一棍子将他砸晕了……

子生的眼眶布满血丝:"你为什么不杀了我?!"他愤怒地看着兰英。

兰英没说话,只是给子生倒了杯酒:"我想跟你好好地吃顿饭,吃顿家里的饭。"

子生发泄地将酒杯砸在地上,酒杯碎裂,酒在地板上洇开了,腾起摄人的酒香。

子生指着兰英,厉声说道:"你不配!你把我当过家里人吗?你根本没有把这儿当着是你的家!"

兰英并没有动怒,幽幽地说:"你错了,这是我的家。"

正说着,突然门外传来脚步声,那声音来得真快。兰英警觉到什么,一把拽过子生。丝毫没有防备的子生只觉得一股强大的力量将他推到通往阁楼的楼梯边。兰英一脚踢向方桌,桌子上的酒水菜式哗啦啦地落了下来,跌得粉碎,方桌却一个旋转,直愣愣地飞到了门前,不偏不倚,正好挡住了门。

外面的拍打的声音更大了,那个方桌似乎也挡不了多久。

子生想说什么,然而兰英却根本没有去理会,一把拽过子生,奔上了阁楼,拉倒了柜子抵住阁楼的门,拖着子生站在阁楼窗户边,子生还没有回过神来,这些动作就已在刹那间一气呵成,干净而利落。

"跳下去!"兰英焦急地喊。

楼下,房门已经被人砸开了,发出巨大的声响,那群人马上就会冲上来。

子生万念俱灰,冷冷说道:"杀我没有那么麻烦吧!"

已经有上楼的声音,接着便是踢着阁楼门的声音。

来不及了!眼看那破旧的木板门就要坚持不住。兰英不由分说一把将子生推了下去。

与此同时,阁楼的木板门破裂,一个中统的特务冲进来,兰英抬手一枪,那人应声倒下……

兰英纵身一跃,也跳下了阁楼。

在巷子里,兰英扯住子生,拼命往前赶去,那些中统的特务速度极快,刹那间便赶了过来。

兰英绕过一个拐角，把子生挡在身后，举枪对着来人射击，只听见"啪啪"两声，传来"啊啊"的惨叫，又干掉两个……

兰英催促子生："你快走！"

兰英一边射击一边焦急地冲子生喊："走啊！快点，他们让我杀了你，我不想，我要你活下去！"

"为什么？"子生茫然地看着兰英，却没有走的意思。

兰英冲着子生惨然一笑："因为你是我男人。"

此刻，子生才回过神来，看着兰英……

"可你怎么办？"子生担忧地问。

"我不会有事的，有你在，我就会活着，活着找你。"兰英匆忙地说道，言语里充满了女人的温情。

那群人向这边逼近了，兰英举枪射击，反手再度推了子生一把。

子生咬了咬牙，终于转过身，往巷子深处逃走。

见子生的身影已经消失在了巷子里，兰英一口气射掉了弹匣里的所有子弹，转身逃开，身后枪声大作，兰英的后背中了一枪，只觉得一阵麻痛，右手一软，险些拿不住枪，紧接着，又一颗子弹打了过来，兰英踉跄了一下，一头栽倒在地。

枪声还在响……

兰英从怀里掏出一颗手雷，美国造的，威力很大，她把手雷抱在怀里，静静地躺在地上，倾听着那些人越来越近。

再近点，再近点，兰英对自己说着，她不会让他们过去的，因为前面是她的男人，她要让自己的男人活下去……

就在那些中统特务冲到兰英身边的时候，兰英拉开了手雷保险栓，在一声巨大的轰鸣声中，兰英似乎是微笑着闭上了双眼……

宫北巡捕房内，一盏灯孤寂地亮着，一张丑陋的脸在灯光下极其苍老地显现，老谭拿起鹤仙草的茶缸看了看，笑了笑继而倒掉了它，以后用不上了。

老谭打开柜子，拿出来一盒龙井，泡了一杯，看着茶叶在水里舒展开来，他长长地叹了一口气。

突然，老谭手里的动作停下了，他没回头，慢慢地说："我知道你会回来的。"

子生像个幽灵一样出现在老谭身后。

老谭表情却依然镇静安详，说："你还是太年轻，我以前跟你说的你又忘了，预感到危险首先应该选择逃跑……"

第二十四章 归宿

子生怒目而视，打断了老谭的话，近乎怒吼道："我那么相信你，你却这样做，杀了我们的人。"

老谭点头："我明白你的感受，不跟我见上一面，你是不会走的，这么不明不白地活下去没什么意义。这也是我欣赏你的一面，无论多么危险，多么可怕，都要弄清楚最终的结果。"

子生问："那些杀我的人是你派来的？"

老谭摇头："是我的上级。不过我知道，他们杀不了你，兰英不忍心，她会帮你的，可惜你太傻了，跟你父亲一样。"

直到现在，子生才明白了周先生见他的时候，说的那句话，此刻那句话在他的耳边回响……

"……你父亲不是特务委员会的人杀的，也不是日本人干的，要注意你身边的人……"

子生脱口而出："我父亲是你杀的！"

老谭的嘴角似乎厉害地抖动了一下，但没有说话。

子生冲了过去，两人相距很近，几乎可以听到对方的呼吸。

子生喊道："告诉我，我要知道这一切是为什么！"

老谭控制着自己嘴角和手的抖动，喝了口茶说："这茶真香，是你送给我的，早该喝了，可惜一直没有时间。可以再陪我下盘棋吗，你让我说的这事儿太长了……"

老谭和子生下起了最后一局棋，在下棋的时候，老谭向子生坦露了埋藏已久的秘密……

那些久远的一切，日本的，回国后的，他是老谭也是范江海，子生的父亲韩培均也是韩树森，还有武田弘一……浪漫的樱花，诡异的日本忍者，回国后的蛰伏等一切，他再也没有隐瞒了，全部一股脑儿地告诉了子生……

直到说韩培均的死，他决定培养子生才停住了讲述。

积压了多年的秘密如今倾吐干净，老谭只觉得通体舒畅。

子生没有插话，一直安安静静地听着老谭所说的一切，老谭的话语里充满了对子生的欣赏和喜爱。然而这一切已经不能让子生感动了……

"兰英是我派来监视和保护你的杀手，如果你发现了什么，兰英会首先杀了你灭口。"老谭冷冷地走了一步棋，吃掉了子生的一颗"炮"，继续说道，"当然所有会导致真相败露的人都要被除掉，不管是邵老栓还是其他什么人……"

"你杀我父亲，杀邵老栓，就算是为了打败日本人，可明天日本就要投降了，你为什么还要杀了周先生他们！"子生愤恨地问老谭。

老谭叹了口气："他们都是了不起的人，我很佩服，没办法，日本人走了，国民党共产党早晚会是敌人，与其以后打得你死我活，倒不如现在就把他们清洗干净。"

子生痛苦万分，看着老谭："我是你要结果的最后一个了……"

老谭点了点头："你真的不该来，我知道你想杀了我，可是听了这些，你就跟你的棋一样已经死了，你还怎么杀我呢？"

老谭的一颗"马"重重地落在了子生的"将"上，子生输了。

"那你为什么还不动手？"子生面如死灰地看着老谭。

老谭淡淡地问："你觉得你还能活多久？"

两人坐在桌边，就是平日里下棋那样的距离。

就在这一刹那，子生突然猛地抽出竹签向老谭心脏的位置刺了进去，可刚一出手子生就知道完蛋了，他感觉到自己胸口一股强大力量冲了过来，老谭的竹签已经先刺到了自己的胸前。

不过，这已经没有关系了，他本来就是抱着同归于尽的心思来的，他只希望自己的竹签能刺得再深一点……

老谭的表情僵硬了，子生成功了，他的竹签深深地刺入老谭的心脏，子生本以为自己会死，可只是觉得胸口被撞了一下并没什么不适，低头一看，身体一下子僵硬了……

老谭手里的竹签已经被他掰断了，根本没有刺入子生的身体。

然而老谭却在子生面前慢慢地滑了下去，瘫倒在地上。

老谭躺在血泊中，喘息着，痛苦地看着子生。

子生有些迷惑，他俯下身问老谭："你是为什么？"

老谭已经呼吸困难了，他闭上眼睛，用最后的一丝力气，轻轻地、断断续续地说道："刚才……刚才的故事没讲完，那个狡猾的老特工已经喜欢上了那个不懂事的孩子，虽然他是他的杀父仇人，可他对那孩子就像对自己的孩子一样……"

子生傻了，抱起老谭，嘴里喃喃地喊道："你、你……"

连续喊了几个"你"，子生却不知道该说什么。

老谭嘴角流出鲜血，更加虚弱了，他强迫自己继续说下去，虽然说得已经非常艰难而含糊，但子生听清楚了……

"……看到你我才明白了什么是希望……你和你的同志，你们的信仰就是希望，中国的希望，我身后的一切都已经腐朽了，虽然它现在还是个庞然大物，但它和我一样已经病入膏肓……他们并不是我杀的，包括杀你的人，而是我的上级，我没办法阻止他们……"

子生的眼泪悄然而下，滴落在老谭的脸上。

"为什么不早告诉我，如果我知道……我不会……"子生哽咽。

"孩子，让我死是我最好的归宿，我可以不用再喝那难喝的草药，不再忍受这抽动的脸和抖动的手，还有这肿胀欲裂的身体……只是我没想到我是死在你手上……

"对不起，我给你带来了这么多的折磨，我只能说我对不起你和你的父亲，但是我对得起我的国家。去找你真正的组织吧，好好地生活下去……

"为了我，为了你父亲，为了所有在战争中死去的人们……努力让每一个中国人……都能自由地……活下去……"

老谭的声音越来越微弱，最终渐渐消散了，握紧那根断了的竹签的手终于松开了，那折断的竹签落在了地上。

子生泪如雨下，紧紧抱着老谭的尸体，这个不知道是仇人还是恩人的人死在了他的怀里……

东方已经亮了，一轮朝阳缓缓升了起来，预示着这将是一个晴朗的日子。

这一天，全世界的广播里都传出了日本天皇宣布无条件投降的消息，全中国都沉浸在抗日胜利的喜悦之中……